ACESSE AQUI A ÓRBITA DESTE LIVRO.

A HERANÇA DOS FANTASMAS

Rivers Solomon

TRADUÇÃO
Thaís Britto

A herança dos fantasmas

TÍTULO ORIGINAL:
An Unkindness of Ghosts

COPIDESQUE:
Karine Ribeiro

REVISÃO:
Karina Novais
Paula Queiroz

COORDENAÇÃO:
Bárbara Prince

CAPA:
LeTrastevere

ILUSTRAÇÃO DE CAPA:
Mila de Choch

PROJETO GRÁFICO:
Giovanna Cianelli

DIREÇÃO EXECUTIVA:
Betty Fromer

DIREÇÃO EDITORIAL:
Adriano Fromer Piazzi

PUBLISHER:
Luara França

EDITORIAL:
Bárbara Reis
Caíque Gomes
Débora Dutra Vieira
Juliana Brandt

FINANCEIRO:
Helena Telesca

COMUNICAÇÃO:
Giovanna de Lima Cunha
Júlia Forbes
Luciana Fracchetta
Pedro Fracchetta
Yasmin Dias

COMERCIAL:
Giovani das Graças
Gustavo Mendonça
Lidiana Pessoa
Roberta Saraiva

DADOS INTERNACIONAIS DE CATALOGAÇÃO NA PUBLICAÇÃO (CIP) DE ACORDO COM ISBD

S689h   Solomon, Rivers
A herança dos fantasmas / Rivers Solomon ; traduzido por Thaís Britto. - São Paulo : Aleph, 2023.
376 p. ; 14cm x 21cm.

Tradução de: An Unkindness of Ghosts
ISBN: 978-85-7657-585-6

1. Literatura americana. 2. Ficção. I. Britto, Thaís. II. Título.

	CDD 813
2023-1436	CDU 821.111(73)-3

ELABORADO POR ODILIO HILARIO MOREIRA JUNIOR - CRB-8/9949

ÍNDICES PARA CATÁLOGO SISTEMÁTICO:
1. Literatura americana : Ficção 813
2. Literatura americana : Ficção 821.111(73)-3

COPYRIGHT © RIVERS SOLOMON, 2017
COPYRIGHT © EDITORA ALEPH, 2023

PUBLICADO COM AUTORIZAÇÃO DA AKASHIC BOOKS, NEW YORK (WWW.AKASHICBOOKS.COM).

TODOS OS DIREITOS RESERVADOS. PROIBIDA A REPRODUÇÃO, NO TODO OU EM PARTE, ATRAVÉS DE QUAISQUER MEIOS SEM A DEVIDA AUTORIZAÇÃO.

Rua Bento Freitas, 306 – Conj. 71 – São Paulo/SP
CEP 01220-000 • TEL 11 3743-3202
www.editoraaleph.com.br

*Para minha mãe e para a mãe dela
e assim sucessivamente
até chegar a Eva.*

PARTE 1
Termodinâmica

1

Aster pegou dois bisturis no kit médico e os mergulhou numa solução de desinfetante. Os dedos tremiam de frio e as ferramentas escorregaram de suas mãos, caindo meio sem jeito dentro do líquido. Dali a cerca de dez minutos, ela ia amputar o pé gangrenado de uma criança. A tremedeira precisava parar.

Estavam no inverno?

Uma luz fraca (reações quimioluminescentes de peróxido, corante laranja e éster) preenchia a sala de cirurgia improvisada. *Jarras de estrelas*, era assim que os habitantes do convés T chamavam aquelas lanternas também improvisadas. Aster se perguntava onde eles arranjavam o peróxido para fazer aquilo funcionar; a origem do éster de fenil oxalado era outro mistério.

– Só precisa dar uma sacudida e tudo que está aí dentro se mistura – disse Flick, com o pé infectado apoiado em cima de dois troncos empilhados. – Olha! Não está olhando?

É claro que Aster estava olhando. Flick não estava vendo os olhos dela?

Ao lado de Flick, havia uma pilha de revistas em quadrinhos velhas, sobre uma cesta de vime de cabeça para baixo. O exemplar do topo era *O reino da Imperatriz da Noite nº 19*. Na capa, uma mulher chamada Mariam Santi estava com um sobretudo bege e carregava um artefato cilíndrico de metal e madeira. Quando ela puxava a pequena alavanca com o indicador, atirava uma bola prateada de dentro do tubo, ferindo o inimigo.

– Uma espingarda – sussurrou Aster, os lábios rachados nos cantos, colados pelo frio. Quando era criança, ela as chamava de *espichadas*, pois era como faziam, mudavam o andamento das histórias. E também porque ela leu a palavra errado da primeira vez; o G e o C eram muito parecidos para seus olhos desacostumados a ler.

Quando Aster era criança, a edição 19 de *Imperatriz da Noite* era uma de suas favoritas, e ela já tinha lido todas as outras aventuras de Mariam Santi que existiam a bordo da *Matilda*. As velhas revistinhas iam circulando de uma ala para outra, de um convés para o outro.

– Olha só como explode tudo lá dentro quando eu chacoalho! *Bum! Bum! Bum!* – disse Flick, enquanto ela... quer dizer, ele... não, *elu* balançava a jarra de estrelas. Aster se sentiu mal pelo erro. Seguia os costumes de seu próprio convés, onde todas as crianças eram chamadas pelo pronome feminino. Aqui, era *elu*. Ia se esforçar para lembrar. – Explodiu! Explodiu! – continuou Flick, jogando a jarra para o alto e pegando no ar. – Só que não. Se fosse uma explosão, haveria fogo, e se houvesse fogo, sentiríamos calor. – Falava no tom pragmático típico das crianças que acreditavam saber de tudo. – Minha bisavó diz que antigamente também aconteciam blecautes, mas eram temporários. Depois de uma semana eles passavam, e o pessoal dos conveses de baixo nunca nem precisou racionar energia. Nada de frio – contou Flick, a pele marrom escura, num tom quase bronze, iluminada pelo brilho fraco da jarra de estrelas.

Se houvesse qualquer chance de receber uma resposta, e não havia, Aster entraria em contato com o Cirurgião pelo rádio. Ele lhe daria permissão para transportar Flick até sua clínica no convés G ou a qualquer outro lugar mais quente. Assinaria a permissão com sua letra cursiva arredondada e carimbaria com seu selo dourado chique. Aster não conhecia todos os guardas da *Matilda*, mas os que conhecia não se atreveriam a contestar uma permissão emitida pelas Mãos dos Céus na Terra.

De todo modo, o Cirurgião não falava com Aster havia mais de três semanas, desde que os blecautes começaram. Sem Cirurgião, sem acesso aos conveses superiores. Sem acesso, sem aquecimento.

– É como uma estrela, está vendo? – perguntou Flick, sacudindo outra lanterna e dando início a mais um espetáculo da química.

Aster olhou para a lanterna, depois para Flick, depois de novo para a lanterna.

– Infelizmente, não.

– Uma estrela nada mais é que várias coisinhas que se juntam pra criar luz, certo? Elementos químicos e tal. E essas nossas jarrinhas especiais também têm várias coisinhas se juntando pra criar luz. Que também são elementos químicos. Concorda ou discorda?

– Concordo – respondeu Aster, que sabia o básico de química graças aos estudos em astromática.

– Então, é tudo a mesma coisa. Elementos químicos mais elementos químicos criam mágica – concluiu Flick, mostrando a língua.

Aster gostou da certeza da criança, e até mesmo de sua profunda ignorância.

– Seu exemplo não tem especificidade e, portanto, é inútil – disse ela, e soou um pouco mais ríspida do que pretendia. A essa altura, já no fim do dia, tinha perdido a habilidade de regular seu comportamento abrupto para deixar as outras pessoas mais confortáveis. – De acordo com essa teoria, uma mala seria a mesma coisa que uma bomba. Uma reação entre açúcares e enzimas forma o algodão de que é feita a mala. O oxigênio oxida pólvora pra criar uma explosão. *Elementos químicos mais elementos químicos criam mágica* pode descrever os dois cenários muito bem, mas, é claro, sabemos que malas e bombas são bem diferentes.

Flick piscou várias vezes, e Aster tentou achar uma explicação mais adequada a uma criança.

— Você está dizendo que uma pessoa e um cachorro são idênticos porque ambos têm ossos e sangue.

— Os guardas chamam os Tarlanders de cachorros o tempo inteiro — argumentou Flick, com a mão na cintura.

Aster estremeceu com aquela palavra; não a escutava havia milênios, mas ela ainda assim lhe provocava uma sensação de pertencimento. Os Tarlanders eram os habitantes dos conveses P, Q, R, S e T, e eram o mais próximo de uma nação que se podia ter na *Matilda*.

— Os guardas não são o melhor parâmetro pra medir o que é certo ou errado — respondeu Aster.

Flick arregalou os olhos, em um choque que parecia fingido.

— Vão destruir você por falar uma coisa dessas, mulher. Você não sabe que o Soberano Nicolaeus é o comandante escolhido pelos Céus? E que os guardas são os soldados de Nicolaeus e, portanto, dos Céus? Uma crítica a eles é uma crítica feita diretamente aos Céus — afirmou Flick numa voz aguda.

— Bom, vamos torcer pros Céus só exigirem vingança *depois* que eu tiver amputado seu pé. Não vou querer que você e sua defesa tão entusiasmada da ordem e da moral sofram as consequências do meu sacrilégio. — Mesmo sem querer, Aster sorriu.

— Que tal fazermos assim: se você prometer fazer tudo certo na minha cirurgia, eu escrevo uma carta pra Guarda implorando que poupe sua vida? Já andei praticando meu vocabulário e sei o que vou dizer. Quer ouvir?

O rosto de Flick tinha uma expressão debochada e uma risadinha.

— Prezados senhores — começou, e então suspirou bem alto —, devido à falta de aquecimento aqui embaixo devido ao fato de não haver eletricidade devido aos mais recentes racionamentos de energia impostos aos conveses mais modestos de modo tão atencioso, generoso e justo pelo Soberano Nicolaeus devido aos blecautes, Aster foi vítima de um breve delírio causado pela hipotermia e emitiu opiniões contrárias aos senhores em meio a esse desatino. Ela já está melhor agora, então não precisam se preocupar, não vai acontecer novamente. Com humildade, deferência, suavidade e respeito, Flor "Flicker" Samuels. – Flick caiu na gargalha e se dobrou numa reverência. – O que achou?

– Seu sarcasmo revela um nítido desprezo pela santidade da Guarda do Soberano, algo que eu valorizo – respondeu Aster, assoprando e esfregando as palmas das mãos. Por mais que gostasse daquelas piadinhas, a conversa acabava sendo uma distração para o real problema: o frio.

– Pode ficar com as minhas luvas – sugeriu Flick, deixando de lado a jarra de estrelas que segurava e levantando as mãos. – Elas vão esquentar bem as suas mãos, pra poder me cortar em pedacinhos. Se quiser, pode fatiar como se fosse um presunto de festa.

Aster encarou Flick, intrigada.

– Não sei se você está falando sério ou não. É bem óbvio que não consigo fazer uma amputação usando luvas. Está brincando de novo?

– Tô – respondeu Flick, e pelo menos teve a decência de parecer ter um pouquinho de vergonha por fazer piada. – Mas elas *são* quentinhas. Forradas com pelo de coelho. Foi minha avó mesma quem esfolou um, quando ainda havia coelhos na *Matilda*. Coelhos de verdade. Qual foi a última vez que viu um?

Aster entendeu aquilo como uma pergunta retórica, já que não sabia com muita clareza quando fora a última vez que alguém vira um coelho em qualquer lugar do universo.

– Eu não achava que os momentos logo antes de uma cirurgia fossem os mais adequados pra piadas, mas elas foram basicamente a maior parte da nossa interação – disse ela. Aster estava sempre memorizando novas maneiras de estar com as pessoas.

Flick deu de ombros, o que fez cair o cobertor de suas costas.

– Gosto de fazer o oposto do que é adequado. Temos um ditado aqui na Ala Tempestade: *Deveria* é pros fracos. Por que temos de nos preocupar com isso se nada é o que deveria ser nesta maldita nave? *Deveria* não vai evitar que você precise cortar o meu pé, não é? Certamente não vai religar o aquecimento, nem matar o homem que decidiu desligar tudo. *Deveria* foi o que desapareceu há trezentos anos, quando nossa antiga casa foi extinta. Não existe *ter de* no espaço. Sua mãe nunca ensinou isso pra você?

A respiração saía da boca de Flick como fantasmas sendo exorcizados. Aster olhava para aquela fumaça e via o que era de verdade: moléculas condensadas de H_2O; ainda assim, estendeu a mão para tocar uma daquelas formas errantes. Imaginou que cada um daqueles feixes de névoa fosse um Ancestral, ainda que os Ancestrais já estivessem mortos, engolidos pelo passado junto da Grande Casa de onde a *Matilda* tinha partido.

– Minha mãe se matou no dia em que nasci. Talvez ela até tenha tentado compartilhar comigo sua aversão ao *deveria* antes de morrer, mas bebês recém-nascidos não têm habilidades neurológicas pra compreender a linguagem ou produzir memórias, então, se ela tentou, não me lembro – contou Aster.

Flick apertou tanto os lábios que parecia prestes a assobiar.

– Minha bisavó diz que estou sempre remexendo em velhas feridas. Desculpe – disse Flick, os olhos focados em Aster. Mas não precisava remexer, a ferida de Lune Grey estava bem fresca e malcicatrizada.

A culpa era dos blecautes, Aster pensava. A última queda de energia por toda a *Matilda* acontecera havia vinte e cinco anos, e todas as conversas que ela ouvia pelos cantos pareciam citar esse número. "Pensei que tinham consertado isso há vinte e cinco anos", dizia alguém. Ou "Já tem vinte e cinco anos, mas me lembro como se fosse hoje" e "Vinte e cinco anos. Não podiam ter feito a *Matilda* durar mais do que isso?".

Aquelas eram apenas reclamações inocentes, mas para Aster eram como lembretes. Sua mãe estava morta havia vinte e cinco anos.

— Taí uma mulher que não ligava nada pro *deveria*, largou o bebê antes mesmo do primeiro gole de leite — disse Flick.

— O quê? — disse Aster, consciente de que Flick tinha dito algo, mas sem ter ideia do quê. Pensar em Lune a distraía demais, a ponto de interferir em seu trabalho. Ela engoliu o chá na esperança de que o amargor trouxesse um pouco mais de foco para lidar com aquele frio. — Temos álcool isopropílico?

Flick franziu a sobrancelha e tamborilou o dedo na boca, pensando.

— Bisa! — chamou, e então depois ainda mais alto: — Bisa!

Uma mulher apareceu depois de Flick chamar umas cinco vezes.

— O que foi? — disse ela, as mãos unidas, segurando um santinho. Estava rezando.

— A moça disse que precisa de álcool — explicou Flick.

A mulher, ainda jovem para ser mãe da mãe de uma mãe, se virou para Aster:

— Não temos nada puro, *yo'wa* — disse, e Aster levou um minuto para entender do que ela a tinha chamado. No lugar onde Aster morava, eles diziam *yongwa*. Com "O" mais suave e som de "G" depois. Significava *jovem* na língua das Tarlands. — Mas tenho uma coisa que pode servir. Só um minutinho.

Flick ficou lendo *O reino da Imperatriz da Noite* enquanto esperavam a bisavó. Aster notou ser exatamente a mesma edição que ela tivera quinze anos antes. O creme de limão que ela derramara na capa da revista quando era criança ainda aparecia no canto esquerdo, parte de cima. E tinha mais na página onze, cobrindo a ponta da espingarda da Imperatriz da Noite.

— Isso aqui tá bom? — perguntou a mulher, estendendo um pote.

Aster tirou a tampa, e partículas de ferrugem alaranjada se descascaram do metal antigo. Ela levou um susto ao cheirar o que havia lá dentro e depois colocou a tampa de volta.

– Bebida? – perguntou Aster.

– Mais ou menos – respondeu a mulher. – Pra quê precisa? Imagino que, se beber, vai se aquecer um pouco por dentro. Não recomendo. Não beberia essa merda nem que me dessem um sapato novo.

A mulher beliscou as orelhas de Aster, mas estavam completamente anestesiadas, então ela nem sentiu a pressão.

– É pra servir de combustível. Pro fogareiro que vou fazer. Vou precisar daquela lata também – pediu Aster, apontando para um cilindro grande no canto do armário, em cujo rótulo se lia:

FEIJÃO ASSADO DA MAMA LOU
AÇÚCAR MASCAVO, XAROPE DE BORDO, BACON
TAMANHO FAMÍLIA 3 QUILOS

Aster retirou todo o conteúdo da lata. Alguns dedais, um carretel de linha, botões, dois pacotes de soro de papoula, uma tesoura.

– Agora preciso de meias, camisas, qualquer coisa.

Duas outras mulheres se apressaram para reunir os materiais e colocá-los dentro da lata, como Aster orientou. Quando a lata estava bem cheia, Aster jogou lá todo aquele líquido podre que a bisavó de Flick trouxera.

Uma adolescente apontou para o isqueiro na mão de Aster e perguntou:

– Posso acender?

– Claro – respondeu Aster, estendendo o isqueiro. Sorrindo, a garota o levou para perto da lata.

– Vai queimar durante quanto tempo?

– Várias horas – explicou Aster, surpresa que a mesma mulher que construíra as jarras de estrelas nunca tivesse feito um fogareiro a álcool. Ela imaginou que tivesse a ver com a geografia da *Matilda*. Coisas que as pessoas conheciam havia pelo menos duas gerações no convés R ainda nem tinham sido descobertas no V, e assim por diante. Vinte mil moradores dos conveses inferiores e quase dez mil maneiras diferentes de viver. Essa era a essência daquela nave dividida por metal, idiomas e guardas armados. Até mesmo nos conveses próximos, como as Tarlands, a informação não circulava.

– Como é que não faz fumaça? Nunca vi fogo sem fumaça – disse uma mulher, enrolada numa pequena coberta.

– Álcool é um bom combustível. – Aster não teve tempo de elaborar muito a resposta e voltou para o local da cirurgia. Lá, Flick já estava em posição, a bisavó a seu lado. – Deite-se de lado pra mim – pediu Aster. – Vou erguer seu pijama um pouquinho. Tudo bem?

Flick levantou a roupa. Aster esfregou as costas delu com uma esponja e pinçou o pedacinho da pele onde ia enfiar a agulha. Não era necessário, mas tinha adquirido esse hábito na época em que assistira ao trabalho do Cirurgião. Aprendera a maior parte das técnicas de incisões no corpo humano com os outros curadores do convés Q, mas os truques do Cirurgião eram os mais vívidos em sua memória.

– Você vai sentir uma picadinha – disse ela, e então injetou a anestesia local na altura do disco intervertebral da criança. Flick se contorceu e apertou a mão da bisavó. – Vai sentir uma pressão forte em três... dois... um.

Aster enfiou a agulha maior na coluna de Flick. Em seguida, puxou a mesinha de instrumentos para a parte de baixo da cama e apertou a pele gangrenada dos metatarsos de Flick.

– Vai doer muito depois que passar o efeito desse negócio que você colocou nas minhas costas? – perguntou Flick.

– Vai.

Uma lágrima se formou no canto do olho da criança, que a secou com o colarinho da camisa antes mesmo que caísse.

Aster colocou o estetoscópio sobre o osso do tálus e ouviu. A pulsação estável indicava que havia circulação por ali, e então ela desenhou uma linha na altura em que pretendia fazer a incisão. Se conseguisse preservar o osso do tornozelo, seria mais fácil encaixar uma prótese.

– É boa – disse Flick.

– Oi?

– Esta cabine. É como se eu estivesse nos conveses de cultivo, com o Pequeno Sol nas minhas costas. – Flick fechou os olhos e, pela décima vez só naquela semana, Aster pensou na mãe. Dessa vez, o gatilho foi a menção ao Pequeno Sol. Lune fora mecânica na miniestrela que era a fonte de energia da *Matilda*.

– Não tem mesmo outro jeito? Ouvi dizer que você faz umas poções, uns remédios tão fortes que fazem até a pele se regenerar. Dizem que você tem um laboratório secreto com infusões pra curar qualquer coisa – disse a bisavó de Flick. Ela apertou as duas mãos entrelaçadas e beijou os nós dos dedos, em oração.

– Não tenho um laboratório secreto – mentiu Aster. – Mas, se tivesse, e lá houvesse esses remédios que curam tudo, eu não esconderia de vocês. Esse é o único jeito.

Aster pegou o bisturi e fez um corte firme na epiderme de Flick, chegando até o músculo. Uma linha que dava a volta completa e criava uma espécie de borda com a pele que depois ela usaria para suturar, deixando uma protuberância por cima do osso.

– Que os responsáveis por isso tenham o que merecem – disse a bisavó de Flick, os punhos cerrados por dentro do avental.

Aster retirou a pele apodrecida e o músculo do pé de Flick, satisfeita ao ver o membro escuro e putrefato cair e revelar o osso branco e brilhante. Não adiantava chorar pelo que já havia definhado.

Quando Aster terminou, as artérias de Flick satisfatoriamente conectadas, a pele suturada, faltava pouco mais de uma hora para o toque de recolher. Ela guardou o pé numa caixa refrigerada. Precisava se apressar se quisesse deixá-lo em seu botanário, ou laboratório secreto, como chamara a bisavó de Flick, antes de se recolher no alojamento.

– O que dizem é verdade. Você é uma boa médica. Tão boa quanto a própria Cirurgiã, e dizem que os poderes dela vieram diretamente dos Céus – disse Flick, os olhos enevoados e confusos.

Aster não corrigiu o uso do feminino. Flick ia esquecer mesmo.

A bisavó passou o dedo mindinho no joelho de Flick.

– Toma aqui – disse Aster, entregando a ela um pote marrom com catorze comprimidos. – Uma vez por dia na hora da primeira refeição.

Aster injetou um analgésico de liberação lenta na veia de Flick; assim, quando passasse o efeito da anestesia, a dor não seria imediata. Flick chiou, depois se apoiou nos cotovelos para se levantar, meio cambaleante da sedação. Semicerrou os olhos, olhou para baixo e moveu os quadris, na tentativa de dar um solavanco nas pernas, ainda paralisadas.

– Saiu tudo – disse Flick, e por fim rendeu-se às lágrimas. Enquanto chorava, a bisavó lhe deu um abraço forte.

2

Falando em amputações...

Dias depois do desastre que dizimou os membros do alto escalão da Guarda, na época em que a *Matilda* já viajava havia setenta anos, um cientista chamado Frederick Hauser propôs uma solução para o problema da redução de população nas Tarlands.

Ele defendia ser um desperdício reciclar os corpos mortos dos Tarlanders, quando um pulso elétrico certeiro poderia reanimá-los e transformá-los em trabalhadores obedientes. Não importava que a anomalia genética daquele povo se tornasse endêmica e levasse o grupo à extinção, contanto que seus cadáveres sem alma pudessem capinar os campos. Assim não haveria perda de produtividade.

Os poucos que sobreviveram ao desastre ficaram apreensivos com a sugestão de Hauser. Argumentaram que todos os seres criados pelos Céus mereciam uma morte digna.

Para Hauser, no entanto, os Tarlanders não eram obra dos Céus. Até mesmo os animais selvagens dos campos tinham sido criados como machos e fêmeas, certo? Para que assim pudessem se multiplicar e espalhar a dádiva dos Céus. Os Tarlanders não eram machos nem fêmeas – eram qualquer outra coisa.

Em seu discurso para os membros remanescentes da Guarda, que ficou gravado para sempre num cilindro fonográfico, Hauser explicou que os Tarlanders vieram do Reino do Caos – o mundo que existia antes de os Céus tomarem as rédeas e substituírem o absurdo por uma estrutura divina.

Aquelas formas demoníacas não haviam se adequado à Ordem Sagrada instituída pelos Céus.

(Aster sabia que ele se referia ao que o Cirurgião chamava de *desregulação suprarrenal hereditária*. Devido a um conjunto de distúrbios hormonais, o corpo dos Tarlanders nem sempre se apresentava como masculino ou feminino, como a Guarda achava que deveria ser. Isso explicava a quantidade de pelos e a musculatura de Aster, apesar de ela não ter nascido com os órgãos externos que produzem testosterona.)

O homem que tinha assumido o cargo de Soberano interino limpou a garganta e, pelo som tilintante de vidro na gravação, bebeu um gole de água. Depois, disse que não poderia permitir a degradação de uma criatura no reino dos Céus, não importando a origem dela.

Hauser propôs então um acordo. Por meio da amputação, ele usaria apenas partes dos corpos, e não eles inteiros. Braços eletrificados para manusear ferramentas. Mãos eletrificadas para costurar.

O Soberano interino pediu que Hauser se retirasse, mas a reunião continuou. Foram discutidos os méritos da ideia do cientista. O mais recente desastre revelava que havia uma agitação na *Matilda*. Um projeto como aquele poderia deixar mais clara a supremacia do Soberano e sua Ordem Sagrada da Guarda.

No entanto, eles chegaram à conclusão de que o projeto precisaria de muitos recursos e muita mão de obra para ser implementado, em especial com as tropas reduzidas como estavam. A reunião seguiu outro rumo, e então a gravação fonográfica era interrompida subitamente.

Aster perguntara ao Cirurgião se algum dos cilindros fonográficos explicava qual evento os deixara tão fracos. Ele negou com a cabeça. A maior parte das gravações de reuniões da Guarda durante a transição fora destruída.

Aster carregava consigo esse conhecimento. Aqueles homens tinham os meios e a oportunidade de destruir evidências para proteger seu legado, mas nenhum deles achou que valia a pena apagar de seus registros oficiais uma discussão sincera sobre a reanimação de partes de corpos para fazer trabalhos manuais. Além da crueldade horripilante, aquilo tudo envolvia muita incompetência científica.

— Espera aí, *yo'wa*, não vá embora tão rápido — disse a bisavó de Flick. Segurou Aster pelos suspensórios e puxou-a de volta para dentro da cabine. — Fica com isso aqui. — E lhe entregou uma capa cinza comprida.

— Eu deveria... — começou Aster, mas se interrompeu ao lembrar das palavras de Flick contra o *deveria*. — Preciso ir embora.

— Veja se cabe em você. Não vai levar nem um minuto pra experimentar — disse a bisavó de Flick, o que lembrou Aster de sua tia Melusine. A mulher que a criou também era insistente assim.

A bisavó de Flick sorriu, revelando uma fileira irregular de dentes de metal mal colocados. Quem instalou os implantes se esqueceu de fazer o aumento do seio maxilar, além de um enxerto de gengiva na parte cariada e no maxilar posterior.

Aster apoiou a bolsa de remédios na mesa e pegou o presente que lhe ofereciam. O tecido era forrado com lã de carneiro amarelada, com manchas de sujeira.

— Está na família desde antes da *Matilda*, pelo que sei. Nunca teve muita utilidade antes desses racionamentos de energia, a não ser pra recém-nascidos que não conseguiam manter a temperatura. Eu lavei todas as golfadas de bebê. É sua agora. Gostou?

Aster apertou o tecido macio.

— É muito preciosa.

A mulher deu risada e fez um gesto de desdém com a mão.

— Acho que é uma troca justa pelo fogo, não? A gente se saiu bem nessa.

No corredor, um guarda dava ordens em voz alta e Aster se moveu para o lado, onde não seria vista dentro da cabine.

– Mas os materiais pra fazer o fogareiro eram seus.

– Materiais são inúteis sem conhecimento, que foi o que você nos deu. Uma capa por um fogareiro, essa é a troca.

Aster pegou o relógio no bolso de trás da calça para conferir as horas. Se pretendia ter um tempinho em seu botanário antes de voltar para casa no convés Q, tinha de partir agora.

– É sério, aquilo não foi nada. Preciso mesmo ir.

– Como pode chamar um presente desse tipo de nada? Se soubéssemos como fazer um desses há duas semanas, talvez Flick não tivesse com essa geladura, certamente não uma tão grave a ponto de gangrenar. Aquele fogo poderia ter salvado o pé da minha criancinha – disse a bisavó de Flick, com expressão séria no rosto de pele escura. – Se conseguirmos arranjar um pouco mais de álcool... e vamos conseguir, acredite, as mulheres aqui da Ala Tempestade conseguem qualquer coisa... podemos salvar outra pessoa do destino que teve minha pequena criança. – Ela ajeitou o cachecol de pontos largos em volta do pescoço antes de continuar. – Você é inteligente. Sabe muito bem, assim como eu e Flick, que não existe Terra Prometida. *Matilda* é uma órfã, filha de deuses mortos. Mas os Ancestrais são reais e seus espíritos estão trabalhando. Esse esgotamento do Pequeno Sol foi a forma que encontraram pra causar confusão. Pra nos dizer que é hora de nos mexer, de agir. Eles nos mandaram a mesma mensagem há vinte e cinco anos, mas não escutamos. Então precisaram gritar ainda mais alto, quebrar ainda mais o Pequeno Sol. Está me ouvindo?

Aster não sabia se a mulher queria dizer *ouvir* literalmente ou se era um eufemismo para *compreender*. Dependendo do que fosse, a resposta de Aster seria diferente.

– Precisamos ajudar uns aos outros a sobreviver por tempo suficiente pra descobrir o que os espíritos estão preparando. Isso significa não morrer de frio. Por favor, experimente a capa.

Aster tirou a mochila das costas e colocou-a ao lado da caixa refrigerada e da bolsa de remédios.

– Tudo bem – disse ela, e então vestiu a peça.

– Ficou perfeita! Você gostou?

O tecido tinha uns dois ou três quilos e pesava sobre o corpo de Aster.

– Gostei. É quente e pesada de um jeito bom. Agradeço sinceramente, *eldwa*.

A mulher inclinou a cabeça para o lado e semicerrou os olhos.

– Você tem um sotaque muito forte. É *elwa*, não *eldwa*. *Elwa*. Não soa bem melhor assim? Leve como uma pluma. Embora eu prefira que você não me chame de nenhum dos dois jeitos. Quem quer ser lembrada de que está velha? Pode me chamar de *he'lawa*. Eu sou curadora, como você. Bom, não exatamente como você. Você é meio diferente, não é? – A mulher segurou Aster pelo queixo e virou o rosto dela, encarando-a. – Você é do tipo que precisa se desligar do mundo e se concentrar numa coisa de cada vez. A gente tem uma palavra aqui embaixo pra mulheres como você. *Insiwa*. De dentro. Significa que você vive dentro da sua cabeça e sair de lá é quase um castigo.

Aster já fora chamada de coisas bem piores: *simplória, burra, defeituosa, boçal, se cair de quatro não levanta. Ausente.*

Mas Aster se sentia presente. Sentia que existia plenamente. Talvez aquele xingamento se referisse a sua condição de órfã. Uma parte de cada pessoa pertencia ao passado, estava em seus pais e avós. Se a história de alguém tivesse se perdido, então a pessoa era incompleta?

– Vou voltar pra examinar Flick assim que conseguir – disse Aster, e se despediu novamente. Ficou agradecida porque a mulher enfim a deixou partir.

Havia dois guardas parados de cada lado do corredor. Aster tinha permissão para estar fora de seu convés, mas ainda assim manteve a cabeça baixa, para não atrair a atenção deles. Com ou sem permissão, podiam querer arrumar confusão.

Uma pessoa jovem e careca estava vendendo cobertores no meio do corredor, e os fregueses faziam fila para tentar negociar a troca com seus próprios objetos. Carregavam sabonetes, punhados de algodão, pentes de marfim.

As temperaturas congelantes enfraqueciam o sistema imunológico das pessoas, que já não era lá muito forte, e então elas se arrastavam para seus alojamentos enroladas com cachecóis de tricô que não esquentavam muito. Aster cogitou dar sua capa nova para algum deles, mas estava tão gostoso e quentinho ali dentro.

Uma mulher mais velha gritava com três crianças, e elas choravam. As lágrimas borravam a pintura em carvão ao redor de seus olhos, escorrendo pelas bochechas como uma tinta aquarelada. Era uma característica do convés T: pintar círculos pretos largos no rosto. Eles chamavam de *olhos de guaxinim*, já que seus antepassados eram coletores, assim como esses animais.

Era o que eles diziam. O que diziam a si mesmos. A narrativa era essa. Mas, depois de tanto tempo, ninguém tinha como saber exatamente qual era sua história.

As crianças eram irmãs, a julgar pela aparência. Tinham olhos cinzentos e opacos, uma cor quase idêntica às olheiras profundas sob os olhos. Ela já as vira antes nos conveses de cultivo, quando estava trabalhando. Como eram de conveses diferentes, elas não trabalhavam perto de Aster, claro, mas ela já as vira passar.

A mulher mais velha apontou o dedo magricela para as crianças e elas correram na direção de Aster. Passaram esbarrando nela sem pedir desculpas, apenas apalpando os bolsos para se certificar de que não tinham deixado nada cair.

O pessoal dos conveses de baixo, e isso incluía Aster, gostava de esconder coisas. Os bolsos eram verdadeiros universos lotados de itens variados: soro de papoula, antibióticos, sementes, linhas, parafusos, dedais. Aster já tinha roubado hastes de milho inteiras nos campos. Enfiadas na perna da calça.

– Olha por onde anda! – gritou uma das crianças por cima do ombro, e ela assim o fez.

Depois da Ala Tempestade vinha a Ala Torrente. Aster desceu a escada e saiu do convés T, na direção de seu botanário. Lá, pelos menos, ela teria um pouco de silêncio.

3

A Ala Xilema, assim como todo o convés X, tinha um cheiro podre. "Você não pode esperar que os mortos cheirem a perfume", dissera tia Melusine uma vez. Fora ela quem a guiara pelo convés abandonado quando Aster era criança. "Não tem nada além de fantasmas aqui, menina. Pode fazer o que quiser." O que nos velhos tempos fora um salão completamente bagunçado se tornara o botanário de Aster.

Agora, ela estava de volta, desesperada pelo santuário de seu jardim e de seu laboratório particulares. Virou a maçaneta e abriu a porta, os olhos fechados em reverência. Havia cheiro de flores no ar.

– Finalmente – disse Giselle, folheando alguns papéis. – Está quase na hora do toque de recolher. Já estava achando que não viria aqui pra... Fazer o que quer que você faça aqui toda noite. Reinvestigar ou relembrar.

Giselle sabia muito bem que a palavra era *relaxar*. Aster deixou a bolsa de remédios no chão e colocou perto da porta a caixa refrigerada com o pé de Flick. Só tinha ficado algumas horas longe, desde a manhã, mas já estava sentindo falta das paredes cobertas de musgo de seu botanário, das pilastras envoltas por videiras. As fileiras e mais fileiras de sua prole botânica receberam Aster com sua organização habitual.

– O que está fazendo aqui? – perguntou, sem paciência para lidar com Giselle. Depois do trabalho nos conveses de cultivo, ela só tivera um breve intervalo para comer antes de ir cuidar de Flick. Precisava de silêncio e solitude.

Aster desamarrou as alças da mochila, tirando-a dos ombros. Ao fazer isso, derrubou o radiolábio de latão que estava preso ao bolso traseiro da calça. Manchado e amassado, não era exatamente uma joia fina, mas Aster o carregava diariamente porque pertencera a sua mãe. Era a ferramenta que a mãe usara no passado para detectar os níveis de radiação, quando era mecânica no Pequeno Sol.

– Eu gosto daqui – respondeu Giselle, finalmente. – Você não disse que eu seria sempre bem-vinda?

– Eu disse que você era bem-vinda quando eu estivesse aqui. Essa última parte é bem importante.

Giselle deu de ombros, a cabeça deitada sobre os papéis de Aster. Tinha cortado o cabelo naquele dia. Os cachos despontavam de maneira incerta, sem saber muito bem qual era seu lugar.

– Você tem tanto direito a este espaço quanto eu. Até onde sei, o botanário também é meu. É quentinho aqui, quentinho de verdade. Estou cansada de sentir frio. Tenho o mesmo direito de me aquecer que você.

O radiolábio sacolejava e batia no corpo de Aster enquanto ela percorria os pouco mais de três metros que a separavam de sua mesa. Ela o apertava com força, a ponto de amassar o metal maleável com a ponta dos dedos. Já estava tão quebrado que ela não tinha como destruí-lo ainda mais. Quando criança, tentara de tudo para fazê-lo funcionar, indo até as partes da nave onde a radiação era mais forte. Tinha inclusive testado ali embaixo no convés X, imaginando que talvez não funcionasse porque estava usando errado. Talvez a mãe de Aster não tivesse construído o dispositivo para detectar tipos normais de radiação, aqueles do mundo natural, e sim os do outro mundo. Fantasmas. Aos nove anos e ainda sujeita aos devaneios de imaginação infantil, Aster vasculhara os corredores supostamente mal-assombrados do convés X com o radiolábio em mãos. Se houvesse espíritos ali, como dizia sua tia Melusine, decerto o aparelho apitaria.

Não havia apitado. Ela tentara em todas as passagens secretas da *Matilda*, porque gostava de desenterrar coisas abandonadas.

— Você está me ouvindo? — perguntou Giselle.

Aster tinha se perdido em seus pensamentos, mas teve a presença de espírito de não dizer isso a Giselle.

— Estou ouvindo.

— Me sinto segura aqui embaixo. — Giselle levantou a cabeça e olhou para Aster. — Não confio em nenhum outro lugar desta nave. Juro, até as paredes parecem estar vivas. Quando acho que finalmente encontrei um lugar legal, um armário abandonado ou alguma coisa assim, algo parece estar à espreita. Na maioria das vezes, são os guardas. Parece que eles têm um faro especial pra mim. Sentem o cheiro de alguma coisa no meu sangue.

Giselle cruzou os braços finos e abraçou o próprio corpo.

— Aqui posso ficar praticamente nua — continuou, tirando as botas e a meia-calça. — É tão quentinho. E seguro. — Ela deu um pulinho para se sentar em cima da bancada com as pernas abertas, a bunda amassando os papéis que estivera lendo até então. — O calor... É como se fosse uma energia que alguém conjurou.

Aster se sentiu meio hipócrita por criticar a imaginação fértil de Giselle, já que poucos segundos antes estava rememorando suas tentativas de captar fantasmas com o detector de radiação da mãe, mas ainda assim achou necessário dar as informações corretas.

— O calor daqui não tem nada a ver com conjuração ou mágica. São lampiões de aquecimento que funcionam com energia redirecionada do Pequeno Sol. Simples assim.

— Se é tão simples, por que não faz a mesma coisa pelos outros conveses inferiores, hein?

— A quantidade de energia necessária pra aquecer uma cabine grande como esta nem se compara ao tanto que seria preciso pra aquecer todos os dez conveses. Quem estivesse monitorando a rede elétrica da *Matilda* perceberia.

– Já que estamos falando disso, por que você não *corta o aquecimento* dos conveses superiores? – perguntou Giselle, com um sorrisinho no rosto e ignorando totalmente a explicação de Aster. – Pode pedir ajuda ao seu precioso Cirurgião. Ele daria permissão pra você ir ao Nexus, assim como ele dá permissão pra tudo que você pede, e você poderia desligar o aquecimento deles igual fizeram com a gente. E eu sou uma pessoa legal. Nem estou pedindo pra você congelar as mansões modestas de zilhões de quilômetros. Deus me livre! Só os ginásios de esporte e os campos – sugeriu, o tom de voz ficando mais sério, como se acreditasse mesmo naquela possibilidade.

– A média de tamanho das propriedades nos conveses superiores é de novecentos metros quadrados – corrigiu Aster. – Não um zilhão de quilômetros.

Giselle revirou os olhos.

– A questão é... – começou a dizer, mas Aster já sabia qual era a questão. Se o objetivo era conservar energia, não fazia sentido cortar o aquecimento dos conveses inferiores enquanto, nos superiores, havia florestas, lagos, praias e ginásios esportivos.

"Precisamos proteger os santuários selvagens." Assim como Giselle, Aster tinha lido a matéria de jornal que discutia a importância de preservar as áreas verdes dos conveses superiores.

– Se eu pudesse trocar nosso destino com o deles, eu trocaria – respondeu Aster. Imaginou com gosto dois homens caminhando pelos labirintos de cerca viva do convés A numa tarde agradável. De repente, eles sentiriam um frescor, logo depois o frio real. Perdidos no labirinto, tentariam se aquecer abraçados um ao outro, até enfim morrerem de hipotermia. – Eu trocaria na hora.

Sentada na bancada, Giselle parou de balançar as pernas.

– Trocaria? Trocaria mesmo? Às vezes acho que você não é muito diferente deles... A forma como você fala. Como anda por essa nave como se fosse uma deusa. E por quê? Temos vários médicos e curadores aqui embaixo, e todo mundo se vira sem a ajuda do Cirurgião. Você não é especial só porque consegue todas essas permissões idiotas.

Aster passou a unha pela costura do bolso da calça, sentindo os fios meio soltos. Ela concordava que não era especial, pelo menos não naquele sentido de ser digna de elogios por suas características distintas. Ao contrário, ela era só esquisita mesmo. Sempre fora.

Aos nove anos, costumava vestir uma pequena boneca de madeira com cardigã e calça de veludo azul-marinho. Giselle tinha costurado as roupas com tecidos roubados dos conveses superiores, usando o próprio dedo como molde.

Aster fingia que a boneca vestida de maneira tão elegante era uma cientista inteligente e importante, e que os amigos tinham decidido dar uma festa em sua homenagem. Porque gostavam dela, porque a valorizavam, porque não a achavam esquisita ou difícil de conviver.

Aster colocara a boneca diante de um carretel de linha, que servia de púlpito. "Como resultado da pesquisa do mestrado em astromática da Dra. Boneca, a *HSS Matilda* encontrou um planeta habitável. Não precisaremos mais vagar pelos Céus sem uma casa", dizia outra boneca, que vestia uma saia plissada, ao apresentar a Dra. Boneca.

"Você é tão idiota", dissera Giselle.

"Não me importo que me ache idiota. Vou continuar fazendo o que eu quiser sem considerar a sua opinião", respondera Aster.

Giselle havia se sentado de pernas cruzadas, com os cotovelos apoiados nos joelhos. "Tá bom, vou entrar na sua brincadeira chata. Quem eu posso ser?" Ela escolhera uma das bonecas de madeira e tocara suas protuberâncias e curvas. "Posso ser sua rival? A Professora Boneca acha que a Dra. Boneca é uma idiota por acreditar que alguém um dia vai sair dessa nave. O plano dela é colocar uma bomba na sua festa idiota e explodir todo mundo, que nem a Imperatriz da Noite fez daquela vez." Giselle buscara uma caixa de fósforos. "São os explosivos."

"Se a Professora Boneca explodir a festa, sem dúvida vai destruir a *Matilda* inteira", dissera Aster.

"Ótimo. A *Matilda* é uma merda." Giselle vasculhara uma caixa de sapato em busca de uma roupa adequada para a Professora Boneca. Escolhera um vestido vermelho brilhante que expunha boa parte do corpo de madeira.

"Sua Professora Boneca não parece estar vestida apropriadamente pra festa. Os guardas vão perceber que há algo de errado e impedir seu plano", dissera Aster.

"A Professora Boneca vai distrair os guardas com seus peitos de boneca."

"Essas bonecas não têm peitos, não têm nada em sua anatomia que as relacione com seres humanos", observara Aster, passando o dedo pelas figuras em madeira sem sexo. "Não têm nem boca."

A Professora Boneca detonara a bomba e Giselle simulara a explosão, jogando partes do corpo da boneca para todo lado. Aster vira a Dra. Boneca voar pelos ares, tão morta quanto um ser inanimado podia estar, e tudo bem porque a Dra. Boneca gostava do espaço e não ia se importar de vagar para sempre na imensidão fria, principalmente se isso significasse que a *Matilda* havia sido destruída.

Fora uma brincadeira divertida, que elas repetiram (com algumas variações) diversas vezes, a principal delas quando Aster decidira fazer a explosão de mentira num escritório dos guardas, com uma bomba de verdade que fabricara para testar seus conhecimentos de alquimia.

Ela cometera muitos outros atos incendiários sem nunca ser pega, e só parou quando Giselle implorou, certa de que as duas arrumariam problemas com a Guarda. Se Aster tivesse continuado com seus experimentos por todos aqueles anos, talvez já tivesse mesmo explodido a nave inteira.

– Meu compromisso com a destruição da cadeia de comando da *Matilda* está bem documentado – disse Aster, olhando nos olhos de Giselle, que nem piscava. – Por favor, não duvide: se eu pudesse me livrar desse frio, eu faria isso, ou se tivesse o poder de matar cada um dos moradores dos conveses superiores, eu mataria também.

Giselle sorriu em silêncio e balançou as pernas outra vez. Baixou a cabeça numa rara demonstração de recuo.

– Eu sei. Conheço você. Estou de saco cheio de tudo, é só isso. Quero poder me sentir sempre aquecida, como me sinto aqui. Mais ainda. Quero estar quente como fogo, porque o fogo é a única coisa verdadeira. Ou quero ser como uma dessas panelas de ferro fundido que a gente coloca na fogueira. Pela manhã, o ferro continua, reluzente como talheres de prata, e toda a crosta e as partes ruins são consumidas pelo fogo. – Giselle coçou o osso protuberante do pulso onde havia uma casquinha de ferida. Ela tinha definhado tanto naquele último ano que se tornara quase pele e osso. – Quero queimar e explodir.

– Quer um remédio pra acalmar os pensamentos? – perguntou Aster quando percebeu a mão de Giselle pressionada contra o peito, o coração decerto acelerado.

Ao lado de Giselle havia uma garrafa de vidro com tampa de borrifador, que Aster usava para molhar as plantas mais sensíveis. Giselle a pegou e a arremessou do outro lado da cabine.

– Não quero seu remédio. Seu comprimido, seus xaropes, suas poções. Não quero ficar perto de você. Nem sei por que vim aqui.

Aster não se alarmou com aquele acesso de raiva. Ela sempre ficava tensa quando estava com Giselle e, portanto, sempre pronta para qualquer desconforto.

– Só ofereci os comprimidos porque você já me pediu antes. Pode por favor varrer isso? – pediu, apontando para a garrafa quebrada.

Giselle desceu da bancada e se aproximou do vidro quebrado, pisando descalça nos cacos. Curvando-se, usou uma das mãos para juntar os pedaços e arrastá-los até a outra mão.

– Pronto, limpinho.

Aster ficou olhando enquanto Giselle jogava o vidro quebrado numa lata e depois tornava a se sentar na bancada, agora com as solas dos pés sangrando. O sangue se misturava perfeitamente com o chão gradeado; não se distinguiam os pingos vermelhos da ferrugem.

– Está feliz agora? – perguntou Giselle.

Aster não sabia qual resposta Giselle queria, precisava, esperava. Cada vez mais, as interações das duas pareciam um teste de aptidão para o qual ela não estava preparada.

– Não.

– Que bom! Nem eu! – gritou Giselle.

– Não entendo por que isso é bom. – Aster pegou uma tesoura do outro lado da sala, além de um banquinho e da caixa de gelo que havia deixado perto da porta. Ela se sentou no banquinho e usou a caixa para erguer o pé ensanguentado de Giselle.

– Que falta de respeito.

– O quê?

– O pé daquela criança está aí, não é? E você usando a caixa como se fosse um divã, puta merda. Vai enterrar o pé nos conveses de cultivo?

– Ainda não decidi o que fazer. Acha que seria adequado enterrar? O Cirurgião normalmente incinera, então foi isso que imaginei. – Ela levantou o pé de Giselle até a altura do joelho e se preparou para pinçar os pedaços de vidro incrustados na pele. – Nenhum dos cacos entrou muito fundo, mas ainda assim vai doer.

– Não me importo. Eu gosto. Me faz andar mais rápido. Me deixa mais atenta – respondeu Giselle.

Aster removeu os fragmentos com rapidez e eficiência. Quando terminou, disse para Giselle lavar os pés com água morna e sabão para que pudesse fazer o curativo. Ao menos uma vez, Giselle obedeceu. Aster aproveitou aquele intervalo para atualizar suas anotações. Abriu o caderninho na página da lista de tarefas do dia e riscou o que já havia feito.

> tomar café da manhã
> ~~limpar o corpo (usar sabão e escova hoje)~~
> ~~limpar os dentes~~
> descobrir onde está o Cirurgião
> reler o capítulo 19 de farmacologia clínica
> ~~conferir se a mulher do convés S teve alguma recaída~~
> ~~amputar o pé de Flick~~

Giselle arrancou o caderninho da mão de Aster, fazendo a tinta borrar enquanto ela riscava o último item da lista.

– Não acredito que precisa fazer uma lista pra lembrar de se lavar – disse, semicerrando os olhos enquanto lia. A letra de Aster parecia a de uma habilidosa criança de dois anos. Giselle era a única pessoa além dela mesma que conseguia ler alguma coisa ali.

– Gosto de ter um registro por escrito das coisas que eu faço – explicou Aster. "Documentar", assim chamava sua tia Melusine. "Fazer registros." "Criar memória."

Giselle arrancou a página e a amassou.

– Você tem isqueiro?

– Não.

– Está mentindo?

Aster não respondeu.

– Tá cheio?

Aster não respondeu de novo.

– Deixa eu ver – disse Giselle, com as mãos nos quadris.

Aster pegou o isqueiro no bolso.

– O que quer que esteja planejando, certamente é perda de tempo – observou Aster. Teria de gastar vários gramas de soro de papoula para comprar mais butano, mas suas papoulas ainda não tinham florescido.

– Não é perda de tempo. Me deixa queimar. Vai dar uma sensação boa.

– Não entendo como queimar algo que é valioso pra mim poderia dar uma sensação boa.

– Vai tudo virar pó mesmo. Quanto antes entender isso, melhor. Pode ser hoje, amanhã, daqui a um milhão de anos. Por que você quer tanto ser lembrada? E por quem? Nem vão ter conhecido você. Não tão bem como eu conheço.

– Eu tenho um método. Quando não risco um dos itens, ele vai pra lista do dia seguinte. Se ele ficar na lista por catorze dias seguidos, eu analiso o motivo de estar negligenciando a tarefa e então dedico o dia seguinte a fazer aquilo.

Giselle jogou a bolinha de papel com a lista num vaso com terra. Mas em vez de deixar para lá, o que não era do feitio dela, foi mancando até a prateleira, pegou outro caderno de Aster e começou a folhear. Ela disse:

– Acho que ainda não li este aqui. Nem este.

Ela vasculhou documentos numa pasta, papéis soltos e amarelados pelo tempo, caindo no chão. Resquícios da mãe de Aster. Diários, anotações, desenhos.

Aster viu de relance as fórmulas escritas à mão, os diagramas e equações em tinta azul-escura, a caligrafia precisa e até mesmo bem alinhada, muito diferente da sua. Giselle tinha parado na pasta que detalhava uma das divagações mais excêntricas de Lune Grey. Aster sabia de cor aquele trecho do diário.

Um colega meu chamado Zachary West me perguntou hoje: por que um rato? De todas as criaturas, por que você iria querer se transformar num animal tão desprezível? Eu dei uma resposta espertinha, tipo "Por que <u>não</u> um rato?". Mas o motivo real é que eu gostaria de ser como eles. Gosto da ideia de me esgueirar por buracos, explorar todos os lugares como eles fazem, até aqueles aonde a Matilda <u>não</u> quer que eu vá, sem que ninguém possa me pegar. Corredor da porta, popa, cinquenta degraus *naquela direção, mais e mais para baixo, outra porta. Não é impossível mudar o destino de algo. Transmutar-se. Nada é igual ao que já foi. Nada do que é agora continuará sendo por muito tempo.*

Aster não entendia bem os delírios da mãe, os trechos não tinham qualquer relação entre si. A caligrafia em todos os diários era da mesma pessoa, mas, não fosse por isso, aquilo tudo podia ter sido escrito por umas cem pessoas diferentes. Ela parecia ter sofrido de algum tipo de demência precoce.

– Não precisa ficar com ciúme, eu só estava organizando – disse Giselle, talvez a única pessoa que conhecesse aquele material tão bem quanto Aster, definitivamente a única habitante do convés Q a compreender a língua usada naqueles diários.

Lune fora habitante do convés Y e continuava sendo um mistério, tanto por ser uma forasteira como por seu suicídio inexplicável. Ela tinha as tradições e os costumes do convés Y, as noções sobre vida, morte e os Céus do convés Y. Tinha o senso de humor do convés Y, o paladar do convés Y e, o mais importante para Aster, o jeito de falar do convés Y. Lune escrevia numa língua que Aster nunca vira ou ouvira antes de tentar ler os diários da mãe pela primeira vez, aos dez anos.

Aster aprendeu a língua da mãe da mesma maneira que aprendeu a língua dos conveses superiores: muitos materiais de leitura e tutores. Tia Melusine fora babá de uma criança do convés E que tinha um amiguinho cuja babá era do convés W, que tinha uma parente distante no Y, a srta. Beeker.

A srta. Beeker achava maldade a Guarda ter colocado Aster no convés Q, já que a mãe fora do Y, e acreditava que era seu papel ensinar Aster a falar e ler em sua verdadeira língua ancestral. Aster nem queria aquelas aulas e chegou a argumentar com tia Melusine que a língua do convés Q era sua língua ancestral tanto quanto a do Y.

Ela tinha crescido lá, portanto era a língua à qual seu corpo sempre recorreria primeiro; e ancestralidade não era tudo aquilo que vivia em seu corpo? Além disso, a Guarda a colocara lá por acreditar que, dadas as peculiaridades fisiológicas de Aster, a outra pessoa genitora devia ser Tarlander.

Tia Melusine a obrigou a assistir às aulas assim mesmo e fez amizade com os guardas certos para que Aster pudesse passar clandestinamente para o convés Y depois do toque de recolher. Aster protestou, mas havia coisas boas: podia usar seu radiolábio por lá, na esperança de que ele enfim funcionasse, já que agora estava no mesmo lugar onde a mãe estivera. Vagando por corredores aleatórios, ela encontrou uma passagem secreta com um túnel secreto que subia, subia, subia indefinidamente, mais alto do que ela conseguia escalar. Quando criança, acreditava que aquilo fosse um canal de acesso direto aos Céus, mas, mesmo naquele corredor celestial, seu radiolábio não apitava. Ela se lembrou de quando Giselle o arrancara de sua mão e o derrubara pelo túnel. "Para de cismar com esse negócio idiota. Não funciona."

Embora o radiolábio fosse inútil, Aster aprendeu a ler e falar a língua da mãe, e aos doze anos já conseguia ler fluentemente as anotações de Lune. Giselle aprendeu a língua do convés Y só depois, mas de maneira mais rápida do que Aster, usando os diários de Lune como material de leitura.

Aster se aproximou da prateleira onde estavam os cadernos da mãe e passou os dedos na lombada das pastas, fichários e envelopes. Parou diante da última pasta, fininha, de papel-cartão, praticamente da mesma cor da pele sob suas próprias unhas, que estavam roídas até o sabugo. Virou de costas para a prateleira, encarou Giselle e passou a mão na boca. Ao fazer isso, sentiu ainda forte na palma da mão o cheiro de látex da luva que usara para amputar o pé de Flick.

– Às vezes acho que a resposta pro suicídio da sua mãe está aqui, em algum lugar, e que eu vou encontrar. Ler os diários dela é como ler um bom livro policial, mas ainda melhor, porque é de verdade. – Giselle se virou de repente para a porta e sua expressão corporal passou de animada e curiosa para apavorada. – Estou ouvindo passos – explicou, e então desceu da bancada, esgueirou-se pelo botanário com agilidade e se escondeu atrás de uma parede de plantas.

Aster ficou calma; ela sabia quem era. Embora não houvesse qualquer motivo para esperar sua visita, apenas uma pessoa além de Giselle e de tia Melusine conhecia o botanário.

Ela foi até a porta e abriu para o Cirurgião.

Ele parecia abatido e exausto. Mas demonstrava a mesma graciosidade de sempre, dava para notar o esforço em manter a postura impecável. As costuras das roupas estavam se desfazendo, e ela logo reconheceu o que era toda aquela elegância: fingimento. Muito bem calculado.

– Cirurgião – cumprimentou Aster, e, ao ver que ele ficou chateado, imediatamente se arrependeu de usar o título oficial.

– Aster – respondeu ele, o rosto uma confusão de diversas microexpressões. Parecia mais pálido que de costume, e ela imaginou se aquilo era intencional de alguma maneira, se ele enfim tinha se rendido aos instintos de autoproteção. Os blecautes haviam causado agitação na nave, e a Guarda não toleraria isso. Depois da agitação, vinha o tumulto e, depois, a rebelião. Eles tinham dobrado a aposta, e essa era a época da obediência mais rígida.

O Cirurgião não tinha pele branca; era clara, mas não branca. Clara o suficiente para que ele mantivesse seu status mesmo quando, na adolescência, a verdade sobre seus antepassados viera à tona. Pai dos conveses superiores, mãe dos conveses inferiores. Esse tipo de prole pertencia ao andar de baixo, como Aster ouvira uma mulher do convés C dizer uma vez. A pele clara chegava a ficar marrom quando o Cirurgião passava mais de uma hora nos conveses de cultivo, e seu cabelo preto definitivamente tinha algumas ondas. Seus lábios e nariz eram mais largos que os de Aster.

– Você não parece bem – disse Aster ao perceber os olhos vermelhos dele. Tinha ficado muito preocupada quando o Cirurgião desaparecera. Agora parecia mesmo haver motivo para isso. – Senta ali – continuou ela, apontando para uma das cadeiras mais confortáveis, uma que já pertencera a ele. Tudo que Aster tinha de valor fora dele antes.

– Posso? – perguntou ele, e estendeu o braço em volta dos ombros de Aster.

Ela fez que sim com a cabeça e o amparou enquanto caminhavam até a cadeira. Ele desmoronou no assento, e a barra da calça se ergueu. Aster viu um fragmento da prótese mecatrônica. Conectada perfeitamente ao joelho, tinha o formato da panturrilha, canela, tornozelo e pé. A única diferença entre aquela e a perna boa era ser feita de metal e não de pele, músculo e osso. Não era nem um pouco parecida com a prótese que Flick receberia.

Aster foi até o armário pegar o opioide que ele provavelmente viera buscar. Tinha os mesmos efeitos analgésicos do soro de papoula, mas ficava no corpo por mais tempo, não causava euforia e funcionava bem para as dores severas que o Cirurgião sentia nos membros e articulações inferiores. Apenas Aster tinha aquela substância, porque era ela mesma quem a sintetizava.

– Tira o casaco – disse ela.

Em vez disso, o Cirurgião levantou a manga. Aster colocou um pouco de soro no acesso que ele já tinha no pulso, depois injetou o opioide.

– Quer as injeções pra fraqueza também? – perguntou.

– Por favor.

– Você está piorando – disse ela, enquanto separava as seringas. Não entendia por que ele não viera logo procurá-la quando ficou sem sua dose, e ele obviamente não parecia interessado em contar. Hoje o Cirurgião não estava afim de conversa. – Da próxima vez que ficar tanto tempo sem vir aqui, você devia tomar os remédios convencionais dos conveses superiores.

Se ele quisesse, a síndrome pós-pólio poderia ser menos sofrida.

– Como já falei inúmeras vezes: não. – O Cirurgião se recusava a tomar quaisquer remédios além dos que Aster preparava especialmente para ele. Ao contrário da maioria das drogas disponíveis, o coquetel de Aster permitia que o derivado de testosterona só atacasse os músculos afetados.

– Aqui – disse ela ao entregar as seringas, pois sabia que ele preferia aplicar as injeções em si mesmo, sozinho. – Se era só isso, eu poderia ter mandado entregar. Passe a noite aqui e descanse, pra não precisar andar todo o caminho até lá em cima. Mas vou precisar sair em breve. Toque de recolher. Posso voltar amanhã e a gente toma café.

– Não posso ficar – disse o Cirurgião, e Aster desviou o olhar para que ele não visse os sinais de decepção em seu rosto. – Na verdade, vim aqui porque preciso de sua ajuda. O Soberano Nicolaeus está muito doente e eu fui incumbido de cuidar dele. – Ele entrelaçou os dedos. Aster viu as marcas nos dorsos daquelas mãos rosadas e enrugadas. Eram símbolos que o ligavam a Deus. – A saúde dele está piorando a cada minuto. Sem intervenção, vai morrer em alguns dias. Duas semanas no máximo. Por isso vim até você.

Aster deu uma olhada ao redor do botanário para ver onde Giselle estava escondida. Logo, logo o simulador de chuva começaria a funcionar, e ela seria atingida pela névoa.

– Não me lembro de ter perguntado sobre a saúde do Soberano Nicolaeus – rebateu Aster, e de repente todo seu afeto por Theo parecia ter desaparecido. Tinha pensado que o próprio Cirurgião estivera doente, ou que finalmente fora preso por uma de suas muitas transgressões contra a Guarda. No entanto, estivera cuidando de um tirano durante todo aquele tempo.

– Precisa me ajudar a achar a cura. Se existe algum antídoto, sei que você vai encontrar – disse ele, os olhos esbugalhados.

Ela tinha de admitir: a palavra "antídoto" prendeu sua atenção.

– O Soberano Nicolaeus foi envenenado? – perguntou Aster enquanto caminhava até a mesa. Mais uma vez tentava esconder o rosto, sem saber muito bem o que sua expressão revelaria. – Se me disser quem foi o responsável, darei meus parabéns.

As maçãs do rosto salientes conferiam ao Cirurgião uma beleza severa, e ele a encarou com uma expressão séria, a pele repuxada sobre o queixo.

– Não é hora pra brincadeiras.

– Não estou de brincadeira – respondeu Aster, embora estivesse sim. Tinha se inspirado em Flick: fazer piada sempre que tivesse vontade, sem se importar se era apropriado ou não.

– Então você sabe o que o aflige? – perguntou o Cirurgião. Parecia prestes a chegar mais perto e tocá-la do jeito suave que costumava fazer. Como se tivesse medo de machucá-la. Todas as outras pessoas a tocavam como se temessem ser machucadas por ela.

– Eu nem sabia que o Soberano Nicolaeus estava doente.

– Eu sei, acredite, eu sei mesmo, como é tentador desejar a morte de Nicolaeus. Mas o homem que deve sucedê-lo é um milhão de vezes pior. Acha mesmo que a morte dele resolveria tudo?

Aster nunca tinha visto o Cirurgião tão nervoso.

– Considero a morte dele um fim em si mesmo – disse ela, mas mordeu a isca. – Quem vai ser o sucessor?

– Acho que não seria muito inteligente da minha parte contar pra você.

– Então não vejo motivo pra ajudar. – Aster colocou as canetas de volta na mesa, arrumou os bloquinhos.

– Por favor – disse ele, esfregando os pulsos nos olhos vermelhos. – Confie em mim. Já fiz alguma coisa que não fosse ajudar e proteger você desde que somos conhecidos?

– Você já fez muitas coisas além de me ajudar e proteger desde que... *somos conhecidos* – disse Aster, gaguejando um pouco naquelas últimas palavras. Não sabia por que estava tão magoada ao ouvir a relação dos dois ser reduzida a algo tão pequeno.

– O que eu fiz além de manter você segura?

– As refeições que você come me mantêm segura? Os banhos que toma? Os livros que lê? – listou ela, parecendo mais confusa do que propriamente irritada. – Desculpe, não estou entendendo.

A expressão no rosto do Cirurgião ficou mais suave e ele concordou.

– Não quis me referir a literalmente tudo que faço. Devia ter especificado. Vou reformular: desde que nos conhecemos, não fiz nada além de ajudar e proteger você, naquilo que tivesse relação direta com você e com a sua vida.

Aster apoiou os pés no banco onde estava sentada, seu corpo inteiro se encolhendo.

– Sei.

Ela achava que já havia treinado seu cérebro para lidar com a tendência à literalidade exagerada, mas lá estava aquilo de novo, fazendo com que ela parecesse uma idiota.

– Foi uma afirmação ridícula – continuou o Cirurgião. – Hiperbólica e provavelmente exagerada, mesmo que você não a compreendesse de modo literal.

Aster relaxou o corpo, mas manteve os pés sobre o banco.

– Me conta quem vai ficar no lugar do Soberano Nicolaeus. Ou não tenho nenhum motivo pra ajudar a evitar a morte dele.

O Cirurgião não era de demonstrar nervosismo, mas Aster não saberia descrever de outra maneira a forma como ele passava as mãos pelos cabelos cheios de gel e batia o pé no chão.

– O tio – disse ele, depois de respirar fundo. – Meu tio.

Aster tentou engolir em seco para desfazer aquele desconforto na garganta, mas tudo o que conseguiu foi deslocar o nó do trato digestivo superior para o inferior.

– Há quanto tempo está escondendo isso de mim?

– Não queria obrigar você a pensar nele – respondeu o Cirurgião, embora provavelmente já soubesse, a essa altura, que ela sempre pensava naquele homem.

– Essa não é uma resposta adequada e não acredito em você.

– Não sei – disse o Cirurgião, com a voz trêmula. – Fiquei com medo do que você poderia fazer quando soubesse. Tentar feri-lo ou ferir... Não sei. Meu objetivo era conseguir tratar o Nicolaeus para que isso nunca fosse uma questão, então por favor confie em mim. Me ajude a ajudá-lo e nunca mais vamos ter de pensar no meu tio.

– Como posso ajudar um paciente que não estou tratando? Que nunca sequer vi? – Aster estava sendo sincera nas indagações, embora percebesse que o Cirurgião achava ser apenas teimosia. Por melhor que Aster fosse, não conseguiria fabricar um antídoto para um veneno sem nem saber qual era. – Me conte quais são os sintomas pelo menos.

– Cefaleia em salvas. Alucinações visuais e auditivas, mas sem febre. Não é nada que eu nunca tenha visto antes. A não ser pelo último sintoma. Foi por causa dele que vim procurar você. Os olhos dele, Aster. Os olhos dele mudaram.

A cientista que existia dentro de Aster não conseguiria fingir desinteresse, nem se quisesse muito. Fascinada, ela o incentivou a continuar falando.

– Mudaram como? O que quer dizer? Mudaram de cor?

Ela só vira Nicolaeus uma vez na vida. O Cirurgião a levara aos aposentos do Soberano para ensiná-la a fazer uma colectomia. Seus olhos eram bastante normais, ela nem se lembrava do formato. Na época, não atraíram a atenção de Aster, muito menos em comparação com o que havia em cima da lareira. Uma espingarda, igualzinha à da Imperatriz da Noite. A única que ela já tinha visto na vida real e, pelo que sabia, a única que existia na nave.

O Cirurgião ficou encarando algum ponto acima da cabeça de Aster, tentando encontrar as palavras para explicar.

– As íris ficaram meio irregulares. Disformes – disse ele, e tentou disfarçar um arrepio. – Como a lâmina de uma faca serrilhada, mas ainda mais dentada. Torcida, poligonal.

Parecia algo saído dos pesadelos de Aster. Ela nunca ouvira falar de algo parecido.

– Por causa disso, a visão vai e volta. A dor que ele sente é inimaginável. Já estou acostumado com o som dos gritos.

O Cirurgião olhou para ela. Aster imaginou que ele buscava uma reação. Não encontraria nenhuma. O sofrimento do Soberano Nicolaeus não a afetava em nada.

– Usei leitura eletromagnética pra dar uma olhada no cérebro. Tem inchaços espalhados por toda parte. O que quer que esteja desestabilizando as células das íris também deve estar enfraquecendo as paredes dos vasos sanguíneos do cérebro. É questão de tempo até ter um aneurisma fatal. Consegui aparar alguns deles, mas a velocidade com que os novos se formam é muito alta.

Os sintomas descritos pelo Cirurgião não se pareciam com os de nenhum veneno que Aster conhecesse. Parecia algo mais celestial. Como uma punição. Parecia uma daquelas vezes em que tia Melusine colocava um disco para tocar e chegava a parte boa. Uma morte bem dolorosa e inexplicável parecia uma bela coroação para a carreira do Soberano Nicolaeus como líder da *Matilda*.

– Não posso ajudar – respondeu Aster. O Cirurgião fechou os olhos. Talvez estivesse rezando. – Se não posso mais ser útil pra você, melhor ir embora. Adeus, Cirurgião – disse, com uma severidade que havia muitos anos não usava com ele.

– Sabe que não gosto que me chame assim.

Ela conseguiu perceber a súplica na fala dele, um pequeno soluço em meio a um tom de voz firme e grave.

– Então, adeus, Theo.

Aster achou que o movimento milimétrico que ele fez com a cabeça poderia ser considerado um aceno de agradecimento.

– Desculpe por ter passado tanto tempo longe de você.

– Não tem problema – disse Aster. Afinal, eram apenas conhecidos.

Ela o ajudou a se levantar e caminhar até a porta.

– Foi meu tio quem instituiu os cortes de energia nos conveses inferiores, caso você ainda não tenha entendido – disse Theo. – Como Soberano, ele vai ter poder pra causar ainda mais sofrimento e, acredite, é tudo que ele quer. Vai ter poder pra ferir você, pra continuar essa perseguição maldosa e vingativa contra você. Se tiver qualquer ideia, qualquer coisa que possa ajudar a curar Nicolaeus, eu imploro que me diga. Só estou fazendo isso porque me preocupo com você.

Se estivesse tão preocupado, podia ter se dado ao trabalho de ver como ela estava. Aster conhecia muito bem todo o sofrimento causado pelo tio dele. Fora ela, e não Theo, que acabara de amputar o pé de uma criança.

– Até a próxima – disse Aster, e ele enfim desistiu e avançou pelo corredor. – Theo, espere.

Ele se virou, os olhos cheios de esperança – como se Aster estivesse prestes a oferecer seu perdão, tão simples quanto alguém que dá um beijo de boa noite numa criança.

– Deus salve o Soberano – gritou ela, e então bateu a porta.

Um dia, Theo removeu o útero de Aster. Ele a fez respirar ar que não era ar. Quando Aster acordou, só sobrara um fantasma em seu ventre. Era tudo que ela sempre pedira aos Ancestrais.

Aquela ação de Theo violava o juramento feito por ele, quando ainda era um garoto de treze anos, ao entrar na Ordem Sagrada da Guarda do Regime. Médicos haviam examinado a genitália e o aparelho reprodutor de Aster e determinaram que ela era uma das poucas fêmeas daquela "linhagem racial defeituosa" capaz de gerar prole. Ao lado do nome dela no manifesto da *Matilda* havia um carimbo que dizia APTA A PROCRIAR.

Havia métodos contraceptivos menos drásticos, mas Aster gostava do quão definitiva era a histerectomia. Cortar fora como um câncer.

Quando a infertilidade de Aster começou a ficar aparente, Theo conseguiu expulsar da Guarda os médicos que iriam reexaminá-la. Depois, começou a castrar quimicamente todos os homens dos conveses superiores que faziam parte dos programas de reprodução da nave. "Vacinação de rotina", ele dizia.

A Guarda foi tirar satisfações com ele sobre sua óbvia conduta e, embora não tenha confessado nada, Theo disse que recebera uma providência divina dos Céus dizendo que os programas de procriação eram uma vergonha. Até eles serem descontinuados, a epidemia de impotência continuaria se espalhando para os homens dos conveses superiores da *Matilda*. Apesar de tudo, ele era destemido. Na manhã seguinte, o Soberano Nicolaeus emitiu um decreto que bania "a interferência na ordem reprodutiva natural".

Aster supôs que o Cirurgião se referia a isso quando disse que nunca tinha feito nada além de ajudá-la e protegê-la. Aquele desprezo com relação a ela era um comportamento estranho.

– Você nunca me disse que ele sabia desse lugar – disse Giselle, saindo do esconderijo e toda molhada pela chuva artificial. – Quem mais sabe, Aster?

– Tia Melusine. Ele. Você. Mais ninguém.

– E você está bem? Com essa coisa do tio do Cirurgião? Tenente, esse é o nome dele, não é?

– É. Estou bem.

A mentira não convencia. Giselle sabia tão bem quanto Theo que Tenente havia escolhido Aster a dedo para ser vítima de uma série de abusos. Um pouco menos nos últimos anos, mas, na adolescência, ela aguentara humilhações diárias. Ele fornecera o nome dela para muitos guardas, então mesmo que fosse raro encontrá-lo pessoalmente, ela sempre experimentava sua ira, mesmo que fosse pelas mãos de outros.

Em uma ocasião, Aster tinha desenvolvido um bacteriófago para tratar uma infecção resistente a antibióticos que se espalhava pelo convés Q, mas ele fora confiscado por um guarda porque uma coisa daquela só podia vir de contrabando. O guarda arrancou acessos dos braços de seus pacientes e informou com prazer que eram ordens de Tenente.

A reação dela foi trocar o tratamento por outro, com um mel de uso médico conhecido por suas propriedades bactericidas. Então, Tenente envenenou as abelhas dela. Dois dos sete pacientes de Aster morreram.

Tenente foi a pessoa que classificou Aster como apta a procriar antes que Theo interviesse. Durante um ano, ele a obrigou a usar o uniforme dos conveses inferiores, mesmo muito tempo depois de não ser mais obrigatório. Talvez não fosse nada assim tão significativo, mas eram pequenas dores que iam pouco a pouco minando a resistência de Aster.

– Pra mim, um soberano é sempre um soberano, mas acho que se fosse pra escolher, eu certamente preferiria Nicolaeus no lugar de Tenente. A melhor solução seria matar os dois – disse Giselle, andando de um lado a outro entre a mesa e as prateleiras. Ela enfiou as mãos nos cabelos e os puxou. – O Cirurgião já leu as coisas da sua mãe? Os cadernos e tudo mais?

Aster franziu a sobrancelha, surpresa com a mudança de assunto. Os pensamentos de Giselle seguiam caminhos imprevisíveis.

– Não.

Giselle assentiu duas vezes.

– Ao menos isso. Não seria bom se ele percebesse as similaridades entre o que está acontecendo com Nicolaeus e o que houve com sua mãe. Aí ele ia *mesmo* pensar que você tinha a cura – disse ela, e se aproximou da prateleira onde estavam os papéis da mãe de Aster. Pegou diversas pastas e deixou algumas caírem no chão. Ficou com três nas mãos. – O dela foi mais suave do que o do velhote, mas só pode ser o mesmo veneno, não é, Aster?

Aster não respondeu porque nem sequer compreendeu a pergunta. Os diários da mãe nunca mencionaram doença ou envenenamento. Com certeza não havia nenhuma descrição de sintomas.

– Se o que aconteceu com ela ia ficar tão grave quanto a doença do Soberano Nicolaeus, talvez tenha sido por isso que ela se matou. Foi um suicídio de misericórdia. Pra morrer com alguma dignidade. – Giselle se sentou no chão e começou a folhear os cadernos das pastas.

Aster se juntou a ela e passou o braço ao redor da cintura de Giselle para equilibrá-la.

– Não sei se estamos com a mesma percepção da realidade – falou, e era o que sempre dizia para Giselle quando ela parecia estar no meio de um dos seus acessos.

– Isso não é loucura, Aster. Olha aqui. – Ela apontou para uma das passagens do diário de Lune Grey:

Manutenção necessária em vários dos sistemas do convés L. Os alto-falantes emitem um som estático apesar de não haver qualquer estímulo sonoro. Acontece esporadicamente, mas vale a pena investigar a fundo.

Giselle tinha destacado uma das poucas anotações do diário que fazia sentido. Lune Grey era mecânica. Seus companheiros de alojamento haviam confirmado essa informação. O radiolábio também confirmava. Não era surpreendente ela ter relatado que algo precisava de conserto.

– E olha esta aqui – disse Giselle, mudando para outra página.

Há alguns óbvios problemas na fiação do convés L, e eu suspeito que tenham cortado sua ligação com a rede elétrica. O som estático dos alto-falantes continua. Além disso, os sensores de luz e calor dispararam e estão mostrando leituras incorretas. Por enquanto, não é uma prioridade para a manutenção, mas é algo a ser investigado mais profundamente.

– Entendeu? Isso é só o começo.

– Não entendo o que as anotações da minha mãe sobre a manutenção da nave têm a ver com o envenenamento do Soberano Nicolaeus – respondeu Aster.

Rindo, Giselle pegou outro caderno.

– Você está tirando onda com a minha cara? – perguntou, e então ficou séria. Aster não sabia do que ela estava falando. – É sério? Durante todo esse tempo você nunca percebeu que as anotações da sua mãe estavam em código?

4

Se Aster fosse contar uma história, ela seria assim:

Era uma vez uma mamãe que teve um bebê, uma coisinha pequena, pesada, de pele marrom escura e que se contorcia toda. A mãe deu ao bebê o nome de Aster, por causa do gênero floral, da antiga palavra que significava estrela e também pela necessidade de acessar o fundo da garganta para criar o som suave daquele A. Não era um nome qualquer, escolhido aleatoriamente. Não era um nome que você daria para um bebê se planejasse abandoná-lo num armário para morrer.

Na história de Aster, não existia bilhete de suicídio escrito numa letra cursiva bonita e enfiado dentro do radiolábio de Lune: "Aster, desculpe. É com amargor, sofrimento, tristeza, raiva e arrependimento que a estou deixando. Sinto muito". E a mãe não cortava a garganta com uma faca.

Sim, se Aster fosse contar uma história, seria assim – mas ela não contaria essa história.

Por causa de seu preciosismo, odiava as memórias orais e o modo como as pessoas falavam do passado de forma tão inconsistente e descuidada.

"Naquela época."

"Há muito tempo."

"Naquela terra antes de existir a grande nave *Matilda*."

Aster evitava usar frases ambíguas assim porque eram uma afronta ao processo investigativo. Ofereciam resumo e conclusão para histórias que não os tinham, ao agrupar dados que não necessariamente deveriam estar juntos. "Aquele foi o ano em que tudo mudou", alguém dizia. E Aster perguntava:

"Mudou como?". Qual foi exatamente o desenrolar dos acontecimentos? Foi mesmo *naquele* ano ou no anterior? Ou foi um acontecimento ali, depois outro após vários anos, com 1.018 pequenos sinais entre um e outro?

Aquela foi uma das primeiras lições que aprendeu com o Cirurgião: "Não atribua significado a algo que não o tem". Na primeira semana dos dois trabalhando juntos, quando Aster tinha quinze anos e ainda estava tão crua que ficava enjoada só de pensar em fazer uma incisão num cérebro para remover um meningioma, ele a levou para ver uma menininha loira dos conveses superiores cujo nariz estava sangrando havia dias. Além disso, tinha hematomas por todo o corpo.

– Hemofilia – dissera Aster.

Conhecia aquela história; era especialista em padrões. Uma reação alérgica leve irritava e inflamava os vasos do nariz, mas o sangue não coagulava. Os hematomas eram o resultado lógico de uma vida de brincadeiras e diversão permitida às crianças dos conveses superiores. Algo que seria apenas uma pequena hemorragia interna numa pessoa sem a doença, invisível e sem hematomas, era bem mais drástico nos hemofílicos. Cada mero contato formava um banho de sangue sob a pele.

– Você está errada, é claro – tinha respondido Theo. Falava com a autoridade de quem já vivera muitas vidas, mas era apenas cinco anos mais velho.

– Claro que está errada. Ela é um deles. Ela fede – dissera a menininha loira, com um lenço sob as narinas vermelhas.

– Não fede, não – respondera o Cirurgião com um tom de voz que não dava espaço a reclamações da menina.

Aster pensou em quebrar o nariz da garota e lhe dar um verdadeiro motivo para sangrar, mas o Cirurgião a tratava com uma gentileza indiferente, a mesma com a qual tratava todo mundo, inclusive Aster. Ele colocou dois comprimidos sob a língua da paciente e os deixou dissolver. Em segundos, a menina ficou sonolenta.

Não teria sido necessário, na opinião de Aster, sedar a menina para cauterizar os vasos com nitrato de prata. Talvez fosse um procedimento dolorido, mas Aster já tinha aguentado coisa muito pior. Começava a perceber como ele mimava os pacientes.

Depois, de volta ao escritório do Cirurgião, ele explicou a doença da menina:

– Você achou que era hemofilia porque presumiu que os hematomas e o sangramento tivessem relação. Não têm. O sangramento no nariz é por causa de uma doença hereditária e os hematomas são fruto de abuso.

Aster assentiu, digerindo a informação e pensando se deveria sentir alguma solidariedade por aquela criança. Decidiu que não.

– Se tivesse me dado mais detalhes, eu teria chegado à mesma conclusão.

– A questão é: o que fazer quando você não tem os detalhes? Interrogar o paciente? Examinar? Ou se contentar com a resposta mais óbvia?

Quando se trata de história, memória e narrativas, as pessoas normalmente se contentam com a resposta mais óbvia. Aster se perguntou se tinha feito isso com relação aos diários da mãe: presumiu que fosse louca em vez de investigar as pistas claras.

Ou talvez ela estivesse certa desde sempre sobre a mãe, e Giselle estivesse sendo idiota. Tinha caído na armadilha de criar narrativas onde elas não existiam. Sempre seria possível ligar um grupo aleatório de pontos e formar uma imagem, não importando se havia de fato uma imagem ali.

Aster se virou ao ouvir uma batida.

– Revista de cabine – anunciou um guarda, a voz abafada do outro lado do metal. Embora soubesse que era improvável, ela imaginou se seria um dos homens de Tenente.

A porta não abriu quando o guarda tentou empurrá-la, e Giselle deu uma risadinha. Vivian, que estava no beliche em cima dela, também riu.

– Fiquem quietas – sussurrou Aster, e jogou um par de meias enroladas nas colegas de cabine. O algodão molhado de suor tinha congelado e endurecido um pouco durante a noite, deixando uma umidade na palma da mão dela.

– A porta não abre – gritou o guarda do corredor.

Aster vinha colocando um cano sob a maçaneta toda noite nas últimas semanas, justamente para evitar essas invasões no meio da madrugada.

– Se não abrirem essa porta agora, vou esperar aqui até de manhã e prender uma a uma.

As colegas de cabine de Aster se viraram para ela, os olhos brilhando.

– Abram a porra da porta agora.

Aster saiu das cobertas, foi andando pé ante pé até a porta, tirou o cano de metal e voltou se esgueirando para a cama.

Pelo menos estavam acordadas. Pelo menos estavam preparadas. Era melhor do que acordar com a ponta de um cassetete na testa ou com alguém jogando água gelada em seu rosto.

O guarda entrou cambaleando, as botas fazendo um barulho estrondoso.

– Acordem! – ordenou, a voz meio arrastada, como um bêbado.

Acendeu a lanterna e o feixe de luz foi passeando entre os seis beliches. Parou no último, onde duas mulheres, Mabel e Pippi, estavam deitadas, abraçadas, num colchão de solteiro.

– Vocês duas. Podem levantar. Fora da cama. Sei bem o que estão fazendo – disse ele. Elas não se mexeram, e então o guarda as puxou pelos ombros; mantas, colchas e corpos caíram no chão.

– Não estávamos fazendo nada pecaminoso. Juro, senhor, estávamos só tentando nos aquecer – explicou Mabel. Meia mentira. Esse era um dos motivos. Não o único. Mabel procurou os óculos e tossiu ao falar com o guarda.

- Você peca ainda mais por mentir para tentar encobrir sua sordidez. Eu disse para levantarem! - Dessa vez, o guarda bateu com o cassetete na grade da cama.

Aster observou as colegas saírem da cama. Fechou os olhos e enterrou o rosto no colchão. Tapou os ouvidos para abafar o som, mas era inútil. Conhecia aqueles sons de cor. O clique do metal quando o guarda desafivelou o cinto, o raspar na calça ao tirá-lo do cós, e enfim o estalo do couro na pele.

As duas mulheres choraram. Aster imaginou os óculos de Mabel embaçados. A cada série de golpes, a mulher era tomada por mais um acesso de tosse.

- Voltem para suas próprias camas - disse ele ao terminar, a respiração ofegante. - Vocês deveriam me agradecer.

Aster sabia o que vinha depois, um desses discursos do Regime sobre redenção e justiça. Sobre como as surras eram boas. E cada golpe libertava de um pecado. Se os olhos de Aster não estivessem fechados, estariam se revirando. Ela não conseguia entender por que os guardas falavam essas coisas sem sentido para se justificar. A grande vantagem de ocupar uma posição de poder era fazer tudo o que se queria e sair impune. Parecia uma perda de tempo se preocupar com explicações.

- Você - disse o guarda. Apontou a lanterna para Aster. Ela fingiu estar dormindo, mordeu a fronha suja para tentar paralisar o corpo, que tremia. - Eu disse *você*. - O guarda encostou o cassetete entre as costelas de Aster e torceu entre a seis e a sete. Ele fedia a cerveja.

Aster cobriu os olhos com as costas da mão para bloquear a luz e ouviu o clique quando ele aumentou a intensidade da lanterna, o feixe tão claro que fazia doer os olhos.

- Por que está invadindo nossa cabine? - perguntou ela, virando a cabeça com os olhos semicerrados em direção ao guarda. - E no meio da madrugada. Precisamos estar descansadas pro trabalho amanhã.

O rosto rechonchudo do guarda revelava sua juventude. Aster imaginou que devia ter alguns anos menos do que ela. Vinte. Vinte e um.

Aster se sentou e cobriu os ombros com o cobertor. Acendeu um lampião, pegou a bolsa de remédios e tirou de lá a permissão que usara para ir até o convés T amputar o pé de Flick. O guarda arrancou a permissão da mão dela e apertou os olhos para ler. "Este crachá confere a Aster Grey, convés Q, Ala Queda D'Água, Q-10010, assistente do General Cirurgião Theophilus Smith, passagem livre até a Ala Torrente com o objetivo de colher amostras de sangue para a pesquisa de Smith." Ela tinha um daqueles para cada convés inferior. O guarda direcionou a luz para o símbolo estampado no cartão, depois para o mesmo símbolo marcado no pescoço de Aster, para confirmar sua identidade.

Aster pegou de volta a permissão e colocou na bolsa. Levantou da cama e se posicionou como um escudo entre o guarda e suas colegas.

– O Cirurgião não ia gostar nem um pouco se algo acontecesse com uma de nós. Por enquanto, não vou denunciar você. Mas se não for embora, denunciarei. Você é o quê? Inspetor júnior, talvez nem isso? Ele está acima de você. – Aster não tinha certeza se o Cirurgião realmente ajudaria nesse caso. De acordo com a conversa que tiveram antes, eles eram apenas conhecidos. Ninguém mexe os pauzinhos para ajudar conhecidos.

O guarda levantou a mão para bater nela, mas Aster agarrou seu pulso antes que ele pudesse desferir o golpe. Segurou com força, a adrenalina alimentando os músculos.

– Não faça isso de novo – disse ela. As colegas de quarto estavam sobressaltadas, e o som dos suspiros surpresos lhe deu ainda mais confiança. Gostava de impressioná-las. Gostava de mostrar sua audácia. Mais cedo, Giselle tinha duvidado de seu compromisso com a rebelião. Queria ver restar dúvida agora.

– Chega – disse Mabel em meio a outra tossida, mas Aster não deu bola para o aviso. Ia lutar com aquele homem se fosse preciso. Dava para sentir o cheiro de bebida nele. Aquilo o deixava mais fraco e estúpido. Ela não podia ganhar uma briga contra Tenente, mas aquele cara ali ela podia machucar.

Ele tentou segurá-la com a outra mão e Aster o bloqueou. O guarda conseguiu lutar até jogá-la na cama, mas ela estava em vantagem e lhe deu um chute na barriga. Enquanto ele gemia, ela conseguiu rolá-lo para fora da cama e o jogou no chão.

– Você está bêbado e inútil. Vá embora.

Ele embaralhou as pernas para se levantar e acabou vomitando nos próprios pés.

– Eu vou contar pra...

– E eu vou contar pro Cirurgião – cortou Aster. – Você viu a permissão. Conheço ele há dez anos. Ainda que eu fosse só um ratinho de laboratório dele, são dez anos. Não acha que valho alguma coisa?

– Sua animal idiota – respondeu ele, patético, com o cinto aberto.

– Isso mesmo. Agora vá embora.

Aster não sabia por que de repente estava tão corajosa. Seria o fantasma da mãe, irada por ter sido incompreendida durante tanto tempo, que a possuíra temporariamente? Ou a insistência de Flick em dizer que ela era fraca?

– Não vou me esquecer da sua cara e do número do seu alojamento – disse o guarda.

– Vai sim.

Ela o empurrou para o corredor, fechou a porta e ele ficou lá, vacilante e tentando se manter em pé. Tinha esperanças de que ele esquecesse mesmo. Nunca o vira antes. Provavelmente ficara bêbado depois do turno de trabalho e fora parar no corredor errado, quem sabe até no convés errado.

– Aster, não tenho dúvidas de que você está total e absolutamente louca – disse Mabel, as lágrimas já secas, mas com uma evidente dor nos brônquios. Com a mão no peito, ela chiava e soluçava.

– Vamos, levante. Caminhar um pouco vai ajudar – sugeriu Pippi. Ela tinha a pele escura e era muito graciosa, enquanto Mabel usava óculos, era atarracada e ansiosa. As manchas de eczema deixavam sua pele áspera. Os cabelos cacheados estavam tão embaraçados que pareciam um ninho de rato.

Pippi foi conduzindo Mabel com passos lentos de um lado a outro da cabine. As duas mancavam, os ferimentos causados pelo cinto do guarda ainda frescos. Aster afastou o cobertor e se levantou.

– Aonde você vai? – perguntou Giselle.

– Sai da frente – disse Aster, e passou por ela no caminho até a pia. Mabel precisava de oxigênio. – Venha aqui. – Fez um gesto para que Pippi levasse Mabel até o banquinho de madeira. – Pega lá a máscara que eu fiz – pediu, e entregou a chave de seu baú para Pippi.

Depois de encher a pia com água, Aster derramou um dos pacotes de bicarbonato de sódio lá dentro. Havia mais dois outros pacotes; ela esperava que fossem o suficiente para manter a água como condutor.

– Aqui a bateria que você fez – ofereceu Giselle, estendendo um aparelho de 100 volts.

– Não consigo respirar! – gritou Mabel enquanto Pippi trazia a máscara de oxigênio. Colocou sobre o nariz e a boca de Mabel e ajustou o elástico sobre o chumaço grosso do cabelo. Pegou o tubo que saía da máscara e ajeitou-o próximo à bacia.

Aster pegou a bateria da mão de Giselle, usou um dos nós para alimentar a corrente na água.

– Pronto – disse ela, quando a água começou a borbulhar. A eletricidade separava os oxigênios dos hidrogênios, conduzindo-os pelo tubo que ia direto para a máscara de Mabel.

Se mantivessem o fluxo de água ali, conseguiriam uma boa quantidade de ar para ela.

– Está sentindo, amor? – perguntou Pippi. Mabel assentiu com um chiado. – Ela está ficando pior a cada dia.

Aster assentiu e foi até o baú pegar a capa que a bisavó de Flick lhe dera. Enrolou-a ao redor do corpo de Mabel.

– É o frio.

– Fico sempre achando que Deus vai curar a Mabel – disse Pippi.

Soou um gorgolejar do fundo da garganta de Giselle, como uma risada.

– O Deus do Soberano. Os guardas são Deus. Então, a não ser que pense que algum deles vai curar a Mabel, está chamando o cara errado. Eles não vão religar o aquecimento.

– Não tem *eles* – disse Aster, de olho nas bolhas na pia. Queria passar os dedos na água eletrolisada, assim seu coração bateria forte.

– Do que está falando? – perguntou Pippi.

– Hein? – disse Aster.

– Você disse *não tem eles* agora mesmo. O que isso quer dizer?

Aster se sentou ao lado de Mabel para monitorar o subir e descer de seu peito antes de se explicar.

– Giselle disse que eles não iam religar o aquecimento. Estou dizendo que não tem nenhum *eles*; é *ele*. Um homem em específico está por trás do racionamento de energia. E embora ele de fato represente um poder maior e talvez um sujeito no plural fosse apropriado, acho que...

Pippi, com um dos braços ao redor do corpo de Mabel, levantou a outra mão para interromper.

– Chega. Para, por favor – disse ela, a voz trêmula como se fosse chorar outra vez. Estava tarde. Estavam cansadas. Estava frio demais para dormir.

– Você pediu uma explicação – observou Aster.

– Eu sei. Errei em perguntar. Sua versão de "explicar as coisas" nunca explica nada – respondeu Pippi.

Mabel tirou a máscara dos lábios.

– Então, se é apenas uma pessoa, quem é?

Aster não disse o nome de Tenente em voz alta. Correria o risco de evocá-lo. Em vez disso, deu de ombros.

– Não podemos voltar a dormir? – perguntou Vivian.

– Estou acordada demais pra isso – respondeu Giselle. Ela foi até a cama de Aster e se sentou. Quando a respiração de Mabel estabilizou, Aster se juntou a ela.

– Eu queria... Queria conversar com você – sugeriu Aster. Ela e Giselle não tinham conseguido falar sobre o assunto de antes. Tiveram de sair do botanário às pressas para cumprir o toque de recolher, e depois veio a contagem. Depois que as colegas de cabine haviam dormido, seria mal-educado ficar conversando.

– Claro que quer conversar comigo. Quer saber sobre o código de Lune. – Giselle sorriu, se levantou e foi até a própria cama pegar os cadernos que tinha trazido do botanário. Pegou o lampião e colocou na cama para conseguirem ler. – Convés L representa a sua mãe, é claro – explicou Giselle, sentada com as pernas cruzadas ao lado de Aster. – Imagino que tenha escolhido por causa do nome, *Lune*. Meio óbvio até, acho. Eu teria escolhido algo menos explícito e reconhecível. Uma coisa cifrada, sabe.

– É só isso? – respondeu Aster. – L de Lune? Essa é a base de toda a sua teoria pro suposto código?

– Na verdade, não fazia muito sentido que o convés L estivesse tão cheio de problemas. É um convés intermediário. Imagino que tenha complicações ocasionais, mas todo dia havia algo de errado com ele. Então eu revisei todas as menções ao convés L e organizei por data. Parecia estranho que a cada exatos vinte e nove dias houvesse um vazamento nos canos da Ala Louro e, cinco dias depois, ele fosse consertado.

Aster apertou as cobertas com as mãos.

– Acha que minha mãe estava se referindo à menstruação?

– Não tinha certeza até encontrar um dos trechos, de nove dias depois que o tal cano deveria ter apresentado vazamento, e ela diz que, estranhamente, os canos da Ala Louro se consertaram sozinhos dessa vez.

Aster não entendeu.

– Ela estava grávida de você, tapada. A data dessa anotação é de trinta e oito semanas antes do seu aniversário, Aster. Sério, eu achei que você sabia de tudo isso. Como poderia não saber? Sua mãe nem trabalhava no convés L. Trabalhava no Pequeno Sol, não era? No Nexus?

Aster tinha notado aquela incongruência antes, mas não prestara muita atenção. A Guarda mudava os trabalhadores de lugar com frequência.

– Convés L se refere à sua mãe de modo geral. É o que ela diz em vez de "eu". Às vezes, usa alas específicas para falar de determinados tópicos. Ala Louro é sempre sobre menstruação, sexo, gravidez. Ala Lavanda é sobre o trabalho. O trabalho *de verdade*, no Pequeno Sol.

De repente, Aster enxergou o que Giselle via.

– O relógio! É o Pequeno Sol!

Giselle sorriu.

– Isso mesmo.

Lune descrevera um lindo relógio que ficava sobre uma lareira na casa de um morador da Ala Lavanda. Sempre que sua engrenagem funcionava mal, ela era a encarregada de consertá-lo.

Aster não entendia como tinha ignorado todas essas pistas óbvias. Pegou um dos cadernos e, com outros olhos, releu as passagens que Giselle lhe mostrara mais cedo.

Manutenção necessária em vários dos sistemas do convés L. Os alto-falantes emitem um som estático apesar de não haver qualquer estímulo sonoro. Acontece esporadicamente, mas vale a pena investigar a fundo.

Há alguns óbvios problemas na fiação do convés L, e eu suspeito que tenham cortado sua ligação com a rede elétrica. O som estático dos alto-falantes continua. Além disso, os sensores de luz e calor dispararam e estão mostrando leituras incorretas. Por enquanto, não é uma prioridade para a manutenção, mas é algo a ser investigado mais profundamente.

Aster agora entendia por que Giselle pensou que os sintomas de Nicolaeus se pareciam com as descrições de Lune. Os alto-falantes emitindo sons sem estímulo: alucinações auditivas. O sensor mostrando leituras incorretas: alucinações visuais. Numa anotação posterior, ela discorria sobre algumas particularidades nos dispositivos de iluminação do convés L – uma pequena fenda quase imperceptível no metal de um deles, além de um outro corte, este mais perceptível, em formato de W, no fundo do outro: as íris disformes. Se fossem só as alucinações, Aster talvez achasse que estavam exagerando em ver semelhanças, mas a descrição desses dispositivos parecia mais conclusiva.

Durante todo aquele tempo, Lune estivera falando com Aster, tentando lhe dizer algo importante. Fazia anotações de modo obsessivo, assim como Aster. Eram um registro de quem ela fora e do que fizera, e Giselle estava certa. Em algum lugar ali estava o motivo de seu suicídio.

– As anotações sobre a Ala Lago são coisas mais pessoais. Como ela está se sentindo, como foi o dia – disse Giselle, apontando as últimas páginas de um dos cadernos. – Pelo menos eu acho que é. Tem muita coisa que ainda não entendi. Às vezes, não faz sentido até você ouvir ou ver algo. Tipo o que aconteceu mais cedo com o Cirurgião. Enquanto ele ia dizendo aquelas coisas sobre o Nicolaeus, eu simplesmente me lembrei da anotação.

Aster leu os comentários de Lune sobre a Ala Lago. Não era difícil compreender, agora que ela entendia o código.

Lune estava ansiosa, estressada e preocupada em suas últimas anotações, porém, mais do que tudo, estava cheia de coragem. Os trechos exalavam otimismo. Tinha encontrado algo que lhe fornecera um entusiasmo visível. Aster podia sentir a euforia jorrando das páginas: "Não sei se vai funcionar, mas, se funcionar, aleluia! Mil aleluias!". Um sentimento que não combinava com seu bilhete de suicídio.

A explicação óbvia para o suicídio era que seus planos não tinham funcionado; mas o que poderia ter sido um fracasso tão grande a ponto de fazê-la se matar?

Por muito tempo Aster tinha ignorado a tentativa de comunicação da mãe, mas ali estava uma nova oportunidade. A doença do Soberano Nicolaeus era um sinal. Ela não acreditava no sobrenatural como a maioria dos nativos do convés Q. Se houvesse um outro mundo onde os Ancestrais caminhavam livres, tudo ótimo, mas o que aquilo tinha a ver com ela? Não conseguia entender. Não conseguia lidar com aquilo. O Mundo Espiritual para ela era um mito tal qual um planeta ou uma estrela de verdade.

Os sinais, no entanto, não dependiam da existência do sobrenatural. A história queria ser lembrada. Evidências odiavam ficar escondidas em lugares escuros e se esforçavam para ressurgir na superfície. A verdade era confusa. A ordem natural de um universo entrópico era se mover na direção dela.

"Os fantasmas, na verdade, são isso", dissera uma vez tia Melusine, "o passado que se recusa a ser esquecido". Ela estivera ajudando Aster a esfregar o convés X com amônia e água sanitária, uma tentativa infrutífera de limpar o fedor do que acontecera ali. "Os fantasmas são os cheiros, as manchas, as cicatrizes. Tudo é ruína. Tudo é uma pista. Querem que você saiba sua história. Os Ancestrais estão em todos os lugares, basta olhar."

O fantasma de Lune estava conduzindo Aster para o Soberano Nicolaeus. Ela sabia que a doença era algo escondido tentando se revelar, desesperado para ser visto.

Aster sorriu ao se lembrar de outro sinal: Flick segurando a jarra de estrelas. "Olha", tinha dito elu. "Não está olhando?"

Sim, Aster estava olhando. Será que Lune conseguia ver seus olhos?

5

Aster e Giselle estavam sentadas no chão da cabine, debruçadas sobre os cadernos e documentos de Lune. Tinham passado as últimas noites em claro estudando numa espécie de abrigo montado com papelão, jornais, mantas e lençóis. Aquela tenda de cobertores lembrava Aster da adolescência. Noites sem dormir com revistas em quadrinhos e potes de geleia roubados.

– Presta atenção – disse Aster, baixinho, para não atrapalhar o sono das colegas. O toque de alvorada e a contagem viriam dali a quinze minutos. Queria que Mabel e Pippi aproveitassem seus últimos momentos de descanso.

– No quê? – perguntou Giselle.

Aster apontou para o lampião que estava prestes a cair. Estava posicionado no canto de um cobertor e se mexia toda vez que Giselle movia o corpo. Aster queria evitar um acidente como o da noite anterior. Um caderno inteiro estragara. Não pegou fogo, mas o óleo quente borrou toda a tinta e o deixou ilegível. As duas já tinham decodificado a maior parte das anotações, mas Aster odiava a facilidade com que o material de referência simplesmente tinha deixado de existir.

– Não importa muito – disse Giselle, desperta apesar de ter passado a noite inteira em claro. Seus olhos, inflamados de óleo, fumaça e cansaço, estavam esbugalhados enquanto ela lia uma página cheia de equações químicas que, na verdade, não eram equações químicas e sim horários da troca de guarda. – Tudo explode em algum momento, até mesmo

Deus. Foi assim que Ela criou os Céus. Ela é uma fênix. Como eu. – Para provar a teoria, Giselle rasgou um pedaço de sua roupa de dormir e colocou diante da chama até que pegasse fogo. Com as mãos em formato de concha, segurou o tecido incendiado. Não chiou e nem mesmo se contorceu de dor. Ela se deleitava com o auge das chamas.

– Chega – disse Aster, e usou a borda do cobertor de lã para apagar o fogo na mão de Giselle.

– Você matou. Ele estava vivo e você matou. – Giselle foi até a bolsa de remédios de Aster e pegou uma pomada para queimadura. Fez uma bagunça e tirou tudo do lugar, colocando potes e vidros no chão e no colchão de Aster, e a bolsa de couro com os bisturis no baú de Pippi.

– Desculpe – disse Aster, dobrando a folha de papel pautado que examinava.

Do outro lado da cabine, Mabel e Pippi resmungaram e depois viraram de lado. A estrutura da cama rangeu com o peso das duas.

– Não pode sair matando meus bebês assim – disse Giselle enquanto massageava a pomada nas mãos.

– Não gosto de ver você se machucar. É seu direito fazer isso, mas, por favor, não na minha frente.

Aster passou os dedos pelo texto de um dos cadernos de laboratório. Experimentos documentados em detalhes eram orientações e descrições de como fazer algo. Aster estava lendo uma descrição de como o Pequeno Sol se conectava à rede e distribuía energia para toda a *Matilda*. Tudo isso escondido sob instruções detalhadas de como dissecar um peixe. O coração: o Pequeno Sol. O sistema circulatório: a rede.

Aster pensou que devia haver alguma pista na eletricidade. Os blecautes batiam perfeitamente com o início da doença do Soberano Nicolaeus, e os blecautes de vinte e cinco anos antes batiam com a versão mais leve da doença em Lune. Impossível ser coincidência.

Giselle ainda bufava, os braços cruzados sobre o peito.
Aster olhou para o caderno outra vez.

– Talvez pra você não seja nada demais explodir e queimar a si mesma, mas não ter você seria uma perda muito grande pra mim. Não gosto de ver você maltratando seu corpo, especialmente porque faz isso tanto que ele não tem tempo de se recuperar. Não gosto de ver você morrer aos poucos.

Giselle balançou a cabeça, depois começou a andar pelo cômodo.

– Não vou morrer. É impossível.

Aster suspirou, fechou o caderno de Lune e o colocou no chão.

– Você acabou de dizer que tudo explode em algum momento! Está tão delirante que acha estar fora da categoria "tudo"?

Giselle parou. Sem virar a cabeça para Aster, falou num tom calmo e frio:

– Não foi legal o que você disse.

Aster não fizera por mal. Por mais que a frustrasse, ela entendia a lógica da psicose de Giselle. Tudo morre, então é melhor exercer o controle e queimar a si mesma. Tudo vai nascer de novo mesmo. Não existe criação, no máximo uma reorganização das partes. Todo nascimento é um renascimento disfarçado.

– Você acha que tem algo de errado comigo. Com a minha cabeça – disse Giselle, apertando em punho as mãos cheias de bolhas. – Mas fui eu que entendi o código da sua mãe. Sou eu que entendo o que ela diz.

Aster arrumou as pilhas dos documentos de Lune para escondê-los de volta no baú. O toque de alvorada ia cantar a qualquer momento e os guardas viriam fazer a contagem.

– Como você acha que o espírito dela se sente? Ao saber que a própria filha ignorou algo que uma completa estranha entendeu tão facilmente? É com você que tem algo de errado – disse Giselle.

Por toda a vida, Aster buscara Lune. Esperava que ela soubesse disso. Que perdoasse sua incompetência. E entendesse seus momentos de rejeição idiota.

– Preciso me vestir – disse Aster, e subiu até a cama ao soar do toque de alvorada às quatro horas.

A mente de Aster não era tão assombrada por vozes e visões quanto a de Giselle, mas ela também conhecia bem a loucura. Pesadelos que a atormentavam, estivesse dormindo ou acordada. Ondas de silêncio. E ondas do extremo oposto: delírio e fúria intermináveis.

Ela não devia ter perdido o controle com Giselle.

Aster se sentou na cama sob os lençóis, as pernas marrons abertas. Molhou os dedos com um unguento e depois colocou-os dentro de si, espalhando a pomada. A mistura de raiz de mil-folhas, selivina e folhas de coca deixava dormente a pele fina de sua vulva.

Fazia milênios que ela tinha roubado um pote de manteiga de manga de titia; triturara as folhas e misturara ao creme de cheiro doce. Além do componente anestésico, a preparação também fornecia lubrificação para aquilo que era – nas palavras de alguém que não Aster – uma vagina pouco colaborativa, caso algum guarda a atacasse.

A violência deles não era sistematizada, mas isso não impedia que Aster tentasse arquitetar uma fórmula, uma extrapolação baseada em seu ciclo, nos feromônios que emitia, no sucesso das safras de trigo/amaranto/milho/arroz/chá, no estado de espírito da Guarda e nos detalhes dos abusos anteriores: intensidade, força, duração (todas as variáveis afetavam a fórmula). Como nos estágios iniciais de qualquer hipótese científica, houve resultados inesperados. A discórdia causada pelos blecautes e a ameaça crescente de Tenente complicavam os cálculos. Melhor aplicar o unguento todos os dias e aperfeiçoar a fórmula enquanto isso.

– Ei, Aster! Está tocando uma aí? – gritou Vivian, que dividia a beliche com ela, enquanto se vestia. As outras viraram a cabeça para olhar, ainda meio grogues.

Giselle riu com o olhar firme em Aster. Era um jeito de declarar de qual lado estava. Aster se arrependeu de ter sido tão dura com ela em relação aos delírios.

– Não estou tocando uma – respondeu Aster, sem muito motivo. Teria sido melhor ignorar Vivian.

– Não fique com vergonha. As puritanas também fazem isso – rebateu Vivian.

– Não estou com vergonha porque não estou tocando uma. Se estivesse, não teria problema em dizer. – Ela teria se masturbado ali mesmo, na frente de todas, sem nenhuma vergonha, só para chocá-las. Para provar a teoria de Flick a respeito do "deveria". – Se está tentando me irritar, como suspeito que esteja, precisa pensar em algo melhor do que me acusar de algo tão banal quanto autoestimulação.

Vivian apoiou os braços no colchão fino da cama de Aster.

– Pelo cheiro, você com certeza está fazendo alguma coisa tão banal quanto autoestimulação.

Giselle gargalhava, um pouco entusiasmada demais para o horário, e dava para perceber que continuava chateada com as ações de Aster. Apagar seu fogo. Chamá-la de delirante. Os maiores pecados segundo o Evangelho de Giselle.

– Com o que estava fantasiando, Aster? Seu precioso botanário? – perguntou Giselle. – Ah! Ah! Pipetas! Tubos de ensaio! Ampolas! Hiproxato de selídio! Plantas! – Ela então mergulhou numa série de gemidos e respirações ofegantes, uma enorme performance para entreter Vivian e deixar Aster desconfortável. – Ah, placa de Petri, mais!

Tentando não ficar para trás, Vivian também entrou na brincadeira:

– Ai, sistema métrico, aí mesmo! Quase lá, só trocar as onças por gramas, ah, ah, ah! – Ela jogou a cabeça para trás e fechou os olhos.

– Se esses são os sons que vocês fazem ao transar, a outra pessoa deve ficar bem insatisfeita e meio preocupada – disse Aster, mergulhando o dedo mais uma vez no pote de unguento.

– Já está pronta pra mais uma? – perguntou Vivian. – Você é insaciável.

– Deixem ela em paz. Vocês sempre fazem as mesmas duas ou três piadas. São muito bobas – protestou Mabel. Sua voz estava rouca por causa dos acessos de tosse.

– Bobas e grosseiras – acrescentou Pippi, menos preocupada com o bem-estar de Aster e mais com a indecência da conversa.

Aster calçou as botas por cima de três camadas de meias e vestiu o cinto de remédios. Sentou-se na beira da cama para esperar a verificação matinal da cabine. Tinha uma nova rotina, agora que aprendera a ler corretamente os diários da mãe: checagem, café da manhã, estudo, turno de trabalho, estudo, toque de recolher, estudo.

Depois da verificação e da contagem matinal, ela foi até a cozinha da Ala Queda D'Água. Pippi acenou para ela e então jogou um punhado de fubá dentro de uma panela com caldo fervendo. O cheiro de barriga de porco, cebola, cebolinha e gengibre preencheu as narinas de Aster. Aquelas tigelas de mingau salgado eram uma das coisas que as mantinham de pé durante a manhã, e as mulheres se apressavam para preparar as refeições do dia.

Tia Melusine era quem comandava tudo ali. Misturava punhados de carne de peito temperada, pó de cúrcuma, e pimenta malagueta triturada. Moldava-os na forma de uma meia-lua que depois seria frita e recheada com queijo e frutas com caroço. Uma ceia no fim do dia ajudava a tornar as tardes mais fáceis quando se trabalhava em turnos de doze horas nos conveses de cultivo.

– Pippi, as batatas já estão boas. Safiya, por favor, filha, não exagere nessa massa. – Melusine tinha uma graciosidade meio magnânima que inspirava todo mundo a colaborar. A Mulher Um, a Mulher Dois, a Mulher Três e assim por diante. A cabeça de Aster estava muito cheia de novas descobertas para se lembrar do nome das pessoas. – Você, menina, termine isso aqui – disse tia Melusine, apontando para os bolinhos de carne que estava recheando. – Aster, preciso falar com você.

Aster pegou uma jarra de leitelho e um prato de bolos de frigideira recém-fritos. Os bolos estavam macios e crocantes; tinham cheiro de fubá e bordo.

– Pode dar licença? – perguntou alguém, empurrando-a.

– Espere a sua hora de tomar café, como todo mundo – respondeu Aster, e depois saiu levando o prato.

Uma menininha passou voando por ela, carregando uma panela com algo quente e fumegante, e quase derramou tudo quando uma mulher brigou com ela por estar correndo.

Tia Melusine apontou para a despensa. Aster assentiu, mas levou consigo a jarra de leitelho. Ao entrar na despesa, tirou a tampa e bebeu vários goles do líquido denso. Sem mel ou purê de pêssego para adoçá-lo, o leite era azedo, mas era suficiente para saciar. Faminta, ela engoliu todo o conteúdo e colocou o recipiente vazio na prateleira, ao lado de um pacote de painço.

A lâmpada acima dela acendeu bem forte, e Aster desceu os óculos de segurança da testa para os olhos.

Melusine acionou a correntinha de metal da lâmpada, e agora a única luz ali vinha da fresta embaixo da porta. Era só o suficiente para iluminar o rosto de titia. As rugas davam a seu rosto contornos angulosos e adoráveis.

– Não é pra você se esgueirar até aqui e pegar o que quiser. O que está acontecendo? – perguntou Melusine, fechando a porta.

– Desculpa – disse Aster. Estivera mesmo meio distraída naquela última semana. Passou os dedos pelos sacos de comida: mandioca, aveia, ervilha preta e cebola roxa.

– O que deu em você? Ouvi dizer que parou de atender pacientes – perguntou tia Melusine. Coçando atrás da orelha,

Aster tirou uma casquinha de ferida antiga. – Pippi me contou sobre você e aquele guarda.

– Qual guarda?

– Você sabe qual guarda.

Aster não sabia. Conferiu o horário no relógio de bolso. Eram quatro e meia. Às cinco e meia elas começavam a se alinhar para os turnos de trabalho. Seria um desperdício de tempo ir até o botanário naquele dia, então ela terminaria suas leituras na própria cabine, apesar de toda a bagunça das colegas fazendo suas próprias tarefas.

– Olha pra mim, filhinha.

– Eu não sou criança.

– Você é filha dos Céus. Você é *minha* filhinha.

Aster resistiu ao impulso de responder "Eu não sou sua filha", porque não queria dizer isso e não valia a pena a mágoa causada, ainda que fosse breve.

– Pippi me disse que você expulsou um guarda na outra noite. Que bateu nele. Isso me parece uma atitude bem infantil.

Aquilo acontecera dias antes. Aster já tinha até removido de suas memórias.

– Ele bateu em Pippi e Mabel.

– Bateu mesmo. As coisas são assim. A não ser que queira apanhar você mesma mais dez vezes, precisa aprender isso. Pippi disse que ele viu seu rosto.

Aster abaixou a cabeça, já sabendo que titia não ia gostar da resposta.

– Viu. Viu meu rosto, ouviu minha voz e leu meu nome.

– Idiota – disse Melusine. – O que foi que possuiu você pra fazer uma coisa dessas?

– Minha mãe, eu acho. – Aster se lembrou de como se sentiu naquela noite, das emoções intensas.

A tia levantou a sobrancelha e colocou as mãos nos quadris.

– Não pode se deixar afetar por esse frio. Não pode ficar perturbada com os blecautes a ponto de fazer coisas que vão acabar matando você. Sua vida vale muito mais do que esses erros bobos que está cometendo.

Alguém bateu à porta da despensa e tia Melusine logo mandou o sujeito embora.

– Você sempre me diz pra prestar atenção ao que os espíritos estão falando – observou Aster.

– Qual foi o espírito que mandou você lutar com um guarda? Certamente não foi um espírito confiável se não lhe disse também pra colocar um fim nele.

– Um fim?

– No guarda. A morte resolve problemas. Lutas só fazem o problema continuar se arrastando. Eu não lhe ensinei a abrir portas que não pode fechar. – Ela já tinha ouvido aquelas palavras de tia Melusine, mas numa história. Talvez alguma lição de moral. Costumava perder a noção do que era fábula e do que era memória nas histórias dela.

Ela lembrava vagamente de uma história passada muito tempo antes de Aster ser Aster, numa década conhecida como a Era do Desejo, quando uma enchente enorme varrera o convés X. Tia Melusine chamara de O Batismo, e apontara para uma foto em meio às páginas de seu caderninho marrom. Apesar dos tons monocromáticos – cinzas esmaecidos, brancos e pretos em vez de marrons vivos, castanhos vibrantes e cor de pêssego rosada –, a foto mostrava o mundo num nível de detalhe que Aster nunca vira antes num papel; a luz fazia algo que nenhum pincel conseguia. Seis mulheres vestindo casacos de pele com capuz, ajoelhadas na neve diante de um rio, enfileiradas de um lado a outro da fotografia.

"É uma foto de um mundo que existia antes deste mundo. Assim como aconteceu com o convés X, algo apareceu e levou-o embora. Mas nós lembramos. Nós lembramos. Precisamos tentar nos lembrar até do que já foi esquecido."

Aster tinha sete anos quando Melusine explicou a ela sobre o convés X e o mundo daquela fotografia, suas mãos esqueléticas sujas de carvão e retorcidas pela artrite. Aster estava sentada numa banheira de água morna e ouvia sua cuidadora. Corria o dedo pela superfície da água cheia de sabão e fazia desenhos. "Preste atenção." Melusine deu dois tapas na mão de Aster e espirrou água. "Isto aqui é uma câmara escura." Fascinada pela pequena caixa preta que titia segurava, Aster deixou de lado os desenhos na água.

A câmara escura criava fotos iguais àquelas do caderno de tia Melusine. Fora presente da mãe dela, que ganhara da mãe dela, que ganhara da mãe dela, e assim por diante, até chegar à Grande Casa. Uma foto por geração, não mais que isso. Essa era a regra, porque o encantamento do aparelho era limitado. "Você precisa documentar. Como mulheres da família, essa é a nossa função: criar todas as lembranças que conseguirmos. Você se considera uma de nós?"

Aster bateu violentamente na água da banheira, seu modo de responder que sim. "Foi o que imaginei", disse titia. "Nunca se sabe quando uma lembrança vai salvar sua vida."

Aster estava atrasada para aprender a falar, então grunhiu para que a tia continuasse. "Olha aqui como era o convés X." Titia apontou para outra foto em preto e branco no caderno. Mostrava um corredor longo e vazio, cheio de água parada. "Eu mesma tirei essa."

Aster achou essa foto menos interessante do que aquela da Grande Casa, e então não perdeu mais que dois segundos olhando para ela e voltou a brincar com as bolhas da banheira. "Nem tudo que é importante parece importante, menina", disse ela, dando outro tapa na mão de Aster. "Você precisa documentar."

Um dia, Aster roubou a câmera do baú de Melusine, examinou a caixa e olhou pelo buraquinho. Sem querer, tirou uma foto, que saiu imediatamente. A princípio não mostrava nada, depois foi se transformando numa imagem do pé de Aster. Um registro de seu pé. Para manter a simetria, ela tirou uma foto do outro pé, depois dos joelhos, do pote de manteiga de cacau, do pente de osso, de um entalhe no pé da cama.

Tirou quarenta e uma fotos até que a câmera se recusou a tirar mais, o encantamento tinha acabado. Aster clicava, clicava e nada acontecia, até que atirou a câmera na parede.

Quando Melusine voltou e viu a câmera quebrada e todas aquelas fotos ao redor de Aster, disse: "Menina, você mexeu no meu baú?" Aster negou com a cabeça. "Garota, vou perguntar mais uma vez. Você mexeu no meu baú?" De novo Aster negou com a cabeça, dessa vez mais enfática. Tia Melusine apontou para o baú, aberto e todo revirado. "Talvez eu demorasse um tempão pra perceber se você tivesse simplesmente fechado. Feche as portas que abrir, garota." Ela saiu andando, bateu a porta e não falou nem olhou para Aster durante várias semanas.

– Só quero que tome cuidado. Não pense que eles não vão matar você. Com essa sua insolência, é questão de tempo – disse tia Melusine, saindo da despensa.

Milhares de pessoas subiam a escadaria central para trabalhar, ordenadas por alas e conveses; pertenciam a dois dos cinco conveses dos Tarlanders, além do W e do O. Aster estimava que eram oito mil trabalhadoras no total, talvez um pouco menos. Tia Melusine morava no Q, mas não trabalhava nos campos. Era muito idosa e tinha muita artrite.

Giselle encarou Aster com raiva.

– Ei, olha onde está pisando – disse. Aster tinha pisado no calcanhar dela.

Perdida em pensamentos sobre a mãe, nem prestara atenção na melhor parte da caminhada, e perdera a entrada dos portões centrais dos conveses de cultivo.

– Desculpe – respondeu, bocejando.

Não dormira mais do que duas horas a cada noite naquela semana. Todo seu tempo livre pertencia a Lune agora.

– Você por acaso tem tachinhas presas na sola da sua bota ou algo assim? – perguntou Giselle, os braços cruzados. –

Na verdade, essa é até uma boa ideia. – Ela se abaixou para esfregar o calcanhar machucado.

– A culpa não é de Aster. A gente precisa usar sapatos justamente por causa dessas coisas – observou Pippi, prendendo a ponta solta de seu cachecol branco. Estava sempre bem arrumada.

– Sapato é uma máquina de criar bolhas – defendeu Giselle. Ao se levantar, abriu o último botão do casaco, suando apesar do frio. A subida de onze lances de escada até os conveses de cultivo provocava tanto calor quanto um aquecedor.

– Nisso eu vou concordar – chiou Mabel, os pulmões ainda se recuperando da caminhada. Quando ficava no oxigênio a noite toda, ela tolerava os dias de trabalho com certa tranquilidade, mas as escadas testavam os limites de seus pulmões.

Aster percebeu que Pippi queria abraçar Mabel, mas elas estavam bem na frente da multidão. O guarda poderia ver.

– Você precisa pedir transferência – sugeriu Pippi.

Mabel negou com a cabeça enquanto recuperava o fôlego.

– Não vou passar meus dias longe de você – disse ela, sussurrando sem necessidade. A não ser por uma palavra aqui ou ali, os guardas não sabiam falar as línguas específicas de cada convés. Mabel ainda devia estar pensando na invasão recente do guarda.

– Primeiro grupo, está na hora! – gritou o guarda que as escoltava. Bateu o cassetete na parede e conduziu por um corredor largo e curto as cinquenta mulheres responsáveis por cortar cana-de-açúcar. Havia poucas delas, então conseguiram se organizar. Elas se arrumaram em cinco fileiras de dez, e quando todas estavam lá dentro, o guarda conferiu o relógio e fechou a porta atrás delas.

Dois minutos depois, ele abriu novamente a porta, e o corredor estava vazio; as mulheres tinham sumido.

– Segundo grupo, vamos lá! – gritou.

Aster e suas colegas de quarto se apressaram para o corredor. Agora estavam em um grupo de cem no total e não conseguiam formar filas organizadas.

O guarda fechou a porta, e, durante um minuto, elas ficaram presas ali. Giselle segurou a mão de Aster com força até que a porta do lado oposto se abriu.

– Rápido, rápido – disse o supervisor de cima de um cavalo, empurrando-as para o campo.

Elas nem precisavam da orientação para se apressar. Todas correram para fora, em direção ao calor.

– Anda, anda, vamos – gritava o supervisor. Era fácil de enxergá-lo em meio à escuridão, por causa da brancura de sua pele e dos pelos do cavalo.

As últimas mulheres saíram do corredor e todas ficaram paradas quando o convés começou a se mover. Enquanto toda a estrutura rodava em sentido horário para abrir espaço para as trabalhadoras do próximo convés, Aster se segurou num tronco de bananeira. Giselle agarrou os suspensórios de Aster para se equilibrar.

– Meu estômago – reclamou ela.

Aster conhecia muito bem aquela sensação. Não era nem o movimento dos conveses, mas a reorientação. Seus olhos e cérebros aprendiam desde crianças, desde bebês até, a se adaptar a mudanças bruscas entre o que estava em cima e embaixo, mas o estômago demorava um pouco mais. Em relação a onde estavam nos degraus e no corredor um minuto antes, o chão, o céu e tudo ao redor tinha se movido uns trinta ou quarenta graus para baixo.

Dois conveses rodavam em cima delas, um para a direita e outro para a esquerda, formando uma fresta. Um feixe de luz entrou por ela. O Pequeno Sol ainda estava quase totalmente bloqueado, ainda não era dia, mas Aster começou a imaginar o formato das bananeiras na floresta e dos próprios cachos de banana. Em meia hora, depois que a rotação matinal terminasse, o céu ficaria branco e a temperatura seria de cinquenta graus Celsius.

Aster olhou para o raio de luz lá em cima com toda uma nova compreensão da mecânica dos conveses de cultivo, apropriadamente chamados de Esferum pelos guardas.

– Sem se mexer agora, sem se mexer – disse o supervisor para o cavalo, ou talvez para uma das mulheres.

Aster se segurou com mais força na bananeira enquanto o campo rodava.

Os conveses de cultivo formavam uma enorme esfera. Eram como tábuas de tamanhos diversos, cada uma delas um campo, floresta ou pomar, que se juntavam para formar camadas esféricas, uma dentro da outra.

Uma mulher caiu e gritou.

– Falei sem se mexer! – gritou o supervisor.

Aster não sabia quantas camadas havia, mas as tábuas rodavam para o lado, para cima, para baixo, para trás e para a frente para acomodar as necessidades dos mais diversos cultivos, com o Pequeno Sol no centro. Ela sempre tivera uma noção básica do design do aparato, mas nunca o entendera completamente até ler as anotações de Lune na semana anterior; a planta do Esferum estava lá, disfarçada como um símbolo elaborado qualquer.

Nunca ocorrera a Aster que, ao trabalhar num dos campos, ela estava de cabeça para baixo em relação a outra mulher trabalhando num campo do lado oposto do Pequeno Sol. Ao olhar para o céu brilhante acima de sua cabeça, o Pequeno Sol como um orbe branco longínquo, nunca pensara que havia camadas e mais camadas de conveses à sua frente. Não conseguia vê-los porque rodavam de modo a não tapar a luz do Pequeno Sol.

Aster flexionou os joelhos e ajeitou a postura para se preparar para os vinte minutos restantes de rotação, mas o campo estremeceu e parou. Suas mãos escorregaram do tronco da bananeira e ela perdeu o equilíbrio. Giselle tombou para o lado e depois para baixo, puxando Aster junto. Era mais um blecaute. A queda de energia forçara os conveses de cultivo a parar.

As mulheres caíram e gritaram, a força da parada repentina jogando-as como se fossem bonecas de pano. O cavalo do supervisor deu um pinote, relinchou e arremessou-o no chão. Ouviu-se um barulho alto de rachadura quando o corpo dele tocou o chão, mas não gritou.

Aster berrou. A princípio, achou que eram as unhas de Giselle que estava sentindo, cravadas em seu ombro para tentar se segurar, até que olhou para cima e viu Giselle um pouco mais afastada, o rosto aterrorizado.

– Voou – disse ela.

Uma enxada tinha atingido Aster bem na altura da escápula. Ela sentiu uma onda de dor percorrer o corpo inteiro, as lágrimas formando trilhas de sal no rosto. Os fios brancos apareceriam em horas, quando a água evaporasse, bem visíveis sobre sua pele escura. Ela arfava a cada respiração.

Giselle se arrastou até ela e, antes que Aster pudesse impedi-la, arrancou a lâmina da enxada de seu ombro. Aster sentiu o sangue jorrar.

– Aster? Aster? – alguém chamou. Pippi ou Mabel. – Você está bem? – Aster achava que não. – Vou pegar alguma coisa pra dor – disse Pippi, correndo em meio à semiescuridão, provavelmente na direção de uma das mulheres que escondiam soro de papoula no cinto de remédios. Aster não fazia isso. O risco de ser confiscado pelos guardas era enorme.

Ela olhou em volta. Não tinha sido a única atingida. Alguém deixara o armário de ferramentas destrancado no dia anterior, e a porta abrira durante a parada. Um ancinho tinha atingido o tornozelo de uma mulher, um segundo ficara cravado no peito de outra. Aquele ferimento talvez fosse fatal.

O cavalo do supervisor continuava a se debater enquanto três mulheres tentavam contê-lo. Uma delas improvisou um laço amarrando alguns lenços de cabeça. Aster se arrastou para sentar, depois se apoiou na bananeira com o braço que não estava machucado, tentando se levantar.

– Aster, aqui – disse Pippi, se esgueirando entre as árvores. – Consegui um pouquinho. Pelos Céus, fique sentada. Sua pele parece fria. Aster?

Aster olhou ao redor em busca do supervisor e abriu um enorme sorriso quando não o viu.

– Ela está em choque – disse Mabel, ofegante. – Dá o soro de papoula pra ela.

– Não estou vendo nada. Está muito escuro – afirmou Pippi.

Aster pegou a enxada ensanguentada e saiu cambaleando em meio às bananeiras, segurando-se nos troncos.

– Aster! – chamavam as colegas.

Ela não se permitiu sentir a dor do enorme ferimento em suas costas e, em vez disso, escolheu encarar aquele blecaute como uma benção. Foi pisando em folhas, ervas e corpos que gemiam, até chegar ao fim do campo. Havia uma rede frouxa amarrada na borda.

Com a enxada, Aster cortou a corda que a prendia, criando tanto uma abertura como uma ponte. Rastejou pelo buraco e empurrou a corda para a frente, na esperança de que alguém no próximo convés a pegasse.

– Segura! – gritou, sem saber se alguém a ouviria em meio a toda a gritaria e choradeira. Havia outro convés bem em cima, então o campo estava todo escuro.

Aster sentiu uma puxada.

– Amarre aí! – gritou, e então deu um puxão firme na corda. Parecia segura, e ela amarrou a outra ponta num pedaço da rede. Não havia tempo para rezar. Ela rastejou pelos quatro metros, as mãos na trilha formada pela corda.

Chegara na estrutura mais externa do Esferum. Abaixo dela só havia uma parede de metal. Estava muito escuro para ver qual era o tamanho da queda.

– Você enlouqueceu? – disse uma mulher da Ala Quaresmeira no campo seguinte. Aster passou por ela, apertando os olhos para tentar ver no escuro. Se tinha calculado bem, estava numa das plantações de arroz da *Matilda*. Suas botas fizeram um barulho esponjoso ao tocar o solo molhado.

Aster conseguiu chegar no corredor largo e pequeno que ligava o Esferum à escadaria central e correu para lá, mas a porta do outro lado estava fechada. Ela bateu, desesperada.

– Quem está aí? – perguntou uma voz. Era o guarda que tinha conduzido as mulheres do convés Q naquele dia.

Aster continuou batendo. Quando a maçaneta girou, ela se colocou em posição de corrida. Assim que a porta abriu, ela lançou o corpo para a frente, derrubou o guarda e tropeçou nas mulheres que ainda aguardavam sua vez de entrar nos conveses de cultivo.

– Tem um fósforo? – perguntava Aster para todas as pessoas por quem passava, pois havia esquecido seu isqueiro. Não tinha tempo para ser educada. Os blecautes normalmente não duravam mais do que uma hora.

– Aqui, Aster – disse alguém.

Ela ficou chocada ao ouvir o próprio nome. Não imaginou que alguém pudesse enxergá-la em meio à escuridão.

– Só você mesmo pra se comportar desse jeito. – Aster pensou reconhecer a voz de uma mulher da Ala Quinoa que costumava trabalhar nas plantações de melão. Talvez fosse uma paciente.

A mulher lhe entregou uma caixa inteira de fósforos.

– Minha sincera gratidão – disse Aster, e correu degraus abaixo, desviando das mulheres que esperavam para entrar no Esferum. No convés O, saiu da escada, virou num corredor e tirou a blusa de botão. Estava com uma camiseta por baixo.

Os guardas tinham abandonado o convés para ir sabe-se-lá-aonde. Aster parou e encostou na parede, deixando os olhos se acostumarem com a falta de luz. Quando retomou o fôlego, amarrou a camisa na lâmina da enxada e esfregou no tecido um pouco do unguento que trouxera no cinto. A base de óleo de coco ajudaria a chama a permanecer acesa por mais tempo.

Aster riscou quatro fósforos até enfim conseguir acender um. A camisa pegou fogo e o corredor se iluminou.

– Ei, você! – gritou um guarda.

Aster atravessou a porta o mais rápido que podia, mas o rasgo em suas costas diminuía bastante sua velocidade. Estava ficando mais difícil negar a existência da ferida.

De acordo com os mapas de Lune, havia um túnel de acesso do outro lado da nave que passava pelas camadas dos conveses de cultivo e levava diretamente ao Pequeno Sol. Se Aster quisesse saber mais sobre sua mãe, precisava ir até o lugar onde ela trabalhara.

– Não dá tempo, não dá tempo – dizia a si mesma, o ritmo se transformando numa caminhada. Desmaiaria antes de chegar ao túnel. Talvez desmaiasse ali mesmo. Aster visualizou o mapa da mãe. Seriam quarenta e cinco minutos até o túnel; cinquenta e cinco, talvez. Passaria por muitos guardas no caminho.

Ela mudou de rota. Não levaria nem quinze minutos para chegar à clínica do Cirurgião nos conveses superiores, se as escadas estivessem vazias. A essa hora, deviam estar. Era para lá que seus pés a conduziam desde o começo.

Geradores de emergência iluminavam a Ala Granito, mas para quê? Os moradores dos conveses superiores não acordavam tão cedo.

Aster largou a tocha improvisada na escadaria e sofreu para subir os degraus que faltavam até a clínica do Cirurgião. Se ele estivesse cuidando do Soberano Nicolaeus, talvez ela não o encontrasse lá. Bateu a aldrava da porta no ritmo de uma canção de ninar que tia Melusine cantava.

– Aster? – perguntou Theo, reconhecendo as batidas.

Ela o ouviu mancar até a porta e girar a maçaneta, mas os sons estavam abafados. Começara a perder a consciência. Quando a porta abriu, Aster caiu nos braços de Theo.

– Meu Deus – disse ele, ajudando-a a se equilibrar.

Aster conseguiu se desvencilhar e ficar em pé, segurando na parede. Antes que conseguisse se equilibrar, sua mão escorregou num cartaz.

– O que está fazendo aqui? O que houve? – Theo a conduziu até a recepção da clínica e fechou a porta. – Alguém viu você?

– Preciso que me dê uma permissão pra ir ao Pequeno Sol – disse ela, e deslizou da parede para o chão. Sabia que aquele líquido grudando sua camiseta era sangue e não suor. Não daria tempo de ir ao Pequeno Sol agora, mas, se Theo lhe desse uma permissão, ela poderia voltar aos conveses de cultivo antes do fim do blecaute e ir até o Pequeno Sol depois do trabalho.

– Não posso – disse ele. Pela sua expressão, ainda não tinha nem dormido.

Aster coçou o pescoço, e o movimento do braço esgarçou o ferimento na escápula. Ela se contorceu de dor.

– Quando veio me ver na semana passada, você disse que nossa relação era de "conhecidos". Você acha mesmo isso? – Estava lutando pra manter a respiração estável enquanto falava.

– Eu...

– Fiquei muito chocada pra dizer alguma coisa naquela hora, mas agora já tive tempo de pensar – disse ela, consciente de que não era o melhor momento para ter aquela discussão. As palavras jorravam dela, assim como o sangue de suas costas. Sem conseguir raciocinar, ela se deixou possuir pelo instinto. – Se somos só conhecidos, não posso mais fabricar seu remédio. Leva dias pra formular... Sabia disso? É muito tempo pra desperdiçar com um conhecido. Já com um amigo?

Aí tudo bem, tenho todo o tempo. Pra um amigo, não é um trabalho, mas um prazer e uma honra... Nós somos amigos ou não? Se somos, não deveria ser um problema me dar essa permissão. Se não somos, vou embora agora.

Ela pensou em Giselle e em tia Melusine, em Mabel e Pippi. Até mesmo em Flick e sua bisavó. O bem-estar de tantas pessoas pairava em sua mente.

– Não tenho tempo pra investir em uma relação desse tipo – continuou ela. – Ainda mais uma tão antiga quanto a nossa. Se depois de tanto tempo nós somos só conhecidos, essa relação nunca vai se transformar numa amizade, e não vale a pena o trabalho que dá pra mantê-la.

Aster ergueu o olhar para Theo, em pé ao lado dela. Ele estendia um pequeno cartão.

– Não se sei vai funcionar. Meu poder não tem mais o mesmo alcance de antes – disse ele.

Como o ombro de Aster doía demais para pegar a permissão com o braço direito, ela levantou o esquerdo.

– Alguém...

– Os conveses estavam no meio da rotação quando aconteceu o blecaute. Foi um acidente – interrompeu Aster.

Estava tonta demais para ler a permissão. As letrinhas não eram nada mais que um borrão de linhas aleatórias para sua mente. Uma geometria muito, muito estranha. Ela ia desmaiar em poucos minutos, com certeza. A chama dentro do lampião de Theo se movia. O escritório dele parecia uma casa de bonecas. Tudo perfeitamente arrumado. Um livro aberto sobre a mesa. Uma caneca fumegante de café de chicória.

Um formigamento se espalhou a partir do ferimento de Aster pelas costas, estômago, pélvis, coxas. Subiu pela coluna até o cérebro.

– Eu sou sua melhor amiga? – perguntou ela.

E então sua voz sumiu, e ela não conseguia nem se lembrar da pergunta que fizera.

– Vou virar você de costas agora. Tudo bem, Aster?

Tinha aprendido esse costume com ele. Narrar cada ação que planejava executar num paciente. Sempre esperar por um consentimento claro antes de prosseguir, mesmo que atrasasse o processo.

– Com cuidado – disse ela, e foi desencostando da parede.

Theo se agachou, tirou o suspensório do ombro dela e pegou a tesoura em seu cinto de remédios para cortar a camiseta. Aster fechou os olhos ao ouvir o suspiro profundo dele. Não precisava que alguém a lembrasse de que era grave.

– Preciso cuidar disso agora – disse Theo.

Aster pensou que talvez aquele fosse o real motivo de ter ido ali. Não era o Pequeno Sol. Nem a permissão.

– Tem danos ao tendão?

– Tem.

– E dano arterial?

– Também.

A firmeza dele a acalmou. Ele passou a mão no ombro de Aster que não estava machucado, tocando com o dedo uma de suas cicatrizes mais visíveis.

A parceria dos dois envolvia costurar os diversos ferimentos do outro. Tinham se tornado extremamente familiarizados com as fragilidades do outro. Theo conhecia cada um de seus pedaços quebrados.

– Preciso voltar pros conveses de cultivo antes do fim do blecaute – disse Aster, usando seus últimos resquícios de lucidez para se comunicar.

Theo esfregou os olhos e negou com a cabeça.

– Não. Não, você precisa ficar aqui. Não vou deixar você ir embora.

– Quando a energia voltar, meu supervisor vai notar que sumi – disse ela, mas não tinha certeza. Era mais provável que ele estivesse morto. Rezou para que tivessem se esquecido dela em meio ao caos de corpos e ferimentos e escuridão.

– Você perdeu muito sangue – disse Theo, ainda agachado atrás dela.

Aster podia sentir os olhos dele examinando o ferimento, decidindo o que precisaria suturar e quais ferramentas usaria.

– E Nicolaeus? Não precisa ir até ele?

– Fui orientado a garantir que ele ficasse confortável e nada mais.

Theo se levantou, saiu da recepção e foi até o consultório. Voltou logo depois com várias garrafas de sangue. Ia fazer uma transfusão.

– Vai me operar aqui mesmo? – perguntou ela.

– Não posso arriscar mover você. – O olhar dele era preocupado. Ele a posicionou de costas e aplicou a anestesia. A mesma que aplicara em sua histerectomia, na dupla mastectomia e nas várias reconstruções depois de lutas e combates. – Estou feliz em ver você. Nosso último encontro não foi bem como eu esperava. Você não saiu da minha cabeça desde então.

Aster soltou um grunhido, meio adormecida, embalada pela gentileza da voz de Theo e pelo alívio causado pelo anestésico.

– Por que precisa ir ao Pequeno Sol? – perguntou ele, mas Aster já estava mergulhada num sonho, as imagens se revezando entre memórias do dia e um mundo criado por sua própria cabeça.

O cavalo do supervisor em pé sobre as patas traseiras. Os cadernos de Lune. Mapas feitos de evangelho, selos, invocações do diabo. Memórias destroçadas. Os delírios curiosos de Giselle. O cavalo trotou, e Aster foi atrás dele até que de repente estava rastreando fantasmas com o radiolábio da mãe. Ele apitava, apitava e apitava, mas onde quer que ela procurasse, só havia frio e ausência. Ela se escondeu numa caverna numa lua feita de gelo, usando a capa que a senhora lhe dera, com coelhos ao seu redor. Eles estavam apodrecendo e Aster teve de amputar seus pés. As patas decepadas formavam na neve uma trilha que levava até o horizonte. A neve caía cobrindo a trilha, então Aster não conseguia vê-la, mas sabia que o caminho a seguir era em frente. Sempre era.

– Estou procurando o fantasma da minha mãe. – Aster falou alto, de súbito consciente.

Theo a orientou a contar a partir de cem de trás para frente. Ela conseguiu chegar até noventa e quatro antes de desmaiar.

Aster não se mexeu por dois dias e meio. Ao acordar, ela se lembrou por que não gostava de dormir por longos períodos. Durante o sono era impossível expulsar as memórias.

Foi o toque dos lábios de Theo contra a pele de sua mão que a acordou. Estava na enfermaria do convés Q. Ele usava um conta-gotas para lhe dar água.

– Que bom que acordou. Tenho muitas coisas pra contar – disse ele.

Giselle tinha sumido.

6

No convés Q, a educação das crianças começava ainda no berçário. As mães carregavam os bebês nas costas ou apoiados nos quadris e explicavam para eles como preparar o solo ou colher mandioca. Elas contavam as fileiras das colheitas com musiquinhas rimadas, poeminhas e, aos três ou quatro anos, a maioria das crianças já sabia contar até cem, somar e subtrair, e usar uma alavanca para diminuir o peso dos sacos a carregar.

Quando tinham cinco ou seis anos, as crianças começavam a trabalhar efetivamente e ajudavam as mães a separar a colheita por peso nos barris que seriam enviados ao processamento. Aos dez anos, uma menina já sabia adição, subtração, multiplicação, divisão, frações, porcentagens, o básico de probabilidades e como fazer equações. Conhecia o ciclo de vida de uma planta. Sabia como funcionavam as engrenagens dos conveses de cultivo ao redor do Pequeno Sol.

Sabia também o básico de medicina: como suturar ferimentos, colocar ossos no lugar e prevenir infecções com cremes especiais. Sabia quais remédios precisava roubar das farmácias dos conveses superiores e para quais doenças eles serviam, como fazer remédios a partir de plantas que plantavam no Esferum e como cultivar plantas medicinais nos dutos de ventilação onde os guardas não veriam.

É fato que a educação de Aster na medicina botânica começou nos conveses de cultivo, com a orientação de diversas cuidadoras da Ala Queda D'Água, mas foi um estudo mais avançado que lhe permitiu desenvolver remédios de um jeito tão sofisticado como fazia agora. Ela improvisou um currículo a partir dos conhecimentos de cuidadores, de livros descartados e revistas médicas sobre genética e bioquímica. Antes, tia Melusine as roubava para ela. Como era babá nos conveses superiores, ela conseguia ir escondida aos Arquivos. Depois, o Cirurgião deu uma permissão para que Aster fosse até lá.

Aster fez muitos experimentos e aprendeu tudo o que podia com especialistas em plantas, muitos dos quais moravam no convés Q e criavam assombrosas espécies híbridas nas cozinhas de suas alas, nos dutos de ar e muitas vezes nos próprios conveses de cultivo, bem diante do nariz dos supervisores. Além dos alojamentos, nos conveses U e V ficavam também as fábricas da *Matilda*. Lá, operários dos conveses inferiores sintetizavam materiais para a nave. Químicos experientes, eles pegavam todos os resíduos da *Matilda* e os processavam para virar grandes blocos minerais, que podiam ser usados para fazer de tudo, desde hipoclorito de sódio até o peróxido que o pessoal da Ala Tempestade usava para construir as jarras de estrelas.

Lune também devia ter buscado estudar mais por conta própria, assim como Aster. Devia ter um monte de livros roubados, periódicos e materiais didáticos. Tutoriais de especialistas. Aster não conseguia imaginar de que outra maneira Lune teria tanto conhecimento sobre tanta coisa. Ela sabia mais do que Aster. Mais do que Theo. Mais do que qualquer pessoa na *Matilda*, Aster se deu conta.

"Essas são as coisas que costumo dizer para a minha mãe", escrevera Lune em seus diários cifrados. Aquela frase significava que o trecho era altamente sigiloso. Aster levou um tempinho para entender isso, mas se lembrou da expressão que a srta. Beeker usava para orientá-la a manter segredo sobre suas aulas: "Isso não se diz nem para a mamãe".

Ao resgatar essa lembrança, Aster soube que "coisas que costumo dizer para a minha mãe" era o código para um segredo. Lune tinha muitos segredos, a maioria deles sobre o Pequeno Sol. Aster caminhava agora na direção do Nexus, na esperança de desvendar alguns deles. Lune trabalhara lá por quase todos os dias de sua vida, monitorando o funcionamento do Pequeno Sol e direcionando a energia elétrica.

Enquanto mostrava a permissão do Cirurgião para três guardas que vigiavam o túnel de acesso ao Pequeno Sol, Aster manteve a cabeça baixa. O remédio para dor a deixava um pouco instável. Tinha dado para Theo a última dose do medicamento que não dava sonolência, e precisava fabricar mais.

– Pode ir – disse um dos guardas. Aster foi em frente, mas parou quando ele a chamou de volta. – Como é que se diz?

– Obrigada, senhor.

– Olhe para mim quando falar comigo.

Com alguns passos milimetricamente calculados, Aster se virou para ele e então levantou a cabeça.

– Obrigada por me deixar passar, senhor – disse, imaginando se tinha ofendido sem querer um dos capangas de Tenente. Ela vinha sentindo mais a presença dele nos últimos tempos, mas devia ser só imaginação. Desde o momento em que Theo lhe contou quem seria a pessoa a substituir Nicolaeus, Tenente se tornara uma ansiedade constante.

– Bem melhor – disse o guarda. Aster esperou ser dispensada para continuar caminhando. O guarda demorou muitos segundos até fazer o gesto para que ela fosse em frente.

Ainda bem que o soro de papoula que tomara para o ombro tinha um efeito sedativo, ela pensou, temendo demonstrar sua personalidade insolente. Agora não era hora para brigas. Se ela fosse presa, não conseguiria continuar procurando por Giselle.

Aster deu uma olhada pela porta de vidro no fim do túnel e viu algo que se parecia com as engrenagens internas de um rádio mais complexo. Carretéis de fios de cobre convertiam sinais elétricos ao longo de uma extensa rede de circuitos enquanto luzinhas vermelhas piscavam em painéis de controle de madeira. Equipamentos que pareciam uma mistura de telégrafo e máquina de escrever cuspiam resmas de cartões furados. Aster não sabia o que significava aquele padrão dos furos, mas imaginou serem registros dos resultados do Nexus. Diversas mulheres operavam painéis de controle imensos, indo e vindo de fileiras e mais fileiras de rotores e engrenagens, botões e maçanetas. Visto lá dos conveses de cultivo, o Pequeno Sol parecia autossustentável. Pairava no céu, uma esfera de luz indomável. De onde estava, Aster enxergava as cordas da marionete. E as pessoas que as comandavam.

Espécie de anel de vidro ao redor do Pequeno Sol, o Nexus não era bem como a mãe de Aster o descrevera nos diários. O código criado por Lune não permitia descrições muito precisas. E a exatidão nem era mesmo seu objetivo. Ela escrevia as anotações como referências para si mesma. Não precisava descrever com detalhes algo que conhecia tão bem.

Uma mulher do outro lado da porta de vidro acenou para que ela entrasse e deu uma série de instruções, mas Aster não ouvia nada, por causa da parede à prova de som. Ao perceber o erro, a mulher abriu a porta e colocou a cabeça para fora.

– Não temos o dia inteiro. Estávamos esperando você.

Fazia anos que Aster não ouvia ninguém falar a língua do convés Y em voz alta, e precisou traduzir palavra por palavra em sua cabeça. A ordem das frases era diferente.

– Pode colocar um desses – disse a mulher, apontando para um armário. Havia uma série de roupas de proteção penduradas em ganchos; cada um dos conjuntos composto de um macacão, um par de óculos de segurança e fones de ouvido. – Meu nome é Jo. Você é a srta. Aster, certo? O Cirurgião disse que você viria fazer nossos testes de radiação este mês no lugar dele. Está alguns dias atrasada.

– Peço sinceras desculpas – respondeu Aster. Aquela era a primeira oportunidade que tinha de ir até lá, pois estivera distraída demais com o desaparecimento de Giselle.

– Vamos fazer logo, agora que está aqui – disse Jo.

Aster assentiu enquanto vestia o macacão por cima de suas roupas, explorando o tecido com a ponta dos dedos. Era feito de linho grosso, e um furinho na costura revelava uma camada interna de algo metálico e entrelaçado que Aster não conhecia. O forro interno era macio, maleável e absorvente. Uma malha, talvez. A sensação era incrível e ela amou entrar nessa espécie de casulo. Era pesado e prático, pressionava as articulações e os membros. Tentaria dar um jeito de conseguir um daqueles macacões, embora talvez fossem quentes demais para trabalhar nos conveses de cultivo.

Ao entrar, Aster colocou os óculos, esperando ter sido rápida o suficiente para evitar a cegueira. Nunca tinha visto algo tão brilhante. O vidro da porta devia ser muito escuro.

– Maud vai mostrar onde você pode arrumar as coisas – orientou Jo e depois saiu para cuidar de seu painel. Aster não sabia quem era Maud, e Jo não explicou.

Aster aproveitou para dar uma olhada no Pequeno Sol, fascinada por suas engrenagens precisas.

– Lindo, não é? – disse uma das funcionárias, os braços cruzados sobre o peito enquanto olhava para o reator de fusão atrás da parede de vidro. – Eu sou Maud.

– Aster.

– O quê? – Maud cutucou o fone de ouvido.

– Eu disse que meu nome é Aster.

Maud bateu nos fones novamente.

– O quê?

– Aster!

Maud sorriu e assentiu.

– Prazer em conhecer você, Nestor. Vou ajudar a arrumar as suas coisas na sala de descanso. Já está pronta pra começar?

Aster negou com a cabeça, as mãos enfiadas nos bolsos do macacão e tentando falar o mais alto que conseguia.

– Não estou nada pronta. Estou petrificada. Nunca mais quero sair deste lugar.

Maud riu e colocou o pé numa cadeira que estava em frente a um dos painéis.

– Então é assim que é uma estrela? – perguntou Aster. As histórias de titia nem chegavam perto de descrever como era o céu noturno se havia mesmo bilhões daquelas estrelas espetadas no escuro.

– Gosto de pensar que esta é ainda mais bonita – disse Maud, olhando com orgulho para aquela estrela de luz borbulhante, como se fosse sua mãe ou tivesse participado de sua criação. – Mas, é claro, não posso dizer com certeza.

Aster semicerrou os olhos e tentou distinguir as diferentes partes do Pequeno Sol, mas física não era sua área. Não sabia a diferença entre aquilo e algo evocado pelos espíritos. Ao enfim vê-lo tão de perto, meio que acreditou na história de que o Pequeno Sol era obra de um grupo de profetas dos conveses inferiores.

Maud apertou diversas teclas vermelhas em um dos painéis, e Aster desejou estar com um caderninho à mão. Queria parecer ocupada, importante, trabalhando, como o resto daquelas mulheres do Nexus. Ela deveria ser uma delas. Não uma camponesa do convés Q, mas uma cuidadora do sol do convés Y.

Maud apontou para o Pequeno Sol e depois fez um gesto largo com o mesmo braço.

– Bem lá no núcleo fica um eletroímã supercondutor. Isso cria o que gosto de chamar de um terreno fértil. Cria o ambiente perfeito pra que as reações aconteçam. O campo magnético limita os hidrogênios e os deixa quentes o suficiente pra colidir. Não dá pra ver, mas tem um cano que alimenta o Pequeno Sol com deutério. Quando os núcleos se fundem, parte da massa se transforma em energia.

Aster entendeu o princípio básico, ou pelo menos a analogia com o *terreno fértil*.

– Está vendo a esfera de vidro em volta dele? – perguntou Maud. – É o que armazena a água. O excesso de energia dos hidrogênios se combina pra aquecê-la.

Aster sabia o resto. A alta pressão dentro da esfera de vidro impedia que a água evaporasse. A água então aquecia uma outra leva de água, e essa sim se transformava em vapor, que girava as turbinas, gerando a eletricidade da *Matilda*. O motivo para ter duas partes separadas era proteger a nave da água radioativa que ficava próxima à fusão do deutério.

– Não ficam com medo de o vidro quebrar? – perguntou Aster, curiosa sobre como tudo aquilo se mantinha de pé, e Maud riu tão alto que as outras mulheres do Nexus se viraram para olhar. Aster morreu de vergonha por revelar sua ignorância a mulheres que poderiam ter sido colegas de Lune. Ela as respeitava e admirava; queriam que a respeitassem e admirassem também. – Posso ir embora, se for melhor assim – disse. Era raro Aster encontrar gente tão acima de suas próprias capacidades. Então era assim que as pessoas se sentiam quando diziam que ela as intimidava.

– Desculpe, querida – disse Maud, com os braços ao redor de Aster, puxando-a para perto. – Achei que estivesse brincando. Não é como o vidro de um copo, entende? Pense no vidro mais forte que você conhece. Este aqui é mais. Talvez nem seja vidro. A gente só chama assim porque é o que parece. Não se preocupe, Nestor. Mesmo se caísse de uma altura de centenas de metros, este vidro permaneceria intacto.

Aquilo parecia um tanto suspeito para Aster, mas ela não era engenheira de materiais. Tinha de confiar na análise de Maud.

– Vamos, vou mostrar onde arrumar suas coisas. – Maud a conduziu pelo Nexus e foi explicando o que eram as diferentes áreas pelas quais passavam, além de mostrar a Aster os ímãs extras que ficavam na camada externa do Pequeno Sol. – Eles proporcionam as vibrações torcionais necessárias pra armazenar o hidrogênio dentro de uma esfera. Assim, ele não encosta no vidro. Bom, no vidro que não é vidro – disse Maud, sorrindo. Ela rodou a manivela que abria uma porta e dava em uma salinha com mesas dobráveis. – Por aqui, querida. A gente faz as refeições aqui. As meninas sabem como funciona, então se tiver alguma dúvida, é só perguntar a elas. Pode tirar os óculos e os fones de ouvido, mas é melhor ficar de macacão. Estarei aqui fora se precisar de alguma coisa. E encontro você daqui a pouco, no meu intervalo.

Os barulhos da sala de descanso surpreenderam Aster quando ela tirou os fones; uma espécie de zumbido baixo ressoou em seu ouvido. Todas as mulheres tinham radiolábios, que faziam um som de tique-taque contínuo. O de Aster, é claro, continuava em silêncio. Quebrado. Tão morto quanto Lune.

– Não precisa ficar apreensiva assim, menina – disse uma das funcionárias que estava no intervalo. – Só precisa se preocupar mesmo se eles começarem a apitar muito rápido. Sempre vai ter alguma coisinha perigosa rondando por aqui. Estamos na área de risco, aqui é quente.

Aster pensou naquela frase que tia Melusine sempre falava, algo sobre quentura e sair da cozinha. Começou a montar seus equipamentos do jeito que o Cirurgião tinha orientado. Estava ali sob o pretexto de coletar amostras de sangue e testar os vestígios de radiação. Esses exames eram feitos todo mês, normalmente pelo próprio Theo, mas aquela foi a única maneira que ele encontrou de colocá-la dentro do Nexus.

– Eu quero ir primeiro – disse uma jovem. Na verdade, era uma menina, com a pele marrom mais clara cheia de sardas e o cabelo raspado, quase careca. Tinha o queixo, os ombros e os quadris completamente quadrados. Os lábios, no entanto, eram redondos como uma maçã. E carnudos. Era muito bonita, e algo nela fazia Aster pensar em Theo. Meio hostil, mas impecável. Os olhos como uma imensidão. Pensando de maneira superficial, provavelmente a semelhança vinha da pele mais clara misturada com traços que Aster associava a pessoas de pele escura.

Aster fez um sinal com a mão para que a garota se aproximasse e buscou seu nome na papelada de Theo. "Jay Lucas, dezesseis anos, Ala Yucca." Ao lado do nome, a opção ALTO RISCO estava marcada. Aster imaginou que tivesse algo a ver com a pele clara. A menina tinha diversas manchas marrons que pareciam potencialmente cancerosas e algumas cicatrizes de remoção de verrugas. Havia uma anotação na ficha dela com a letra cursiva de Theo: "Acromatose". Albinismo.

– Minhas veias são difíceis de pegar. Vai ter de furar a minha mão – disse Jay, com os olhos escuros fixos em Aster.

Aster amarrou o cordão de borracha no pulso de Jay e pediu que abrisse e fechasse a mão. Viu uma veia boa bem no meio e esfregou o ponto onde ia inserir a agulha para tirar o sangue.

– Vai sentir uma...

– Picada. Eu sei.

– Você me lembra um pouco o Cirurgião – disse Aster, enquanto o primeiro tubo ia enchendo de sangue.

A menina sorriu e Aster ficou orgulhosa. Ela não parecia ser do tipo que sorria muito.

– Ia dizer a mesma coisa de você. Você age igualzinho a ele. Direta ao ponto. Formal, com um jeito engraçado de falar. Mas ele é legal.

Aster assentiu.

– Ele é. E é muito bom.

Aster queria dizer "Ele é meu amigo", mas não estava ali para falar de Theo, embora estivesse pensando muito nele ultimamente. Foi bom vê-lo de novo. Foi bom saber que, se ela tentasse falar pelo rádio, ele atenderia e estaria ao lado dela.

– Você está sorrindo e mordendo o lábio – disse Jay, com o sorrisinho ainda mais aberto agora e parecendo muito mais nova do que meio minuto antes. Como uma verdadeira adolescente. Pronta para fofocar. Pronta para comentar quem gostava de quem. Não havia nada de hostil naquele rosto feliz. Era uma garotinha e, naquele momento, era impossível acreditar que ela morreria de câncer dali a alguns anos.

– Não estou sorrindo e nem mordendo o lábio – respondeu Aster, mas é claro que estava. Tudo ia mal, mas ela estava tão leve. Tão próxima da mãe. No templo de Lune, construído com luz e calor gerados artificialmente. E o soro de papoula. E Theo. – Terminamos aqui – disse, e Jay se despediu com um aceno e foi almoçar numa das outras mesas. Aster podia ouvi-la dar risada com as outras mulheres, mas, diferentemente do que acontecera com Maud mais cedo, agora ela se sentia à vontade com a piada.

A intenção de Aster era usar aquele tempo para fazer perguntas, mas estava tão concentrada que não conseguiu falar de nada importante até que a própria Maud apareceu para tirar sangue.

– Obrigada por me mostrar o Pequeno Sol – disse Aster.

– O prazer é meu. Ele é meu orgulho, afinal.

– É uma pena que algo tão lindo esteja morrendo – sugeriu Aster, e depois pigarreou. Não sabia ser sutil com essas coisas. Suas palavras pareciam falsas e ensaiadas. Odiava aquilo e queria falar logo o que fora dizer ali.

– Não se preocupe com o Pequeno Sol. Ele está ótimo – respondeu Maud.

– As pessoas dizem que está doente. O que mais explicaria os blecautes? – perguntou Aster, embora ela mesma já tivesse pensado numa série de possibilidades. Ligações malfeitas, por exemplo.

– Você parece até o pessoal do Regime, sempre pressionando a gente e querendo respostas. Mas só sabemos é que o Pequeno Sol está funcionando do jeito que precisa funcionar. O combustível é consistente. A qualidade do deutério não foi prejudicada. Ele continua a gerar a mesma quantidade diária de energia que sempre gerou nas últimas centenas de anos – explicou Maud, e sua simpatia inicial foi se transformando em desconfiança.

– Na minha opinião, alguém está usando eletricidade que não deveria usar – disse uma jovem, embora quase todas fossem jovens. As mulheres do convés Y que trabalhavam no Nexus não costumavam passar muito dos quarenta anos. Maud e Jo eram as mais velhas, com trinta e nove e quarenta e quatro, respectivamente, segundo a tabela de Theo.

– Hummm – disse alguém. – Ouvi dizer que estão construindo uma pista de patinação no gelo nos conveses superiores. Isso explicaria tudo.

– Acho que não – disse Aster, e todas as mulheres se viraram para ela. Não viu nenhuma expressão de crítica em seus rostos, então continuou falando: – Faz anos que os conveses superiores têm uma pista de gelo. Certamente consome muita energia, mas não é nenhuma novidade e portanto não é a razão dos blecautes.

– Ah, e como você sabe? Vai lá patinar nos fins de semana? – perguntou Maud.

Aster sabia por causa de uma história que Theo lhe contara. Quando era criança, ele implorou que a mãe o deixasse fazer aulas de patinação no gelo, pouco depois de se recuperar da pólio. Disse a ela que queria se sentir elegante de novo e, sem metade de uma das pernas, a pista de gelo era uma das últimas maneiras possíveis. Ele usou as palavras "única maneira de deslizar". A mãe tinha cedido, mas, quando o pai descobriu, deu uma surra em Theo com um dos patins.

– O Cirurgião me informou – respondeu Aster.

– Ainda acho que um pulso eletromagnético é a explicação mais plausível – disse Jay, coçando a cabeça raspada. – O que mais consumiria essa quantidade de energia?

– O quê? Tem alguém escondendo ímãs nos bolsos? Embaixo da cama? Ainda que sim, teria de ser um dos que ficam aqui no Pequeno Sol pra sugar tanta energia – ponderou Maud. – E, bom, a gente saberia se algum deles estivesse adulterado, mesmo que meio segundo antes de tudo explodir.

Aster enrolou uma gaze no bíceps machucado de Maud e prendeu a ponta.

– Ímãs?

– Aham – disse Maud. – Não me entenda mal. Essa explicação dos ímãs seria até boa, a não ser pela parte de que não existem muitos ímãs grandes o suficiente para fazer o que Jay está sugerindo.

– Não entendo o que ímãs têm a ver com tudo isso – disse Aster, mais uma vez se sentindo um peixe fora d'água.

– Pra gerar campos magnéticos, é preciso uma corrente elétrica forte – começou a explicar Jay, limpando uma migalha do lábio. – Alguém poderia estar usando a corrente da *Matilda* pra abastecer seu próprio ímã. É a única coisa que consigo pensar que seria grande o suficiente pra sugar tanta eletricidade. Entende?

Aster se lembrou do último blecaute e da súbita parada no movimento do convés. Pensara que o golpe de enxada em seu ombro tinha acontecido por causa disso, mas...

Uma simples parada não poderia ter gerado um golpe tão forte. A ferramenta quebrara seu osso e danificara diversos tendões e artérias. Uma lâmina que estivesse sob efeito de um ímã poderoso faria isso facilmente.

Ela sabia que era verdade, mesmo sem muitas provas. Várias pistas dos diários da mãe começaram a se encaixar. Lune tinha descoberto a causa dos blecautes: um ímã. Aster não sabia o que aquilo significava, mas ia descobrir. Lune fizera aquela mesma descoberta vinte e seis anos antes. Na época, não sabia o que encontraria do outro lado do mistério, mas tinha arriscado tudo para investigar.

Aster queria que Giselle estivesse ali. Teria gritado "Mais uma pista! Mais uma pista!". E Giselle iria bocejar e explicar como já chegara àquela conclusão, mas estava feliz que Aster finalmente tivesse entendido.

Aster levou a mão ao rádio, tentada a buscar um contato com Giselle. Três dias haviam se passado sem notícias. Três dias sem saber se Giselle estava viva ou morta. Ela gostava de desaparecer, mas a frequência com que fazia isso tornava tudo mais difícil de lidar, e não mais fácil.

Em uma das vezes que Giselle sumiu assim, Aster tentou entrar em contato pelo rádio na mesma hora. No entanto, Giselle estava sob custódia de um guarda, que encontrou o rádio nos bolsos escondidos de sua saia de linho. Ele lhe aplicou uma punição rígida pelo contrabando e confiscou o rádio. Por isso, Aster sempre relutava em tentar contato com a amiga daquela maneira, mesmo depois de ter dado a ela um novo rádio.

Aster continuou ali por um bom tempo depois de tirar o sangue da última funcionária e guardar os tubos com cuidado dentro da caixa refrigerada, mas, a certa altura, chegou a hora de partir. Sua permissão tinha limitação de horário.

– Mande minhas lembranças pro Cirurgião – disse Jay, o sorriso aberto novamente em seu rosto pálido. Aster rezou para que aquela menina vivesse para sempre, mas é claro que isso não aconteceria.

No caminho até a saída, parou para admirar o Pequeno Sol de perto mais uma vez. Provavelmente, Aster nunca mais voltaria ao Nexus. Alguém tinha colado uma folha grande de papel no vidro, obstruindo a visão de onde ela estava.

Ela reconheceu o conteúdo de imediato: era um mapa da rede, como o que Lune tinha em suas anotações. A dissecação de peixe que não era uma dissecação de peixe. Aster chegou mais perto e estreitou os olhos. Era difícil distinguir todas aquelas linhas com os óculos de proteção embaçados, mas ela notou que faltava algo naquele mapa.

O mapa de Lune mostrava alguns caminhos no circuito que não estavam presentes naquela versão colada ali no vidro. Ela descobrira o tal ímã impossível, registrara e mapeara como ele drenava a energia. Tinha procurado e encontrado algo que não existia.

PARTE 2
Metalurgia

7

General Cirurgião Theo Smith

Sempre fui uma coisinha pequena e insignificante. Minha babá me pegava no colo e me erguia, voando comigo pelos ares, e me chamava de Ossinhos de Pássaro, depois abreviou para Pássaro e, no fim das contas, virou Passarinho.

Ela levou um tapa do meu pai por causa disso, já que ele achava que Passarinho era um apelido muito feminino. Eu já tinha tendência a certa feminilidade pouco natural e "pelos Céus, não encoraje o garoto, srta. Melusine".

Minhas características efeminadas e minha fraqueza eram dois lados de uma mesma moeda para o meu pai. Eu era frágil e não me encaixava. O temido escândalo gerado pelo meu nascimento – a criança bastarda de uma mulher negra – já lhe obrigara a renunciar ao cargo de Soberano. O mínimo que eu podia fazer era ser um rapaz forte e adequado. Acho que ele pensou que tinha uma chance, afinal, quando minha pele se revelou tão clara. Ainda que não conseguisse engravidar a esposa, os Céus estavam lhe dando uma chance de ter um filho. Para ele, era uma pena que eu fosse daquele jeito.

Às vezes, dou risada ao imaginar sua cara de decepção, inclusive agora, enquanto arrumo minhas coisas para sair. O que ele acharia do meu rosto bem barbeado? Das minhas roupas peculiares? Ele me deserdaria, e isso me deixa feliz. Pelo menos uma coisa boa eu fiz na vida: me tornar alguém que meu pai odiaria.

Dou uma olhada no relógio e percebo que vou me atrasar para o encontro com Aster, mas meu tio me chamou. Quando ele chama, é melhor ir. Eu deveria ligar para Aster pelo rádio e avisar da mudança de planos, mas é muito arriscado para ela. Nos conveses de cultivo, algum supervisor pode ver.

– Theo, meu garoto, sente aí – diz tio quando chego em seu alojamento, e me cumprimenta com um firme aperto de mão. Sua voz é simpática e ele sorri. A doença do Soberano o deixou de bom humor.

– Odeio quando me chama de garoto – respondo.

Ele dá uma gargalhada meio ríspida.

– Porque você já é um homem agora.

Não, na verdade não. Nem um pouco. Esse é o motivo oposto da minha irritação ao ser chamado por apelidos que signifiquem "menino".

– Às vezes, me impressiona como você parece jovem – diz ele. – É como se estivesse ficando cada dia mais novo e não mais velho.

É o remédio que eu tomo, um efeito colateral esperado e bem-vindo do soro de Aster para a minha síndrome pós-pólio. Atua como um bloqueador de testosterona. Acho que ela não sabe. Meu tio continua:

– Sempre teve algo diferente em você. Basta dizer que você é angelical. Não tem outra explicação para os milagres médicos que realiza e para essa sua suavidade meio infantil.

Embora ele ligue menos do que meu pai para minhas características efeminadas, aquilo aparece de vez em quando. Aquele... desprezo, não é bem repulsa... Será que faria sentido chamar de *atração*? Ele se sente fascinado e excitado por mim de uma maneira que não é muito saudável, e isso começou quando eu era bem criança.

Não sei se alguma vez ele já me machucou daquela maneira como os adultos machucam as crianças. Com certeza não me lembro de nada assim. Mas, pensando bem, não me recordo da maior parte da minha infância. Aster diz que provavelmente foram tantos maus-tratos que minha única maneira de sobreviver foi fingir que nada tinha acontecido até isso se tornar verdade. Mas o que aconteceu ainda vive no meu corpo, como uma maldição. Não está aqui, nem lá.

Meu tio pediu para a empregada servir o café na sala de fumar, e eu sento o mais longe dele que posso, em uma das cadeiras, evitando de propósito o sofá. Se eu me sentasse lá, certamente ele viria para o meu lado, próximo demais.

– Imagino que você esteja bem – digo, e sirvo um café para mim. Costumo tomar café puro, mas colocar creme e açúcar me dá algo mais para fazer com as mãos.

– Tão bem quanto possível. Estou triste pelo estado de saúde do Soberano Nicolaeus, mas os Céus nos levam quando é nossa hora e, se for esse Seu desejo, deve ser louvado. Precisamos nos submeter aos desígnios de Deus.

– E é o desejo dos Céus que você o substitua quando a hora enfim chegar?

– Você sabe melhor do que eu, Mãos dos Céus na Terra – diz o tio, e ele realmente acredita nisso. Ele sempre acreditou em mim.

– Nesse caso, não sei o que os Céus iriam querer, mas tenho quase certeza de que você vai assumir o lugar de Nicolaeus, porque é o desejo do Regime.

– O Regime não segue os Desejos dos Céus?

– Eles seguem alguma coisa.

Ele assente.

– Entendi. Você acha que eles perderam o rumo.

– Acho que o rumo deles nunca teve a ver com Deus.

Depois do papo furado necessário, vamos ao verdadeiro assunto: Aster.

Não conto a ele que estou indo encontrá-la. Duvido que fosse terminar bem se eu contasse. Ele diz que sou muito leniente com ela e com os outros da "sua laia".

– Sei que é da sua natureza ser gentil com os oprimidos, mas ela não é boa pra você. É perigosa.

Ele a acha perigosa porque ela tem influência sobre mim, e o fato de qualquer pessoa ter influência sobre mim significa que ele não pode me controlar por completo.

– Ela é inofensiva, Tenente.

– Nenhum deles é inofensivo, Theo. São animais, e se nós não os submetêssemos a algum tipo de regra, eles viveram mergulhados no completo caos e no pecado.

Imagino o que ele diria se eu confessasse então a profundidade dos meus sentimentos por Aster. Meu afeto por ela não tem comparação com o que sinto por mais ninguém. Os Céus que me perdoem, mas apesar dos meus votos prometendo o contrário, já imaginei como seria estar entrelaçado aos braços dela, tocá-la, deixar todos os meus segredos passarem para ela, me responsabilizar por seus fardos.

– Preciso descansar – digo.

– É claro. Não quero prender você.

Mas é claro que ele quer. Espero que Aster compreenda. Ela é muito rígida com compromissos e com o respeito a eles. Somos parecidos nisso.

Gosto de ciclos e de repetições. Gosto de ter um senso de rigor no meu dia. Ajuda a marcar a passagem do tempo. Ajuda a honrar cada momento. Não tenho muito senso de tempo, não entendo o que significa quando a areia passa na ampulheta. Às vezes passa uma hora. Na maior parte delas, parece um instante, ou dias, ou universos.

– Tchau, tio – digo, e me apresso o máximo possível, o que não é muita coisa. Minha perna está sempre doendo.

Quando chego ao Esferum, um guarda me cumprimenta. Ele sai de seu posto para me conduzir até os conveses de cultivo pelo corredor que fica ao lado da escadaria principal da *Matilda*. Se calculei o tempo certo, posso entrar pelo Bosque das Maçãs enquanto ele estiver a caminho do Pequeno Sol. Vou passar pelo campo de trigo onde combinei de encontrar Aster e, precisamente às 18h39, haverá um pórtico ligando os dois conveses.

Consulto meu mapa do Esferum e também meu relógio enquanto caminho atrás do guarda.

– É uma honra servir ao senhor, Cirurgião – diz ele.

Um portão com grades de metal fica bem na beira do campo que vai se alinhar com o pórtico, e fico ali sem companhia enquanto o convés vai se movendo na direção do sol. Quase piso para fora dele.

Admito que a ideia de me jogar passa pela cabeça, mas não é um impulso planejado. É mais como um vago "e se?". Nada além disso.

Meu pai criava field spaniels, cachorros de caça, ágeis e resistentes. Aprendi com ele que a tristeza é a coisa mais difícil de eliminar de uma linhagem. Um cão de caça que não tem instinto de predador não é um cão de caça de verdade e deve ser morto. Eu o vi afogar uma ninhada inteira uma vez, e acho que ele queria me afogar também. *Conforme-se ou morra.* Esse era o lema dele. Estranhamente, sem querer eu faço um pouquinho das duas coisas.

O convés para devagar e se alinha com o pórtico. Tenho um minuto para atravessar. Assim que chego do outro lado, vejo Aster.

O horário de trabalho já terminou e, a não ser por algumas retardatárias, todas as outras já foram embora para seus conveses. Está quente, então ela dobrou as mangas da camiseta e a barra da calça até o joelho. Uma de suas meias vai até o meio da canela e a outra está enrolada no tornozelo, apenas um pedacinho do tecido azul para fora das botas pretas.

Há quatro dias, Aster apareceu cambaleando na minha clínica, sangrando, desnorteada, com o corpo rasgado. Tento afastar da mente as imagens de seu corpo ferido naquela manhã, mas agora, ao olhar para ela, não posso deixar de lembrar daquele corte de vinte e dois centímetros.

Reconstruí a escápula destroçada com a ajuda de um tecido ósseo injetável, suturei a fenda da artéria subclávia e enxertei uma imitação de blastema no tecido danificado, mas a cura não é uma ciência perfeita.

– Você veio – diz Aster quando me aproximo. Com os olhos fechados, passa as mãos pelos maços de trigo, a cabeça virada na direção do Pequeno Sol. A luz vai ficando mais fraca, agora que a jornada de trabalho já terminou. Os conveses acima de nós rangem ao se aproximar uns dos outros, anunciando a noite.

Como uma criança, eu me deslumbro com os movimentos. Como uma garotinha que desmonta seu primeiro rádio.

Foi Aster quem me contou que os arquitetos da *Matilda* projetaram o Esferum como uma homenagem à Esfera Celestial, o modelo teórico da Grande Casa e sua astronomia. Acho que não existe nos Arquivos nenhum livro, panfleto ou folheto que Aster não tenha lido. Ele descobriu essa informação sobre o projeto do Esferum numa velha reportagem de jornal, de antes da nave.

No modelo, a Grande Casa fica no centro de uma esfera imaginária, com estrelas girando a seu redor em eixos variados. Se eu entendi bem (e posso muito bem não ter entendido; astromática nunca foi a minha praia), a Esfera Celestial era diferente da visão de cientistas pré-telescópio, que achavam que o universo girava em torno de um só planeta, de tamanho pequeno. Em vez disso, a Esfera Celestial possibilitava uma compreensão das relações entre o horizonte, os polos e o céu noturno para determinar a localização de estrelas dependendo do lugar em que se estivesse na Grande Casa.

No Esferum, é o sol que está no centro e a terra gira em torno dele. É, na verdade, o oposto da Esfera Celestial, mas homenagens não precisam ser imitações perfeitas.

– Não tinha certeza se você conseguiria vir – diz ela.

O convite de Aster tinha sido meio lacônico. Parecia mais uma exigência. Ela me chamara pelo rádio e dissera para ir rezar na plantação de trigo. "Não é na plantação de banana?", perguntei, pois era onde achava que ela trabalhava. "Não", informou ela, o tom de voz ríspido por cima da estática do rádio. "Trigo e bananas não têm semelhanças sonoras. Você deveria ir examinar seus ouvidos." Não sei dizer se ela estava falando sério, mas dado o tom das instruções que vieram a seguir, acho bem provável que estivesse.

– De qualquer forma, fico feliz que tenha conseguido – diz ela, os dedos no chapéu, sem parecer nada irritada com o meu atraso. – Encontrei uma larva de lepidóptero. Olha só. Não é linda? – Aster ergue a lagarta amarela com pontos pretos.

– São perigosas pra colheita de trigo, não?

Ela passa a lagarta para a minha mão. Seus dedos estão ressecados e cheios de calos e, quando se esfregam aos meus, chego a confundir o contato com um choque estático, de tão ásperos.

– Essa cepa de trigo produz uma toxina que as larvas consideram malcheirosa, então não tem muito perigo. Elas basicamente só comem as flores.

Ela então dá um beijo na lagarta que está na minha mão. Gosta de fazer isso. Beijar insetos. Folhas de plantas. Microscópios. Papéis. As focinheiras dos cavalos.

– Aqui, me devolve ela – pede, e tira a lagarta da minha mão, abaixando-se para colocá-la nas pétalas de uma flor vermelha. Ela então se deita de barriga para cima. Claramente, aqui é onde ela mais se sente em casa, mais até do que em seu botanário.

– Você está com dificuldade pra se mexer – digo.

– Como titia costuma dizer, foi um dia muito longo.

Eu me espanto que meu som de desaprovação se pareça mais com um grunhido. Meu corpo sempre me surpreende. A forma como se move e ocupa espaço. Sua altura. Sua presença.

– Você deveria estar se recuperando – sugiro.

Ela faz um gesto de desdém com as mãos.

– E o seu ombro? Como está?

Ela repete o movimento.

– Com sorte, vou poder descansar hoje à noite. Com o frio e a dor, está bem difícil dormir profundamente nos últimos dias, mas tenho trabalho aqui nos campos – diz, esticando o ombro. – Talvez eu consiga permissão do supervisor para passar a noite aqui. O calor vai ajudar a amolecer as juntas. Não sei por que outras mulheres nunca tiveram uma ideia parecida, mas imagino que prefiram a segurança relativa de seus conveses do que a vastidão aberta deste lugar.

Segurança relativa. Isso é o máximo que elas podem esperar. A foice de Aster está a seu lado no chão; é o que ela vem usando para colher as hastes de trigo apesar de seu ferimento. Não sei o que me impede de pegar essa foice e sair cortando tudo – todo mundo. Meu tio. O supervisor à vista lá longe. Os guardas. O Soberano Nicolaeus.

– Venha comigo. Preciso mostrar uma coisa pra você – diz Aster, levantando devagar.

Um supervisor observa e sorri enquanto vou atrás dela. Fico com vergonha porque entendo seu sorriso. Sei o que ele imagina que vamos fazer.

Não sou esse tipo de homem. O tipo que vai atrás de uma mulher no mato e faz com ela o que quiser. Nem acho que eu seja um homem.

Quando meu olhar se cruza com o do supervisor, eu não esboço um sorriso. Olho para ele fixamente, sério e sem piscar, embora o pólen no ar irrite meus olhos. Ele desvia o olhar, o que é bom. As pessoas costumam não saber me decifrar muito bem, e gosto disso. Não quero ser um livro aberto.

Aster me leva até Lua. É a cadela meio loba que vive no celeiro onde fica o moedor de trigo. A estrutura é feita de madeira e a pintura branca está descascando. Embora eu nunca tenha estado "lá fora", é claro, aqui é onde consigo imaginar como é.

Lua é imensa. Uma fera mesmo, mas dócil como um cachorrinho. Não gosta de sair do celeiro, então sobrevive com os restos que as pessoas lhe dão. Aster faz carinho em sua cabeça e passa a bochecha em sua mandíbula, o nariz encostado no focinho.

Deixo Lua cheirar meus dedos. Ela os lambe, depois se deita no tapete para que eu coce sua barriga.

– Depois, Lua – diz Aster, e caminha para os fundos do celeiro. Está quase mancando, e penso em convidá-la para meu alojamento, onde há uma banheira e água quente. Nenhuma permissão que eu emitisse lhe daria tais regalias, e seria inadequado convidar uma jovem moça para minha casa, mas eu gostaria de poder fazer isso. – Olha isso – diz ela e sorri para mim, algo que não faz com muita frequência. Aponta para um cantinho na parede dos fundos do celeiro. Há um banco de madeira e, sobre ele, uma jarra cheia de água, velas e uma estátua da Mãe, aquela que carregou Deus no ventre e deu à luz o próprio universo e os Céus. – Gostou?

– É um altar – digo. Tem um travesseiro diante do banco, para ajoelhar. Fotografias esmaecidas de pessoas que ninguém conhece estão pregadas na madeira da parede. – Pra quê?

– Pra você. Pra agradecer por tudo que faz por mim. Pra reforçar nossa... – Ela faz uma pausa. – ... pra reforçar nossa amizade. Eu me arrependo de ter sido tão dura com você. É um pedido de desculpas por meu comportamento e um obrigada por ter consertado meu ombro. Sei que gosta de rezar nos conveses de cultivo. Pensei que iria gostar de ter um lugar especial. Não é como estar lá fora, eu sei, mas...

– Agradeço – digo, ajoelhando no travesseiro e tocando a estátua. Sinto pó de serragem nos dedos e o forte cheiro doce de madeira de bordo.

– Eu mesma fiz – explica Aster. – E reparou que me vesti com cuidado pra ocasião? – Ela está com as mãos nos bolsos da calça. Agora vejo que é de um bom material e não tem nenhum sinal de furos ou sujeira. A camiseta está encharcada de suor, mas imagino que em algum momento do dia estivesse bem passada. – Gostou?

– Sempre gosto da sua aparência – comento, e desvio o olhar. – Quer rezar comigo?

– Não, mas posso ficar aqui se isso deixar você feliz. Gosto de deixar você feliz. – Ela nunca disse nada parecido com isso.

Aster se ajoelha a meu lado e me movo um pouco para que ela também possa usar o travesseiro. Seu braço nu toca o meu e me arrependo de estar vestindo um casaco. Penso em tirá-lo. Em dobrar as mangas da camisa. Em vez disso, acendo uma vela. Ela acende uma também.

– Se não for considerado blasfêmia, vou fazer minha récita de anatomia – diz ela. – Preciso manter a memória afiada.

– O corpo é parte da criação de Deus, não é?

– Isso é uma pergunta retórica que você fez pra me dizer que não vai ser uma blasfêmia recitar minhas listas de anatomia, certo?

– Certo – digo, e assinto.

Ouço ela começar a dizer "Ácido desoxirribonucleico, endométrio, endósteo, endotélio, enteroendócrino, foice inguinal" e então começo a Ladainha do Anoitecer, uma oração em devoção a coisas que nunca vi: oceanos, montanhas, desertos. Anseio pelo dia em que os verei, mas sei que jamais acontecerá.

Acho que foi minha babá Melusine que me deixou desse jeito. *Queer*. Disforme. E não como um homem deve ser. No convés Q, eles se referem às crianças como meninas. Todas as pessoas – todas que são do convés Q, pelo menos – são consideradas mulheres, a menos que haja uma declaração ou sinal óbvio do contrário, como as roupas ou o trabalho exercido.

Os guardas mais corajosos me chamam de *bicha* quando estão bêbados, ou então sussurram. Porque me recuso a usar barba. Meus brincos, embora originalmente sejam um adorno religioso, são itens que a maioria dos outros homens dos conveses superiores já abandonou. Tenho três pontinhos pretos embaixo de cada um dos olhos, desenhados com lápis de carvão. Também é religioso, mas ainda assim eles sabem que sou diferente. Mas por eu ser uma anomalia, por me verem como algo sagrado, eles toleram as minhas singularidades.

Aster continua recitando a meu lado, embora eu tenha parado, mas não a interrompo. Apago a minha vela. Olho para cima e imagino este celeiro como um templo. Imagino que Deus está abençoando estas paredes.

– Vamos ficar aqui até o Pequeno Sol se por – sugere Aster.

– Não posso.

Ouvimos alguém se aproximar, um barulho de terra pisada perto da porta. Eu me levanto o mais silenciosamente possível e me afasto de Aster. A porta abre e um guarda entra.

– Cirurgião – diz ele, surpreso em me ver.

– Sim – respondo, sem mencionar sua patente. Admito, sou bem vil e arrogante. Depois do medo, o orgulho é o maior dos meus pecados.

– Um supervisor me disse que viu alguém entrar aqui com uma operária. Não sabia que era o senhor.

Sem dúvida ele estava se referindo ao mesmo guarda que tinha insinuado que minhas intenções com Aster não eram das melhores, com aquele sorrisinho, e que não gostara da minha reação. É provável que não soubesse quem eu sou.

– Aster e eu estamos falando de trabalho – respondo.

– Certo. Certo, senhor, é claro. Minhas sinceras desculpas por atrapalhar.

– Senhor? – diz Aster.

– O quê?

– Tenho coisas pra fazer à noite. Posso dormir aqui e trabalhar ao longo da madrugada?

– Está pensando em roubar algo da colheita? – pergunta ele.

– Não, claro que não, senhor.

– Pode ficar, contanto que se comporte. Vou avisar aos guardas de sua ala que a dispensem do toque de recolher, mas você precisa estar lá para a contagem matinal.

– Sim, senhor.

Ele acena para mim com um toque no chapéu e sai do celeiro. Logo o Pequeno Sol vai se recolher para a noite e tudo vai ficar escuro.

– Podemos dormir aqui – diz Aster, apontando para um punhado de palha.

– Não vou dormir aqui – respondo, embora eu queira, queira mesmo.

– Então eu vou dormir aqui e você pode ir embora ser importante em outro lugar. Mas jante comigo pelo menos.

Ela tira algumas latinhas de comida de uma mochila. Uma delas contém uma sopa vermelha. Parece gostosa e apimentada. É feita de rabo e joelho de boi, além de tutano, esfregados numa pasta feita de sementes de pimentão vermelho e depois cozidos numa panela de ferro que fica no fogo a noite toda. É servida com bolinhos de milho. A srta. Melusine fazia esse prato, quando eu era uma criança e ela era minha babá.

Eu não como mais animais, mas Aster trouxe para mim bananas fritas e uma salada fria de lentilha com cebola roxa e coentro. Folhas de dente de leão salteadas com mostarda e flores de abóbora. São pratos que a srta. Melusine costumava fazer, mas reconheço o esforço de Aster por ter pensado em mim e planejado tudo isso, um presente e um jantar.

– Theo?

– O quê?

– Tenho pensado muito nos mortos. Tenente deixou tudo tão frio que os pelos do meu pescoço se arrepiam e tenho calafrios nos braços. Às vezes acho que é a mão da minha mãe tentando me tocar, mas então volto a pensar racionalmente.

Aster dobra os joelhos na altura do peito e coloca a bochecha em meu ombro. Tenho vontade de dar um beijo no topo da cabeça dela.

– Preciso ir embora – digo, antes de comer depressa o resto do jantar.

Saio para os campos, depois para o corredor e então chego aos conveses superiores. Checo se o rádio está ligado, mas, ainda bem, ninguém me chama. Quando chego ao alojamento, rezo outra vez, agora pedindo para me livrar dos pensamentos impuros. Rezo pela libertação de Aster, da srta. Melusine, de Giselle e, de modo um tanto egoísta, por mim também. Tiro a roupa. Bato nas minhas costas com o chicote de cinco cordas e deito na banheira de água e sal até desmaiar.

Mais tarde, mal ouço quando o rádio toca. A água está fria e minha pele, enrugada. Enrolo a toalha no corpo e vou até o receptor portátil.
– Aqui é o Cirurgião, câmbio.
É meu tio e ele tem novidades.

8

O rádio de Aster tocou com sua estática.

– Aster, está me ouvindo? – perguntou o Cirurgião.

O sol brilhava fraco sobre os conveses de cultivo. O vento que vinha do sistema de filtragem de ar balançava as flores como numa valsa. O clima estava gostoso, longe do frio congelante do convés Q e da geada dos sussurros dos Ancestrais. Passar a noite ali tinha sido inteligente.

– Aster?

– Estou ouvindo – disse ela, levando o rádio para perto dos lábios. Dentes de leão flutuavam pelo céu que não era céu. Ela pegou uma das flores e amassou os tufos brancos entre os dedos.

– Você está bem?

Aster se ajoelhou na terra.

– Estou do mesmo jeito que me deixou ontem à noite – respondeu, embora tecnicamente ela tivesse se deslocado. Foi andando atrás da luz do Pequeno Sol de um convés para outro e acabou ficando no campo de flores selvagens.

– O Soberano Nicolaeus morreu – disse Theo, e fez uma pausa por um tempo que parecia exagerado, até que Aster percebeu que ele estava lhe dando espaço para reagir.

– Está bem.

– Quis falar com você antes do anúncio geral. Tem certeza de que está tudo bem?

Ela enfiou a pá no solo barrento.

– Aster?

– Não tenho nenhum apreço especial pelo Soberano Nicolaeus. Por que ia querer saber da morte dele antes do anúncio geral? Ele estava doente, não é? Era esperado.

– Estou entrando em contato pra perguntar se você sabe de algo que eu não sei.

Aster pensou nos diários da mãe e nas íris disformes que ela tinha em comum com Nicolaeus.

– Tem muita coisa que eu sei e você não.

Ela conseguiu, por pouco, evitar uma risada ao ouvir o suspiro indignado de Theo.

– Está me sacaneando.

– Estou.

– Eu só preciso saber se foi você.

– Se fui eu o quê? – perguntou ela, os lábios colados no rádio. Aster reconheceu o grunhido que Theo emitiu como uma expressão de incredulidade, mas, de verdade, ela não tinha ideia do que ele estava falando.

– Me conte e cuidarei disso, mas não posso fazer nada a não ser que me conte, a não ser que eu saiba o seu rastro pra poder escondê-lo. Não é hora de se fingir de ignorante.

– Não seja tão vago assim. Passo uma parte muito grande dos meus dias decifrando eufemismos e depois lidando com as consequências porque decifrei errado.

Ela pegou o relógio no bolso da calça e deu uma olhada: 4h05. Precisava se apressar se quisesse passar no botanário antes da contagem matinal.

– Estou perguntando se você é a razão da morte do Soberano.

Aster franziu a testa, tensa.

– Por quê? – perguntou. Dias antes, Theo tinha lhe pedido ajuda para manter o Soberano Nicolaeus vivo, e agora a acusava de ter algo a ver com a morte dele. – Giselle está desaparecida, meu ombro dói e a autobiografia da minha mãe está escrita em formato de charadas incompreensíveis –

disse ela, falando com convicção apesar de estar num lugar público, porque sabia que estava sozinha. – Adoraria a ideia de ter tempo para matar Nicolaeus, mas tenho andado bastante ocupada.

– Só... Me encontra no necrotério assim que conseguir?

– Está bem – respondeu Aster, lamentando.

– Tome cuidado ao andar nos corredores. Tudo que os guardas querem hoje é explorar alguma violação de ordem.

– Embora *Cuidado* não seja meu sobrenome, vou fazer um esforço pra me comportar como se fosse – disse ela, e então ficou calada ao ouvir o barulho de galhos se quebrando ao longe. Desligou a transmissão e colocou o rádio no cinto, com cuidado para não bater no radiolábio.

Ela se abaixou sob uma cobertura de flores, levando a pá. A lâmina tinha a ponta afiada o suficiente. Se fosse preciso, cortaria a pele de alguém.

Ao lado de Aster, em cima do caderninho de anotações, estava o cardigã verde-oliva que Theo tricotara para ela. Considerou se tinha tempo para vesti-lo. Se o estivesse usando, o estranho que se aproximava talvez a confundisse com uma mulher mais sofisticada, e a pouparia de qualquer violência que estivesse planejando.

– Olá? – chamou alguém, a voz aguda. – Tem alguém aí?

Aster relaxou a mão que segurava a pá. Não era um guarda que se aproximava, afinal; pelo tom de voz tímido e duvidoso, era uma civil.

– Você está aí? – continuou a voz. – Sei que ouvi alguém. Por favor, responda.

Ela pronunciava cada palavra por completo, com cada um dos seus sons, o cumprimento era um completo ôô-láá, e não aquele u-lá curto com o qual Aster estava acostumada. Era alguém dos conveses superiores, então.

– Tem alguém aí? – perguntou a mulher mais uma vez, aparecendo em meio aos arbustos cheios de dentes de leão. Usava um vestido marrom-claro abotoado desde o pescoço até a cintura, a saia levemente mais solta. Nas têmporas, as veias azuis apareciam sob a pele branca, e ela tinha brincos de pérola nas duas orelhas. – Aí está você. Sabia que tinha ouvido alguém. Essas ervas daninhas estão imensas e acho que me perdi. Será que você se incomodaria de me levar até a minha trilha? Meu nome é Samantha. Pode me chamar de sra. Sammy, se quiser. – Ela enrolou o dedo indicador num chumaço de cabelo fininho eriçado perto da testa.

O cabelo de Aster, áspero feito um pão de milho, também saltava de maneira semelhante pela testa, curto demais ali para ser contido pelo lenço que amarrava o coque. Com a mão no rosto, Aster afastou os cabelos colados na testa. O chapéu que usava disfarçava a maior parte dos cachos rebeldes.

Samantha (Aster se recusava a pensar nela como "sra. Sammy") não usava um chapéu. No entanto, carregava uma sombrinha marfim com renda nas bordas, um acessório prudente. Mesmo com tanto espaço de lazer disponível, os habitantes dos conveses superiores gostavam de caminhar de manhã pelos conveses de cultivo mais bonitos, antes de os operários chegarem, embora o Pequeno Sol vazasse radiação.

– Não está me ouvindo? – disse Samantha, rodando despreocupadamente a sombrinha. – Está me ignorando?

Sim, ela estava.

– Se uma mulher vem lhe pedir ajuda, a única coisa certa a fazer é oferecer sua mão – disse Samantha. – Ou você é surda? Ou muda?

Aster enfiou a pá no solo e ergueu o olhar.

– Se eu dissesse: "sim, na verdade, eu sou surda e muda", seria o suficiente pra você me deixar em paz com meu trabalho? – perguntou, e era uma indagação genuína. Se, no futuro, pudesse evitar conversas ao admitir algum tipo de deficiência, ela o faria.

– Desculpe, mas eu...

– Está desculpada – interrompeu Aster. – E, pra esclarecer, ao ignorá-la eu pretendia comunicar que não tinha qualquer desejo de falar com você, um gesto que meus compatriotas compreenderiam universalmente. Na sua língua, um gesto de silêncio prolongado deve significar outra coisa. Mas, agora que desvendamos isso, não há mais motivo pra mal-entendidos – terminou, com os olhos nas botas brancas de couro brilhante da mulher, cujos saltos estavam afundados na terra.

Agora que tinha defendido sua posição do modo mais eloquente que conseguiu, Aster não ia mais prestar atenção na mulher. De volta à colheita de raízes. Oito mulheres da Ala Sabiá tinham contraído a doença do sangue, os leucócitos muito mais altos do que o recomendável. Uma solução exata de raiz de taraxacum, flor de acebum, seiva de livília, alcaloides de alva espinhosa e inibidores de enzima que Aster formulava em seu botanário poderia identificar e destruir essas células rebeldes, retardando ou até interrompendo seu alastramento. Ela não tinha tempo a perder com essas Samanthas da nave – nem ontem, nem hoje, e muito provavelmente nem amanhã.

Aster enfiou os dedos no solo macio, de textura nem seca e nem molhada. Não tinha tempo a perder, mas até que perdeu um pouquinho deleitando-se com a sensação dos grãozinhos na pele, debaixo de suas unhas. Agradecia aos Céus por esse momento. Essa chance de retomar o fôlego. Ela ia encontrar Giselle. Ia refazer os passos da mãe. Ia encontrar Theo. Mas, por ora, ia cavar.

Aster caminhava de volta para a trilha quando viu Samantha em pé ao lado de um guarda nos Portões dos Céus, uma porta dupla gigantesca de ferro que dividia o campo e o corredor, com o dobro do tamanho de Aster e uma forma oval lá em cima. Samantha fazia movimentos exasperados com as mãos. O guarda assentia. Aster foi andando na direção deles o mais devagar que pôde.

O guarda tinha a pele branca num tom meio pêssego, o nariz descascando pelas queimaduras de sol. Alguns cachos de cabelo loiro escapavam do quepe de lã cor de vinho. Aster chegou perto o suficiente para ouvir o que falavam e reconheceu o rosto do guarda, cujos olhos azuis a examinavam atentos.

Era o mesmo guarda que invadira sua cabine menos de duas semanas antes, bêbado, e batera em Mabel e Pippi com um cinto depois de vê-las juntas na cama. Ele parecia bem menos inofensivo agora. Naquela noite, tinha sido fácil dominá-lo. Aster achava que hoje a tarefa seria bem mais difícil.

– Venha aqui, garota – disse o guarda, e ela achou melhor obedecer. Pelo menos ele não parecia tê-la reconhecido. – Esta mulher diz que você a importunou.

Aster olhou para Samantha, depois de volta para o guarda e respondeu com sinceridade:

– Ela interrompeu meu trabalho.

– Não levaria nem um minuto para me mostrar o caminho – disse Samantha. Aster deu uma olhada no relógio. – Me desculpe, estou atrasando você ao exigir que se responsabilize por sua atitude desrespeitosa?

– Posso levá-la presa se a senhora quiser – disse o guarda, os olhos fixos em Aster. Não era uma expressão de reconhecimento, mas estava próxima disso, então ela abaixou a cabeça.

– Não é necessário.

– Se sentiria melhor se eu a obrigasse a se desculpar, então? – perguntou ele.

Samantha colocou o cabelo atrás da orelha.

– Oficial, isso não tem a ver com meus sentimentos, nem é uma questão pessoal. É uma questão da *Matilda*. Nossa ordem social depende da nossa ordem ética, e nossa ordem ética depende de reconhecer e corrigir erros morais. Então, sim, eu gostaria de um pedido de desculpas, mas não em benefício próprio, e sim em benefício da sociedade na qual todos vivemos. – Aster nunca tinha conhecido uma mulher dos conveses superiores tão espalhafatosa; ela parecia estar atuando. Aquilo a lembrou de Giselle, das brincadeiras de casinha quando eram crianças, em que Giselle exagerava no sotaque dos conveses superiores.

O guarda respondeu ao discurso de Samantha com um aceno mecânico e se virou para Aster.

– E então, Aster Grey, assistente do Cirurgião? Gostaria de pedir desculpas?

Aster umedeceu os lábios secos e rachados, o gosto metálico do sangue foi da ponta da língua até o resto da boca.

– Não – respondeu, embora quisesse muito dizer sim. Theo a tinha chamado. O Soberano Nicolaeus estava morto. Havia uma lista de quatorze tarefas a fazer naquele dia. Tinha todos os motivos para escolher o caminho fácil do arrependimento fingido para sair daquela situação.

– Não é possível! – disse Samantha, num sobressalto. Se tivesse um colar de pérolas, o teria agarrado.

– Eu posso resolver isso com uma punição – disse o guarda, com um esboço de sorriso.

Samantha fechou os olhos e ficou assim por alguns segundos.

– Está bem – disse ela, e apertou o botão para abrir a porta.

– Espere – pediu Aster, correndo atrás dela e tentando se distanciar o máximo possível do guarda. – Deixe que eu acompanhe você até a sua cabine.

Samantha olhou confusa para Aster, sem entender aquela mudança repentina de atitude.

– Tenho certeza de que isso não é necessário. A sra. Samantha é perfeitamente capaz – disse o guarda. – Além disso, você não tem autorização para ir àqueles lados a essa hora, com ou sem ajuda do Cirurgião.

Samantha olhou para Aster, para o guarda e então parou na frente de Aster, aparentemente feliz por bancar a salvadora benevolente.

– Eu gostaria que ela me levasse até meu alojamento. Vamos. Vamos lá.

Aster assentiu, com um saco de dentes de leão pendurado nas costas.

Samantha esticou o braço e envolveu Aster, puxando-a pela cintura.

– Sinto muito, mas não posso autorizar isso – disse o guarda. Esfregou o polegar sobre a ponta de madeira do cassetete pendurado em seu cinto.

– Tenho certeza de que vai deixar as regras de lado só dessa vez para que ela possa me levar para casa – disse Samantha. Sua voz tinha mudado, estava mais tensa agora.

– Regras são regras – insistiu o guarda. Num tom de voz debochado e meio arrastado, disse: – Afinal, nossa ordem social depende da nossa ordem ética, e nossa ordem ética depende de reconhecer e corrigir erros morais, não é mesmo, Samantha? – Então, ele se dirigiu a Aster. – A maior parte das pessoas não acredita que minha memória seja tão boa.

Samantha se virou para Aster, apertou-a com força e a soltou.

– Me desculpe. Você vai ficar bem, não vai? – perguntou ela, passando a mão na bochecha de Aster, os dedos frios e oleosos.

– A senhora precisa ir embora – disse o guarda. – Ou então vou ter de denunciá-la também.

Samantha hesitou por um momento e então subiu as escadas de carpete marrom de volta para seu oásis nos conveses superiores, segurando a saia com as mãos.

Aster soltou um gemido baixo e humilhante enquanto Samantha desaparecia pela escadaria. Precisava passar um rádio para Giselle. Não queria colocá-la em risco, mas não tinha escolha agora. Sua esperança era de que houvesse tempo. Que Giselle estivesse por perto e segura, não presa. Ela mexeu o botão do rádio e colocou na frequência de Giselle. Não podia falar nada, mas podia passar uma mensagem em código. Deu batidinhas com o dedo no microfone do rádio:

Socorro. Ala das Flores Selvagens. Ela repetiu três vezes e então interrompeu o sinal.

– Venha comigo – disse o guarda. Ele a agarrou pelo ombro, derrubando as raízes de dente de leão, e a empurrou pelo caminho.

Aster ergueu o olhar quando o guarda parou. Ela se deu conta de que ele tinha dito alguma coisa.

– O que foi? – perguntou. Os lábios do guarda se mexeram, mas Aster não conseguia distinguir o som formado. O Silêncio chegara e, como sempre, nos piores momentos. Era uma surdez temporária que a lembrava da juventude. O estresse do momento agravava a condição e, por mais que ela quisesse gritar "Por favor, vá mais devagar enquanto eu me recupero aqui", sua língua não cooperava. Odiava a forma como seu cérebro simplesmente se fechava às vezes.

– Aster. – Ela ouviu o guarda dizer. Não sabia exatamente o que mais ele tinha falado, mas depois de muitos anos de experiências similares, ela já sabia que seria alguma variação do de sempre: como ele ia enchê-la de bofetadas por desrespeitá-lo; ou como ela era feia e parecia um cavalo com aquela pele negra, olhos arregalados e nariz largo, e por isso ele ia ter de possuí-la; ou como ela era linda, como um cavalo e, por causa disso, ele ia ter de possuí-la; ou como ele gostava do jeito dela de fazer o mingau de milho, com xarope de bordo, canela e cardamomo, e será que ela podia ensinar a esposa dele a fazer assim?; ou como ela tinha um cheiro tão bom, de chicória, ou como ela tinha um cheiro tão bom, de chá, ou como ela tinha um cheiro tão bom, como o oceano, embora ninguém naquela nave tivesse sentido o cheiro do oceano, porque não havia oceanos no espaço.

Ela nem ia perder tempo tentando saber o que ele tinha dito em específico.

– Está ouvindo?

Isso Aster entendeu, e então fechou os olhos, se concentrou profundamente para que as palavras enfim voltassem para ela.

– Não – respondeu. – Não estou ouvindo.

– Sua vaca.

– Sua vaca – disse Aster de volta, mesmo sabendo que não devia. Imitação a ajudava a se lembrar do uso das palavras.

– Quer que eu lhe dê uma lição? – perguntou ele, agora mais perto. Sua respiração baforava no pescoço, queixo e lábios de Aster.

– Só quero seguir meu caminho. – Ela escorregou a mão até o bolso de seu cinto de remédios e tateou em busca da terceira seringa à direita. Ele riu, um som inflado que começava no peito e mal passava pelos lábios. Chegou mais perto e ela sentiu seu calor.

– Já matei homens antes – disse Aster, o que era mentira. – Se me pressionar, posso fazer isso de novo. – Viu um leve tremor na pulsação do guarda, que até então estava contínua. Ele engoliu em seco.

Os olhos dele pareciam uma foice enquanto a encarava.

– Olhe para mim – disse ele, irritado, mas Aster desviou o olhar para o chão, para a grade bem debaixo de seus pés. As botas do guarda estavam arranhadas e precisavam de polimento, bem diferente das de Samantha.

Aster não sabia o que a fez se agachar, lamber o próprio polegar e esfregá-lo sobre o preto esmaecido dos sapatos do guarda. Sentiu uma breve sensação de paz enquanto seus dedos se moviam, de um jeito metódico, dando brilho àquele couro. O ritmo do movimento lhe ajudou a pensar.

A agulha da seringa era muito pequena, feita para pequenas doses de anestésico, mas Aster pensou que um pouquinho – e era um pouquinho – seria o suficiente. Enquanto os dedos do guarda a agarravam pelo cabelo e puxavam para cima, ela destampou a seringa e foi tirando do bolso devagar.

Aster apunhalou o quadril do guarda com a agulha. Ele gemeu, depois tentou dar um soco nela, mas Aster desviou. Eram cinquenta metros até a escadaria, poderia chegar lá facilmente, e se a agulha retardasse um pouquinho o guarda, ela tinha chance.

— Sua demônia — disse o guarda, e a segurou pelos suspensórios. Ela se sacudiu e conseguiu se soltar. A mão dele a agarrou pelo elástico da calça, que ele quase arrancou.

Um estouro alto ressoou no corredor e Aster caiu para a frente, livre das mãos do guarda. Sentindo os ouvidos latejarem, levou as mãos às orelhas.

— Aster? Aster? Você está bem? — Giselle tinha vindo. Ela segurou o ombro de Aster meio forte demais, piorando o ferimento. — Você não foi atingida pela bala, foi? — Ela deu a volta e parou na frente de Aster, agachada, o vestido curto subindo e revelando suas coxas marrons, e uma máquina marrom e prateada pendurada em seu ombro por uma alça de couro. Uma espingarda. Uma poça de sangue se formava no chão. — Aster?

Ela se afastou das mãos de Giselle e se levantou. O guarda estava deitado no chão, baleado, com sangue jorrando. A parte de Aster que era curadora queria dar pontos nele.

— Imperatriz da Noite — disse Aster, sabendo que aquilo era um faz de conta. Giselle estava perfeita para o papel, com aquela arma igualzinha à da heroína dos quadrinhos, que atirava bolinhas mágicas. — Você espirrou sangue e vísceras em mim — disse ela, embora fosse só um pouco.

Giselle deu uma olhada no relógio de ouro no pulso do guarda.

— Precisamos voltar antes da contagem — disse, e fez um gesto para a direita, na direção do corredor. Saiu correndo, a arma batendo em suas costas e quadris.

Aster desabotoou a camisa do guarda, manchada de vermelho, tirou as mangas e puxou-a por baixo do corpo dele. Caso esfregado, o sangue sairia facilmente. A calça marrom era macia e espessa, um tecido muito gostoso sob os dedos, que não pinicava nem um pouco. Seria uma ótima moeda de troca. Aster puxou-a também, depois as botas, e enrolou tudo.

Segurando as roupas roubadas, foi atrás de Giselle. O som de tiro havia atraído outros guardas. Eles já tinham chegado até a borda dos conveses de cultivo, correndo e pulando lances inteiros de escadas.

– Ei!

Aster ouviu o barulho de botas no convés bem acima delas.

– Venha comigo – disse ela. Tinha um jeito de chegar aos dutos de ar pela cabine da fornalha, e havia uma em cada convés. Ela foi seguindo para lá.

– E como entramos? – perguntou Giselle, olhando por cima do ombro para ver se alguém se aproximava.

Aster pegou a chave e passou pelo scanner.

– Assim – disse, quando a porta para a Doca de Aquecimento se abriu. Era muito quente e tinha pouco oxigênio, então não dava para se esconder lá por muito tempo, mas Aster escalou o cano para chegar até o teto e então usou o ombro para abrir a entrada dos dutos. Ouviu vozes do lado de fora.

– Aqui, vamos entrar – chamou, mas sabia que tinha uns minutos de vantagem. Diferente dela, os guardas não andavam com uma cópia da chave do Cirurgião. Ela içou o corpo até a entrada que abrira no teto e então estendeu a mão para ajudar Giselle a subir.

Suas mãos estavam suadas e Giselle escorregou. Aster ouviu a fechadura abrir e tentou mais uma vez puxar a amiga.

– Segure minha camisa – disse. Giselle agarrou os punhos da manga de Aster, as unhas cravadas no pulso. Aster tombou o corpo para trás para conseguir puxá-la.

Não tinha como cobrir o buraco que ela fizera no teto falso de gesso para chegar até o duto, então elas precisavam ser rápidas. Havia suor e sujeira grudados no corpo de Aster enquanto ela tremia ao passar pelo duto. Os ossos relutavam em se mover, as articulações estavam duras. A névoa fazia seus olhos arderem. A sensação da mão do guarda ainda formigava na bochecha.

O cano tinha cheiro de mofo e fungos. Aster queria recolher todos e examiná-los sob a lente de um microscópio. Eles eram os verdadeiros Deuses e Céus. Bactérias foram a primeira forma de existência, antes dos peixes, das serpentes, antes das mulheres com pernas grossas e ombros e costas tão fortes que podiam carregar famílias inteiras. Antes que construíssem uma nave para voar até os Deuses.

– Pode parar com isso? – pediu Giselle.

– Parar com o quê?

– Esse barulho com a mão.

Aster não percebera que estava batendo a mão no cano de metal enquanto rastejava.

– Me ajuda a pensar – disse ela. Giselle estava na frente, a bunda virada para o rosto de Aster, os pés descalços cheios de cicatrizes na sola. – Onde você estava?

– Com a sua mãe – respondeu Giselle.

– O quê?

Giselle deu de ombros na frente de Aster.

– Preciso ir – disse ela ao encontrar um tubo de ventilação largo o suficiente para passar. – Sabe onde me encontrar. Vou explicar tudo quando eu puder.

Antes que Aster pudesse compreender aquelas palavras, Giselle tinha ido embora e ela não fazia a menor ideia de onde encontrá-la. Do nada, Giselle desaparecera outra vez.

9

A notícia oficial da morte do Soberano foi dada às 5h03 pelo sargento Thompson, que acordou as mulheres da cabine pelo alto-falante logo depois do toque de alvorada. Aster tinha acabado de se deitar no colchão para um descanso rápido antes de encontrar o Cirurgião.

O sinal tocou três vezes e depois Thompson falou: "Despertem! Os Céus são grandiosos e a humanidade é fraca, e todos os dias devemos lutar para alcançar a grandeza à qual estamos destinados. Mentes despertas e corações despertos. Vocês terão direito a cinco minutos de oração antes de eu continuar com os comunicados do dia".

Mabel, Pippi e Vivian acordaram esfregando os olhos e bocejando com as palavras de Thompson. Aster sentiu uma paz enquanto elas se movimentavam, aliviada pelos sons familiares de lençóis farfalhando e de roncos que se transformavam em respirações profundas.

– Olha quem resolveu se juntar a nós – disse Vivian. – Por um momento pensei que você tinha ido no mesmo caminho da Giselle. Teve alguma notícia dela?

– Tive – respondeu Aster, se recusando a elaborar mais.

Vivian, Mabel e Pippi tinham dormido num estrado de madeira no chão para compartilhar o calor do corpo. Aster até quis se juntar a elas quando voltou dos conveses de cultivo, mas não queria impor sua presença na organização que fora construída. Em vez disso, se deitou sozinha na própria cama, congelando, desejando que Giselle estivesse ali. Apenas poucos dias antes eram as duas que estavam no estrado no chão, aquecendo uma à outra enquanto decifravam os diários de Lune.

Aster sentiu um arrepio ao pensar que talvez nunca mais fosse ver sua companheira de beliche. Com Nicolaeus morto e Tenente no comando, aquela parecia uma possibilidade bem concreta. A máquina-espingarda tinha apenas algumas balas. Giselle não poderia lutar contra toda a Guarda, e, Aster achava, nem mesmo contra Tenente sozinho.

Ela se sentou e abraçou os joelhos, com os olhos fechados. Não gostava de ficar agitada, mas era assim que se sentia. Seu equilíbrio estava bastante prejudicado. Encontrar Giselle e depois perdê-la de novo, o assassinato do guarda... ela não tinha nem tomado café ainda.

– Alguém pode acender um lampião ou uma vela? – perguntou Vivian. – Está frio e fedendo aqui. Parece que acordei dentro das entranhas de alguém. – Ela se levantou debaixo de uma montanha de mantas, edredons e lençóis de estampa floral.

– Você é tão boba – disse Pippi, toda empertigada apesar da situação lamentável de sua roupa de dormir. Ela se levantou e acendeu um lampião a óleo na regulagem mínima. Uma luz baixa e bruxuleante preencheu a pequena cabine.

– Aumenta isso aí – pediu Vivian, jogando um travesseiro surrado em Pippi, que virou o botão e deixou a luz mais forte.

Pippi e Mabel se levantaram e sentaram lado a lado na cama, as pernas penduradas para fora. Devido às paredes cor de bronze, o cômodo teimava em continuar escuro, por mais luzes que se acendessem. Mabel e Pippi estavam sempre se tocando de alguma forma, para tentar afastar a melancolia daquilo tudo, sem falar no frio.

Usando o cobertor como se fosse uma capa, Vivian aumentou o volume do receptor do alto-falante.

– Fiquem quietas, vai começar.

O sinal tocou novamente três vezes antes de iniciar a mensagem: "Agora que seus corações estão apaziguados pela oração, estão prontos para ouvir a Palavra. É com muita dor no coração que devo informá-los de que o espírito do Soberano Ernest Nicolaeus se juntou aos Céus durante a noite. Os turnos continuarão os mesmos conforme a escala. O trabalho vai ser um ótimo conforto para vocês neste momento de luto. Não podemos deixar que nossa tristeza atrapalhe a jornada da *Matilda* rumo à Terra Prometida. O cosmos é imenso, mas nossos espíritos são formidáveis".

– O Soberano morreu; vida longa ao Soberano, acho que é isso – disse Pippi, se alongando e bocejando. Tirou o lenço da cabeça, desfez as tranças e penteou cada mecha antes de prender os cabelos macios num coque alto.

– Que seu reinado seja longo, essa coisa toda – disse Vivian revirando os olhos. Vestiu uma camisa marrom bem grossa de flanela por cima da camisola e colocou as botas de trabalho sobre a meia-calça de lã. Era assim que ela se aprontava.

– Não acredito que estejam agindo com tanta indiferença – protestou Mabel, tossindo. Deu umas batidinhas no peito e secou os olhos que lacrimejavam. – Pippi, passa meus óculos.

Pippi já estava com eles na mão. Entregou a Mabel os óculos e a pomada para o peito. Também pegou as roupas de Mabel no baú, todas peças que ela mesma tinha adquirido, na tentativa de melhorar um pouco a falta de noção de Mabel para a moda. Pippi sempre arrumava Mabel de um jeito elegante, com saia comprida, blusa e um blazer. Era um conjunto que combinava com o estilo meio antiquado e acadêmico de Mabel. Era o tipo de roupa que uma jornalista dos conveses intermediários usaria.

– Você sabe algo disso? – perguntou Vivian, com a mão nos quadris magros, quase inexistentes. Ela era quase um retângulo perfeito. Uma característica que alguém dos conveses superiores provavelmente chamaria de *porte de menino*.

– Não tive nada a ver com a morte. Ele estava doente – respondeu Aster, e só depois se deu conta de que aquilo a incriminava ainda mais. A saúde frágil do Soberano Nicolaeus vinha sendo mantida em sigilo. Ela só sabia porque Theo quebrara o protocolo ao lhe contar.

– Aster! – gritou Mabel, vestindo a roupa que Pippi escolhera. – Há quanto tempo você sabe?

– Deve ter sido ela quem provocou a doença – opinou Vivian, mas será que ela acreditava mesmo naquilo? Sua personalidade era construída na ideia de ser a mais grosseira do grupo, e ela interpretava o papel para manter aquela identidade. Ao longo do tempo, foi se tornando uma caricatura de si mesma.

Aster sentiu ainda mais falta de Giselle. As grosserias dela eram puras e reais, originadas na dor. Era o tipo de crueldade que Aster compreendia, embora nem sempre tolerasse. Ela sempre perdoava quando Giselle soltava algo amargo, claramente fruto de uma ferida.

– Doente de quê, Aster? – perguntou Mabel. Pippi lhe entregou o cinto para a saia.

– Não tenho certeza – respondeu Aster, se preparando para ir encontrar Theo. Foi até o baú de couro para pegar algumas roupas limpas; as ensanguentadas de antes já tinham sido descartadas. Decidiu usar uma calça cinza e uma camiseta marrom sem graça. Prendeu o suspensório na calça e colocou as alças sobre os ombros. Não era um traje muito quentinho, mas não precisava ser. Não havia racionamento de energia nos conveses intermediários.

– Fiquei mesmo me perguntando por que ele tinha parado de fazer os comunicados matinais – observou Mabel, animada com a possibilidade de um escândalo. – Mas imaginei que tinha alguma coisa a ver com os blecautes. Que estivesse machucado ou sendo mantido em algum lugar por segurança. – Ela andou até o rádio, pressionou o botão e procurou pela estação certa.

– Amor, ele acabou de morrer. Não vai ter notícia nenhuma por enquanto, então pare de se preocupar – disse Pippi, apertando o ombro de Mabel.

Mas a ideia de Mabel era boa. Os repórteres clandestinos dos conveses inferiores poderiam ter informações que Aster não tinha, e começariam a transmitir em breve.

– Não acredito que ele está morto, morto *mesmo*. Ele é o Soberano desde antes de eu nascer, e agora... não é mais. Isso é... Não sei. Preciso escrever um pouco. – Mabel se sentou ao lado do rádio, com a orelha colada na saída de som.

– Vou encontrar o Cirurgião agora pra falar disso – contou Aster. – Quando voltar, compartilho com você o que descobrir sobre a morte do Soberano Nicolaeus.

Mabel sorriu, mas estava distraída demais para bombardear Aster com perguntas a serem feitas a Theo, como ela faria normalmente. As informações privilegiadas de Aster tornavam o boletim de notícias clandestino de Mabel um dos mais populares no convés Q. Aster pensou em contar que o guarda que tinha invadido a cabine e batido nelas na semana anterior estava morto, mas era uma informação perigosa. Talvez precisasse passar por algum tipo de interrogatório se a pessoa errada descobrisse que ela sabia.

– Você vai trabalhar hoje? – perguntou Pippi.

– Acho que sim. Devo terminar antes disso. – Aster fechou o cinto de remédios com a fivela de latão. Depois, prendeu o radiolábio nele. Por fim, pegou os óculos de proteção do bolso e os colocou.

– Não finja que seu Cirurgiãozinho não poderia simplesmente dar uma permissão pra liberar você quando quiser – disse Vivian. Ela agora usava um chapéu e um lenço no pescoço.

– Ele não pode – respondeu Aster.

Uma coisa era emitir permissões para movimentação livre, outra bem diferente era liberá-la dos horários de trabalho. O trabalho era a espinha dorsal da moralidade, e toda aquela coisa. A Guarda do Regime jamais aceitaria.

Os corredores do convés J se entrecruzavam sem muito padrão aparente, mas Aster conhecia bem os caminhos por ali. A cada poucos metros, uma luz amarela fraca vinha das lâmpadas penduradas como se fossem auréolas. Aster dava um tapinha de leve com a lateral da mão a cada três portas e batia com o quadril a cada cinco maçanetas. Era um jogo que fazia consigo mesma, para se manter focada. As batidas de seu corpo e dos arredores amplificavam os sons ocultos: o assobio de vapor dentro das cabines, o ranger das juntas enferrujadas da *Matilda*. Se houvesse passos se aproximando, ela ouviria e estaria pronta.

Aster virou numa esquina e viu o oficial Frederick fazendo a ronda.

– Ei – disse ele, cumprimentando. Estava parado na interseção entre as alas Jabuticaba e Jaspe, o cabelo escuro molhado caindo sobre a testa. De todos os guardas que trabalhavam nos conveses inferiores, ele era o que menos ofendia Aster, mas ela não tinha esquecido o incidente que acontecera mais cedo.

– Bom dia – disse Aster, forçando-se a olhar nos olhos dele. Havia bolhas no nariz e nas orelhas de Frederick, um oferecimento do Pequeno Sol, indicando que ele acabara de sair de um longo turno nos conveses de cultivo. Ela imaginou se ele fora um dos homens que correram atrás dela e de Giselle. – Você não costuma trabalhar por aqui.

– Imagino que já saiba das notícias. Fui transferido para o convés J para ajudar com os possíveis transeuntes da Ala Junco. A morte do Soberano Nicolaeus deixou todo mundo meio alterado.

– Transeuntes?

– Você e o Cirurgião vão ter muita companhia hoje.

Aster pegou algo em um dos bolsos do cinto.

– Aqui, pras queimaduras – disse, e entregou a ele uma pequena ampola, principalmente porque queria ser poupada de olhar para aquele nariz descamado. Além disso, eram esses pequenos favores que o mantinham ao lado dela. Aster podia precisar de um favor dele um dia.

Ele abriu um enorme sorriso, revelando dentes alinhados, porém com alguns buracos.

– Obrigado, querida.

– Você parece feliz, apesar das notícias.

Frederick ficou mais sério e ajeitou a postura.

– É o meu jeito. Mas você está certa, não é apropriado. Preciso treinar a minha cara de luto. Não é que não esteja triste, é que... Eu nem conhecia ele, sabe?

Ele era tão diferente do guarda daquela manhã. Nem melhor, nem pior. Mais desconcertante, talvez. Aster não sabia bem como reagir àquele comportamento que parecia genuinamente amigável. Não sabia quantos habitantes dos conveses inferiores ele já tinha surrado – se houvesse algum – ou quantas vezes ele testemunhara seus companheiros agindo dessa forma.

Mas sabia um pouco de sua história de vida. Ele já tinha contado várias vezes. Era dos conveses superiores, um dos poucos guardas do baixo escalão saído das elites da *Matilda*. Era o quarto filho numa prole de cinco meninos e, Aster suspeitava, deve ter sido a decepção da família. Não era bonito. Provavelmente também não era muito bom na escola.

– E o homem era velho, não é? Setenta e quatro já. Além disso, fazia semanas que estava doente. Será que alguém não esperava? Ficou doente no mesmo dia que os blecautes começaram. Acho que o coração não aguentou ver a nave começar a colapsar.

Aster sabia que havia uma proximidade entre o primeiro blecaute e a doença de Nicolaeus, mas não que os dois tinham começado no mesmo dia.

– Me conta, tem outros guardas com os quais eu devo tomar cuidado? Que não costumam andar por aqui? – perguntou Aster.

Frederick passou no nariz generosas porções da pomada para queimadura.

– Bayard e Timothy foram mandados para vigiar o necrotério, então deve estar tudo tranquilo até você chegar lá. Pode me chamar se precisar de ajuda.

Aster assentiu, porque era o que se esperava em resposta, mas nunca pediria ajuda a ele ou a qualquer outro guarda. Continuou seu caminho sem nenhum incidente, mas quando Frederick disse que ela e o Cirurgião teriam companhia, ele não estava brincando. A Ala Junco estava cheia de moradores dos conveses superiores, com suas bochechas, gengivas e lábios rosados. No meio de todo aquele rosa, Aster se destacou. Marrom. Totalmente marrom.

Pelo que ouviu de uma conversa ou outra por ali, algumas informações tinham sido vazadas. Uma mulher com longos cabelos trançados até as costas disse que a localização do corpo deveria ser segredo. Todo mundo imaginava que ele teria sido levado para o necrotério do convés B, por causa de seu status.

– Que os Céus abençoem os criados que espalham fofoca – disse a mulher.

– Ainda não entendo – comentou alguém. – Por que tiveram o trabalho de transportar o corpo até aqui embaixo?

O necrotério do convés B não tinha a mesma quantidade de equipamentos cirúrgicos que havia no J. Não eram necessários lá. Nos conveses superiores, as pessoas viviam, morriam e o corpo era processado de volta para a *Matilda*, sem perguntas. Se tinham levado o corpo para o Cirurgião, era porque o Regime queria uma autópsia.

– Ei, você, quer ganhar uma moeda? – perguntou um garoto de dezessete ou dezoito anos, o rosto cheio de cicatrizes vermelhas de espinhas. – Dou uma moeda de prata se me ajudar a carregar isto aqui. – Ele empurrou um fonógrafo de mão na direção de Aster.

– Não – disse ela, e então abandonou-o. Embora não fossem totalmente inúteis, moedas não tinham muita serventia para ela. Um pedacinho de prata tinha valor nos conveses superiores, mas, abaixo do L, o que valia mesmo eram materiais que pudessem ser trocados. Talvez ela ajudasse se ele tivesse oferecido um par de tênis novos.

Um homem gordo de cabelo grisalho entrevistava um inspetor. Usava uma calça escura pequena demais para ele: a bainha acabava na altura do maléolo medial. Apesar disso, ele era elegante. Os óculos lhe davam uma aparência intelectual. O bigode perfeitamente cortado transmitia gentileza. Aster parou a alguns metros de distância para ouvir a conversa.

– Senhor inspetor, segundo o comunicado, a suspeita é de que a causa da morte tenha sido um ataque cardíaco. O senhor pode confirmar isso? – Ele escrevia num caderno, a tinta sobre a página marfim.

– No momento, não posso confirmar. Só posso dizer o mesmo que o sargento Barrett falou mais cedo: o Soberano Nicolaeus foi encontrado por uma de suas enfermeiras na cama esta manhã, e os relatórios preliminares indicam que seu coração parou – respondeu o inspetor.

Aster sorriu com a arrogância de quem sabia algo que ninguém mais sabia.

Avançava pela multidão quando um homem agarrou seu cotovelo com força e puxou o braço direito inteiro para trás, deslocando o ombro. Ela sabia que era um guarda pelo toque da jaqueta. Fria, uma das medalhas tocou em seu pescoço.

Todas as atenções se voltaram para Aster, e muitos dos transeuntes começaram a falar ainda mais alto do que antes.

– Ordem! – gritou um dos guardas.

Os óculos de Aster filtravam a pior parte dos estímulos, diminuíam a luz e as cores. Ainda assim, os tubos de ventilação zuniam, agitados. Acima de sua cabeça, os canos de cobre estalavam. A *Matilda* sabia muito bem mexer com os sentidos. E isso sem falar da multidão que observava.

– Minha permissão... Está na minha calça – gaguejou Aster.

O guarda enfiou a mão no bolso traseiro da calça dela e pegou a permissão. Outros repórteres escreviam em seus bloquinhos. Os que estavam ali por mera curiosidade fofocavam sem parar, os olhos fixos em Aster enquanto conversavam.

– Confere? – perguntou outro guarda que vinha chegando, espremido entre dois curiosos que apenas observavam tudo por ali sem falar nada.

– Você trabalha para o Cirurgião? – perguntou um inspetor. Aster assentiu.

– Sim, sou assistente dele – respondeu, embora considerasse que trabalhava *com* ele, na verdade.

O inspetor conduziu Aster em meio aos curiosos; a maioria se afastava quando ela passava. Quando chegaram ao fim do corredor, um dos guardas fez menção de tocar a campainha.

– Não precisa – disse Aster.

Ela inseriu sua chave, um cartão de metal perfurado, na fechadura. A porta se abriu e ela entrou na cabine J-00.

10

O Cirurgião estava com cheiro de hamamélis, mentol e madeira de pinho. No lavabo do necrotério, havia um sabonete branco e meio molenga em um pratinho de porcelana. A espuma ainda escorrendo na pia sugeria que ele se lavara pouco antes de Aster chegar. Ele sempre impunha a si mesmo limpeza, pureza e perfeição impecáveis.

Aster já tinha flagrado Theo uma vez antes, a camisa pendurada na cadeira enquanto esfregava a pele branca até ficar rosa, e depois vermelha. A água, tão quente que ainda soltava vapor, espirrou quando ele mergulhou um pano no balde. Ela saíra de mansinho, do mesmo jeito que entrara, antes que ele percebesse sua presença.

Quando conheceu Theo, Aster pensou que a obsessão dele por higiene fosse parte de sua devoção religiosa. Rituais de limpeza são típicos de muitas religiões, e embora Theo costumasse fazê-los com mais frequência que o comum, sua dedicação parecia estar dentro dos limites do razoável. Mas, depois de um tempo, Aster passou a ver aquela diligência como algo mais.

A fé era sim uma das motivações, mas a compulsão também era. Ele podia rezar cinco vezes no dia porque as Escrituras exigiam isso, mas não dava para negar que, independentemente de Deus e da religião, a mente dele também o exigia. Ele tinha uma tendência patológica de se culpar por cada coisa ruim que acontecia no mundo, e pensava que se jejuasse pela quantidade certa de dias e fizesse suas orações nos horários corretos, talvez pudesse impedir algo ruim de acontecer.

Theo não era o nome de batismo dele. Trinta anos antes, o pai olhou para ele e quis que tivessem o mesmo nome, Sedvar. Um nome horrível e antiquado, com um significado que não combinava em nada com o rapaz: "impiedoso na batalha".

– Impiedoso na batalha *espiritual* pode até ser – dissera ele, uma vez, tentando fazer piada. A relação entre Aster e ele parecia ter chegado àquele ponto em que já era aceitável compartilhar detalhes pessoais irrelevantes.

– Seu pai era Sedvar Smith? – perguntara Aster, reconhecendo o nome do Soberano anterior a Nicolaeus. Estavam jantando no escritório de Theo, ela sentada numa pilha de papéis em cima da mesa, ele de pernas cruzadas na cadeira de couro verde-escura que tinha quatro pés de madeira arranhados.

– Isso, Sedvar Smith.

Aster tinha parado de olhar para o redemoinho cinza da gravata dele e analisava novamente seu rosto – ela descobrira fazia pouco tempo que ele se barbeava também à tarde, além da manhã.

Na época, só o conhecia havia dois anos, e nunca tinha confiado num homem que fosse filho de um Soberano, ou em qualquer homem, ou mulher, ou pessoa. Aster tinha baixado a guarda para ele depois de saber um pouco mais de sua história. Era o filho bastardo do Soberano com uma mulher dos conveses inferiores, e odiava o Regime ainda mais do que ela.

– Quer saber como escolhi meu nome? – perguntara Theo.

Aster dera uma mordida no pão sírio de milho e mergulhara-o na lata de ensopado.

– Pra mim é indiferente.

– Theo Thackeray era a protagonista de uma série de histórias que minha babá contava quando eu era criança, sobre uma menina camponesa que resolvia mistérios. Tipo quem roubou a maior abóbora da colheita ou pra onde fugiram os cavalos de carga. Então anunciei pro meu pai, aos oito anos, que ele nunca mais devia me chamar de Sedvar. Dali em diante eu seria Theo, em homenagem a Theo Thackeray.

Aster já sabia que isso era mentira, uma daquelas histórias convenientes que eram boas demais para ser verdade, muito bonitinhas, muito cheias de significado. O verdadeiro motivo para ter escolhido Theo, Aster suspeitava, era porque aquele nome expressava sua devoção obsessiva por Deus. O amor do Cirurgião pelo Criador e pelos Céus emanava dele como um canto de pássaros: era parte de seu cotidiano.

Agora, Aster lavava as mãos depois de entrar no necrotério e se preparava para examinar o corpo do Soberano Nicolaeus.

– Não teve nenhum incidente pra chegar aqui? – perguntou Theo, sem olhar para ela.

– Defina os parâmetros de *incidentes*.

Theo colocou a caneta sobre o bloco e se virou para ela. Os olhos a esquadrinhavam de cima a baixo.

– Está machucada?

– Não, embora seja possível dizer que quase me machuquei. Mas já estou recuperada. – Ela se perguntou o quanto ele sabia sobre o guarda assassinado e se pensava que ela estava envolvida.

– Eu teria ido buscar você, ou no mínimo mandado alguém pra acompanhá-la – disse ele. – Você não deve andar pelos corredores sozinha agora. É um momento perigoso.

– E você sabe muito bem que não deve se preocupar com o que eu deveria ou não fazer, já que você não sou eu e, portanto, não está qualificado pra tomar esse tipo de decisão.

– Você não pode ditar com o que eu me preocupo.

Aster pegou um avental para colocar por cima da roupa e levantou os óculos até o topo da cabeça.

– Estou cansada que me digam o que eu *devo* fazer e com o que eu *devo* tomar cuidado. Quer minha ajuda com o corpo ou não?

O corpo do Soberano Nicolaeus já estava aberto, deitado numa mesa a alguns metros de distância dela, como se fosse uma toranja amarga, com parte dos órgãos removidos. Estava bem claro que Theo já fizera a maior parte de sua investigação e só convidara Aster ali para: a) confirmar suas descobertas; ou b) lhe dar uma aula improvisada.

– Faz muito tempo que ele está morto? – perguntou Aster, deixando as luvas de látex estalarem em seu braço ao colocá-las. Era gostosa a sensação do elástico abraçando seus ossos.

– Presumo que algumas horas. – Theo estava parado perto da bancada do outro lado do cômodo, de costas para Aster, e mal olhou na direção dela ao dizer: – Vai lá, pode começar.

Aster estava acostumada a ver as entranhas de um corpo, então se sentiu tranquila ao colocar a máscara no rosto e caminhar na direção do cadáver rígido e imóvel de Nicolaeus. Seus músculos relaxaram ainda mais quando ela teve de começar a considerar a resolução do problema que tinha em mãos.

– Devo procurar por alguma coisa específica? Quando falou comigo antes, você parecia certo de que era um veneno. Ainda acha isso?

Ele caminhou na direção dela, tirou as luvas, e o cheiro doce do talco preencheu a sala. Tinha dedos delicados e longos, adequados para tarefas graciosas e precisas como fazer crochê, separar contas e cortar um cadáver. A estrutura óssea perfeita e a maciez faziam um contraste imenso com os dedos de Aster: atarracados, cheios de calos, escuros.

– Se pensa em ficar parada aí olhando por muito mais tempo, me avise que vou preparar meu café da manhã enquanto isso.

– Você não está jejuando? – perguntou Aster, embora não tivesse qualquer razão para achar isso, a não ser pelo fato de que ele parecia estar sempre jejuando.

– Preste atenção no problema atual. Você está enrolando – disse Theo.

Ela notou que ele não negou o jejum.

Aster já o acompanhara em outras autópsias, mas para observar, não para atuar.

– Não consigo manuseá-lo com um toque tão leve quanto o seu. Vou acabar destruindo algo e não vai sobrar corpo pra examinar.

Embora partisse de uma preocupação genuína, a desculpa escondia o verdadeiro motivo de sua hesitação. E Aster sabia, pelo jeito como Theo olhou para ela e depois desviou o rosto, que ele também não acreditava naquela explicação.

– Você é capaz de muito mais do que imagina. Uma autópsia não é diferente dos outros inúmeros processos que você já executou sob minha supervisão. Você é muito mais talentosa, e tem habilidades mais diversas, do que qualquer um dos meus colegas. Agora vai.

– Eu sou? Então você me considera uma semelhante intelectualmente? – perguntou Aster, orgulhosa do elogio.

– Não – respondeu Theo.

Aster agradeceu por Theo estar olhando para Nicolaeus e não para ela. Não queria que ele visse a expressão em seu rosto ao ouvir aquela negação tão brusca. Não deveria ficar ofendida. Mesmo com toda a sua gentileza, o Cirurgião era um homem preciso e rígido. Regras, regras e mais regras, e sempre distante. Não combinaria nada com ele mentir apenas para proteger o ego de Aster.

– Aster, você não é minha semelhante intelectual. Você é superior – disse Theo, mordendo o lábio. – Desde que se considere intelecto como uma categoria válida pra organizar as pessoas, mas não tenho muita certeza de que eu considero. Mas os dados brutos sugerem que você sabe mais do que eu a respeito de uma ampla gama de assuntos, e sua habilidade de racionalizar problemas complexos é muito maior do que a minha. Por isso não estou entendendo sua hesitação em prosseguir com esta autópsia.

Ele coçou a pele inchada do queixo, vermelha por causa da navalha. Era algo raro de ver, dada sua meticulosidade no uso da lâmina. Ele andava tão distraído quanto Aster pelos últimos acontecimentos a bordo da *Matilda*.

– Está claro pra mim que você não está envolvida nisso, como achei inicialmente, senão você... não teria chegado até aqui inteira. – Ele fez um gesto de desdém com a mão. – Então, preciso perguntar, por que minha Aster, sempre tão ousada, sagaz e direta ao ponto, de repente ficou tímida pra examinar um corpo? Em outros tempos, era uma de suas atividades favoritas.

Porque Nicolaeus e minha mãe estão intrinsecamente conectados, ela quis responder, *talvez por algo mais do que suas íris mutiladas*. Aster temia as respostas que poderia encontrar dentro do cadáver do Soberano. Pior, ela temia não haver qualquer resposta a ser encontrada. Tinha se deparado com um quadro-negro apagado e, embora ainda pudesse ver a poeira do carbonato de cálcio, não havia como reconstruir o que estivera escrito antes ali. Tudo deixa um rastro, mas às vezes um rastro não é o suficiente.

– Sinto que estou em busca de uma história surgida na imaginação de outra pessoa – disse Aster e, em vez de esperar o que seria uma resposta certamente confusa de Theo, ela se aproximou do corpo do Soberano Nicolaeus, pronta para encarar o que estivesse ou não ali.

Pensando bem, *pronta para encarar o que estivesse ou não ali* não chegava nem perto de ser a verdade, depois do que aconteceu quando ela se aproximou do cadáver. Pela primeira vez em vinte e cinco anos, e pela primeira vez desde que Aster nascera e Lune morrera, seu radiolábio apitou. Apitou. E apitou. E apitou, apitou, apitou.

No entanto, quando pensou melhor nisso, achou que na verdade ele tinha feito apenas um clique. O som da arma mágica de Giselle lhe veio à mente, algo cuja descrição ela já tinha lido muitas vezes nas histórias da Imperatriz da Noite, mas que nunca imaginara do jeito certo. Aster ouvira facilmente aquele som mesmo em meio a seu fim do mundo particular. Não apenas o estouro do tiro, mas os barulhos antes disso. O tambor destravando, o pino de disparo engatilhando.

O assombroso, maravilhoso e satisfatório tique-tique das diferentes partes trabalhando juntas em harmonia.

– Espera aí, Theo. Estou no meio de uma alucinação auditiva. Acho que é melhor eu me sentar. – Desorientada, ela se agarrou à tábua de metal onde Nicolaeus estava deitado.

– Está tocando, Aster. Está tocando. – Theo a segurou por trás pelos ombros e sacudiu seu corpo. – Está tocando, eu estou aqui, e nós dois estamos ouvindo.

Ela se deixou relaxar nos braços dele, mas apenas por um segundo. Alinhou-se novamente e tirou o equipamento do cinto de remédios. O radiolábio que não funcionava funcionou.

– Mãe, ah, mãe, ah, mãe – disse ela. – Olha como apita! – Aster amou aquele som.

– Tente afastar dele – disse Theo, apontando para o Soberano Nicolaeus.

Ela obedeceu e, quando estava a uns sessenta centímetros de distância do corpo, o radiolábio ficou em silêncio. Perto, ele apitava. Longe, não.

– Mas envenenamento por radiação não faz o menor sentido – disse Theo, tão perplexo quanto Aster, mas, era óbvio, não tão envolvido emocionalmente. Ela o viu olhar para o armário onde ficavam as roupas de proteção, parecidas com a que usara ao visitar o Pequeno Sol.

– Talvez não seja pra detectar radiação. Ou pelo menos não a forma mais típica de radiação – ponderou Aster, se lembrando de seus dias à caça de fantasmas no convés X com o radiolábio diante do corpo. Estava tão desesperada para encontrar qualquer traço de sua mãe naquela época, e agora ali estava a mãe, em todos os lugares. Sempre estivera.

– Escaneie o corpo todo – instruiu Theo, e Aster assentiu. O radiolábio continuava apitando.

Ela não aceitava que aquele homem tinha comandado a *Matilda* pelos últimos trinta anos e agora fora reduzido a um punhado de pedaços orgânicos que, em alguns anos, se transformariam em poeira de ossos. Aster tirou a máscara, que arranhava o rosto, pinicava a pele e dificultava a respiração.

– Já cansei de falar que precisamos usar a máscara – disse Theo. Sim, ele tinha dito, mas ela não fez qualquer menção de colocar de volta.

O tique-taque do radiolábio permaneceu ao fundo, o que tornava um pouco difícil se concentrar no corpo acinzentado e decadente diante dela. Não que Aster quisesse parar o barulho. Não queria que parasse nunca. Aguentaria até dormir ao lado do cadáver de Nicolaeus, se fosse para ouvir aqueles sensores para sempre.

– Talvez eu tenha uma ideia – disse Theo, com a mão no quadril. Não era um gesto que ele fazia em público, e era bom vê-lo se comportar de um jeito tão espontâneo, deixando o corpo se mexer da maneira que era natural para ele. – Antes, eu achei que era um veneno botânico porque...

– Porque achou que eu tinha matado ele.

Theo assentiu.

– Isso. E minha autópsia anterior confirmava essa teoria. Foi por isso que chamei você. Acho que estava com uma suspeita, algo quase certo. Dê uma olhada nele e me diga o que você acha.

Aster começou com um exame externo, inspecionando as pontas dos dedos das mãos e dos pés à procura de marcas de agulha e prestando especial atenção às reentrâncias do corpo. Ela sabia que Theo já teria feito testes dos narcóticos mais comuns, então isso foi apenas uma precaução extra.

Quando foi examinar as pálpebras em busca de inchaços ou veias saltadas, sentiu um cheiro estranho mas familiar nos lábios, algo como alfazema, embora um pouco mais amargo, com um toque de algo almiscarado. Entendia por que Theo tinha suspeitado de veneno. É o que cheiros fortes costumam sugerir.

– Os testes de narcóticos não apontam nenhum dos suspeitos habituais. Mais um motivo por que desconfiei de você – disse Theo.

– As íris são mesmo muito impressionantes. – Aster nunca tinha visto algo assim. – Parecem engrenagens quebradas. Olha, se eu soubesse fazer um veneno que causasse isso, pode acreditar que eu daria pra todos os moradores dos conveses superiores. Tirando você, é claro. Estava certo em desconfiar de mim.

Aster continuou a análise, observando o desgaste geral dos tecidos. O mesmo cheiro que tinha notado nos lábios também estava no intestino. As mucosas da boca e da garganta estavam inflamadas. Os rins apresentavam sinais iniciais de necrose. O estômago estava pálido e inchado. Aster não era toxicologista e estava mais acostumada a lidar com corpos vivos, mas sabia muito bem como eram os efeitos de uma exposição contínua a toxinas.

– Envenenamento por metais pesados – disse ela.

Theo abriu um sorriso tão largo que virou uma risada.

– Exatamente – disse. Aster sorriu também.

Envenenamento por metais pesados explicava o disparo do radiolábio de Lune perto de Nicolaeus e apenas dele. Talvez ela tivesse calibrado o equipamento para responder a um tipo específico de metal radioativo.

– Podemos usar a centrífuga? – perguntou Aster, juntando as mãos e entrelaçando os dedos. Ela sempre implorava para usar, mas raramente tinha uma justificativa plausível. Ela mesma construíra uma com materiais reciclados, para usar em seu botanário, mas funcionava a manivela e não possuía a mesma elegância da que ficava no necrotério.

– Podemos – respondeu Theo, e foi andando até a bancada para prepará-la. Colocou o sangue de Nicolaeus em dois tubos de ensaio, muco do estômago em outro, e disse a Aster para fazer as honras. Ela apertou o botão e ficou olhando a máquina girar, os materiais se separando sob um escudo de cartuchos de metal. Logo, cada parte da mistura seria desmembrada em camadas por tipo, o mais pesado no fundo, os menos densos no topo.

Depois de três minutos, a máquina parou.

– Que rápido – disse Theo.

Aster deu um tapa da centrífuga.

– Está quebrada. Ainda faltavam vários minutos.

Tornou a apertar o botão de iniciar, mas nada aconteceu, e ela foi conferir se estava ligada na eletricidade.

– Veja se não terminou – sugeriu Theo.

Aster tirou os tubos de ensaio com as mãos, ignorando os alicates que Theo provavelmente usaria.

– Meu Deus do céu – disse Theo, a voz baixa e respeitosa.

Os materiais tinham se separado, mas não da forma que eles esperavam. Uma camada prateada e viscosa flutuava por cima de cada um dos tubos de ensaio. Aster não conhecia nenhum metal que se comportasse daquela maneira. Mais leve do que água. Líquido em temperatura ambiente. Estava esperando que o metal aparecesse sedimentado no fundo do tubo.

Lá estava ele, o veneno que matara Nicolaeus. E talvez Lune também.

– Tome cuidado – advertiu Theo.

Aster recolocou a máscara para extrair a substância do tubo e colocá-la em uma das lâminas do microscópio. Ela prendeu a respiração.

– O que é?

Aster não conseguia ver nada da estrutura da substância. Tinha o mesmo aspecto tanto pela lente do microscópio como a olho nu. O que quer que fosse aquilo, era feito de algo pequeno demais para o microscópio ampliar.

– Olha – disse ela, e Theo veio ver.

– Venha.

Ele tirou o jaleco do laboratório, a máscara, pegou a lâmina e foi andando para a porta, os olhos castanhos alertas. Aster foi atrás dele sem ter a menor ideia do que mais poderia fazer. Era difícil dar as costas àquele dinamismo de Theo, àquele fervor religioso.

A multidão foi abrindo espaço para Theo, que caminhava rapidamente pelo corredor, e Aster acompanhou o passo para não ser engolida pela massa de repórteres fervorosos. Perdeu a noção de aonde estavam indo, a não ser por uma vaga sensação de que era para baixo. Logo estavam nos conveses inferiores, mas não na parte da nave onde ficavam as residências. Estavam em uma das alas industriais.

– Por quê? – perguntou Aster, mas assim que as palavras saíram, ela soube o que Theo estava pensando. O laboratório da fábrica de produtos químicos tinha o único microscópio eletrônico da *Matilda*. Um que com certeza discerniria o que o microscópio óptico não tinha conseguido e revelaria alguns aspectos da estrutura da substância prateada.

– Sargento Hamilton – disse Theo. O homem estava curvado sobre uma mesa, escrevendo algo num bloco. Todos os funcionários do laboratório olharam.

– Senhor Cirurgião – respondeu Hamilton, depois se levantou e fez um cumprimento. Era um homenzinho enrugado com cabelos grisalhos. – Devo ter esquecido que tínhamos algo marcado.

– Não esqueceu nada. Minha colega e eu precisamos usar seu microscópio eletrônico imediatamente.

Hamilton assentiu e estalou os dedos.

– Indrit, Jai, precisam terminar agora o que estiverem fazendo aí.

A química que vivia dentro de Aster ficou imaginando o que seria. Talvez estivessem medindo o comprimento das ligações de orânio nanoestruturado ou observando as formas de proteínas sintéticas hipercarregadas – coisas das quais Aster só tinha ouvido falar por alto.

O microscópio era maior do que ela, e Aster precisou subir num banquinho para alcançar o visor. Respirou fundo, fechou um dos olhos e observou.

– Caramba, caramba, caramba – sussurrou para si mesma. Ela não conseguia parar. – Caramba, caramba, caramba, caramba.

Sentiu o corpo tremer. Se não fosse a mão de Theo na base de suas costas, ela teria despencado do banquinho. O microscópio eletrônico era tão ineficiente quanto o óptico para mostrar a macroestrutura da substância prateada.

Não era uma ideia lógica, mas mesmo assim ela pensou: *É disso que os fantasmas são feitos.* Ouviu aquilo na voz de tia Melusine. Aster pensou em chamar a substância de "eidolon", em homenagem a como os antigos chamavam os espíritos.

Não era de espantar que aquela substância, o que quer que fosse, tivesse interessado a uma física de partículas como Lune. Onde quer que seus estudos sobre picos de eletricidade a tivessem levado, era lá que o eidolon estava. Ela encontrara um dos segredos da *Matilda*, e se havia um guardador de segredos da nave, quem mais poderia ser além do próprio Soberano? Aster precisava ir ao lugar aonde a mãe fora. Lá encontraria informações sobre a extensão da conexão entre os dois.

– Giselle – disse ela.

– O quê?

Aster balançou a cabeça e fez um gesto de desdém com a mão. Ela sabia onde Giselle estava se escondendo.

11

Aster correu direto para o botanário depois do trabalho. Correr tinha se tornado seu meio de locomoção favorito. Amava aquele breve momento de voo, quando os dois pés estavam no ar ao mesmo tempo. Saltar meio lance de escada de uma vez e depois se arremessar por cima de outro. Aster Aérea. Aster Rainha do Céu! Aster à Beira do Desastre. Ela perdia menos tempo de locomoção quando corria o mais rápido possível, sem se preocupar com a segurança.

Não sabia quanto tempo ainda teria antes que o rastro da mãe desaparecesse. Os blecautes não durariam para sempre e, depois das deliberações de fachada, o Conselho do Regime indicaria Tenente como novo líder da *Matilda*. Uma calamidade, é claro.

Aster rezava, de seu jeito preguiçoso e sem muita fé, para que o Conselho seguisse a cartilha completa da farsa. Uma justa indecisão sobre os potenciais candidatos. Um processo de vetos. Debates sobre quem era o mais merecedor. Poderiam levar até um mês para decidir que Tenente, como irmão do Soberano anterior e tio das Mãos dos Céus na Terra, era o homem certo para o trono.

Aster arrancou um pedaço do pão velho que estava em seu armário, jogou fora as partes mofadas e besuntou com generosas porções de manteiga e mel roxo. Não era muita coisa, mas quando – e se – encontrasse Giselle, teria tempo para uma refeição de verdade.

Ela folheou as anotações de Lune e as pastas até encontrar a página identificada como "Dissecação de peixe". Estudou o sistema circulatório como tinha feito antes, mas agora prestando mais atenção nas áreas que não apareciam no mapa da rede elétrica no Nexus. Aster viu que uma série de caminhos e rotas iam em direção ao cérebro do peixe, o que já vinha imaginando, desde as descobertas daquela manhã, que fosse o Ponto Central do Eidolon. Mas sozinha não conseguia encontrar um meio de chegar lá. Uma vergonha, porque com certeza era onde Giselle estava se escondendo. Onde a própria Lune fora parar em suas investigações sobre os blecautes. A fonte do vazamento de energia e do eidolon.

Frustrada, Aster jogou o radiolábio em cima da bancada, mas depois o pegou de volta e apertou contra o peito. Queria escanear as anotações de Lune com ele. Seria ótimo se apitasse onde houvesse soluções. Ficou ali desejando que isso acontecesse e, embora obviamente não tenha dado certo, o ato de segurar o radiolábio a lembrou de uma coisa. A caça aos fantasmas nos corredores do convés X da *Matilda*, mas também no convés Y, onde Lune morara.

O final do túnel escondido do convés Y, é claro. Tinha descoberto aquele lugar durante as aulas de idioma com a srta. Beeker e as experimentações com o radiolábio. Aster nunca seguira o túnel até o outro lado: até o topo da *Matilda*.

Atrás de uma parede que ninguém sabia onde ficava, havia um elevador velho que ia do Y até sabe Deus onde, sem paradas, e que estava desativado. Para chegar lá, era preciso ir até a Ala Yantia, forçar a porta que dava no elevador e então subir a escada para alcançá-lo. Aster o descobrira quando tinha nove anos, depois de suas aulas na Ala Ylang Ylang. Estava perambulando pela Yantia quando encontrou uma porta de metal estranha com a placa ELEVADOR DE SERVIÇO. Naquela época, as letras ainda não eram muito familiares, e anos depois Aster teve de perguntar ao Cirurgião o que aquilo significava. A certa altura, ela entendeu e, com a ajuda de Giselle, usou um pé-de-cabra para abrir a porta.

As duas discutiram a ideia de subir até o alto um dia e se esconder lá. Imaginavam um convés secreto sobre o qual só elas saberiam. Ainda mais acima dos conveses superiores. Cheio de piscinas, jardins e bolos de especiarias. A casa dos anjos que transportavam a *Matilda*.

Uma noite, tentaram. Arrumaram as mochilas e foram. Subiram algumas dezenas de metros e então pararam para se sentar numa alça que saía da parede. Ficaram lá até a manhã seguinte. No outro dia, subiram mais uns quinze metros e sentaram numa nova alça, as perninhas tão exaustas que precisavam de um dia inteiro de descanso. Fizeram isso durante três dias e sobreviveram de pêssego em calda, já que não conseguiam cozinhar o feijão em pó, o arroz e a aveia que tinham levado.

Quando voltaram para baixo na intenção de juntar mais comida, foram capturadas e punidas de acordo – o que, na visão do guarda que as encontrou depois do toque de recolher na Ala Yohimbe, era um açoite em público. A punição por perder a contagem matinal por três dias seguidos foi prendê-las na solitária sem comida ou qualquer contato humano por oito dias. Assim, elas abandonaram os planos de fugir e os sonhos com o convés secreto.

Havia quinze anos que aquilo acontecera. É claro que agora ela conseguiria subir de uma vez só.

O que encontrou era ainda maior do que os conveses de cultivo: uma cúpula de vidro com centenas de metros de altura. Aster ficou com o pescoço tenso ao virar a cabeça para olhar para cima. Parecia mesmo um corredor para os Céus. Talvez sua versão criança estivesse certa o tempo todo. Estrelas, eram estrelas que ela estava vendo. Pontinhos prateados brilhantes que perfuravam o céu. A anos-luz de distância. Numerosas demais para contar.

Ela já tinha visto imagens antes, a maioria nas revistas da *Imperatriz da Noite*, mas sempre imaginara que os artistas tomavam uma certa liberdade. É claro que megaesferas de fusão de hidrogênio brilhavam um pouco mais do que aquilo que via nos desenhos. Não deveriam parecer com bombas explodindo por todo o céu sobre sua cabeça?

Ela sabia que a distância era o que as fazia parecer pequenas. Deviam estar muito longe, para ser reduzidas a pontinhos. Era assombroso de repente se dar conta da magnitude dos Céus. Aster enfim compreendeu a devoção de Theo. O espetáculo diante de seus olhos merecia todos os louvores.

Pequenas naves estavam arrumadas em fileiras organizadas, algumas delas mais gastas, outras ainda intocadas. Giselle estava sentada em meio a uma pilha enorme de papéis, numa área que parecia destinada a corrida ou consertos, bem aberta e espaçosa.

– É uma subida e tanto, hein? – disse Giselle.

– Pois é.

Aster sentia as bolhas estourando a pele em seus calcanhares, nos arcos e no peito do pé esquerdo. Não conseguia sentir as pernas, mas suspeitava que, quando retomasse a sensibilidade, seria a maior dor que já experimentara, tirando alguns elementos de punição corporal.

– Você demorou – disse Giselle, o tom de voz ao mesmo tempo brincando e reclamando.

– Não posso sair correndo atrás de você a qualquer momento.

– Poderia se tivesse as prioridades certas. Depois de todo esse tempo, como pode continuar tão agarrada às regras deles?

Mas não foram as regras do Regime que atrasaram Aster. Foram suas próprias regras. A responsabilidade com Theo, com tia Melusine e suas colegas de cabine. Acima de tudo, foi a necessidade de resolver esse mistério do seu próprio jeito, no seu próprio tempo.

Lune era sua mãe. Aster tinha vivido dentro dela. Queria as mesmas coisas que Giselle, mas para ela aquilo era pessoal. Era sua própria história tomando corpo, soprando um bafo quente a seu redor, implorando para descer por sua garganta chamuscada.

Aster era uma cientista e, por isso, tinha aprendido algo que Giselle não aprendera: decifrar o passado era igual a decifrar o mundo da física. O melhor que poderia conseguir era uma maquete. Uma aproximação razoável. Ou seja, por mais que Aster aprendesse sobre Lune, era impossível montar o quebra-cabeça completo da vida dela. Não tinha como ouvir sua risada ou sentir seu abraço. Um fantasma não é uma pessoa.

Giselle gesticulou para que Aster se aproximasse. A espingarda de Nicolaeus estava pendurada em suas costas, havia sangue em suas roupas e ela parecia lindamente demoníaca.

– Olha isso – disse, estendendo uma folha de papel. Ela devia ter roubado alguns dos cadernos e pastas do botanário e levado para lá.

– Giselle...

– Não se preocupe. Não manchei nem amassei. Tomei cuidado. Agora, olhe. Percebi uma coisa.

Aster suspirou e se sentou ao lado dela, arrumando as páginas espalhadas.

– Está bem, primeiro olhe pra cima. – Giselle apontou para o teto de vidro da cúpula, depois se levantou e correu até um interruptor de energia. A sala ficou escura. Com a luz apagada, Aster podia ver as estrelas lá fora com maior nitidez. Deviam ser milhares só no seu campo de visão. – Alguma coisa chama sua atenção? – perguntou Giselle.

Aster tentou identificar um padrão ou algum ponto mais brilhante.

– Vejo estrelas.

Giselle voltou para onde estava Aster, dessa vez com uma pequena lanterna na mão, iluminando a folha que segurava.

– Agora olhe pra isso.

– Modelos de moléculas – disse Aster, a sobrancelha franzida embora já soubesse que era mais um dos truques da mãe. Os desenhos de polímeros de celulose, sacarose e aminoácido de cisteína poderiam muito bem ser uma receita de biscoito, com tudo que Lune escondia.

– Também foi o que eu pensei a princípio. Ou pelo menos algo que tivesse a ver com alquimática. Mas são constelações, Aster. Olha de novo pro céu e depois pra página.

Aster virou o rosto para as estrelas, buscando os mesmos pontos e linhas do desenho da mãe, mas não enxergou nada.

– *Olha*, Aster.

– Estou olhando.

Havia uma massa tão grande delas, brancas e brilhantes, que ela não conseguia identificá-las nem as diferenciar, e tudo virava um grande borrão de brilho. Até que ela viu. A molécula de propano. Três estrelas num triângulo obtuso largo. Três carbonos. Três estrelas.

– Agora você viu, não é? Não é?

– Eu vi – disse Aster, sentindo seu rosto se curvar num sorriso, embora não soubesse exatamente o que aquilo significava.

Aster tirou o papel da mão de Giselle, passou o dedo sobre os textos disfarçados para descrever as moléculas e beijou cada átomo, cada estrela. Imaginou o movimento da mão de sua mãe enquanto desenhava as figuras, os dedos segurando a caneta. Será que os dedos dela eram finos e delicados? Ou atarracados e gordinhos como os de Aster?

– A única coisa que não consegui decifrar foi isso aqui bem no meio – disse Giselle, apontando para uma molécula de H_2O, bem maior do que todas as outras, com o átomo do oxigênio no centro de tudo. Aster comparou o mapa com o céu estrelado e viu apenas um pequeno punhado de estrelinhas no lugar marcado com o H_2O, que sugeria algo mais importante.

– Estou curiosa pra saber como foi que minha mãe chegou aqui. Com certeza não foi pela porta do elevador – disse Aster.

– Aqui.

Giselle se levantou, acendeu a luz novamente e levou Aster até outra sala. Parecia um centro de controle, algo similar ao Nexus. Consoles, painéis, transmissores, receptores e estações com frequências e botões. Havia papéis espalhados por toda a parte – tomando o chão, pregados nas paredes, colados no vidro que separava a sala da área das naves. Tudo com a letra de Lune.

– Vai gostar de saber que nada disso aqui está em código – disse Giselle. – E deve ter sido por isso que não entendi nada.

Lune não precisaria disfarçar as anotações que deixava ali. Os diários estavam em código para o caso de algum guarda confiscá-los. Aster deu uma olhada rápida em todos os papéis. Noventa por cento era uma matemática tão avançada para ela que seus olhos mal conseguiam entender minimamente. Diagramas. Modelos.

– Voltando a como sua mãe chegou aqui em cima: tive uma ideia quando salvei você lá do guarda, estávamos fugindo e você me puxou pelo tubo de ventilação do teto. Entendeu? – Giselle olhou para uma placa de metal aparafusada no teto da sala de controle. – E se ela chegou por ali?

Aster sempre pensava na mãe, na jovem chamada Lune Grey e seus experimentos estranhos, em sua vida no convés Y, sua pesquisa, seu suicídio. Imaginava como era a aparência dela. De quais roupas ela mais gostava. O que achava do Regime. Nunca, em nenhuma dessas vezes, tinha imaginado a mãe rastejando pelos dutos da nave como ela própria fazia com tanta frequência. Era difícil imaginar os mortos em meio a aventuras. Era difícil imaginá-la como uma pessoa de fato.

Aster subiu no painel de controle, as botas pisando em teclas que não funcionavam, e pegou a faca que ficava escondida na bota. Com a ponta, desrosqueou os parafusos. Estavam apertados e ela demorou um tempo para fazer o metal ceder. Ficou lá uns dez minutos para tirar os quatro. Colocou a placa de metal no chão e depois se esgueirou lá para dentro com cuidado, pois não havia nada para usar de alavanca.

– Está vendo alguma coisa? – perguntou Giselle lá de baixo.

– Tudo preto – respondeu Aster, sem fôlego. Rastejou pelo duto por vários metros até encontrar outra placa de ventilação que dava numa escadaria. Não conseguia alcançar os parafusos pelo lado de dentro, então usou a faca para tentar serrar as laterais.

– Aster?

– Pega o machado que está na fornalha – gritou, e depois engatinhou de volta e esticou o braço. Giselle entregou o machado pela alça de madeira.

– Encontrou alguma coisa?

– Talvez – respondeu Aster.

Ela voltou para a outra saída de ar e bateu com o machado até abrir. O metal cortou seu torso enquanto ela descia na direção da escada. Estava no topo da escadaria principal que saía dos conveses intermediários e ia até o A, depois terminava numa parede. Aster empurrou a parede com a mão e sentiu o gesso e a madeira. Não era bem uma parede falsa, mas não era tão robusta quanto as outras ao redor da escadaria. Alguém a tinha construído anos antes para impedir a entrada no Hangar de Vidro.

Aster tinha uma boa noção de quando isso acontecera. O desastre a que se referiram na gravação que Theo lhe mostrara: 255 anos antes.

De volta ao Hangar de Vidro, ela ficou olhando para Giselle, que parecia mais gloriosa do que nunca, reluzente e triunfante em sua loucura. Havia um céu de verdade acima dela, através daquele vidro. A chama das estrelas. Uma empolgação era visível em Giselle. Estava em pé à beira de um novo mundo, pronta para se jogar. Era como Lúcifer se sentira ao sair dos Céus. Ele não caiu. Ele mergulhou.

– Acho que sua mãe encontrou um jeito de escapar, Aster. É isso que está no centro daquele mapa. Talvez seja a Terra Prometida. Ou alguma outra coisa. Ela sabia como chegar lá.

– Então por que ela iria se matar?

Aster cutucou o vidro espesso de uma das naves e não ouviu som nenhum. Percebeu que não tinha como quebrar. Imaginou que fosse o mesmo material da cúpula.

– Eu li aquele bilhete, Aster. Ela só dizia que ela precisava deixar você. E se ela não se matou, como você pensa? E se estava planejando escapar? Planejando algo maior do que você, eu ou a *Matilda*? – Giselle levantou a mão com a palma virada para Aster, prevendo um protesto. – Passamos a vida inteira acreditando que esta nave é a única coisa que existe. Se você soubesse que não é, também não deixaria tudo pra trás? Eu arrancaria meu próprio coração e arremessaria pra longe na hora, se fosse cair em outro lugar que não esta maldita jaula amaldiçoada.

Ela não descambou para um acesso de raiva, mas ficou mais tensa: os lábios apertados, os músculos do pescoço rígidos.

– Por que acha que me arrisquei a ir atrás do Soberano? Por uma aventura? Porque estava entediada com os turnos de trabalho? Foi porque eu sabia que ele era parte do segredo de Lune, e esse segredo é nossa passagem pra fora daqui. Eu preciso ir embora. Preciso incendiar este universo de metal, tortura e desespero. – Giselle subiu na asa de uma pequena nave de transporte chamada *Leoa*. – Eu matei ele.

Aster respirou fundo, trêmula. Fechou os punhos e ajeitou a postura.

– Eu só mentalizei e aconteceu – disse Giselle. – Foi muito fácil, Aster, você não tem ideia de como foi fácil. A primeira vez que fui até ele foi durante o blecaute. Ofereci 125 gramas de soro de papoula pra enfermeira me deixar assumir o lugar dela. Deu certo. Então vesti suas roupas. Mesmo à luz do dia, os guardas não conseguiram ver a diferença. E ele me viu. Disse, gemendo, tossindo e se contorcendo: "Quem é você?". Eu respondi: "Olá, Soberano, meu nome é Giselle e serei sua enfermeira de agora em diante". Ele respondeu: "Você é muito bonita" e então desmaiou. Todos os dias eu ia cuidar dele. E vasculhava o quarto. Sabe o que encontrei, Aster?

Aster precisava saber se era o eidolon. Precisava saber de que forma a mãe e o Soberano Nicolaeus estavam conectados.

– Nada. Não encontrei nada. Até que arrastei o baú e tirei o tapete que ficava embaixo dele. Era um lindo tapete. Vermelho-escuro com belos arabescos. Parecia um tapete mágico de contos de fada. Embaixo dele ficavam dobradiças e um ferrolho. Então eu abri. E encontrei escadas. Fui descendo as escadas. E então vi. A coisa mais linda que já tinha visto. – Giselle apontou para o céu. – Vi as estrelas. Ele tinha sua própria vista do mundo inteiro e podia olhar a qualquer momento. Havia um sofá e uma mesa. Um gabinete de espíritos.

Isso significava que a doença era transmitida através daquele vidro. Lune tinha contraído ali no Hangar de Vidro e em sua sala de controle. Nicolaeus, em seus aposentos particulares. Eram os únicos dois locais da nave com janelas, sem a proteção do casco de metal. Aster concluiu que era uma combinação da exposição ao eidolon e da radiação que vinha de fora da nave.

– Hoje de manhã eu estava andando de um lado pro outro, pensando no que fazer. E ele disse: "Não se preocupe comigo". Eu disse que não estava preocupada com ele, e sim comigo. Ele pediu que eu me aproximasse, o que fiz, e ele estava ali doente, deitado em seus travesseiros. Estendeu a mão e tocou meus lábios, e então fechei os olhos e desejei que ele estivesse morto. E ele morreu, assim, ao meu comando. – Ela abraçou o próprio corpo. – Eu nem chorei ao pensar no que tinha feito – disse Giselle, mas havia lágrimas misturadas ao fluido intraocular de seus olhos, que faziam brilhar o branco ao redor da íris. Assim como Melusine e Aster, Giselle não era dada a choradeiras, mas às vezes a tristeza levava a melhor. Ela parecia à beira de um colapso, tão tensa que poderia estourar.

– Durante muitos anos acreditei que minha mãe tinha cortado a própria garganta – disse Aster. – Encolhida em algum canto esquecido da *Matilda* pra morrer sozinha, afinal, de que serve uma vida de sofrimento? – Achou que seria bom, certo, amável, colocar a mão no joelho de Giselle, como se o gesto pudesse transformar suas reflexões distorcidas numa linguagem compreensível para a amiga.

Em vez disso, Aster ficou mexendo nas peças de uma nave chamada *Fugaz*, até que encontrou um botão. Apertou; nada aconteceu. Girou; nada aconteceu. Foi só quando virou o botãozinho de metal na direção anti-horária que algo enfim mudou: ouviu-se o som baixo de um clique e então um teclado surgiu. Quando ela girou o botão na direção oposta, o teclado piscou e então desapareceu novamente para dentro, sem rachaduras ou fendas visíveis.

– Nunca tive raiva dela por se suicidar. Era grata pois ela tinha sacrificado seu bem-estar por tempo suficiente pra me trazer ao mundo. – Ela esperou uma reação de Giselle. – Eles podem me bater até quebrar cada um dos ossos do meu corpo, mas enquanto não me matarem, eu estou satisfeita. Estou muito satisfeita. – Aster não sabia por que estava confessando isso. Parecia ser o momento certo. – Mas e se minha mãe encontrou um mundo melhor? E se eles nunca mais puderem tocar na gente de novo?

Parecia um sonho, mas Aster acreditava.

12

Parecia mais frio no convés V do que no Q, e estava difícil respirar. Uma jovem chamada Haneefa queimou um punhado de flores, mas não ajudou em nada. A ventilação absorvia e filtrava a maior parte da fumaça mas, ainda assim, o ar dentro da cabine era espesso. O rosto pálido de Naveed, normalmente vibrante, com um brilho dourado sobre a pele oliva, agora estava chupado, com cavidades enormes sob as maçãs do rosto.

Naveed estava grávida e doente. As outras moradoras da cabine V-01003 tinham abandonado o alojamento para lhe dar espaço e paz. Apenas Haneefa, sua irmã mais velha, permanecera.

– Uma das nossas colegas está esquentando um balde de água. Daqui a pouco elas chegam.

Aster colocou a mão na testa de Naveed.

– A temperatura dela já passou dos limites aceitáveis. Qualquer que seja a doença, não acho que o calor vá ser o melhor tratamento. Já não adianta mais a tática de suar pra melhorar. Não tragam água quente.

Haneefa colocou um pedacinho de papel dobrado sobre alguns vegetais que cozinhavam, viu aquilo se transformar em cinza e, com as mãos em posição de oração, esmagou as pequenas brasas.

Aster levantou Naveed, que estava numa placa de madeira no chão, e a deitou numa mesa, com cuidado para apoiar sua cabeça gentilmente, como se pousasse um ovo num ninho. Naveed tinha dezenove anos, mas era esguia e não muito pesada.

– Você é forte como um touro – disse Haneefa, ajeitando um travesseiro. – Pra conseguir carregá-la assim de um lado pro outro.

Havia chumaços do cabelo de Naveed entrelaçados aos dedos de Aster. A paciente gemia baixinho, o bigode fino e preto sobre seus lábios molhado de suor. Aster se concentrava em cada detalhe, tentando distrair a mente do que encontrara no Hangar de Vidro.

Estava trêmula de expectativa, de frio, de ansiedade. A agitação e a energia faziam seu coração bater em ritmo constante. Nem precisara passar muito tempo na sala de controle para descobrir mais sobre a história da mãe. Os papéis que não tinham sido escritos com a letra de Lune eram relatórios dos diversos painéis e estações. Registravam a história completa do voo da *Matilda*. Aster não entendia todos os protocolos, mas entendia o resumo que Lune fizera deles. O que mais interessava a Aster:

Não é exatamente surpresa que esse seja o setor com problemas mais catastróficos de mau funcionamento; é o único sob comando direto do Regime. Agradeço aos Céus por essa crença equivocada de que apenas os mais sagrados deveriam ser responsáveis pela direção da trajetória da Matilda, já que essa crença levou vários deles à morte.

Meça duas vezes. Corte uma. Não é difícil. Se vai confiar nos números de um painel de computador, pelos Céus, leve em conta o volume da porcaria da nave quando inserir os dados para projetar a navegação! É astromática básica quando existe um condensador espacial na jogada.

Foi ousado traçar uma rota em meio a um campo de asteroides e uma tática inteligente simular a rota dos asteroides para prever o melhor caminho. Mas, para uma simulação precisa, é necessário considerar o volume da nave e a gravidade que resulta dela – algo que não costuma ser tão relevante, mas que decerto importa quando se tem toneladas de silumínio quicando ao seu redor e criando uma distorção.

Talvez essa precisão toda não fosse necessária ao navegar pelo espaço vazio, ou ao evitar objetos planetários maiores, mas sem dúvida é uma questão quando você se aproxima de uma tempestade de pedras gigantes.

Aster adorava ler a voz real de Lune, e não aquela personalidade intencionalmente escondida dos outros diários. Enfim estava recebendo as respostas. Tinha aprendido o nome real do eidolon: *silumínio*. Um metal raro que permitia à *Matilda* comprimir espaço para viajar em velocidades próximas da luz.

Era maravilhoso testemunhar a opinião negativa de Lune com relação ao Regime, assim como sua indignação intelectual diante do que acabara se revelando um enorme erro de cálculo.

Um asteroide havia arranhado a *Matilda*. O impacto não quebrou o casco, mas amassou a área de controle da nave e o metal prensou os canos por onde circulava o silumínio. O líquido vazou e uma parcela enorme dos mandachuvas da *Matilda* morrera alguns dias depois, de envenenamento por metais.

Graças aos Céus alguém teve o bom senso de mudar o sistema de navegação para o automático. Acho que estamos mais seguros nas mãos de uma máquina do que estávamos com esse pessoal.

Até que Aster não tinha tantas críticas aos responsáveis pela navegação quanto Lune. Pelo menos o asteroide não atingira a parte de vidro do casco, no observatório do Hangar de Vidro. Isso teria causado uma violação no fornecimento de ar e destruído a nave imediatamente. Não importaria muito que o material fosse o mesmo supervidro que ficava ao redor do Pequeno Sol.

– Precisa de alguma coisa? – perguntou Haneefa, com a mão no ombro de Aster.

Ela queria não precisar de tanta concentração naquele momento. Queria ficar pensando em Lune, no eidolon, na *Matilda*, no Hangar de Vidro.

– Vou levantar seu vestido e suas partes íntimas ficarão expostas. Tudo bem pra você?

– Não tenho vergonha – respondeu Naveed.

Aster pôs a mão na barriga da jovem, que mal tinha crescido. Apertou e imaginou o pequeno feto em formato de duende. Mal tinha o tamanho de uma noz.

– Você tomou alguma coisa? Pra tirar? – Os sintomas estavam fortes demais para ser algo como uma gripe. O que preocupava Aster eram os pontos vermelhos na parte branca dos olhos, e os vasos ao redor deles, pálidos e inchados. Era estranho ser uma doença se ninguém mais ao redor tinha pegado. – Tudo bem se tomou, mas eu preciso saber.

Naveed olhou para irmã e depois fechou os olhos, o rosto todo retorcido.

– Navi, o que você fez? – perguntou Haneefa. Ela desenhou com o dedo o símbolo da estrela em cada uma de suas bochechas.

Aster preparou uma dose de carvão ativado misturado com óleo de rícino e levou, numa colher, até a boca de Naveed.

– Beba. Isso vai ajudar.

Naveed tomou e começou a tossir forte, a saliva respingando na mão de Aster.

– Mais um pouco – disse Aster.

Naveed assentiu e tomou mais uma colher cheia, depois mais outra, o rosto se contorcendo numa careta.

Depois, Aster pegou os equipamentos necessários em seu cinto: um pote, alguns tubos e uma seringa grande de sucção.

– Isso é pra quê? – perguntou Haneefa.

– Pra dar fim. Ao feto, não a Naveed. É isso que quer fazer, certo, Naveed?

– É isso, por favor. Por favor. Eu teria ido procurar você primeiro, mas tinha pressa e sabia que você estava ocupada. É só uma coisinha dentro de mim, e as pessoas estão morrendo.

– Navi, não pode fazer isso – protestou Haneefa. Ela passou um lenço molhado no pescoço da irmã. Virou-se para Aster, os olhos arregalados. – Vão bater nela por causa disso, colocar ela na solitária. Já ouvi coisas piores. A ronda noturna das cabines é daqui a pouco. O guarda vai ver.

– Ninguém vai ver. Serei rápida e eficiente – disse Aster. Passou gel de petróleo nas mãos para esquentar, depois esfregou dos dois lados do espéculo, para que o metal não ficasse tão frio. – Ela não vai se sentir segura até que tire isso de dentro dela, e não vai se recuperar do que tomou enquanto não estiver calma e segura. Vou cuidar do veneno depois de remover o feto. Naveed, o que você tomou? – Aster abriu o espéculo dentro dela. – Essa posição está confortável?

– Eu não diria confortável.

– Aceitável?

– Isso.

A barriga de Naveed subiu e desceu várias vezes, e ela virou com força a cabeça para a esquerda, cuspindo um pouco de bile no peito da irmã. Quando se acalmou, limpou a boca.

– Não sei o que tomei. Comprei com a Jane da Ala Quinoa. Ela disse que funcionaria.

Aster a fez tomar mais uma dose de carvão.

Haneefa saiu xingando para buscar uma toalha e limpar o vômito do próprio corpo.

– Aquela vaca gananciosa consegue vender uma bola de pelos e jurar que é a cura do câncer. Se bobear, você tomou uma ampola de arsênico, sua idiota.

Jane era a rainha dos óleos de cobra e uma vergonha para a ciência da alquimática. Aster não entendia por que as pessoas continuavam indo atrás dela e de suas fórmulas duvidosas.

– Tinha gosto de quê? – perguntou Aster.

– De merda – respondeu Naveed. – Muito amargo e sulfuroso. Nem lembro de que cor era.

O inchado nos olhos sugeria que fosse alguns dos venenos da família das Veias da Noite, mas não havia outro dos sintomas típicos: paralisia das extremidades.

– Diga que a idiota da minha irmã vai ficar bem – pediu Haneefa.

Aster assentiu, pegou um saquinho de tecido e espalhou algumas ervas na língua cinzenta de Naveed. O aborto foi indolor; apenas uma sucção rápida e nada mais.

– Sabe o que era? – perguntou Naveed, tentando olhar para dentro do pote. Aster já tinha descartado o conteúdo num balde. – Menina? Menino?

– Não entendo dessas coisas. Preciso ir embora. – Aster tirou as luvas e esfregou um tônico de avelã nas mãos. Ainda faltavam vinte minutos e ela conseguiria estar de volta no convés Q facilmente se saísse agora. – Vou voltar pra conferir como você está assim que puder. O carvão ativado deve ser suficiente por enquanto.

– Não pode falsificar uma permissão do Cirurgião pra liberar minha irmã do trabalho amanhã? – perguntou Haneefa. – Ela precisa descansar.

– Não posso.

– Por favor.

– Não posso.

Ela queria, mas não tinha coragem. Estava tão perto de descobrir o que acontecera com Lune. De terminar o que ela havia começado. Precisava de liberdade. Se meter em alguma confusão agora atrapalharia suas possibilidades de circular pela nave com poucas restrições. Aster também precisava pensar em Tenente. Ele poderia reconhecer uma permissão falsificada por ela. Era um déspota metódico e diligente.

– Durma até o toque de alvorada, se conseguir. Você não parece bem. É possível que o supervisor do seu convés a libere mesmo sem uma permissão médica.

Ela deixou os tecidos do útero de Naveed dentro do pote. Ia queimá-los quando tivesse chance, mas por enquanto estavam bem lacrados ali.

Extração fetal a vácuo foi a primeira coisa que o Cirurgião lhe ensinou e, mesmo depois de todos esses anos, ela ainda não gostava de fazer. Porque a fazia lembrar que era órfã.

Titia costumava contar a história de uma mulher que tinha treze filhos, e cada um deles era um deus, nascido do espírito da noite. Cada filho possuía um poder. Um era de curar. Outro, de inspirar nações a guerrearem. Outro podia capturar a essência de coisas como o voo dos pássaros e transferir para outro lugar (assim, os peixes podiam voar, e os passarinhos, mergulhar nas profundezas do mar). E assim por diante. Eles começaram muito bem, sendo bem-criados pela mamãe querida. Mas depois de um tempo, o mundo os transformou em deuses cruéis, e eles pioraram muito as coisas.

Era aquela parte que deixava Aster mais interessada quando criança. Seres divinos e mágicos não eram nenhuma novidade nas histórias de titia, e muitas vezes já não causavam comoção, mas mães raivosas eram certeza de traumas e derramamento de sangue. A própria titia provavelmente era uma mãe raivosa também. Não tivera filhos de nascimento, mas muitos em espírito. Decerto estava tão decepcionada com Aster quanto a divindade genitora estava com seus treze filhos. Era essa a situação: todo mundo decepcionado porque tinham muitas necessidades que ninguém poderia satisfazer.

Na história, os filhos discutem para saber quem vai herdar as terras da mãe e, em vez de deixar escrito no testamento e arriscar que alguém se irrite, ela inicia uma batalha até a morte tendo o mundo inteiro como arena. Fica de árbitro lá dos céus, olhando para eles com profunda tristeza enquanto destroem o planeta por completo. Ela então vai embora, vagar pelas estrelas e pela Noite Eterna.

Não era um final muito bom, mas Aster entendeu que a moral da história era: não tenha filhos.

Era um dos motivos de ter pedido que Theo removesse seu útero. Era uma rejeição da maternidade de modo geral e, tangencialmente, uma rejeição de sua própria mãe.

Aster guardou seus equipamentos, despediu-se de Naveed e Haneefa com um aceno e foi andando de volta para casa. *Casa*. Fez uma reverência diante da estátua diante do Templo da Ala Vale, como era tradição por ali. Os braços de metal estavam bem abertos, sugerindo um abraço caloroso, mas seu rosto mostrava sinais de cansaço do mundo, como se lembrando aos passantes que não contassem demais com ela.

Aster adorava aquela estátua, e o templo da Ala Queda D'Água não era nem um pouco parecido com aquilo. Foi até lá e viu velas já queimadas e livros de Escrituras rasgados, escritos em línguas que ninguém sabia ler. As mulheres ainda iam ali rezar às vezes, mas Melusine tinha conseguido transformar o lugar em uma enfermaria para Aster. Os moradores das mais diversas alas do convés Q ficavam sentados nos bancos de madeira, gemendo, esperando ser salvos ou morrer.

Tia Melusine estava lá, deitada numa maca. Achava melhor do que os alojamentos claustrofóbicos.

– Desculpe o atraso – disse Aster, sentando-se num banquinho diante de titia.

– Não precisa pedir desculpas. Sei que tem pacientes mais importantes pra atender. Posso suportar um pouquinho de dor. Naveed está bem?

Aster assentiu e pegou algumas ampolas de esteroides na bolsa de remédios, além de seringas no cinto.

– Encontrei Giselle.

Rainha do fingimento, tia Melusine não reagiu a princípio. Levantou a saia para que Aster alcançasse seus joelhos.

– Ela tá bem?

– Não. Não come desde que fugiu no último blecaute. Falei que teria um pouco de comida pra ela na cabine se quisesse voltar hoje à noite.

– Ela não vai voltar – respondeu titia, balançando a cabeça. Começou a baixar as meias. – Muito medo das consequências. Entendo ela não querer apanhar. É meio fraquinha.

– Eu imaginei que se viesse no meio da noite, depois da ronda nas cabines, ela podia ir embora antes da contagem matinal. É arriscado, mas Giselle já fez coisa pior – disse Aster, lembrando daquela manhã.

– Onde ela está?

Aster encheu a seringa com o conteúdo da ampola.

– Sabe o que é um balão de distorção?

A resposta provavelmente seria não, mas tia Melusine tinha muita experiência. Talvez alguém tivesse falado daquilo durante os blecautes de vinte e cinco anos antes.

– Não sei – respondeu, séria. Sempre estava. Não era bem carrancuda, mas focada e solene. Tinha o comportamento de uma pessoa reclusa forçada a viver no cotidiano social de uma cidade.

– Sabe por que uma nave pode ser abastecida com energia interna por um período, mas não o tempo inteiro?

Tia Melusine pensou um pouco e disse:

– Digamos que existisse uma nave chamada *Danilda*. Digamos que estivesse vagando pelos Céus. Digamos que um objeto em movimento sempre continua em movimento, porque ouvi isso uma vez. Como uma pérola num piso de madeira, que vai ficar rolando pra sempre se não tiver algo na frente pra impedir. Mas digamos que você quer mudar a direção dela. Precisa dar um petelequinho com o dedo. Precisa de um peteleco de vez em quando. Certo?

– Certo – respondeu Aster. – É claro.

A *Matilda* usava os ímãs quando precisava mudar de direção, e puxava a energia interna da nave para ativá-los.

Era isso que causava os blecautes. Os sistemas de navegação automática detectando outro campo de asteroides, talvez até alguns planetoides. Aster fez uma anotação mental para examinar os diários de Lune e tentar entender o que teria provocado a mudança de curso da nave vinte e cinco anos antes e começado a onda de blecautes.

– Eu tive uma irmã chamada Inércia – disse Melusine. – Morreu. Era doente desde que nasceu. Minha mãe achou que dar esse nome a manteria viva. Que ela ia continuar em movimento. – Suas pernas nuas se arrepiaram; os pelos grossos não ofereciam nenhuma proteção contra o frio. – Vamos logo com isso então.

Aster odiava aplicar aquelas injeções, mas os esteroides eram a única coisa que mantinha as dores da artrite minimamente suportáveis.

– Vamos – disse Melusine, o corpo tenso de quem estava prestes a receber uma injeção dolorosa.

Aster enfiou a agulha no joelho esquerdo e titia se contorceu. Lágrimas escorreram pelos olhos dela, e naquele dia já era a segunda vez que Aster era obrigada a ver uma mulher que ela amava chorar. Eram todas coisinhas frágeis e leves. Como giz.

13

Aster adorava as mulheres ermitãs das histórias de tia Melusine. Quando criança, adormecia imaginando as imagens das descrições de titia. Casinhas de madeira e rebanhos de cabras. Mingau e bengalas retorcidas. Aquelas bruxas indomáveis sempre traziam consigo um cachimbo, uma tosse e um feitiço.

As histórias de titia sobre a Grande Casa faziam a solidão parecer algo desejável, e Aster queria ser uma daquelas mulheres que viviam bem isoladas. Geniosa do jeito que era, estava acostumada a ficar sozinha, mas, ao deitar para dormir tremendo de frio, bem que gostaria de ter alguém para dividir a cama. Mas a pessoa que ela desejava não podia ou não queria fazer isso. Theo até se arriscava a quebrar algumas regras, mas Aster duvidava que dormir com ela pudesse ser uma delas.

Odiava aquela carência recém-descoberta. Durante vários anos, sua única conexão necessária fora com os brinquedos que ganhara, uma caixa de charutos com estátuas de marfim enroladas num lenço encardido. Uma delas era mais ou menos do tamanho do dedo médio, sem rosto, vestida com um casaco, os braços cruzados sobre o peito e a cabeça levantada. A outra era mais elaborada, uma mulher que apontava uma lança para o nada, com um machado pendurado na cintura e um arco nas costas. Foi só ao conhecer titia que ela soube da história completa.

Brer Boar devorou todos os mundos antes que os mundos o devorassem. Aí então veio a Caçadora. Ela o perseguiu durante milênios, e os dentes dele iam abrindo fendas no tempo e escapando do alcance dela. Exausta, a Caçadora decidiu construir um novo mundo, moldou a matéria-prima em formato de um globo de gás e lá colocou todo tipo de criatura. Ficou vigiando até que Brer Boar aparecesse para devorar esse também. Enquanto ele vinha, faminto depois de anos e anos fugindo, ela o atingiu na têmpora com a lança. Deitou-o em seu colo e, tomada por uma enorme tristeza, ela chorou. Suas lágrimas congelaram todo o cosmos, criando uma linda ponte de gelo. Caminhou por ela carregando Brer Boar nos braços e, ao chegar em casa, abriu a barriga dele para que todos os mundos ficassem livres de novo. Sentia mais saudade de Brer Boar do que dos próprios mundos.

Aster costumava abraçar as estátuas duras. Passadas de um corpo quente para o outro, as linhas rígidas das estátuas eram hostis, mas uma constante de carinho. Até o dia em que, aos três anos, ela se viu nos braços de tia Melusine. Titia beijou as estátuas e disse: "Esses são os símbolos de pessoas que vieram antes de nós, cujas vidas foram tão grandiosas que se tornaram deuses. Eles existem dentro de você, porque temos o mesmo Ancestral em comum. Entendeu, *babwa*? Estão muito longe de nós agora".

Aster puxou o cobertor por cima da cabeça, tentando usar o calor de sua própria respiração para aquecer aquela tenda improvisada.

– Se estiver me ouvindo, venha pra cá. Por favor – disse Aster no rádio, mas sem esperanças de ouvir uma resposta de Giselle. Sentia-se culpada por estar ligando para afastar a solidão mais do que qualquer coisa, e mais culpada ainda porque Giselle não foi a primeira pessoa para quem ela pensou em ligar.

Aster enfim ouviu pelo rádio:

– Não é seguro. E você não pode me obrigar a ir. – A voz de Giselle estava rouca, como se tivesse gritado. Provavelmente tinha. Devia estar berrando ao lado do domo do Hangar para tentar quebrar o vidro.

– A maioria dos guardas foi transferida pra vigiar o necrotério do convés J. Os corredores estão praticamente vazios. Você precisa de comida. E de água – respondeu Aster.

– Não estou com fome. Nem com sede. Comi uma maçã de manhã antes de voltar pro Hangar de Vidro – disse Giselle, mas pelo seu tom de voz, Aster sabia que estava mentindo.

– Guardei um pouco do jantar pra você. Fiz sanduíches, assim você pode carregar com mais facilidade. Biscoitos de banana da terra e curry de cabrito – disse Aster, tentando fazer parecer apetitoso. Mais cedo, tinha embrulhado os dois em papel pardo e fechado com barbante. Giselle ia adorar aquele capricho na embalagem. – E algumas garrafas térmicas cheias de suco fresco. Pra ficar bem geladinho, como você gosta.

– De laranja?

– Aham.

– Como vou saber que não é veneno?

– Eu testei pra você antes. No botanário – disse Aster, e era verdade. Se não, Giselle saberia que ela estava mentindo. – Também provei e estou aqui, falando com você. Não estou morta nem envenenada.

– Eles fazem um veneno que só afeta a mim. Minhas células. Meu DNA.

– Foi por isso que também fiz questão de olhar a comida com bastante atenção no laboratório. – Aster não podia fazer testes para tudo, e certamente não poderia fazer um teste em busca de um veneno que só existia na cabeça de Giselle, mas esperava que os kits para detectar arsênico, formaldeído, cianeto e metais pesados fossem o suficiente.

– Está gostoso?

– Foi titia que fez.

– Tem feijão fradinho no curry de cabrito?

– Eu catei todos que tinham, só pra você. Parece gostoso, não é? Então por que não vem? Não precisa ficar muito tempo. Coloquei tudo numa bolsa pra você.

– Está frio aqui – disse Giselle.
– Então podemos deitar juntas debaixo do cobertor.
– A noite toda?
– A noite toda.
– Vou pensar – concluiu Giselle, e então desligou o rádio.

Aster esperou com o rádio ligado para o caso de Giselle entrar em contato de novo, mas foi ficando cada vez mais improvável que ela viesse. Uma hora se passou, depois duas, e três. E se ela tivesse sido capturada no caminho?

Sem conseguir dormir, Aster se distraiu com um dos cadernos de Lune. Foi dando uma olhada nos trechos, tentando encontrar pistas.

Depois de usar o lavatório, vejo na minha frente o guarda do convés C. Olho diretamente para aquelas pupilas escuras, sem medo. Não vou correr dele e nem satisfazer seus instintos de vigia tentando passar por ele. E se ele me prender? Me empurrar para o outro lado? Tudo o que ele fez foi economizar um pouquinho do tempo da minha trajetória, assim pude voltar mais rápido para meu alojamento.

Aster sabia que aquilo se referia à obstrução que causara o redirecionamento dos sistemas de navegação da *Matilda*, já que convés C era o código para os Céus, mas não tinha ideia de quê exatamente a mãe estava falando. Frustrada, jogou o caderno no chão e pegou *Uma gramática concisa das línguas antigas*, tentando se concentrar para que apenas a escrita de Marcus Leavitt estivesse em sua mente.

Aster fez anotações numa lousa, à luz de velas. Era raro precisar escrever as coisas para não as esquecer, mas esse era o nível de detalhe do livro das línguas antigas. No caso de outros livros que lia, ela sempre precisava consultar escritos extras ao fim de cada parágrafo, depois mais outros livros, *ad infinitum*. ("Os falantes da língua comum se familiarizam com as línguas antigas por meio de expressões específicas, como *'carpe diem'*[6], *'ad infinitum'*[7], *'in cognito'*[8]... *et cetera*[9]. Mas essas línguas são muito mais do que simplesmente adicionar um *'-us'* ou *'-em'* ao fim de cada palavra. As línguas antigas são dialetos sistemáticos e metódicos, mas ainda assim vibrantes, usados para a taxonomia e para as ciências, a poesia e as artes. Conhecer uma língua antiga é conhecer um dos maiores ancestrais da língua comum, e conhecer os ancestrais é conhecer a você mesmo [Leavitt iv].")

Aster adorava a sensação das páginas, seu peso, sua textura. O papel sussurrava algo. Cheio de gráficos, diagramas e apresentações, o livro continha algo que não havia no ser humano: uma ordem, um sistema, uma rubrica. Livros de gramática reduziam a língua a algo que cabia num gráfico, mensurável, algo sujeito a escrutínio. Aster gostava dessas explicações detalhadas e objetivas, especialmente depois de lidar por tanto tempo com as anotações de Lune. Tudo que ela queria era esclarecimento, transparência, respostas. Estava cansada de tentar descobrir. Queria chegar na parte em que sabia das coisas.

Aster sentiu um respingo de água no rosto e deu um pulo na cama. Tinha adormecido.

— Shhh — disse Giselle. — Vai acordar as outras.

Aster se encolheu na cama ao ver que Giselle ainda estava com a espingarda.

— Não se preocupe. Não tem mais encantamento nela.

Aster não podia acreditar que ela tivesse se arriscado pelos corredores carregando aquilo, ainda mais sem funcionar, já que sempre havia a chance de esbarrar com um guarda.

— Você precisa deixar isso aqui — disse Aster, pegando a arma. Precisava encontrar um lugar seguro para deixar aquilo, onde ninguém do Regime pudesse encontrar.

– Aster! – reclamou Giselle, alto o suficiente para acordar as outras.

– O que está acontecendo? – perguntou Mabel, a voz baixa e trêmula. Procurou os óculos e bebeu um copo cheio de água para acalmar a garganta.

– Aster roubou uma coisa minha.

Pippi esfregou os olhos e ajeitou o lenço noturno da cabeça; deu para ver os rolinhos cor-de-rosa aparecendo por baixo. Vivian desceu do beliche e foi até a pia lavar o rosto.

– Já é de manhã?

Quase. Giselle tinha esperado a noite inteira para vir.

– Devolve – disse Giselle, e pulou em cima de Aster.

– Meninas, parem com isso – pediu Pippi.

Aster segurou a espingarda o mais firme que podia. Um pouco mais fraco do que gostaria, graças ao ombro machucado. Sentiu uma dor intensa irradiando das costas para o peito, praticamente tirando o ar de seus pulmões.

E aí aconteceu de novo, aquele barulho de explosão que ela ouvira pela primeira vez na manhã anterior, mas ainda mais alto agora, causando um zumbido em seus ouvidos. Ao redor da cabine, todas as outras mulheres cobriram as orelhas com as mãos, deviam ter tido a mesma experiência.

A espingarda havia disparado, a bala perfurara a parede de metal. Parecia que ainda tinha encantamento, afinal.

Sem desanimar, Giselle colocou um braço de cada lado da cabeça de Aster. Estava tão perto que seus cabelos curtos caíam sobre a boca de Aster, fazendo-a tossir. Giselle cobriu os lábios de Aster com a mão, apertando forte e colocando o polegar sobre as narinas para que ela não respirasse. O antebraço pressionava o peito, bem no esterno.

– Devolve. É minha.

Aster não lutou. O corpo fraquejava, mas os braços seguravam a espingarda.

– Deixa ela – disse alguém.

– Giselle, está machucando ela de verdade – disse Pippi. Estava chorando.

– Cuida da sua vida – respondeu Giselle, e então apertou com mais força ainda a mandíbula de Aster, cobrindo os lábios e o nariz.

Alguém começou a acender as velas e os lampiões, e o brilho de uma luz meio mórbida tomou a cabine.

"Sabe como surgiram os vaga-lumes?", tia Melusine perguntou uma vez. Aster sabia a história, sim. Um deus jovem e bastante arrogante era quem comandava a Luz e, como a Luz lhe trazia muita alegria, ele se apropriou de toda ela para si, deixando assim o universo mais escuro que o mais escuro dos tons de preto, mais escuro que o sono, mais escuro que a morte. Mas partes da Luz se rebelaram e escaparam. O deus as congelou para puni-las, e assim surgiram as estrelas. Mas partes da Luz se dividiram em pedacinhos muito pequenos para que o deus não visse, e saíram voando por aí com sua luminosidade livre e abundante.

Aster era pesada demais para se esquivar com agilidade, então começou a se contorcer até que Giselle afrouxasse a mão. Mordeu os dedos dela com força, a ponto de sair sangue. Giselle gritou e se afastou, com a mão no peito. Com pontinhos pretos na vista, Aster puxou o oxigênio com vontade.

– Odeio você. Não devia ter vindo – disse Giselle, e saiu correndo da cabine. A sacola de comida e provisões que Aster preparara ficou do lado da porta.

– Vai ter que ir atrás dela – choramingou Pippi.

Aster já estava correndo.

– Escondam isso aí pra mim – pediu, apontando para a espingarda, e então pegou a sacola na porta.

Correu atrás de Giselle e não demorou muito para alcançá-la. Estava fraca demais para se deslocar muito rápido.

– Me deixe em paz! – Giselle gritou.

– Eu vou, mas por favor me prometa que vai ficar quieta, sem atrair atenção. E leve isto.

Giselle pegou a sacola e jogou no chão. Os sanduíches cuidadosamente embalados se espatifaram.

– Não pode me obrigar a comer seu veneno.

– Por favor – pediu Aster.

– Ei! Vocês duas!

Aster olhou para trás e viu o guarda que se aproximava. Lemuel. Sabia o nome porque com frequência ele era visto se esgueirando por ali com alguma mulher dos conveses superiores, os dedos entrelaçados em seus cabelos nem loiros e nem escuros, enquanto ela o empurrava rindo e dizendo: "Lemuel, é nojento aqui embaixo. Não podemos ir para outro lugar?".

– Estávamos só indo ao banheiro, senhor – disse Aster. – Pensamos que não teria problema, já que está quase na hora da contagem mesmo.

– Na parede, as duas.

– Isso é culpa sua. Isso é culpa sua. Isso é culpa sua – murmurava Giselle.

Mais um guarda veio da outra esquina, esse mais velho, o uniforme decorado com mais medalhas.

– O que é isso? – perguntou. Lemuel ajeitou a postura, mas não conseguiu consertar a camisa desabotoada, o cabelo desgrenhado e o cinto aberto.

– Peguei essas duas tentando fugir, sargento – disse.

O sargento olhou entediado para Aster e Giselle e mandou que Lemuel as algemasse.

As duas levaram uma surra de cassetete, seis golpes na bunda e quatro nas costas.

– Tirem a roupa – disse o sargento Warner.

Giselle e Aster choraram, o desconforto tão grande que era impossível evitar as lágrimas. Foi natural como respirar. Involuntário. Aster, às vezes, gostava de contar cada gota.

– Coloque as duas na solitária até a hora do trabalho – mandou o sargento Warner. – Hoje é um dia muito importante e não temos tempo para lidar com elas como mereciam, mas isso deve ser suficiente.

Um guarda segurou Aster pelo cotovelo e a arrastou até a porta. Ela não conseguia andar muito bem, pois estava machucada. Giselle se levantou para seguir, mancando, mas Warner puxou-a pelo elástico da calcinha.

– Pensando bem, você não – disse, soltando o elástico e fazendo-a cair no chão. – Segundo o relatório, você não aparece há um tempo nas contagens matinais e noturnas.

Giselle se encolheu em posição fetal no chão duro metálico, mas o guarda enfiou Aster na solitária, fechou a porta e ela não conseguiu ver mais nada. Era uma cela mínima com a altura de um talo de milho e o comprimento e a profundidade de um potro recém-nascido. Ela não conseguia ficar em pé nem se deitar, apenas se sentar com os joelhos no peito, a bunda e as costas e tudo mais doendo como se estivesse com coqueluche.

Aster nem percebeu que tinha apagado até ser acordada por vozes. Não sabia muito bem por quanto tempo dormira, se foram horas ou minutos. Com os olhos ainda fechados, tentou se alongar, mas lembrou que estava trancada dentro de uma solitária.

– Então talvez as coisas se acalmem por aqui – disse um dos guardas do lado de fora. Tinha um sotaque estranho, que Aster entendeu com alguma dificuldade.

– Onde é que eles fazem? Nunca fui em uma – perguntou o outro.

– No convés E.

Aster se mexeu o quanto pôde naquele espaço exíguo e colocou o ouvido na porta.

– Não entendo por que estão fazendo tudo tão rápido.

– Acho que é pra restaurar a ordem. Aquele guarda estourou a própria cabeça e as pessoas perderam a fé na capacidade do Regime para governar, com os blecautes e tudo mais. Isso deve ajudar a colocar as coisas de volta no rumo certo.

Aster tossiu alto para que eles percebessem que estava acordada.

– Água – disse. – Água, por favor, senhores.

Ouviu o tilintar de chaves e então a portinha se abriu.

– Pra fora – disse um dos guardas, puxando-a. Ficar de pé machucava, mais ainda do que quando a jogaram ali.

– Bebe – disse o outro, entregando uma tigela de metal para ela. Aster pegou com vontade e começou a beber, depois parou de repente. Contorceu o rosto e a língua. Era xixi. Os dois gargalharam sem parar.

Era tão patético que aquilo fosse engraçado para eles, fazer alguém beber excreções sem saber. Aster engoliu, colocou os lábios novamente na tigela, fechou os olhos e bebeu o restante de uma vez, sem respirar. Entregou a tigela vazia para um dos guardas.

– Obrigada, senhor – disse, depois lambeu os lábios e tentou não rir. – Estava uma delícia. Adoro urina.

O guarda a agarrou pela parte de trás do pescoço e arrastou na direção de uma outra caixa de metal na sala, não a mesma em que estivera antes.

– Só por ser engraçadinha, vai voltar para dentro – disse o homem.

Destravou a fechadura e abriu a porta. Giselle estava encolhida lá dentro, o corpo repleto de machucados que pareciam flores: íris, peônias, flor de suculenta, violetas – até rododendros em alguns locais. Por baixo da pele, o sangue vazava das veias inflamadas. A cabeça estava caída sobre o peito. Giselle chiava e tinha os olhos fechados.

O guarda jogou Aster lá dentro de modo que batesse no corpo de Giselle. Quando fechou a porta, as duas foram obrigadas a entrelaçar os braços, os membros se contorcendo e se juntando como os modelos de moléculas que Lune tinha desenhado.

Os homens continuaram conversando por mais alguns minutos, até que se aquietaram e foram embora. Aster tentou mudar de posição, mas era impossível.

– Você está fedendo mais que a morte – disse Giselle, a voz saindo em espasmos. Aster podia sentir sua respiração quente. Fazia cosquinha no cotovelo e a deixava arrepiada.

– Está acordada – disse Aster.

– O tempo inteiro.

– Achei que eles tinham apagado você.

– Não apagaram. – A voz de Giselle estava trêmula, como se não conseguisse encontrar o chão firme.

– Você está bem? – perguntou Aster, bem idiota. Logo se arrependeu.

Giselle soltou um longo e barulhento suspiro.

– Foi tranquilo. Gostei do que fizeram comigo.

Havia muita coisa com a qual o corpo podia se acostumar. Aster costumava pensar: *Nunca mais, nunca mais* ou *Com certeza vou morrer*, mas nunca morria.

– Sinto muito que isso tenha acontecido com você – disse, embora não soubesse exatamente o que tinha sido. Mas podia imaginar. A crueldade dos guardas não aparecia de formas muito diversas. Era sempre previsível. – Quer que eu...

– Sabe do que eles estavam falando? – perguntou Giselle. – Só entendi algumas partes. O que é uma coroação?

Aster entendera a maior parte do que os guardas disseram, mas chegara tarde demais na história para deduzir o contexto. Giselle tinha ouvido a parte que faltava.

– Significa que já escolheram o novo Soberano.

A respiração das duas tinha se acalmado e já não vinha em espasmos ofegantes.

– Mas já? Meu Deus, achei que teríamos mais tempo. – Aster também achara. – Vai ser aquele homem de quem você sempre falava, não é? Tenente. O Cirurgião estava certo: você precisa fazer alguma coisa. Precisa impedir.

Embora Giselle nunca o tivesse conhecido, pelo visto as histórias de Aster eram vívidas o suficiente para transmitir a maldade de Tenente.

– Claro. Vou direto lá no convés E, dizer a eles pra não fazerem isso.

– Você podia tentar. Talvez eles não ouçam você... Mas e o Cirurgião?

Antes que Aster pudesse responder, um guarda abriu a porta.

– De volta para casa, vocês – anunciou ele, e as conduziu mancando pelos corredores estreitos que levavam ao convés Q. Naquela hora da manhã, tão cedo, tudo parecia vazio. Não havia cheiro de comida e nem crianças vagando e chorando pela mãe.

– Pode me levar nas suas costas? – perguntou Giselle.

A voz vinha de trás de Aster, que olhou e viu Giselle apoiada na parede. Aster a colocou nas costas, passando os braços por baixo dos joelhos da outra, que estavam pegajosos.

Com exceção de algumas mulheres dispersas aqui e ali, a Ala Queda D'Água estava vazia quando elas voltaram. Ninguém perguntou o que tinha acontecido. Todas já estavam cuidando de seus afazeres matinais, pegando seus ovos e esquentando água para o banho. Aster colocou Giselle sobre a cama.

– Quer tomar um banho?

Giselle deu de ombros, então Aster foi até a pia, encheu um baldinho até a metade e foi esquentar no fogão da cozinha. Depois de ferver, completou o recipiente com água fria e testou a temperatura com os dedos.

Aster foi até a beira da própria cama e pegou o cinto de remédios. Tirou um pequeno pacote de calêndula seca e uma ampola de óleo de silva e misturou-os na água, com uma pitada de sabonete. Usando uma flanela, começou a lavar Giselle, tomando cuidado com as feridas.

– Está muito quente?

Giselle deu de ombros de novo. Mal se mexeu quando Aster esfregou os machucados. Quando chegou a hora de limpar entre as pernas, Aster primeiro torceu o pano e deixou a água cair sobre os pelos e a pele, depois deu duas passadas rápidas e parou quando Giselle enrijeceu o corpo e fechou os olhos.

– Aster?

– Sim?

– Vai fazer alguma coisa ou não?

Aster mergulhou o pano no balde, girou, depois torceu.

– Vira do outro lado – disse, e então limpou o peito, a barriga e as coxas. Giselle se virou devagar, Aster cobriu a parte de baixo do corpo com um lençol e continuou limpando as costas.

Giselle segurou o pulso de Aster.

– Se for fazer algo, precisa ser grandioso. Colocar tudo abaixo.

– O que eu poderia fazer? Estou tão impotente quanto você.

– Alguma coisa! Qualquer coisa! – Giselle empurrou Aster para longe, derrubando-a no chão junto com o balde de água. O ombro e as costas doeram com a batida. – Já estou limpa. Sai. Sai! – Giselle baixou a mão e pegou o balde, apenas para jogá-lo mais longe.

Aster se segurou na cadeira e foi se levantando devagar, usando as botas como instrumento de tração. Deu umas batinhas com uma toalha para secar as costas de Giselle e então cobriu-a por completo com o lençol.

– Me limpar não vai ajudar. E nem me secar. Muito menos me dar comida ou água – disse Giselle.

Aster entendeu. Aquelas eram ações muito pequenas em comparação ao desastre que era ter Tenente no comando da *Matilda*. Gotinhas de bondade numa piscina de sangue fresco.

14

Quando Aster conheceu Tenente, dez anos antes, ela e Giselle ainda brincavam de casinha.

Aster espalhava serragem nas bochechas para fingir que tinha barba, e então dizia, em sua melhor voz de marido:

– Traga meu cachimbo, mulher idiota. Quero ler o jornal e não consigo se não fumar primeiro.

Uma garota um pouco mais velha do que Aster (talvez uns dezessete anos?) cutucou a cabeça dela pela abertura da porta, a barriga enorme de gravidez.

– Ei, esquisita da bruxaria, me passa minhas meias – disse, apontando com a cabeça para o punhado de roupa suja que estava debaixo dos pés de Aster: seu pufe.

– Não sabe que ele é o homem da casa? – disse Giselle, que interpretava a Esposa, enquanto Aster era o Marido. – É melhor tratar ele com o respeito que merece.

A garota no corredor cruzou os braços e enfiou a cabeça pela abertura da porta.

– Está bem, então. Esquisita da bruxaria, poderia por favor me passar minhas meias se não for um incômodo? *Senhor*?

– Não sou bruxa – respondeu Aster. – Sou uma cientista. – A parte do *esquisita* ela não podia contestar e deixou para lá. Vasculhou a pilha de roupas até encontrar a meia-calça grossa *off-white* da menina, que tinha um dos joelhos costurados com linha vermelha e outro remendado com veludo marrom. – Esta?

– Isso, me dá aqui.

Aster jogou a meia para ela e limpou a garganta para voltar ao personagem.

– Caramba, Mulher, eu falei pra ir pegar meu cachimbo.

– Já vai, já vai – respondeu Giselle. Amarrou as mangas do agasalho ao redor do pescoço, fingindo que era um avental, e depois espalhou um pouquinho de talco sobre a lã vinho. A ideia por trás é que ela estivera assando bolinhos de abóbora e ficara suja com a farinha derramada. Aster gostava do comprometimento de Giselle com o realismo visual da brincadeira, e então assentiu antes de abrir um velho mapa do céu e fingir que era o *Diário da Matilda*.

– Os racionamentos de comida continuam por causa da praga. – Aster fingiu ler. As duas ficaram mais um bom tempo ali, naquele silêncio de casais que se fazem companhia. Giselle tirando o pó, Aster lendo.

Aquilo acontecera muito tempo antes, mas Aster ainda se lembrava de como contava os minutos para a hora de dizer:

– Mulher, eu exijo o jantar. Estou com fome, porque o esforço mental necessário pra digerir as notícias políticas é muito desgastante. Você não entenderia. – Estava imitando, talvez um tanto exageradamente, as frases que ouvia de vez em quando ao trabalhar nas casas dos conveses superiores. Enquanto polia os aparadores de lareira, ela testemunhava o sr. Jacobs ou o sr. Callahan ou o sr. Brown repreendendo a esposa. Esses homens tinham pele branca e roupas perfeitas. – Eu disse pra fazer o jantar!

Giselle se virou bruscamente para Aster e jogou a "prataria" que estava polindo (canecas de latão) no chão enferrujado.

– Faça você a porcaria do jantar, seu idiota, se está com tanta fome. – Veio pisando firme com sapatos de salto maiores que os pés e os braços cruzados sobre o peito. – Por que não pede praquela vagabunda da sua secretária fazer o jantar? Hein? Hein? Saiu com ela de novo, não foi?

Aster colocou as mãos nos bolsos da calça e, dessa vez, usou a própria voz e não a do Marido, sem grosseria, com as vogais mais enunciadas.

– É agora que o Marido normalmente bateria na Esposa como uma medida punitiva pela audácia, mas não quero machucar você. – Disse aquilo de um jeito decidido, já preparada para que Giselle condenasse seu modo de falar.

Mas Giselle estava dedicada à interpretação de seu papel, e apenas respondeu:

– Pode me bater. Não me importo.

– Isto é o que você chama de desafio? – perguntou Aster. – Ou está me testando? É um dos seus testes de lealdade? Já falei que acho isso irritante e uma medida pouco precisa da minha consideração por você.

– São as regras, só isso. Você é o homem, eu sou a mulher. Quando eu perco a linha, você tem o direito de me bater, então me bata.

Aster colocou o cachimbo na mesa e se levantou.

– Está bem. Vou bater em você pra preservar a integridade da brincadeira, mas vou fazer de modo gentil pra minimizar seu desconforto físico.

– Bata com força – disse Giselle, fazendo a voz da Mulher, que se parecia bastante com sua própria voz de quatorze anos, só um pouquinho mais arranhada. – Só não exagera pra eu não começar a chorar. Não quero estragar a maquiagem.

Então o Marido deu um tapa na Esposa e a Esposa caiu na cama. Aster subiu por cima dela, os joelhos do Marido por cima das coxas da Esposa, antebraços dos dois lados de sua cabeça. Havia um filete de sangue no curativo antigo no queixo de Giselle.

– Acho que abri seu corte.

Giselle respirou fundo.

– Não dói – respondeu, mas Aster já se levantara. O kit médico estava com suas coisas, embaixo da cama. Pegou um tecido limpo, fita adesiva e um creme que fizera quinze dias antes, usando ingredientes de seu botanário.

– Seu rosto é seu maior trunfo – disse Aster para Giselle, repetindo uma frase que ela já ouvira tia Melusine dizer. – É lindo, e isso faz com que os homens a favoreçam. Então precisamos mantê-lo lindo.

Giselle se sentou, apoiando os cotovelos na cama, e Aster subiu em cima dela de novo. Cobriu o pequeno corte e esfregou o unguento para garantir que não ficaria uma cicatriz.

– Eu ainda seria linda mesmo se tivesse cem cicatrizes no rosto – disse Giselle; a arrogância era sua couraça, sua única couraça. – Vamos voltar pra brincadeira.

– O que o Marido faz agora? – perguntou Aster.

Giselle passou a língua no lábio inferior.

– Ele segura a mulher e faz *aquilo*.

– Aquilo o quê?

Giselle revirou os olhos.

– Só se mexe. Você sabe como é.

– Assim?

– Isso.

O Marido se esfregou na Mulher e tudo o mais, e só parou quando ouviu tia Melusine chamando as meninas do outro lado da porta.

– Parem de brincar como criancinhas. Tem muito serviço pra fazer antes do toque de alvorada, e as outras já começaram.

Aster se levantou e sentou na beira da cama.

– Por que parou? – perguntou Giselle.

– Isso é muito infantil, e você ouviu titia, tenho minhas tarefas pra fazer.

– Tia Melusine não vai se importar se não fizer as suas. Eu faço pra você. Está bem? Ainda temos um tempinho antes do trabalho.

– Não. Quero ir ver como estão as minhas plantas.

Ela trabalhava para cultivar, hibridizar e adulterar a flora em seu botanário, e gostava da companhia das plantas. Eram sua prole, e ela era a mãe. Os dragões de guirlanda eram os que mais lhe interessavam, com hastes longas e finas do mais profundo tom de verde. As plantas genitoras, uma guirlanda minúscula e uma corlísia, tinham produzido uma prole vigorosa, que já superava sua ascendência. Aster esperava que, com o tempo, a fruta produzisse uma enzima capaz de disfarçar sabores.

Giselle fez um beicinho, os lábios para fora como se fossem uma cicatriz de queloide, mas quando Aster disse "A gente brinca depois", ela sorriu, e Aster também. Naquela hora tudo pareceu tão perfeito, como se as coisas sempre fossem ser boas entre elas.

Eram irmãs, em espírito se não fossem de sangue, e de sangue se não fossem em espírito. Não tinham os mesmos ancestrais diretos mas, como toda a humanidade, compartilhavam uma ligação genética que ia até lá, lá atrás, gerações no passado, até chegar à Grande Casa. Até uma época em que "casa" significava um tipo específico de domicílio, em vez de uma noção vaga que vinha à mente sem qualquer referência visual.

– Uma casa é tipo as barracas onde as mulheres às vezes dormem nos conveses de cultivo, durante a colheita – tinha explicado Giselle, da primeira vez que brincaram.

– Então o objetivo da brincadeira é fingir que estamos dormindo nos conveses de cultivo? – perguntou Aster.

– Não, o objetivo é representar uma família. Uma família de verdade.

Aster gostava de pensar em Giselle como sua irmã, sua gêmea. Fingir que elas já tinham habitado o mesmo útero. Comprimidas, uma ao lado da outra, no espaço quentinho e acolhedor dentro da mãe. Um único zigoto dividido.

Aster e Giselle fizeram quinze anos com um mês de diferença e, em vez de brincar de casinha, passaram a fazer teatro. Mais digno. Elas eram adultas agora.

As meninas e mulheres que moravam no mesmo corredor empilhavam colchões para vê-las se apresentar: em pilhas de seis, depois de quatro, depois de dois, para que todo mundo pudesse enxergar o palco. Elas faziam os espetáculos na copa, a maior cabine do convés, a não ser pela cozinha logo ao lado, que era estreita demais para receber uma peça.

A Esposa entrou cambaleando no palco, os seios de mentira feitos com calcinhas emboladas, e o Marido lhe entregou um frasco velho de remédio. Giselle abriu a tampa e cheirou o recipiente, de maneira bem dramática.

– Ah, que perfume maravilhoso! – Apertando o frasco contra o peito, suspirou de um jeito que as mulheres do convés Q nunca faziam, mas que parecia comum nos conveses D, E, F e G. As mulheres da Ala Queda D'Água, onde elas moravam, suspiravam também, mas o som era bem diferente. Profundo, pesado e rapidamente ocultado como se fossem as notas iniciais de uma música fúnebre. – Obrigada, Archibald – disse Giselle. – Obrigada de verdade.

– Venha aqui, deixe que eu aplico a fragrância em seu peito – disse Aster, suas falas ainda saindo um pouco inseguras. O que ela na verdade queria transmitir era o desejo do Marido de aplicar o perfume desde a incisura jugular do esterno até a concavidade umbilical da Esposa.

Havia diferentes tipos de palavras adequados para diferentes ocasiões, mas Aster ainda não conseguia distinguir muito bem onde cada uma se encaixava. Era como tia Melusine sempre dizia: Aster era "do tipo que olhava as coisas de lado" ou "do tipo que via pelos cantos dos olhos". Quando você vê o mundo por uma perspectiva diferente, nem sempre sabe lidar com as coisas e compreender tudo do jeito certo.

– Que tal passar o perfume no meu pescoço? – sugeriu Giselle, e desabotoou o colarinho. – Está muito frio pra uma garota ficar andando por aí fora de casa e tudo o mais – continuou, deixando seu modo de falar contaminar a personagem.

– Não. Não é suficiente. Se eu quisesse passar no seu pescoço, teria dito. Mas quero passar no peito – disse o Marido, e não Aster, uma distinção que ela quis manter nos registros oficiais.

– Meu querido – disse Giselle, num falsete delicado, uma tentativa de imitação do sotaque dos conveses superiores. – Acho melhor passarmos o perfume no meu pescoço, ou no pulso. Está congelando aqui.

– Sou o marido e, portanto, eu digo o que é ou não é melhor. – Ela levantou a mão mas, sem saber muito bem o que fazer, deixou-a cair do lado do corpo. Giselle mexeu a boca sem som para dizer: "Para, não vai estragar tudo". Então Aster rasgou a camisa de Giselle sem grande dificuldade, uma vez que já tinham feito essa apresentação antes e deixado uma costura propositalmente frouxa para os botões.

Havia traços de graxa de sapato e blush sobre o peito de Giselle, uma maquiagem feita para parecer o resultado de uma sucção agressiva, como resultado de uma interação sexual.

– Não é o que você está pensando – disse Giselle, cobrindo-se e puxando a lapela da camisa para esconder o corpo exposto. Mergulhou os dedos em um balde de água que estava ali do lado e espalhou nas bochechas. Lágrimas.

– O que estou pensando é que você se entregou a outro, como uma pu-puta – disse Aster.

– Amor, você me conhece, sabe que eu nunca seria infiel.

Aster tomou o frasco de perfume das mãos de Giselle e arremessou contra a parede. O vidro explodiu em pequenos fragmentos e o público teve um sobressalto, algumas mulheres cobrindo a boca para evitar um grito.

– É por causa de mulheres como você que estamos presos nesta lata de sardinha abençoada. Quantas vezes você... – Aster parou para dar o efeito dramático – ... transou com ele? Cada vez que ficou de joelhos colocou mais um ano na nossa jornada. Foi uma vez? Duas? Cinquenta? Cinquenta anos. Cinquenta anos mais até a *Matilda* chegar à Terra Prometida. Foi você quem criou esse Golfo do Pecado. Você criou!

Aster às vezes gostava de imaginar que suas palavras eram verdadeiras, e que todas as coisas ruins que já tinha feito fossem a matéria-prima do cosmos. O "Golfo do Pecado", como o Soberano dizia. Embora ela conhecesse a ciência. O espaço não era um pecado. Era um vácuo. Era o nada.

– Archibald, tente entender, por favor, meu amor – implorava Giselle.

Archibald não entendeu. Tirou o cinto, dobrou no meio e se lançou contra as costas de Giselle. Embora tivessem colocado papelão sob a blusa antes, Giselle berrava, gritava, se contorcia, choramingava, e então guinchava, guinchava e guinchava até que o silêncio levava a plateia aos aplausos enquanto Giselle dava seus últimos suspiros de mentira.

O coração de Aster estava acelerado, como sempre ficava, mas ela percebeu que dessa vez estava mais.

– Giselle? Giselle?

– Oi? – respondeu ela, ressuscitando de sua morte falsa para fazer uma reverência e receber os aplausos.

Mas Aster não tinha nada para perguntar, só estava ansiosa para quebrar o silêncio.

As coisas viviam dando errado naquela época. Um dia, Giselle engravidou. Tinha esquecido de tomar a infusão que Aster fez para ela e então, quando um homem dos conveses superiores a violentou, algo-que-ainda-não-era-um-bebê começou a crescer dentro de sua barriga.

– Aster, vamos lá – disse tia Melusine ao acordá-la. – Ponha uma roupa boa, limpe a sujeira da cara e tente não parecer tão petulante.

Mal amanhecera, eram quatro da manhã. As outras meninas dormiam profundamente em suas camas. Às cinco, os guardas chegariam para fazer a contagem. Isso significava que Aster, Giselle e titia tinham uma hora para fazer o que precisavam fazer antes de voltar para os alojamentos.

Giselle jogou o corpo contra a porta. Usava sua melhor roupa: um vestido azul da cor de uma centáurea, de manga comprida, com um colarinho branco elegante. Meia-calça preta. Sapatos marrons menos surrados do que o outro par que ela tinha.

– Não quero ir – disse.

– Quer ter um filho? – perguntou Aster.

– Não... É só que... Não quero ir. Quero acordar e isso ter acabado.

– Vai ficar tudo bem – disse Aster. Era o tipo de coisa que já tinha ouvido outras pessoas dizerem em circunstâncias similares, e esperava que fosse adequado naquele momento.

A luz estava fraca e Aster tropeçou ao vestir uma calça de tweed azul por cima das ceroulas compridas.

– Faz alguma coisa com esse cabelo – disse tia Melusine.

Aster prendeu-o numa trança grossa e colocou um boné.

– Está bom assim?

– Não muito. Mas vai ter de servir.

Aster girou a maçaneta para abrir a porta e Giselle segurou seu pulso.

– O homem não pode vir até aqui e fazer?

– Não temos tempo pra isso, menina – disse titia. Ela então murmurou alguma coisa em dialeto, difícil de traduzir exatamente, mas que significava algo como "Só se lamenta quem tem dinheiro pra se lamentar".

– Por que você mesma não pode fazer, Aster? Está sempre dizendo que é uma ótima cientista e se gabando de tudo que sabe fazer. Não pode criar algo pra sumir com isso? – perguntou Giselle.

– Não conheço um jeito que também não vá machucar você.

– Então deixe eu me machucar. Me deixe ficar tão doente a ponto de quase morrer. É melhor do que ir lá. Por favor, não me obrigue. Eles vão me pegar e vão me fazer mal. – Giselle se virou para titia e agarrou a blusa dela.

– Sabe que vou levar você mesmo se for carregada, chutando e esperneando – disse tia Melusine. Segurou as mãos de Giselle, apertou e depois as afastou. Aster foi até o kit de remédios e pegou algo que já tinha dado a Giselle antes, em ocasiões em que ela perdia a coragem e não conseguia sair da cabine.

Naquela época, sendo ainda uma adolescente, Aster acreditava que a covardia de Giselle era uma expressão de sua hipervigilância; uma reação lógica, ainda que exagerada, aos perigos da *Matilda*. Depois do toque de recolher, os guardas que patrulhavam os corredores costumavam entrar no modo "terra sem lei", uma daquelas expressões que não têm o significado que parecem ter. "Terra sem lei" sugere que durante o dia a lei costumava proibir aquele tipo de violação. Não proibia.

Embora obviamente o ambiente amplificasse seus medos, agora, anos depois, Aster sabia que as fobias e ansiedades de Giselle resvalavam no território da psicose: uma paranoia difícil de identificar, já que a maioria das preocupações de Giselle fazia todo sentido.

– Tome uma colher – disse Aster, dando o remédio a Giselle. Ela engoliu o líquido viscoso.

– Pronta? – perguntou titia, já no corredor.

Depois de trinta segundos, Giselle arriscou dar um passo.

– Viu só? Minha mocinha corajosa – disse titia.

Giselle não parecia animada, mas o remédio restaurou um pouco de sua confiança. Andou atrás de Aster com a cabeça erguida, abraçada a titia. Se alguém as visse, pareceriam inocentes. Uma avó e suas netas. Circulando depois do toque de recolher, é verdade, mas não por algum motivo nefasto. Era isso que diriam. Aster esperava que funcionasse.

Quando chegaram lá em cima, Giselle passou os dedos no tecido do vestido, amontoando a saia mais para cima e deixando visíveis os arranhões nas pernas, que ela mesma fazia às vezes. Tinham chegado ao destino nos conveses intermediários, e Aster ajeitou a postura antes de bater à porta com o código que lhe fora passado. Três batidas: uma sozinha, depois duas mais rápidas.

Ouviu-se o som da fechadura destravando, o ranger da maçaneta girando e, enfim, o chiado da porta se abrindo. Entraram na pequena cabine de uma mulher dos conveses intermediários com pele branca e cabelo grisalho.

– Estão atrasadas. Ele já está esperando vocês.

Ela falava na língua dos conveses intermediários, então Melusine e Giselle não entenderam, mas Aster traduziu.

– Estão com o pagamento aí? – perguntou a mulher.

– Estamos, e você vai receber depois que o serviço for feito e bem-sucedido – respondeu Aster.

Olhou ao redor da cabine bem decorada em busca do homem. A mulher ganhou tempo fervendo água para um chá. Só quando as folhas de rosa já estavam mergulhadas na água quente é que ele apareceu por detrás da cortina: o Cirurgião. Olhou para Melusine, Giselle e Aster.

– Que a graça dos Céus as abençoe – disse ele no dialeto dos conveses inferiores e, diferentemente de todos os moradores dos andares de cima que Aster já conhecera na vida, ele não tinha um sotaque distinguível. Ainda assim, ela ficou tensa ao ouvir. A precisão das vogais e a pronúncia exagerada das consoantes dava uma estranha rigidez àquela língua tão musical.

Ela esperava um senhor de pele branca gentil e inofensivo, mas estava diante de uma anomalia jovem e imponente. Os cabelos pretos brilhavam com múltiplas camadas de gel. As sobrancelhas eram grossas e pesadas, e os cabelos ondulados caíam grosseiramente nas laterais do rosto. A pele era clara, mas sem dúvida havia um subtom oliva ou marrom. Olhos castanhos e pupilas dilatadas. Era pouco mais do que um garoto, devia ser no máximo cinco anos mais velho do que Aster – uns vinte, vinte um, para ser generosa. Mas sua presença se impunha como a de alguém muito mais velho.

– Que a graça dos Céus o abençoe também, senhor – disseram titia e Giselle.

Aster não o cumprimentou. Notou as argolinhas prateadas que adornavam suas orelhas. Nove de cada lado. Argolas de oração, para recitar a Ladainha dos Céus. Ver aquilo fez o coração de Aster bater de modo estranho. Ela não gostava de religião, porque a religião não gostava dela e muitas vezes a tratava com crueldade. Cruzou as mãos nas costas e apertou bem forte, para nem ter a chance de ficar mexendo os dedos ansiosamente.

– Você se considera um grande devoto? – perguntou a ele, sabendo que qualquer resposta seria uma falácia, mas determinada a investigar.

O Cirurgião inclinou a cabeça e semicerrou os olhos.

– Quer dizer, se me devoto a meus pacientes? É claro. Sim. Ofereço um serviço e é meu dever manter um certo nível de cuidado e profissionalismo. – As palavras eram muito mundanas, nada diferente do que um vendedor de sapatos poderia dizer a respeito de seu ofício; mas por baixo daquele discurso havia um tom de indignação meio envergonhada. Até Aster, que tinha dificuldade de identificar mudanças de tom, percebera.

– Você não entendeu a pergunta – disse ela. – O que quis dizer é: você é devoto de Deus?

Aquilo pareceu deixar o Cirurgião ainda mais perplexo do que a primeira versão da pergunta, mas ele respondeu:

– Sou.

Aster se virou para titia e Giselle e apontou com a cabeça para a porta da frente.

– Temos de ir embora.

– O quê? – perguntou Giselle, mas não teve dificuldade de se dirigir até a porta.

Tia Melusine a segurou pelo ombro e puxou de volta.

– Com licença, Aster, mas você é a criança aqui. Você não dá ordens. Eu falo e você obedece.

– É uma armadilha – disse Aster.

Giselle chegou mais perto de Aster e ficou atrás dela, fosse para proteção ou para transmitir um sentimento de "Eu avisei". Por já conhecer sua tendência à ansiedade, Aster não tinha levado em consideração as preocupações de Giselle. Circulavam nos conveses inferiores boatos sobre pessoas que ofereciam abortos apenas para entregar à Guarda quem as procurasse.

– Não é uma armadilha – disse a mulher em cuja suíte eles estavam. – Está achando que vou trancar a porta, puxar uma faca e fazer vocês de reféns até a Guarda chegar? Está sendo dramática e desperdiçando meu tempo.

– Chega – disse Melusine. – Você acha que sabe tudo, mas não sabe. Da próxima vez que eu precisar lembrá-la qual é o seu lugar, você vai tomar uma surra que vai apagar você, e só vai acordar no dia seguinte com o lábio cortado e o dente quebrado. Aí quem sabe vai começar a pensar duas vezes antes de falar.

Parecia algo curioso de dizer porque, na verdade, Aster sempre pensava pelo menos *três vezes* antes de falar, acostumada a já ter dito coisas erradas muitas vezes.

– Só estava tentan...

– Não me interrompa. Fui eu quem procurou Theo. Eu. Não confia que sua tia vai prestar atenção a cada detalhe? Não sou eu que alimenta e veste você? Sou uma idiota que não sabe diferenciar o que é ouro e o que não é?

– Theo? – perguntou Aster, e olhou para o Cirurgião, que continuava parado, plácido e pleno diante de toda a confusão. – Você conhece este homem?

– Não traria a menina pra alguém que eu não conhecesse – respondeu titia.

Aster olhou de novo para as argolas nas orelhas do homem e umedeceu os lábios.

– Todas prontas então? – perguntou o Cirurgião. Theo. Puxou a mesma cortina de trás da qual tinha aparecido. – Só tem espaço pra duas pessoas aqui.

Titia fez menção de ir, mas Giselle se agarrou a Aster.

– Por favor, tia Melusine? Eu quero Aster.

– Está bem.

Titia foi mancando até um exuberante sofá de veludo com pés de madeira novinhos.

O Cirurgião conduziu Giselle e Aster até o outro lado da cortina, onde havia uma cadeira reclinável de couro marrom.

– Senta.

Giselle se instalou, moveu a alavanca e fez subir o apoio para os pés.

– Quer um sedativo? – perguntou ele. – É bem fraco e ajuda a acalmar, assim você vai relaxar os músculos e tudo pode correr de forma mais tranquila.

– Já tomei um – respondeu Giselle. – Aster me deu um negócio bom antes de sairmos da Ala Queda D'Água.

O Cirurgião se virou para Aster.

– Deu soro de papoula pra ela?

– Não. De jeito nenhum.

– Álcool então?

– Só dei uma pequena dosagem de ansiolítico, benzodiazepínico pra ser mais exata, que eu mesma sintetizei. Andar pelos corredores pode ser perigoso. Fiz o que era necessário pra não perder nosso compromisso.

O Cirurgião abriu a torneira e colocou as mãos debaixo; a pele ficou vermelha com a água quente. Depois de dobrar as mangas da camisa até o cotovelo, passou sabonete nos braços e a espuma deixou os pelos brancos.

– Sintetizou sua própria benzodiazepina? Isso é muito impressionante.

– Não foi difícil – disse Aster.

Na verdade, não tinha sintetizado nada, apenas dissolvera os comprimidos que roubara de uma mulher dos conveses superiores numa solução herbal que potencializava os efeitos calmantes da droga. Tentara fazer a substância sozinha, com seu crescente interesse por alquimática, mas os livros que encontrou só a deixaram confusa e irritada. Ainda mal sabia como resolver equações estequiométricas, imagine só fazer substituições nucleofílicas.

– Você é curadora? – perguntou o Cirurgião.

– Sou uma alquimática.

– *Aspirante* a alquimática. Não sabia nem o que me dar pra resolver isso – disse Giselle, tocando o abdômen.

O Cirurgião apontou para um banquinho, onde Aster se sentou e ficou observando enquanto ele trabalhava. Ele não falava nada e, embora a distância que os separava fosse curta, Aster sentiu que, se quisesse tocar na mão dele, primeiro teria de empreender uma jornada por um abismo do tamanho do universo – o qual, segundo tinha compreendido em seus estudos de física, estava em constante expansão.

– Precisa de ajuda? – perguntou Aster.

– Não – respondeu ele, e então Aster pegou seu bloquinho e começou a anotar. Desenhou réplicas detalhadas de cada instrumento que ele usava e escreveu observações sobre o processo. Ela queria dizer "Seu trabalho é difícil", mas os movimentos cadenciados das mãos dele eram uma atração a se admirar. Ao olhar a própria mão segurando a caneta, Aster só via como, em comparação às dele, aquelas eram enormes e desastradas.

Quando o processo acabou, Giselle foi cambaleando para o cômodo principal da cabine. Ela e titia se apoiaram uma na outra. Aster entregou o pagamento acordado para a mulher que as recebera: um pacote de lã de caxemira recém-fiada, e tingida num belo tom de roxo.

Enquanto se preparavam para sair, Aster viu o Cirurgião sem o jaleco. Sua camisa muito bem engomada reluzia de tão branca. O nó da gravata estava posicionado perfeitamente no centro da gola. Ele era efeminado de um jeito que Aster não tinha notado quando ele estava com suas vestimentas médicas. Talvez fosse o rosto todo raspado, quando muitos dos homens da *Matilda* prefeririam ter ao menos alguns pelos no rosto – a maioria tinha barba. Não ter barba era sinal de infantilidade, tolice e feminilidade, e era surpreendente que um homem dos conveses superiores fosse bem-sucedido com aquele rosto tão lisinho.

– Pra qual convés precisam voltar, srta. Melusine? – perguntou Theo.

– Pro Q. Ala Queda D'Água.

A mulher morava no M, o que significava que fariam uma jornada de quatro andares de volta para casa.

– Vamos conseguir se andarmos rápido – disse Aster.

– E parece mesmo que estamos em condição de andar rápido? – esbravejou tia Melusine.

– Talvez a gente possa ficar aqui. Vamos perder a contagem, mas podemos explicar depois – sugeriu Giselle.

A mulher negou com a cabeça.

– Meu marido trabalha pra Guarda. O turno dele acaba daqui a pouco. Já estamos nos arriscando.

O Cirurgião arrumou a outra parte da cabine e dobrou a divisória até virar um estojo de lona portátil. Os instrumentos estavam enfileirados numa prateleira, prontos para serem guardados na bolsa de remédios. Ele não tinha nada com o que se preocupar. Homens dos conveses superiores podiam circular livremente.

– Se tivesse avisado que seu marido era guarda, teríamos combinado de encontrar Theo em outro lugar – disse tia Melusine.

– Se não tivessem se atrasado, isso não seria um problema – rebateu a mulher. Ela fechou os olhos e respirou fundo. – Por favor, vão embora.

"Não sou nenhuma santa", titia sempre dizia. Mas Aster tinha uma opinião diferente. Melusine era a única que conseguia desatar velhos novelos de lã emaranhados, com a maior facilidade.

– Quanto tempo ainda temos? – perguntou Giselle, com o braço de titia em seu ombro.

– Nove minutos. – Aster estava alguns passos à frente delas, mas do lado, para conseguir enxergá-las em sua visão periférica.

– Vai dar tempo? – insistiu Giselle.

– Provavelmente não.

Giselle segurou tia Melusine com mais força.

– Teríamos tempo se você não tivesse atrasado a gente – protestou titia.

Aster fez um gesto para que ficassem quietas, o dedo indicador sobre os lábios.

– Ouvi alguma coisa.

Foram se aproximando da escada pé ante pé.

– Sete minutos – sussurrou Aster na base da escadaria do convés O. – Vamos cortar caminho pela Ala Oceano. Tem menos guardas. – Ela prendeu a respiração, mas ainda conseguia sentir o fedor. As mulheres dali deixavam suas botas do lado de fora da cabine. Várias lâmpadas piscavam, quase queimadas, deixando o caminho mais escuro.

– Cinco minutos pra contagem – alertou Giselle.

– Quatro – corrigiu Aster.

Andaram em fila diagonal para passar pela escada de manutenção. Atrás das paredes, Aster já ouvia os guardas chegando para o turno da manhã. Os coturnos de sola grossa batiam com força nos degraus. Então ouviu: "Todos os moradores dos conveses P, Q e R: acordem! Todos os moradores dos conveses P, Q e R: acordem! A contagem vai começar. Qualquer pessoa que esteja fora de seu alojamento será detida sem hesitação, incluindo mulheres que estejam morando temporariamente nas alas designadas para gravidez e educação infantil".

– Vou ter de deixar vocês duas aqui – disse Aster, espiando o corredor pela janelinha de vidro de uma porta.

– Isso é exatamente o oposto do que deveria fazer. Fique com a gente – pediu Giselle.

– Vou causar uma distração nos fundos da Ala Queda D'Água, assim vocês conseguem voltar em segurança. É uma questão matemática simples: melhor uma ser detida do que três.

– E que tal nenhuma ser detida? Isso não seria melhor?

– O que é melhor não costuma ser possível. Vou ficar bem.

– Não tem nenhum motivo pra você se sacrificar assim. Por que está fazendo isso? – perguntou titia.

– Estou trabalhando com probabilidades. Na maior parte das manhãs, dois guardas ficam de cada lado da Queda D'Água pra capturar as fugitivas de última hora.

– Mas e a contagem? Você vai perder – disse Giselle.

– Eu lido com as consequências.

– Aster... – disse titia.

– Já me decidi. Andem logo.

Aster golpeou o medidor de temperatura, e o alarme começou a tocar. Segundos depois, havia guardas correndo em sua direção, mas ela ficou firme ali, as mãos na cabeça em posição de rendição. Apertou os olhos e esperou que fizessem o que desejassem.

– Peguem ela – disse um deles.

Ficaram dando ordens que ela não conseguia distinguir uns para os outros, enquanto a empurravam pelos corredores. Foi pressionada numa parede, as palmas das mãos para fora, o pulso torcido com o impacto. Os dedos abertos se espalhavam como se fossem rios num mapa que terminava de forma abrupta e não ia a lugar algum. Aster não tinha como evitar aquele confisco violento de seu próprio corpo, então deixou que a arrastassem por vários conveses acima, até a sala de interrogatório. Abriu os olhos e havia bolinhas coloridas em seu campo de visão. Ao seu redor, jurava ter visto a Morte fazendo uma reverência. Era raro que os guardas fossem tão violentos a ponto de as mulheres morrerem, mas pareciam ser especialistas em caminhar sobre essa linha tênue, sempre fazendo a pessoa pensar: *É isso. Acabou.*

– Senta. Mãos à mostra – disse um dos guardas, arremessando Aster numa sala com paredes de metal. Ela se sentou no banquinho.

Ele a algemou numa barra em cima da mesa, disse para aguardar e saiu da sala, deixando-a sozinha. Depois de alguns minutos, a porta abriu novamente e dois homens entraram, um com uniforme marrom, o outro com um jaleco branco comprido: o Cirurgião. Aster se concentrou no ritmo de sua inspiração e expiração de oxigênio, sentiu os pulmões preenchidos e logo depois esvaziados.

– Bom dia – disse Theo. Ele e o guarda uniformizado se sentaram diante dela. Ele a olhou durante quatro segundos, Aster contou, talvez tentando dizer alguma coisa com os olhos. Mas sua expressão não revelou nada ou, se o fez, ela não entendeu.

– Quer nos contar por que estava fora do alojamento depois do toque de recolher e foi encontrada vandalizando o patrimônio da *Matilda* com permissões falsas no bolso? – perguntou o guarda de uniforme.

– Não.

Ele bateu os pulsos dela com força na mesa e apertou as algemas. Aster fechou os olhos, mas não gritou ao sentir a pequena fratura na protuberância externa do rádio.

– Machucou, bonequita? Aposto que prefere que eu afrouxe isso aqui – disse o guarda. Aster abriu os olhos e o encarou. No crachá lia-se OFICIAL IVSIK.

– Bonequita? – disse ela. Docinho, querida, queridinha, biscoitinho, amorzinho, florzinha e *bonequita*. – Isso é algum nome de flor? – Ela se achava uma boa conhecedora da flora, mas aquilo era novidade.

Foi o Cirurgião, e não Ivsik, quem respondeu.

– Bonequita é uma corruptela da palavra boneco, que historicamente foi usava como apelido carinhoso para crianças, por serem pequenas, do tamanho de bonecos. Mas seu escopo de utilização já foi ampliado.

– Não sou um boneco – disse Aster.

Theo assentiu.

– Não é o termo que eu escolheria para me dirigir a você. – Ele deu uma olhada para Ivsik. – Oficial, falarei sozinho com nossa detida. Está dispensado.

Ivsik assentiu brevemente e prestou continência.

– Sim, general – disse, ao sair.

– Vou tirar isso pra você – disse o Cirurgião, apontando para as algemas e depois pegando algo no bolso do jaleco.

– General? – indagou Aster.

– Sei que "Cirurgião" é um apelido meio mórbido, mas na verdade é uma abreviação para "General Cirurgião". Esse é o nome oficial, de qualquer forma. – As mãos dele hesitaram ao lado das dela antes de inserir a chave na trava da algema e libertá-la.

– Não sabia que você era membro da Guarda do Regime, ainda mais numa posição tão importante. – Aster esfregou os pulsos, que estavam vermelhos.

– As condições em que nos conhecemos não nos permitiam bater papo. Tem muitas coisas que você não sabe a meu respeito, e nosso contato foi rápido demais pra que eu tivesse a oportunidade de mostrar que suas suposições sobre mim são falsas. – Ele sentou com as mãos entrelaçadas em cima da mesa, os dedos perfeitamente alinhados.

Aster pegou uma garrafinha de babosa no bolso e esfregou nos pulsos.

– Não planejei isso, Aster. Quando ouvi que alguém tinha sido detido e a descrição batia com a sua aparência, entendi o que havia acontecido e vim ajudar. Mas só posso fazer isso se confiar em mim.

Tia Melusine confiava nele. Ele fizera seu trabalho de modo impecável apenas uma hora antes. Se quisesse prejudicá-la, poderia ter feito isso facilmente.

– Eu... estou disposta a confiar em você agora.

– Então, por favor, responda a todas estas perguntas com muito cuidado. – Ele tirou um bloquinho do bolso frontal do jaleco. – Você é uma rebelde contra o Regime?

– Não.

– Então por que danificou a nave?

– Porque...

– Eu disse pra responder com cuidado.

Aster ficou procurando pela resposta certa, a resposta cuidadosa, mas não tinha a menor ideia do que ele estava sugerindo.

– É verdade que você não danificou nada? Que outra pessoa cometeu a ação, mas você não conseguiu ver muito bem quem era, pois só chegou depois do acontecido?

Ela bateu com os dedos na mesa e olhou para ele.

– Isso... Não é verdade.

– Sabe o que é uma mentira? – perguntou ele.

Ela ficou calada por um momento, caso aquilo fosse uma pegadinha.

– Sei. – Era como as brincadeiras dela com Giselle. De casinha. Mas aquelas mentiras ela tinha tempo de ensaiar, e ainda assim errava às vezes.

– Esta é a hora de mentir, Aster. Está entendendo?

– Entendo. – Ela entendia, mas isso não significava que conseguiria fingir. Ia decepcioná-lo.

– Bom, então, vamos deixar claro: você não golpeou o medidor. Estava indo ao banheiro. O da Ala Queda D'Água está entupido, não é verdade?

– É verdade. – Era mesmo.

– Foi aí que viu alguém cometendo o vandalismo. Quando entendeu o que estava acontecendo, você tentou capturar a delinquente, mas ouviu os guardas chegando e ficou com medo. De jeito nenhum você estava voltando de um procedimento ilegal e clandestino na Ala Monção, e nem nunca me viu antes.

Aster respirou fundo e repetiu a história, para ensaiar, como se estivesse decorando suas falas.

– Tentei capturar a delinquente, mas ouvi os guardas chegando e fiquei com medo. De jeito nenhum eu estava voltando de um procedimento ilegal e clandestino na Ala Monção, e eu nunca vi o Cirurgião antes... Está certo?

Quando ele mordeu o lábio inferior, ela logo viu que não estava certo.

– Não muito. Não diga a última parte. O que eu quis dizer é que, quando estiver contando sua mentira, precisa se lembrar de não revelar a verdade.

Ela esperava uma bronca, mas a crítica dele foi muito mais gentil do que as de Giselle. Tentou não dar muito crédito a ele. As pessoas eram tão cruéis o tempo inteiro que, nas poucas vezes que não eram, havia uma tendência de considerá-las santas. Aster não gostava de recompensar com afeto quando as pessoas simplesmente exibiam o mínimo de decência.

– Acha que consegue? – perguntou Theo.

– Acho. Não quebrei o vidro. Foi outra pessoa. Eu só estava fora da cabine procurando um banheiro.

– Foi isso que imaginei. Vamos lá. – O Cirurgião se levantou e fez um gesto para que ela fizesse o mesmo. – Preciso algemar você novamente.

Aster colocou as duas mãos diante do corpo e ele prendeu as algemas mais frouxas. Ela sentiu as pontas dos dedos dele em sua pele, e estavam quase tão frias quanto o metal ao redor dos punhos.

Do lado de fora da porta, numa salinha, havia outro guarda esperando, alguém de alta patente, a julgar pela quantidade de medalhas de prata em sua jaqueta marrom. CAPITÃO TENENTE SMITH. Ele apertou a mão do Cirurgião calorosamente.

– Descobriu alguma coisa de útil, meu garoto?

Theo tirou a mão de uma só vez.

– Acho que esta jovem estava no lugar errado na hora errada.

– *Jovem* – repetiu o capitão Tenente. – Que modo generoso de dizer.

O homem examinou Aster. Ela olhou diretamente para ele, sem se permitir virar o rosto, como queria fazer.

– Você estava fora do alojamento depois do toque de recolher, não é? – perguntou.

– Estava.

– Refira-se a mim do jeito correto.

– Estava, senhor. Capitão Tenente Smith.

– Pode se referir a mim como Tenente.

– Eu estava, Tenente, senhor. – Já não lembrava mais qual pergunta estava respondendo.

– E sabe o que significa *Tenente*, sua palerma?

– Significa... Não sei. É uma patente da Guarda. O senhor é capitão e tenente?

Ele sorriu, pois ela tinha dado a resposta que ele queria. Era sempre assim quando as pessoas perguntavam o que algo significava. Elas não queriam a resposta. Queriam poder explicar elas mesmas e provar que eram as portadoras de algum conhecimento esotérico. Claro que Aster conhecia o significado da palavra: aquele que substitui o capitão quando este está incapacitado. O segundo na cadeia de comando. O próximo da fila.

– Significa que acima de mim está apenas o próprio Deus – disse Tenente. – É o nome que meu pai me deu, e que o pai dele lhe deu. Isso nos lembra que Deus está acima de nós e que, aqui embaixo, nós cumprimos as ordens Dele.

Aster não assentiu, porque achou que ele tinha tomado liberdades demais com aquela definição.

– Entende aonde quero chegar? – perguntou Tenente.

Ela não entendia.

– Você estava descumprindo o toque de recolher, o que é contra a lei, e as leis da *Matilda* são as leis dos Céus. Se eu não fizer cumprir as leis da *Matilda*, estarei negligenciando as leis de Deus, e isso é um grande pecado.

Aster virou o rosto um pouquinho para a direita, para tentar captar algum sinal do Cirurgião sobre o que deveria dizer, como deveria responder. Ele não deu nenhum. Parecia estar com mais medo daquele homem do que ela. Aster percebeu que o Cirurgião estava bem longe dos dois.

– Eu fui visitar o Cirur... um médico. Meu estômago estava doendo e eu precisava ir ao banheiro – disse ela, misturando as histórias porque era uma péssima mentirosa. Por que o próprio Cirurgião não podia ter explicado?

– Seu lugar é dentro da sua cabine. A contagem garante que tenhamos registros precisos dos turnos de trabalho.

– Ela me pediu muitas desculpas por quebrar essa regra – disse o Cirurgião.

– Ainda assim, precisa ser punida. Cinco dias na solitária, sem comida, mas vou liberar duzentos mililitros de água a cada doze horas. É justo?

Ela levou sete segundos para responder.

– Sim.

– Então está combinado. Não vai se sentir impelida a fazer traquinagem de novo, não é?

O que ela queria dizer era: "Vou matar você enquanto estiver dormindo. Será que isso é considerado traquinagem?". Mas ela sabia que não conseguiria cumprir a ameaça. Dizer aquilo só a faria apanhar, apesar da empolgação efêmera que poderia causar.

– Responda – disse ele.

Ela assentiu com vontade.

– Não serei impelida a fazer traquinagem de novo, não, senhor.

– Deveria se sentir honrada. A punição é um presente dos Céus. Uma chance para consertar nossos erros e diminuir o tamanho do Golfo do Pecado.

Ele passou a falar pelo rádio na língua dos conveses superiores, chamando alguém para levá-la até a cela. Theo lançou um olhar para Aster – que ela não conseguiu decifrar exatamente, mas entendeu o recado de que não deveria revelar que falava a língua dos conveses superiores.

– Gostaria de propor uma punição alternativa – disse o Cirurgião.

– Sim? – Tenente tirou um fio do colarinho da camisa branca e ajeitou uma das medalhas que tinha saído do lugar na lapela da jaqueta.

– Desde que Worstan se aposentou, estou precisando de um serviçal com algum conhecimento médico, alguém pra realizar as tarefas menos interessantes do meu trabalho. Limpar a sala de operações, lidar com os corpos, cuidar dos arquivos etc.

Tenente tornou a prender o rádio no cinto.

– Não acha que isso é benevolente demais?

– Eu também pensei, por isso não tinha sugerido ainda. Mas estou reconsiderando.

– Explique melhor.

– Embora não seja uma consequência tão severa quanto a solitária, se ela me servir por um longo período pode vir a desenvolver um senso mais forte de respeito pelo trabalho. Claro, eu administrarei punições físicas quando julgar necessário. Mas a exposição frequente aos meus métodos vai garantir uma adesão maior às leis necessárias para manter a *Matilda* funcionando tão bem.

Tenente parou um pouco para considerar as palavras do Cirurgião, inclinando a cabeça para trás.

– Vou autorizar se me prometer fazer vigilância constante apesar dessa sua sensibilidade exagerada. Você é as Mãos de Deus. Faz o trabalho Dele. Mas eu sou a cabeça Dele. Faz parte da sua natureza como médico querer afagar, mas eu devo disciplinar. Em outras palavras, eu sou o marido, você é a esposa. – Ele riu e Aster sentiu um arrepio. Não conseguia imaginar qual era a graça.

Tenente olhou para ela por um bom tempo, depois se despediu, mas aquela não seria a última vez que o veria. Ele estaria de olho a cada vez que ela passasse pela solitária. Leria trechos das Escrituras para ela e lhe daria sermões. Durante anos depois daquilo, ele a vigiou e, embora nunca tivesse tocado nela, deu ordens para que outros o fizessem.

Mas, por ora, naquele momento, ele era apenas um homem cruel e curioso, tão cruel quanto qualquer outro que ela conhecera.

Aster vasculhou todas as matérias até achar o nome dele. Os jornais que titia usava como isolamento térmico ou para preencher os cobertores eram de décadas antes, e ela levou horas para encontrar algo que valesse a pena.

Diário da Matilda

Um garoto com coração
Por Graeme R. Porter

Os conveses C e D estão em polvorosa com os boatos do "garoto genial", como ele é chamado entre a elite médica matildana. Ontem à noite, às 21h03, Theo Smith realizou com sucesso uma cirurgia de substituição cardíaca no Soberano Nicolaeus, usando um coração artificial que ele mesmo construiu. O corpo humano produz energia suficiente para abastecer o coração mecânico, que é feito com ligas de tirânio reaproveitadas e plástico de grau médico.

A expectativa de vida útil do coração de lata é de seis anos de colheitas. Os modelos anteriores duravam no máximo setecentos dias.

Smith tem treze anos e é filho do Soberano anterior, Sedvar Smith. Apareceu nas manchetes pela primeira vez um ano atrás, quando erradicou sozinho a epidemia de pólio no convés W ao criar uma vacina a partir do próprio vírus. Ele se colocou em perigo e acabou ficando doente no processo.

"*Ele salvou o Soberano e sou muito grato por isso*", disse George Cate, chefe da supervisão dos conveses de cultivo e da distribuição de comida na Matilda. "*Temo que seus possíveis sucessores pudessem ser muito pagãos na liderança desta grande nave.*"

As ramificações políticas interromperam as reuniões de emergência que estavam marcadas para acontecer dali a cinco dias.

James Fitz, Ministro da Medicina e prestes a ser nomeado General Cirurgião, é menos otimista: "O fato de termos confiado nosso honrado Soberano nas mãos de uma criança de procedência tão questionável é um absurdo. Fico feliz que tudo tenha dado certo, mas me pergunto o que isso significa para o futuro. O jovem Theo disse que visões dos Céus guiaram sua intervenção. Podemos confiar nisso?".

A resposta para essa pergunta é um retumbante "sim". Os moradores dos conveses superiores votaram e concordaram que os Céus escolheram Theo Smith para ser suas mãos nas planícies terrestres. A Sociedade de Valores Tradicionais – que, na última temporada de colheita, liderou a campanha para diminuir as porções de comida para os conveses inferiores – já começou a chamar Smith de "o Cirurgião", em referência ao verso das Escrituras que remete a um dos epítetos do Deus Poderoso.

Quando o Soberano Nicolaeus fez seu discurso pelo sistema de som hoje de manhã, até os mais céticos mudaram de tom. Apesar de toda a polêmica envolvendo seu nome, Theo Smith conquistou um lugar na sociedade dos conveses superiores.

– Que injusto – disse Giselle quando Aster abriu o envelope. Lá dentro havia uma permissão e um bilhete manuscrito.

Aster,
Não tenho intenção de bater em você ou machucá-la fisicamente. Estava mantendo as aparências. Falei com a srta. Melusine. Ela me contou do seu interesse pela medicina. Se desejar, acho que posso ajudá-la, embora você já deva ter muitos ótimos professores aí na Ala Queda D'Água e arredores.
No entanto, se assim quiser, por favor esteja no meu escritório às 20h daqui a dois dias, depois que terminar o trabalho e jantar. Antes leia duzentas páginas do primeiro livro da lista que mando anexada. Você pode encontrá-lo nos Arquivos do convés N. Assim teremos algo para discutir. Com essa permissão, você terá acesso ao livro. Espero vê-la. Se não, desejo tudo de bom.

O Cirurgião

– O que está escrito? – perguntou Giselle.
– Nada.
Giselle arrancou a carta e a permissão da mão de Aster.
– Me conta ou vou queimar a permissão.
– Ele pode me mandar outra – disse Aster, e calçou as botas.
– Aonde você vai?
– Aos Arquivos. E depois pro meu botanário, pra ler.
– Que deprimente – opinou Giselle, deixando de lado uma boneca de meia com a qual brincava antes. – Vamos escondidas pra cozinha brincar de Rei e Rainha. Podemos fazer um banquete pra celebrar nosso casamento ou algo assim, depois limpar tudo antes que titia perceba que mexemos em seu estoque de manteiga. E não se preocupe, eu faço todo o

trabalho. Você pode ficar fazendo coisas de rei, tipo mandar em mim enquanto frito bolinhos.

– Prefiro ler durante meu tempo livre antes do toque de recolher – respondeu Aster.

– Podemos fingir estar na escola, então. Você pode ser a professora e eu sua aluna. Deixo você escrever o quanto quiser e faço tudo que você mandar.

Aster amarrou o cadarço.

– Estou muito grande pra brincar de escolinha quando poderia estar aprendendo alguma coisa de verdade. Estou indo. Pode sonhar com nossa brincadeira de Rei e Rainha, desde que no mundo dos sonhos você também faça todo o trabalho. A Aster dos Sonhos odeia tanto cozinhar quanto a Aster Acordada.

Giselle pegou a boneca de meia e arrancou a saia com estampa floral.

– Está bem então.

Ela subiu no beliche e desmanchou a trança grossa do cabelo. Os cachos caíram em volta do rosto como pétalas de uma flor. Aster ainda se lembrava do quanto era comprido, ainda que fizesse tempos que Giselle adotara um corte mais curto, sensível e feminino.

– Está com raiva de mim?

– Tô – respondeu Giselle.

– Me perdoa por irritar você?

Giselle suspirou.

– Não perdoo. Sou muito mesquinha.

– Mas vejo você mais tarde, irmã?

Aster disse *irmã* porque sabia que irmãs não podiam escolher simplesmente cortar os laços familiares quando discordavam. Amigas que se odiavam deixavam de ser amigas. Irmãs que se odiavam continuavam sendo irmãs, apesar dos longos silêncios, rixas e mal-entendidos propositais.

– É, vejo você mais tarde – respondeu Giselle.

"Uma década não é tanto tempo assim", diria tia Melusine. Os dias iam se esvaindo em Conceito, Fatos/Ficções, Teorias, Eventos que Já Aconteceram mas Talvez Tenham Acontecido com Outra Pessoa Porque Parecem Muito Surreais.

    Haviam se passado 3.611 dias desde a última vez que Aster e Giselle brincaram de casinha, aqueles jogos de faz de conta que eram um estranho conforto, nos quais fingiam ser uma família.

15

Aster conferiu o relógio. Ainda não eram sete da noite, então ela tinha pouco mais de uma hora. Correu até o botanário para pegar os materiais. Giselle tinha pedido que fizesse alguma coisa, qualquer coisa, e ela não tinha escolha a não ser tentar. Eram irmãs. O que havia acontecido com Giselle fora culpa de Aster. Ela devia ter ficado no Hangar de Vidro, mas foi Aster quem a convenceu a descer. Aqueles novos traumas iam mergulhá-la ainda mais fundo em sua loucura provocada pela dor.

Aster abriu os armários e pegou os ingredientes. As bombas que tinha feito na juventude eram eficazes, mas pequenas. Pareciam mais fogos de artifício. Além disso, criá-las demandava um cuidado extremo e meticuloso. Ela se atrapalhou com uma garrafa de álcool, que caiu no chão. Não estava em condições de mexer com explosivos. Deixou de lado os vidros de nitroglicerina que tinha cogitado usar. Eram quantidades pequenas, em comprimidos, para os pacientes com problema de coração. Mas ela pensou que se triturasse todos...

Aster não tinha tempo e nem o conhecimento necessário. Ficou andando de um lado ao outro do botanário, em busca de algo. Não sabia o quê, até que tropeçou na coisa. Não sabia se aquilo faria alguma diferença, mas precisava tentar.

Reuniu tudo de que precisava e correu o mais rápido que conseguiu até os conveses superiores. Não podia ir até o convés E sozinha, mas Giselle já tinha dado a ideia de como conseguir: por meio de Theo.

Um homem montava guarda na escadaria no meio do convés. Aster entregou sua permissão antes mesmo que ele pedisse. O guarda examinou o papel com cuidado e fez menção de devolver a Aster, mas depois ficou segurando um tempão enquanto ela tentava pegar o papel de volta.

– Senhor?

Aster imaginava o ponteiro dos segundos de um relógio avançando bem rápido. Ele soltou a permissão e ela pegou o cartãozinho selado com cera. Nunca tinha visto um guarda patrulhando naquele lugar, e sabia que era coisa de Tenente.

Foi até a clínica de Theo na Ala Glicínia com as mesmas roupas imundas que usara na noite anterior. Homens e mulheres olhavam para ela pelos corredores. Aster não respondeu quando uma mulher perguntou se poderia consertar o ar-condicionado de sua cabine, pois estava muito quente.

O convés G era uma região comercial. Havia poucos alojamentos pessoais e os corredores eram amplos e largos, com barracas que vendiam a cana-de-açúcar que Pippi, ou talvez Giselle, tinham colhido. Além do Cirurgião, havia outros médicos, seus nomes em letreiros pendurados nas portas. Ainda era cedo e ouviam-se poucas conversas, mas Aster escutou claramente a palavra "coroação" de um homem empertigado que vestia um terno bastante limpo. Os botões de seu paletó brilhavam.

– Com licença – chamou alguém, parecendo pronto para pedir algo a Aster.

– Com licença você – respondeu ela, e seguiu até o escritório de Theo, um dos vários onde ele trabalhava.

Havia uma pequena campainha presa ao batente da porta, e ela a tocou. Não houve resposta, então tocou novamente. Depois da terceira vez (ainda sem resposta), ela girou a maçaneta. O escritório de Theo era bem diferente de sua sala de estudo. Em vez de prateleiras e mais prateleiras de livros, em vez de luzes brilhantes, ali só havia luz baixa. Algumas cadeiras encostadas na parede. Havia uma porta dentro da cabine; não de metal como as de entrada, mas feita da mesma madeira que as cadeiras.

– Theo – gritou ela, batendo na porta. – Theo, é Aster. É uma emergência.

– Espere um minuto. Estou com um... – disse ele.

Mas agora, sabendo que Theo estava lá, ela abriu a porta destrancada e ele disse:

– Vou pedir pra você nunca mais fazer isso.

Tinha uma máscara no rosto, dois instrumentos nas mãos e estava debruçado sobre um homem numa maca.

– É uma emergência.

Ele olhou para ela de cima a baixo, avaliando seu péssimo estado.

– Só um segundo – respondeu.

O homem na maca balbuciou algumas palavras e o Cirurgião removeu os pinos de metal de sua boca.

– O que, em nome de Deus, está acontecendo aqui? – perguntou o homem, que se sentou e forçou Theo a afastar o globo de luz que estava pendurado ali.

Antes que Theo pudesse interferir, Aster pegou uma seringa em seu cinto de remédios e enfiou no pescoço do paciente. Ele fechou os olhos quase instantaneamente.

– Brandt? – chamou Theo, batendo na bochecha do homem. Em seguida, conferiu a pulsação. – O que você deu a ele?

– Ele vai ficar bem. Vem cá, você pode me levar ao convés E?

Theo tirou as luvas brancas e mergulhou as mãos num balde d'água.

– A coroação?

– Isso.

– Precisa tomar um banho antes. O que aconteceu com você? Está bem? Está machucada?

– Dolorida, com algumas inflamações. Mas não machucada. Por favor, podemos nos apressar?

Theo assentiu e a levou para um dos quartos de internação.

– Pode se lavar ali. Vou pensar em alguma coisa.

Ela assentiu e, antes mesmo que ele tivesse saído da sala, começou a tirar a roupa, a camisa suada por cima da cabeça, as ceroulas já no meio dos joelhos. Foi até a pia e bebeu água direto da torneira até se empanturrar e encher a barriga a ponto de ter vontade de vomitar. Estava uma delícia e geladinha, ela não conseguia parar. Não havia escova de dente ou pasta, então ela lavou a boca com sabonete. Preferia isso ao gosto da urina do guarda, a sensação áspera do detergente que limpava queimando. Esfregou a barra de sabonete nos dentes e usou um pano para limpá-los. Depois que a boca estava fresca, bebeu ainda mais água.

Esfregou o corpo com água fria e um sabonete líquido com cheiro de limão. Porções fartas escorriam por seus joelhos até o pé, pela barriga, peito e ombros, que ela ia massageando.

– Terminou? – perguntou Theo, batendo de leve na porta.

– Me deixe em paz. – Ela não tinha terminado, nem estava perto disso. Abriu um dos armários e pegou uma caixa cheia de ampolas cor de âmbar com álcool isopropílico. Coisa cara. Difícil de encontrar. Foi abrindo uma a uma e jogando sobre o corpo, mesmo nos cabelos cortados, até ficar com cheiro de remédio. Até ficar totalmente estéril, tão sensual quanto uma tesoura higienizada. E igualmente cortante.

– Mandei buscar roupas – disse Theo do outro lado da porta. Dava para perceber que ele estava um pouco fora de si, já que não costumava ficar insistindo quando ela dizia explicitamente para lhe deixar em paz.

– Quero uma toalha.

– Claro, Aster, só um momento.

Theo voltou com uma toalha depois de um tempo e estendeu para ela por uma fresta da porta.

Aster ia dizer que ele não precisava se incomodar com aquilo, que podia entrar e vê-la nua, trêmula e molhada, porque ela nem ligava. Depois pensou em Giselle e naquele homem Warner, e em situações do passado, e imaginou que talvez não fosse tão ruim a ideia de separar a consciência do corpo, embora a consciência estivesse ligada ao corpo, e fosse feita de corpo, células, hormônios, substâncias químicas. No último momento, mudou de ideia. Cobriu os braços molhados e arrepiados com as mãos e foi até a porta para pegar a toalha.

– Obrigada.

– Tem roupas pra você aqui fora. É melhor você entrar no convés E disfarçada de homem. Tudo bem? Meu tio não pode saber que está lá. De modo geral, vai chamar menos atenção assim. Entendeu?

– Entendi.

O álcool deixou a pele de Aster ressecada e dura. Ela passou os dedos sobre as lascas brancas de resto de sabonete. O cinto de remédios estava aberto sobre a mesa de exame, e ela pegou o unguento multifuncional. Passou pelo corpo inteiro. Ela brilhava. Parecia uma moeda nova.

Aster examinou seu novo visual diante do espelho.

– Até que eu daria um homem bem elegante.

Ela não parecia nem um pouco com o homem que gostaria de parecer; um daqueles tipos robustos de cara fechada que andavam pelos corredores da *Matilda* como se fossem conquistadores, a cada passo uma bandeira fincada no solo inexistente.

Mas a intervenção de Theo não foi completamente malsucedida. Eram as peças de roupa mais chiques que ela já tinha usado na vida: uma calça de tweed verde-escura bem ajustada nas pernas que afunilava ao chegar no tornozelo, uma camisa de botão num tom de roxo vivo e opulento, um colete xadrez, uma gravata borgonha e um paletó que combinava com a calça. As roupas pareciam feitas sob medida para ela, um pouco largas no quadril, na bunda e nos ombros, mas perfeitas na cintura. Aster não sabia onde Theo as tinha conseguido, mas estava satisfeita. Não parecia nem um homem nem uma mulher, mas se alguém tivesse de adivinhar – e as pessoas sempre gostavam de chutar e escolher um –, ela tinha certeza de que diriam homem.

Theo segurou Aster pelos ombros e virou-a de frente para ele.

– Elegante, não. Majestoso. Rico. Você daria um ótimo jovem rapaz, se me permite. – Apontou para uma cadeira. – Agora, o cabelo.

– O que tem o cabelo? – Aster passou os dedos naquela massa de curvas e cachos.

– Vamos ter de cortar. – Theo olhou para o relógio na parede e Aster fez o mesmo.

– Homens podem ter o cabelo assim – protestou Aster. Faltavam apenas trinta minutos para o turno de trabalho, ela não tinha tempo para um corte de cabelo. Por mais que quisesse ficar ali fazendo piadinhas com o Cirurgião.

– Podem, mas não têm. – Ele apontou novamente para a cadeira. – Enquanto você discute, estamos perdendo tempo. Pediu minha ajuda, não foi?

– A não ser que meu glossário interno esteja com defeito, "ajuda" não significa "corte de cabelo".

– Não venha com sarcasmo pra cima de mim. Só vou tirar um pouquinho em cima e raspar as laterais. Vai ficar muito bonito.

– O tanto de prazer que você está tirando disso parece incongruente com os níveis objetivos de diversão possíveis. Essa é sua paixão secreta, Theo? General Cirurgião de dia, barbeiro de noite?

Ele revirou os olhos e fez um gesto de desdém com a mão.

– Se fosse por mim, você nem iria lá. Mas, já que está decidida, vou fazer tudo que puder pra ajudar você a evitar problemas.

Aster finalmente se sentou e pegou o relógio no cinto de remédios, sem confiar no que Theo tinha na parede.

– Seja rápido ou vou ficar irritada. – Ela mordeu o lábio e esperou o barulho da tesoura.

– Isso não é uma ameaça muito eficiente, já que você costuma ficar irritada quando nos vemos. Não seria muito diferente do *status quo*. – Theo colocou o pente na máquina e começou o serviço, primeiro usando a tesoura para diminuir o tamanho.

– Não quero ser um desses garotos carecas que parecem não ter tido uma mãe pra pentear e passar óleo nos cabelos deles com cuidado.

– Não vou cortar tudo. Agora fique quieta.

O cabelo todo retorcido e cheio de nós de Aster foi caindo em punhados nada bonitos. Ela agarrava o braço da cadeira e se recusava a confrontar o reflexo no espelho.

– Acha que eu machucaria você? – perguntou Theo.

Ela pensou naquela pergunta, analisou as possibilidades e se deu conta de que a resposta era não. Não achava que ele pudesse machucá-la. Não havia nenhuma outra pessoa de quem Aster achasse aquilo. Nem mesmo titia.

– Não – respondeu.

– Então respire. Você vai ficar ótima. Vai ficar tudo bem, sua nervosinha – disse ele, na língua dos conveses inferiores. – Vou estar lá cuidando de você. Não vai estar sozinha.

Ele passou a máquina pelas laterais do cabelo e deixou alguns tufos na parte de cima, um estilo bem comum.

– Ainda não está bom. Seus ossos são muito femininos. Vou precisar diminuir um pouco mais do que o normal pra neutralizar isso – disse Theo. Ele cortou a parte de cima até que só tivessem sobrado uns dois centímetros de cabelo. A navalha fazia cosquinha no couro cabeludo, assim como o pincel que tirava os cabelinhos da parte de trás do pescoço.

– Acabou?

Ele entregou um espelho para Aster e disse:

– Ficou muito bonito.

Ela deu uma olhada.

– Está bem – disse, depois se levantou e foi até a porta. – Vamos. – Mas antes de sair para o corredor, lembrou que precisava de calçados.

– Pra você. – Theo entregou a Aster um par de sapatos sociais, bonitos mas precisando de uma engraxada.

Ela pegou algo que estava numa caixinha e passou nos sapatos. Com a camisa velha, espalhou o líquido pelo couro, passou óleo de coco na parte da frente e esfregou até ficarem pretos e brilhantes.

– Está pronta?

– Estou.

– Não precisa parecer tão satisfeita consigo mesma.

– Mas estou satisfeita comigo – respondeu Aster.

A despeito do medo inicial, o corte de cabelo a tinha deixado mais solta, mais livre. Passou os dedos pelos cachos perfeitamente cortados. Era encantador e perfeito. Queria se jogar de cabeça em cima de todo mundo, cortá-los de cima a baixo com seus ossos frontal e parietal e mostrar que havia apenas uma tênue camada de pele e cabelo separando os corpos macios dos outros de seu crânio. Aquela fantasia de algodão tinha sumido. Eles deviam ter medo. Seriam cortados ao meio.

Aster era obcecada por bifurcações. Coisas inteiras eram estranhas para ela. Metades faziam mais sentido. Um núcleo dividido poderia acabar com aquele universo minúsculo da *Matilda*. Ela queria ser a faca. E também queria ser a vítima da faca.

16

Opulento: (1) adj., extravagante, exagerado, rico.

Exemplos: repetir o pudim de milho, água quente na torneira, roupa de cama de flanela, manteiga de nozes.

As aulas de vocabulário não eram comuns para as crianças da Ala Queda D'Água, mas Melusine insistia que Aster decorasse cada palavra contida naquela edição surrada do dicionário. Palavra, definição e exemplo.

Aster continuou com aquele exercício na vida adulta, e as barreiras entre as palavras sempre iam mudando; entender os limites de cada uma era primordial. "Sangue" significava/podia significar: plasma cheio de células, vida, parentesco, doença. "Remédio" significava/podia significar: soro curativo, tanto literal quanto metafórico, sopa, comprimidos, cura. "Família" significava: algo ainda a ser determinado. Havia palavras que significavam tudo e outras que não significavam nada: amor, bebê, deus, escuro.

Enquanto Aster entrava no convés E pela primeira vez ao lado do Cirurgião, os significados das palavras mais uma vez evoluíam; as definições anteriores não sobreviveram à idade de reprodução, seus genes tinham ficado obsoletos e deixado de existir, não cabiam mais no ecossistema particular da *Matilda*. "Opulento" não tinha nada a ver com repetir o mingau de milho, mas sim com estátuas de bronze de anjos que choravam, vestidos tão grandiosos e cheios de tecido que poderiam facilmente virar cinco ou seis outros vestidos.

Claro que ela já tinha ido aos conveses superiores, mas nunca ao E. Esse era um convés reservado para ocasiões especiais.

– Para de andar assim, como se estivesse deslumbrada. Se não fechar a boca, vai chamar muita atenção – disse Theo.

Aster subiu os degraus largos e acarpetados, tão limpos que ela queria tirar a roupa e se deitar sobre aquele tecido azul-escuro. Foi segurando no corrimão e ficou surpresa ao olhar os dedos e não ver nem sinal de poeira, apenas um cheiro fraco de limão e laranja.

– Opulento. Opulento é não ter fiapos. Opulento, sem fiapos.

Theo a puxou gentilmente pelo cotovelo.

– Por favor, não saia do meu lado. Está entendido?

– Está entendido.

– Concorda em me obedecer enquanto estivermos lá em cima? Só vou continuar se concordar.

Ela queria encostar o rosto na bochecha de Theo para acalmá-lo. Era isso que tia Melusine fazia quando Aster estava muito nervosa.

– Concordo.

Andaram juntos pelas Alas Esquilo, Esquerda e Esmeralda, num percurso meio confuso, com sorte indo em direção à Estrela Vespertina, mas quem sabia com certeza? O Cirurgião tinha apenas uma vaga noção da geografia local, isso estava claro. Ela sabia que ele já estivera ali, obrigado a comparecer a eventos, mas a fama de ermitão de Theo era bastante conhecida, então raramente exigiam que ele participasse de reuniões ou festas.

Um passante abordou os dois.

– Posso ajudar? – perguntou, com uma atitude que transparecia muito mais ceticismo do que um desejo sincero de auxiliar. Aster ficava surpresa que pouca gente soubesse como era o rosto do Cirurgião. Seu nome, todos reconheciam. Até mesmo sua voz, por causa de algum anúncio eventual no sistema de som. Seu retrato aparecia regularmente no *Diário da Matilda*, mas era sempre o mesmo todas as vezes, de quando era um garoto de doze ou treze anos. Preto e branco. Meio embaçado.

– Pode nos ajudar, sim. Eu e meu assistente fomos convidados para a coroação. Pode nos mostrar a direção? – perguntou Theo.

Aster achava que Theo deveria dizer logo ao homem seu nome e título. Assim, apressaria as coisas. Mas a modéstia não lhe permitia fazer isso, nem em momentos de desespero como aquele. Aster pensou em simplesmente falar num impulso: "É ele! O Cirurgião! O homem que vocês todos veneram, mais até que o próprio Soberano! Suas preciosas Mãos dos Céus! Ele cura doenças! Teve visões quando era criança! E olhe para ele, não é lindo?".

– Imagino que você tenha uma permissão. Para você e seu garoto – disse o homem.

– Eu não preciso de permissão – respondeu Theo.

Aquilo foi a coisa mais orgulhosa que Aster já o ouvira dizer. Ele devia ter visto que Aster ia levando a mão ao cinto de remédios, porque segurou o braço dela e apertou forte. Não ia deixar que ela enfiasse uma seringa nesse homem também.

– Aqui está meu cartão de identificação.

Entregou ao homem um cartãozinho de metal de cinco por dez centímetros, sua foto colorida do lado direito, as informações do lado esquerdo, e acima o emblema do Regime.

Nome: Theophilus Isaac Smith
Profissão: General Cirurgião do Regime
Patente: General, guarda do Regime
Residência: Convés G, ala Grama, G-01
Nascimento: Dia desconhecido, ano de colheita 300

– Se puder, por favor, nos mostrar o caminho rapidamente – pediu Theo.

– Você é... Você é o Cirurgião? Imaginei que você seria... mais imponente.

O homem semicerrou os olhos e examinou Theo de cima a baixo. Depois, olhou atentamente a identificação e colocou o metal fininho contra a luz até que o selo holográfico aparecesse, brilhante, um planeta anelado rodeado por algo que se parecia com sete sóis, mas na verdade era o mesmo sol se movendo.

– Você me pegou num dia ruim. – Theo passou a mão pelos parcos cabelos pretos, mas sem mover um fio do topete.

– Se é mesmo o Cirurgião como diz ser, então quero que remova meu rim aqui e agora. Pode fazer isso por mim?

É claro que o Cirurgião não podia fazer aquilo. Era um procedimento que levava mais do que uma hora. A coroação aconteceria em menos de meia hora.

Depois de uma pausa, o homem caiu na gargalhada, jogando a cabeça para trás.

– Estou brincando, está bem? Até o escolhido de Deus pode levar uma piada na esportiva, não é?

– É claro. – Theo riu também. Uma risada falsa.

– Agora, vou levar vocês lá. A Estrela Vespertina nos aguarda.

Melusine, que costumava trabalhar como enfermeira nos conveses superiores, descrevia o convés E como o lugar onde todo mundo fazia vários nadas, e sempre bem devagar. Aster não discordava.

– Acha que não tem problema trazer ele? – perguntou o homem. Ele tinha cara de Villem, então Aster começou a chamá-lo assim em sua mente. – A coroação é um evento muito sagrado. Mas, é claro, quem sou eu para ensinar a você o que é sagrado? – Villem riu novamente. – Qual é seu nome, garoto?

Aster continuou olhando para a frente, as mãos enfiadas nos bolsos da calça para evitar que se remexessem de nervoso.

– Aster – respondeu.

– Aster? Que nome peculiar para um garoto – observou Villem.

– Ele ganhou o nome da mãe – explicou Theo. – É tradição lá no convés dele fazer isso quando a mãe morre no parto.

As mentiras de Theo tinham uma suavidade que Aster não conseguia reproduzir.

– Já estamos chegando? – perguntou ela, apertando o passo.

Villem sorriu para ela e passou o braço ao redor de seus ombros. Aster queria morder aquela mão pálida pendurada perto de seu peito, o dedo quase tocando o mamilo.

– Você está animado. É bom ver alguém do seu tipo tão interessado nas ocorrências políticas. Sei que a vida na *Matilda* nem sempre é justa, mas todos nós concordamos que é preciso fazer algum sacrifício, e temos de manter um nível de decoro se queremos sobreviver a essa viagem. – Ele deu um tapinha nas costas de Aster e ela tentou não ficar tensa.

Ele a puxou para um abraço, rindo, com uma afeição estranha e exótica. Não eram colegas, mas ainda assim ele a tratava com muita camaradagem.

Villem os levou até a entrada da Estrela Vespertina.

– Veja bem, todo mundo sempre se atrasa. Não precisa se preocupar em perder nada. Essa é minha terceira coroação.

– Você conhece os detalhes do protocolo? Fui avisado de última hora. O que exatamente vai acontecer? – perguntou Theo.

– Todos nós fomos avisados de última hora. Eles costumam ficar semanas deliberando antes de passar o leme para o novo Soberano. Imagino que você seja muito novo para se lembrar de quanto tempo demorou entre o seu pai e o Nicolaeus. Os blecautes deixaram o Regime bastante agitado, não é? Eles têm fé de que o novo Soberano, quem quer que seja, vai devolver a *Matilda* à glória anterior.

Aster puxou a barra do paletó de Theo, a mão de Villem ainda em sua cintura.

– Desculpe, General, mas não precisamos ir? Villem, você foi muito gentil. Adeus – disse, soltando-se do braço dele e empurrando Theo para a frente. Quando o homem os seguiu pelas portas duplas, Aster começou a andar bem rápido na direção da multidão para despistá-lo.

A Estrela Vespertina era um salão de baile magnífico. Do lado esquerdo, havia apenas vitrais, janelas enormes que iam de um lado a outro e de cima a baixo em todas as direções, viradas para o Pequeno Sol. A luz deixava as cores muito vibrantes.

O teto parecia infinitamente alto.

– Quanta luz – disse Aster, embora ali aquilo não fosse um problema. As paredes não eram de bronze enferrujado, mas de algum material estranho que parecia gesso pintado de branco cremoso coberto de complexos padrões com espirais, pontos e curvas. Tudo era de madeira: o chão, os ornamentos, os móveis, as molduras das janelas, as portas. Havia bancos como os dos templos ao redor de toda a sala, circundando uma plataforma no centro. – E agora? – perguntou ela, vistoriando os arredores.

Theo também inspecionava o local desesperadamente.

– Aliás, aqui em cima seu nome é Aston. Não podemos esperar que todos sejam burros como... Villem.

– Ah, acho que podemos esperar sim – disse ela, olhando em volta. – Acho que *devemos* esperar.

Theo emitiu um barulho rouco e depois soltou uma risadinha.

– Isso foi engraçado, Aston. Estou impressionado.

Homens e mulheres iam preenchendo os assentos, conversando com impaciência. A curiosidade estava estampada em seus rostos, as expressões desconfortáveis. Um homem jovem, negro como Aster, ficou olhando para ela por um bom tempo. Aster semicerrou os olhos para tentar reconhecê-lo, mas não conseguiu. O formato dos olhos, as saliências do nariz e o vermelho dos lábios formavam um rosto bonito, mas não um com o qual Aster estivesse familiarizada.

– Conhece aquele homem? – perguntou Theo.

Aster negou com a cabeça.

– Devo cuidar dele?

– Isso foi outra piada, Aston? Você está afiado hoje. Mas eu duvido muito que isso terminasse bem. Ele está tentando determinar o seu gênero. Se ignorar isso, ele vai seguir em frente. Não tem necessidade de violência.

– Mas eu poderia ser bem discreta.

Theo riu novamente, dessa vez mais alto. Ela se perguntou se era nervosismo, porque ele não costumava rir, ainda mais tão livremente.

– Aston, você não tem nenhum osso discreto em seu corpo.

– Osso discreto?

– Não é nada, deixa pra lá.

Em um dos cantos, Aster viu uma mulher de pele marrom com um turbante. Usava um vestido branco longo e uma corrente no tornozelo, com um peso. Era a única maneira de as mulheres dos conveses inferiores chegarem tão alto.

– Vou falar com Reginald. Ele é membro do Conselho e deve saber o que vai acontecer. – Theo apontou para um homem muito bem-vestido e de óculos, a barba cinzenta longa demais.

– Tudo bem. Mas precisa me explicar o que é *osso discreto*. É alguma coisa. Você falou. Me diga o que significa – disse ela.

– Significa que você não é discreta. Dizer que você não tem nenhum osso discreto é dizer que você não tem nada em seu corpo que a predisponha à discrição. Não é da sua natureza. Não está em seus ossos.

Aster ajeitou a coluna e os ombros ao se aproximarem do centro do salão. Nos últimos dias, ela estava sempre se ajeitando, dobrando, rolando, virando à esquerda no último minuto só para se dar conta de que deveria ter ido para a direita.

– Odeio a natureza – disse ela.

– A natureza, no entanto, não liga nem um pouco pra você. Está pronta?

Ela respirou fundo tentando evocar toda a força que tinha.

– Não, mas vou fazer o que precisa ser feito.

– Acho útil lembrar que todas as pessoas aqui têm o poder de matar você sem sofrer nenhuma consequência. Use seu senso de autopreservação pra direcionar seu comportamento e sobreviver. Venha comigo.

Ela o deixou andar dois passos na frente ao se aproximarem do homem barbado de óculos. Theo caminhava com confiança. Aster se concentrou no ritmo dos passos dele, tentando imitar a cadência de seus quadris. Mesmo usando aquelas roupas sofisticadas, ela se sentia como uma espécie alienígena. Havia ouro por todo canto a seu redor, engolindo-a: no bordado dos guardanapos, nos relógios, nos colares, no reflexo dos olhos dos empregados. Opulência para dar e vender.

A grandiosidade de tudo aquilo fez Aster imaginar um tipo de vida diferente, uma vida na qual um homem chamado Aston e um homem chamado Theo eram amantes. A Feira Mundial da Sociedade de Fisiomáticos Astrômicos aconteceria na Estrela Vespertina; o tema: "Controlando loops temporais infinitos usando as três primeiras leis da transcurviogética". Aston e Theo seriam os homens mais elegantes a participar. Beberiam drinques fermentados. Um cientista chamado Pátroclo daria uma palestra sobre como, para mudar sua natureza, os universos precisavam colidir uns com os outros e criar um terceiro e novo universo, com restrições fisiomáticas alheias a esta realidade. Sendo um profissional do campo dos aviotologistas, Theo chamaria aquilo de besteira, mas Aston ouviria com atenção e sussurraria para Theo ficar quieto, além de fazer piadas em voz baixa sobre o fato de o bigode de Pátroclo, na verdade, ser a única coisa que estava sob restrições fisiomáticas alheias a esta realidade.

Mundos diferentes, opostos àquele em que ela vivia, sempre provocavam e acenavam para Aster. Ela tinha que lembrar a si mesma que não eram mundos possíveis. Aston não era Aston, mas Aster. Theo não era um aviotologista, mas o Cirurgião.

Ela seguiu Theo e tentou se concentrar no aqui e agora, na massa de corpos ao seu redor e no que poderia ou não poderia dizer quando enfim se aproximassem do homem que parecia importante.

– Com licença, sargento – disse Theo.

O homem se virou para eles sem qualquer expressão no rosto, os olhos do mais cruel azul. Ao vê-lo de perto, Aster percebeu que o conhecia. Havia marcas na pele translúcida dele e suas maçãs do rosto eram bem protuberantes. Usava um paletó preto sobre a blusa, as fitas e medalhas do lado esquerdo. Era o sargento Warner, só estava vestido de acordo agora. Por baixo do sabonete e do óleo, Aster ainda podia sentir o cheiro de Giselle nele, e seu corpo começou a dar sinais de mau funcionamento. Tentou contar cada batimento do próprio coração, mas podia jurar que tinha sido uma única batida, um estrondoso e sólido estampido. Olhou para os lábios dele. Se a tinha reconhecido, ele não disse nada. Mas como poderia não reconhecer? Um cabelo mais curto e roupas novas não eram exatamente uma reconstrução facial. Ela era insignificante *assim* para ele, para todos eles. Ele poderia olhar no rosto dela, bater nela com um bastão, e depois esquecer. Ela se virou para sair.

– Aston – chamou Theo.

– Theo – respondeu ela, mas continuou andando.

Aster vagou em meio à multidão que se reunia devagar, virou à esquerda quando viu um grupo de mulheres bebendo café e depois seguiu por uma fileira de bancos ainda mais vazios. Tropeçou na bolsa de couro de uma mulher, pediu desculpas e continuou em frente. Do lado, viu uma pilha de caixas muito bem embrulhadas, algumas com papel decorado, outras em dourado.

– Esses presentes são para o novo Soberano, garoto. Para dar as boas-vindas ao trono. Nem pense em fazer nada. Sei que o seu tipo tem a mão leve.

Aster ignorou a mulher e caminhou na direção das caixas. Ali estava o local onde ela poderia fazer o que tinha planejado no botanário. A mulher já tinha se virado para conversar com outras pessoas. Quando Aster concluiu que ninguém mais a olhava, pegou seu próprio presente para o Soberano de dentro da bolsa de remédios e colocou ao lado dos outros. Naquelas caixas certamente havia bons vinhos e bebidas, sedas, bolos. Dentro da caixa de Aster estava o pé congelado de Flick, recém-tirado do botanário. Tinha escrito um bilhete que dizia: "Agora que é o Soberano, por favor, considere reavaliar os controles de temperatura nos conveses inferiores".

Alguma coisa na água deve tê-la incentivado a fazer isso. Álcool ou algum outro inebriante conhecido por diminuir as inibições. Ou foi o fantasma da mãe que a inspirou. Uma frustração coletiva que se libertou de uma vez só. Não era exatamente a mesma coisa que explodir tudo, como Giselle sugerira, mas ao deixar o pé amputado para Tenente, ela tinha a clara sensação de que estava cometendo um ato de autoimolação.

PARTE 3
Filogenia

17

Melusine Hopwood

É de manhã e estou indo aos conveses superiores ensinar as letras pra Abe, que Deus me ajude. É assim que eu faço: coloco um punhado de grãos de milho cru numa panela (um desperdício de milho, mas a mãe dele diz que as crianças aprendem melhor quando podem tocar e sentir). Depois, desenho a letra com o indicador nos grãos, bem grande, para ele conseguir ver. Aí apago. Então ele precisa reproduzir a letra, passando o dedinho no meio dos grãos. Se não conseguir da primeira vez, eu mostro de novo. Já chegamos na letra S. Ele consegue soletrar algumas coisas. Bola. Cama. Mel.

"Sino" é a palavra favorita dele. Desenha as letras nos grãos secos, diz a palavra em voz alta e depois corre para tocar o sininho que o pai tem em cima da mesa. Ele tem quase três anos de colheita. É quieto. Às vezes o pai bate nele, então ele tem medo de falar, rir e chorar. Mas sempre gosta de falar "sino".

Queria poder dizer que o amo, porque ele poderia ser mais feliz se alguém gostasse dele de verdade, mas estaria mentindo. Ele me deixa cansada e entediada, e eu preferiria fazer qualquer outra coisa do que ficar brincando com ele. Dizem que a melhor coisa do mundo é ver o rosto de uma criança se iluminar quando aprende algo novo, mas isso é besteira. As crianças são até legais, só não são minhas pessoas favoritas.

Exatamente às sete horas aperto a campainha do lado da porta da cabine. A mulher branca abre para mim. Ela limpa e cozinha, mas não é uma criada como eu. Ela ganha alguma coisinha pelo trabalho.

A mulher branca diz:

– Bom dia, srta. Melusine.

Não sei o nome dela.

Eu digo:

– Bom dia.

– Abe não está se sentindo bem hoje, então a mãe o liberou dos estudos.

– Vou voltar e me apresentar na minha ala, então – digo.

Não é verdade. Como qualquer boa mulher, sou mentirosa. Vou voltar pra minha cabine e dormir e, se eu fizer tudo direitinho, meu supervisor não vai nem saber.

Já estou andando para o corredor, mas a mulher branca me chama. Ela diz:

– A patroa quer que você fique as três horas e cuide de Abe assim mesmo. Ele gosta mais de você do que da babá. Fica confuso quando não vê você ou quando a rotina muda.

Suspiro, mas o que posso fazer? Devia agradecer minha sorte de estar aqui e não num lugar pior.

Não é normal que uma mulher dos conveses inferiores seja tutora de um garotinho dos conveses superiores. Um professor de verdade, um homem sofisticado, é quem devia ser o responsável por ensinar o garoto. Mas a patroa não respeita muito os homens e diz que as crianças precisam de uma referência maternal. Por algum motivo, as pessoas me veem assim. Porque tenho a pele marrom e estou sempre desarrumada. Ela convenceu o marido a contratar uma mulher dos conveses inferiores que soubesse as letras. Para brincar de mamãe. Não é meu tipo de trabalho favorito, mas é melhor do que os turnos habituais lavando panelas ou nas colheitas, e também não machuca muito as minhas juntas. Não é meu primeiro trabalho de babá, e acho que não vai ser o último.

Quando entro no quarto, Abe diz:

— Titia. — Ele ainda dorme no berço. Sorri um pouco quando me vê. Está sem um dente canino. Parece um lobo mestiço mansinho.

Pego ele no colo. Ele deita a cabeça no meu ombro. Sua respiração tem cheiro de leite com cacau. A pele está muito quente, está com febre. Quase grito: "Sua branca idiota! Venha aqui!". Mas me seguro.

Digo:

— Senhorita, onde está a mãe dele?

A mulher branca entra no quarto, ainda com o pano de limpeza na mão.

— O que foi, Melusine?

— Onde está a mãe de Abe?

— No salão, eu acho.

O salão é o lugar onde as mulheres ricas vão beber café ou chá, comer biscoitos e bolo de limão e falar sobre assuntos importantes como "por que isso" e "por que aquilo", "mas você já imaginou isso assim e assado?".

Coloco Abe de volta no berço, porque minhas juntas doem muito ao carregá-lo, mas seguro a mão dele, que está quente e suada. Ele está em pé, os botõezinhos da roupa indo desde a lateral das pernas até o colarinho. É uma roupa grossa, quase de lã, cor de marfim, um pouco mais escura e amarela do que a pele branca dele.

A mulher branca diz:

— Ele está tremendo.

Faço que sim com a cabeça. Não era para ele estar sentindo frio com essa roupa de jeito nenhum.

Deito Abe no sofá de veludo e ele não reclama. Eu e a mulher branca tiramos os sapatos e a fralda dele. O menino está com manchinhas vermelhas na bunda, nas costas e nas coxas. Pode ser sarna. Coloco uma fralda nova pré-dobrada e prendo com o alfinete.

Digo:

— Tira o lençol da cama dele, senhorita.

Ela faz o que eu mando. É uma boa mulher. Gosto dela. Queria lembrar o nome dela.

Digo para Abe:

– Vamos cuidar direitinho de você, *weeva*, tudo bem?

Ele está letárgico demais para chorar ou reclamar, mas sorri para mim. Imagino que isso deveria derreter meu coração.

Abro os botões do meu vestido, pego o garoto no colo e aperto seu corpo quase nu contra o meu, depois coloco um cobertor por cima das costas e balanço. Estamos pele com pele. Ele para de tremer um pouco, mas ainda está com frio. Digo:

– Fique quietinho agora, *babwa*. – Mas ele já está bem quieto. Como o ratinho da minha história favorita. Um rato que constrói uma casa feita de lápis de cor velhos e cadarços de sapato embaixo da cama de uma menininha. Todos os outros ratos querem entrar lá, mas fazem muito barulho. Então o ratinho os ensina a ficarem calados. A andar depressa e silenciosamente. Eles então constroem uma vila de ratos embaixo da cama da menina e ela nunca fica sabendo.

Minha menina querida e perfeita – Aster – é quieta assim também. Era tanto que nunca tinha dito uma palavra. Mas mesmo agora que fala, ainda é bem silenciosa, como se nunca tivesse certeza de que está usando as palavras certas. Penso que todas as palavras são certas, embora às vezes ela banque a espertinha comigo e dê umas respostas malcriadas, mas amo toda palavra que sai da boca de Aster, porque gosto de ouvi-la mesmo que me deixe irritada. Gosto de saber o que passa na cabeça dela. De vez em quando acho o que ela diz uma bobagem, mas às vezes eu também falo bobagem. É assim com as mulheres.

Abe é quase tão quietinho quanto a minha Aster.

A mulher branca diz, quando volta para o quarto:

– Tirei o lençol do berço, tirei os bichos de pelúcia também. E agora?

Digo:

– Chama a mãe dele.

Abraço Abe mais forte e o nino bem devagar.

– Você parece um bicho com todas essas manchas vermelhas. Andou falando com a minha Aster, não foi? Ela deu a você uma daquelas fórmulas dela?

Abe diz:

– Mamãe. – Sei que não quer dizer eu. Está chamando a patroa. Hattie.

Digo:

– Ela já está vindo.

– Mamãe. – Ele olha para mim dessa vez. Por isso tiro ele do colo, deito no sofá e cubro com o cobertor. Ele não pede colo, mas fica me olhando e resmungando com toda a paixão de uma criança que quer sua cuidadora. Respiro fundo, coloco a mão na testa dele, mas não pego no colo de novo.

É melhor não me chamar de mamãe, mãe, mãezinha, mama. Titia tudo bem porque até parece um nome de verdade e eu esqueço que significa um parentesco.

Quando vou cuidar de crianças dos conveses superiores e elas me chamam de babá, eu dou um beliscãozinho na orelha, bem na frente dos pais, e digo: "Eu chamo você de pestinha endiabrado? Não. Eu chamo pelo seu nome". Os pais não se incomodam porque se lembram com carinho de suas babás meio malvadas.

As mães toleram menos essa minha malvadeza. Sempre se sentem ameaçadas. Agora já estou velha mas, mesmo quando era jovem, eu não era lá muito bonita. Mas elas agiam como se acreditassem que eu era uma bonequinha gostosa que ia seduzir seus maridos. Eu só queria dizer para elas: "Querida, eu não queria nem estar aqui. Seu marido parece um repolho cozido com queijo. Se eu pudesse ficar no meu quarto sozinha fumando um cachimbo, seria muito mais feliz. Mas não, estou aqui limpando a baba nojenta do seu filho. Seduzir seu marido é a última coisa que passa pela minha cabeça".

Não sou do tipo maternal. Fico entediada com canções de ninar. A ideia de ter uma criança pendurada no meu peito, me usando para sobreviver, me deixa muito irritada por algum motivo. Provavelmente porque estou sempre irritada com tudo. É como se eu fosse um gramofone com o volume alto demais e não desse para achar o botão de desligar, e então o único jeito é cobrir os ouvidos até o disco terminar. Minha cabeça é muito cheia de histórias. As crianças acham que serei amável só porque sou boa com narrativas. Não serei, não.

Tive um filho uma vez. Eles o levaram embora. Às vezes acho que teria deixado ele mamar no meu peito, porque tinha um rosto bonito, diferentemente da maioria dos bebês. Uma vez, coloquei a sola do pé dele na minha bochecha e você acredita que era tão pequeno que, com o calcanhar no meu queixo, o dedão não chegava nem perto do nariz? Na maioria das noites eu agradeço por terem roubado ele de mim quando viram que tinha a pele clara como uma ovelha e podia passar por branco, porque eu teria sido uma péssima mãe. Não é sempre que sou boa com crianças.

Tive três irmãs mais novas e não gostava de nenhuma delas. As fraldas fediam muito e, quando eu estava cuidando delas, deixava que chorassem e ficassem com assadura, porque odiava muito limpar aquele cocô. Só queria limpar a mim mesma. Tomar banho, escovar o cabelo e prender em duas marias-chiquinhas, colocar um vestido bonito e depois desenhar, pintar ou jogar dado com os garotos mais velhos. Não gosto de cuidar dos outros.

Minha mãe sempre perguntava:

– Pode cuidar das suas irmãs enquanto eu vou encontrar com um homem de cabelos bonitos e ondulados?

– Não – eu respondia.

E minha mãe era tão frágil que nem me dava um tapa, como deveria. Não tentava me colocar na linha. Em vez disso, ela dizia que tudo bem, ia dar um jeito, e então minhas três irmãs ficavam com uma mulher dos conveses superiores que era professora e tinha a missão de ensinar os pretinhos dos conveses inferiores a ler. Para que pudessem ler sobre os Céus, a Terra Prometida, e decorar orações. Ela dizia para minhas irmãs que se elas lessem, rezassem e obedecessem ao Regime, a viagem da *Matilda* para os Céus daria certo. Ensinava isso com tanto fervor que devia mesmo acreditar. Que coisa triste. Nada é mais triste do que uma pessoa que acredita em algo que claramente não é verdade.

Agora, Abe diz:

– Mamãe. Mamãe. Mamãe. – E me olha.

Ouço a porta se abrir, o que significa que a mulher branca voltou com a patroa.

Ela tira o casaco e pendura num gancho.

– Melusine, o que foi?

A mulher branca diz:

– Ele está com feb...

– Estava falando com Melusine. Lucy, pegue uma água gelada para a gente.

Lucy. Esse é o nome da empregada.

Eu digo:

– Febre. E essas manchas vermelhas. Pode ser sarna. Ele está bem cansado.

Hattie chega perto, põe a mão na testa do filho, senta no sofá ao lado dele e coloca a cabeça do menino no colo. Abe coloca o polegar na boca e começa a chupar. O cabelo preto está todo despenteado, amassado para cima onde devia estar assentado.

A mulher branca, Lucy, volta para o quarto com um copo de água gelada e um pano. A sra. Hattie mergulha o tecido na água e passa na testa de Abe.

Eu digo:

– Posso usar seu telégrafo, senhora?

A patroa assente e me leva até lá. Escrevo uma mensagem para Theo. Peço que chame minha Aster. Aquele rapaz está doente de verdade. Sei que ele mesmo vem cuidar do garoto, mas traz Aster também. Gosto de ver o rosto dela e senti falta hoje de manhã. Ela está sempre longe em algum lugar, não é nada como quando ela era criança, segurando minhas saias com força, confiando em cada palavra minha como se fosse de um deus.

Não sou maternal, mas isso não quer dizer que eu não amo. Eu amo Aster. Amo todas as meninas e mulheres de quem cuido. É difícil estar na presença de alguém por tanto tempo e não desenvolver algum amor. Não tenho sentimentos românticos. Nunca me apaixonei por alguém como as princesas fazem com os príncipes. Nunca quis estar na cama com ninguém. Mas Aster, meu amor por ela é... maligno. E se eu tentar cortar fora, todos os pedacinhos do amor vão se espalhar e me infectar ainda mais.

Theo chega uma hora depois. Também amo ele. É o filho que tiraram de mim. Não posso evitar de sentir algo forte por ele.

Eu digo:

– Pedi pra Lucy tirar os lençóis da cama.

Theo assente.

– Por favor, srta. Lucy, pegue as roupas também. As limpas e as sujas. Terão de ser lavadas.

– Sim, senhor, é claro.

Ela nunca tinha visto o Cirurgião antes, ficou muito claro pelo jeito como ficou nervosa e aérea de repente, a voz mais fina. Até a sra. Hattie ficou tímida do nada.

Theo começa a examinar Abe, ouve seu coração, olha as manchas vermelhas, passa o cotonete dentro do nariz. Espalha o conteúdo do cotonete num potinho de vidro.

– Melusine?

Me dói quando ele me chama assim em vez de titia, embora eu saiba que não faz por mal. Theo nunca foi do tipo que usa apelidos fofos. Quando era pequeno, chamava o pai pela patente e pelo sobrenome. É lindo agora do mesmo jeito que era quando criança. Acho que é a porção escura dele. Deixaria qualquer mãe orgulhosa.

Eu achava que ele era como eu. Sem desejos. Não tenho vontade de copular, como os outros. Faria sentido que ele pudesse ter herdado isso de mim. Mas agora entendo que tem a ver com a religião. Com o que ele acha que deve ou não deve fazer. Não sei de onde ele puxou isso, essa devoção. Não foi de mim. E nem do pai dele. Mas acho que é verdade o que dizem, que ele é abençoado pelos Céus. Quando tinha três anos, ele lia livros que nem homens adultos compreendiam. Não desabrochou tarde, como eu e Aster.

O pai batia nele e, quando eu tentava impedir, batia em mim também. Chamava Theo de *mulherzinha* porque ele era pequeno e só gostava de ler e ouvir histórias. Também chamava ele de *inútil* e de uma outra palavra que não gosto de falar que começa com v e rima com bocado. Não era exatamente o mesmo xingamento que usaram depois para a minha Aster, mas era do mesmo tipo.

Theo diz:

– Melusine?

Eu digo:

– O quê?

– Pode por favor mandar uma mensagem para a creche do convés I avisando que quero ver a lista de presença da semana passada?

A mãe de Abe faz carinho na cabeça dele e diz:

– Nunca mandei ele para a creche. Durante a semana, de manhã ele fica com Melusine e à tarde com a babá. A partir das três, fica comigo.

Abe chupa o dedo. Agora está de olhos fechados e ronca.

– Ele esteve em algum outro lugar público? – pergunta Theo.

Eu digo:

– Ontem levei ele nos conveses de cultivo. Quando ele está caidinho, levo ele lá para pegar um sol. Ele logo fica animado de novo.

Hattie diz:

– Melusine, devia ter levado ele na orla. Eu teria autorizado.

A parte que ela não fala é que acha que os conveses de cultivo estão infestados de gente imunda do meu tipo, e que foi lá que ele pegou essa doença, qualquer que seja.

– Eu não sou bem-vinda na orla.

A patroa olha para mim como se lamentasse e então volta a fazer carinho na cabeça de Abe.

– Por favor, Cirurgião, me diga o que há de errado com ele.

Theo diz:

– Vou investigar a amostra que colhi, mas tenho quase certeza de que é uma infecção por estafilococo. – Ele coloca um termômetro no ouvido de Abe e aperta um botão para gravar o resultado na máquina. – Garanto que ele vai ficar bem, sra. Hattie, mas gostaria de entrar com o medicamento assim que tiver identificado a cepa da bactéria.

Digo para Hattie:

– Desculpe, senhora. Entendo se quiser me demitir. – Espero que ela queira.

Theo diz:

– É improvável que ele tenha pegado a bactéria durante esse tempo nos conveses de cultivo. Só perguntei se ele tinha saído da cabine para verificar se podia ter passado a infecção para outras pessoas.

Ele já terminou de fazer o exame, e Aster ainda não chegou. A patroa leva Abe de volta para o berço, e Theo começa a falar comigo enquanto guarda suas coisas.

– Eu disse a ela que daria uma permissão para que pudesse vir junto – diz ele, como se já soubesse o que estou pensando antes de eu dizer.

– E?

– Ela disse que está tentando se manter na linha, embora não com essas palavras.

Eu digo:

– Não é do feitio dela evitar problemas.

Theo assente.

– Acho que a ascensão do Tenente nos deixou mais assustados.

Eu digo:

– Não. Alguma coisa mais específica está deixando ela preocupada. Anda me fazendo um monte de perguntas.

Olho bem nos olhos dele. Quem sabe assim ele perceba que é meu filho, que eu era mais do que só sua babá. Que durante grande parte de um ano de colheita eu o embrulhei com minha pele e meus músculos. Ele se parece muito comigo, a não ser pela cor pálida. Queria poder dizer que fui eu quem ensinou a ele seus bons modos, mas é tudo dele. Ele nasceu com a alma mais gentil e amável de todas, e continuou assim, o oposto de mim.

Theo diz:

– Tenho certeza de que, quando estiver pronta, Aster vai nos contar tudo que está passando por sua cabeça.

Sento. Hoje em dia não aguento ficar em pé por mais de alguns minutos. Digo:

– Ela conta coisas pra você? Como uma amante faria? Talvez ela conte mais pra você do que pra mim.

Estou jogando verde como uma velha intrometida. Eles passam o tempo todo juntos, e é claro que fico intrigada. Sou uma velha fofoqueira. Todas as minhas histórias vêm de algum lugar.

Theo fica um pouquinho corado e então responde:

– Nós criamos uma ótima afinidade de trabalho.

Quando ele vai embora, vou ver como Abe está. Ele dorme. Debruçada sobre o berço, Hattie murmura uma canção.

Eu digo:

– Se precisar de mim, estarei lá lavando os lençóis e o resto.

– Ah, Melusine, não precisa fazer isso. Venha. Pode ficar aqui.

Não quero ficar. Prefiro esfolar as mãos de tanto esfregar a roupa de cama suja de Abe, mesmo que isso deixe os nós dos meus dedos tão inchados quanto os morangos selvagens dos conveses de cultivo.

Eu digo:

– Que tal se eu for lá nos Arquivos? Posso pegar uns livrinhos novos para Abe. Se a senhora me der uma permissão, sou autorizada a entrar lá.

Hattie sorri.

– Ah, que ótima ideia.

Ao chegar lá, mostro minha permissão para o homem na recepção e ele assente de um jeito mecânico. Faz anos que me vê aqui, desde que eu pegava livros para Aster quando ela era uma coisinha pequena. Naquela época, ele criou um caso enorme nas minhas primeiras visitas, dizendo que a menina sujava os livros e arrancava páginas. Meu garoto Theo teve que acabar com as reclamações. Quando tinha dez anos, ele me pegou pela mão e levou até lá. Disse àquele bibliotecário que não era mais para me perturbar.

– Assina aqui – diz o bibliotecário agora, sem erguer o olhar.

Pondero que não posso ficar longe por muito tempo ou então Hattie vai criar caso. Não tenho tempo suficiente para uma busca completa, mas o bastante para encontrar os livros que estou procurando e enfiá-los na bolsa. Rabisco meu nome na folha de papel creme e marco 2-N.55, a seção de física.

Não, não são livros infantis para Abe. Sou uma boa mentirosa.

Aster anda me perguntando várias coisas. A mente dela está viajando. Sei que ela e Giselle estão aprontando alguma coisa. Só quero ajudar. Preciso mostrar a ela que posso.

A seção de ciências não é muito atraente, parece mais com os conveses inferiores do que qualquer coisa. Os corredores são longos e estreitos, mal acomodam uma pessoa.

Pobres livros. Páginas solitárias encadernadas num couro solitário, sua única companhia um inseto de vez em quando. Só existem para serem lidos mas, sem ninguém aqui para ler, é como se nunca nem tivessem nascido. Passo os dedos pelas lombadas dos livros que consigo alcançar. Faço isso como uma afirmação para eles. Para informar que sou amante das histórias, até mesmo as de alquimática, biologia e outras coisas reais.

O catálogo diz que nos Arquivos há três livros que falam sobre balões de distorção, e mais um só desse assunto. Nenhum deles está aqui, os quatro estão alugados. Há um pequeno espaço na prateleira onde eles deveriam estar.

Tento pegar alguns dos livros mais gerais. Meus olhos não estão acostumados a ler com tão pouca luz, as letras são muito pequenas. Folheando o índice, vejo que há referências a balões de distorção nas páginas 8, 323 e 411 a 415 num livro sobre tópicos avançados em astromática. Quando vou às páginas, restaram apenas pedaços da borda de onde alguém arrancou as folhas.

Vou até a mesa do recepcionista e digo:

– Com licença, senhor. Senhor?

Ele diz:

– Pois não?

Há manchas esbranquiçadas de cuspe nos cantos da boca do homem. Tem a aparência de alguém que morreu, voltou à vida e está irritado por precisar lidar com os vivos novamente. A barba cinzenta não vê um pente há muito tempo. Toda desgrenhada.

Digo:

– O senhor tem os registros de quem retira os livros?

– Nome?

– Hein?

– Do livro que está procurando.

– *Modelos teóricos de sistemas de distorção para viagens na velocidade da luz* – digo, escolhendo um.

Ainda meio relutante, percebo, ele se levanta e vai até a prateleira atrás da mesa. Pega o quinto volume da esquerda, um tomo azul bem grande. Joga o livro de registros em cima da mesa com um certo estrondo e diz:

– Está em ordem alfabética, imagino que você saiba o que é isso.

Encontro um cantinho para me instalar. Não estou sozinha nos Arquivos, mas as pilhas são tão grandes que, quando encontro um lugar, fico bem confortável ali.

Vasculho as páginas em busca do título e encontro lá pelo meio do livro. A não ser que haja um erro nos registros, quem está de posse do livro é um homem chamado Seamus Ludnecki, ou pelo menos estava vinte e cinco anos atrás.

Percebo que o livro foi retirado no mesmo ano que Aster nasceu. Acho que encontrei alguma coisa que posso oferecer a ela. Algo que a deixe agradecida e a faça me olhar do mesmo jeito que fazia quando era uma criancinha fofa.

18

Aster recebeu uma convocação para ir até o escritório do Soberano Tenente quando já estava se preparando para dormir, pouco depois de ter sido apresentada à sua mais nova obsessão, Seamus Ludnecki. Titia contara sobre o nome e o sumiço curioso dos livros que ela tinha descoberto nos Arquivos.

A notificação chegou por meio de um guarda, segundos antes de Aster se deitar para uma longa soneca. Era domingo, seu único dia de folga. ASTER, REPORTE-SE AO O-0211 IMEDIATAMENTE SOB RISCO DE PERDER SEUS PRIVILÉGIOS, dizia o bilhete.

Ela correu escada acima até o convés O sem se preocupar em evitar contato com os guardas. Assim que viram a assinatura *Tenente* na convocação, eles foram deixando Aster passar e disseram para se apressar.

– Soberano? – disse ela ao chegar na porta, apertando o botão do comunicador. Ninguém morava na Ala Osage, eram apenas escritórios, depósitos e cabines de descanso para os guardas que trabalhavam nos conveses inferiores. Ela ouviu um zunido e então a porta se abriu.

– Entre – disse Tenente.

Era estranho pensar que ela estava na presença do líder da *Matilda*. Esse homem se achava o braço-direito de Deus, mas ocupava um escritório bem modesto. Ela entrou se forçando a olhar para ele, recusando-se a baixar a cabeça, embora quisesse fazer isso. Aster mal o reconheceu. Já fazia alguns anos desde a última vez que vira seu rosto.

Os olhos castanho-claros, cabelo escuro e nariz reto não ajudaram muito no reconhecimento. A pele dele estava meio arroxeada e com manchas, o que deixava claro o passar do tempo, porque aquilo era algo que ela teria notado e de que se lembraria. A idade ia descolorindo as coisas. Ficavam pálidas ou saturadas demais. Os olhos dele iam desbotando até virar um grande nada, enquanto a pele debaixo deles se tornava roxa e brilhante.

– Posso sentar? – perguntou Aster, olhando para a cadeira diante da mesa dele.

– Acabei de mandar limpar essa cadeira, então preferiria que não. Você compreende.

Ela respondeu sem um segundo de hesitação, para que ele não percebesse que o comentário doera.

– Claro, sem problemas. Prefiro ficar em pé mesmo.

O sorriso dele tinha um certo cansaço mas era genuíno, Aster pensou. Ele não tinha qualquer motivo para fingir. Possuía tudo o que sempre quisera.

– Você cresceu desde a última vez que a vi. – Tenente tombou a cabeça para o lado enquanto a examinava com uma expressão despreocupada, mas sem piscar. – Não é tão feia quanto imaginava que ficaria, palerma.

– Estou surpresa que se lembre de tantos detalhes da minha pessoa, já que nossos encontros foram breves e há muito tempo.

– Não me esqueço dos pecados que são cometidos contra os Céus, Aster. E você continua aprontando, ao que parece.

– Já fui chamada de aberração antes.

– Aberração. É. Gosto dessa palavra. Seu sotaque na língua superior é impecável, aliás. Fala tão bem quanto minha esposa, e ela é da melhor estirpe dos conveses superiores. Uma verdadeira dama.

– Minha experiência trabalhando para o Cirurgião refinou minha linguagem – respondeu ela, embora sempre tivesse falado a língua dos conveses superiores, desde que se lembrava. Antes mesmo de aprender a falar, ela ouvia e absorvia os sons que as pessoas faziam e imitava da melhor forma possível.

– De fato. – Tenente se levantou, pegou uma garrafinha na prateleira e desenroscou a tampa. Encheu uma caneca com o café amargo, e o cheiro chegou até ela. – O Cirurgião é um homem muito bom, Aster. Um dos melhores. Escolhido pelos Céus para ser suas mãos neste plano de existência. Mas ele certamente tem um ponto fraco, vamos falar assim, quando se trata de você. O que não é um problema. Nenhum homem é perfeito e ele não é o primeiro a buscar relações com uma mulher dos conveses inferiores. Imagino que algo na sua laia ferva o sangue dele. Sua natureza animalesca, presumo.

Aster entrelaçou as mãos nas costas e apertou tanto que chegou a machucar. A força era tanta que, se apertasse um pouco mais, seria capaz de quebrar os próprios dedos.

– Theo e eu não somos...

– E ainda assim vocês se tratam pelo primeiro nome. Não negue. É inútil, e suas mentiras só fazem aumentar o desnível. Acho estranho o Cirurgião ter ficado obcecado logo por você, mas todo homem tem suas preferências, quem sou eu para julgar? Meu problema é a maneira óbvia como você se aproveita dessa fraqueza para fazer o que quer nesta nave. Isso não vai mais acontecer.

Aster levantou a mão para deslizar os óculos da testa para os olhos, mas não estava com eles. Na pressa de encontrar Tenente, os deixara para trás.

– O que você tem a dizer em sua defesa? – Ele apoiou os cotovelos na mesa, o queixo sobre os punhos.

– Não sei como o senhor chegou à conclusão de que eu e o Cirurgião temos uma relação de natureza sexual, mas posso garantir que nossos acordos são totalmente platônicos – respondeu Aster, atenta ao tom de voz para não soar muito defensiva.

– Essa sua espécie não consegue parar de mentir. É uma doença.

– Não estou mentindo. E eu jamais tentaria seduzir ou tirar vantagem do Cirurgião da maneira que o senhor sugere. Mesmo que eu tentasse, não conseguiria, ele é bom demais para ceder a isso. – Ela tinha sentimentos, mas nunca tinha feito e nem faria nada com eles, não enquanto Theo não quisesse.

– Mesmo aqueles com fé inesgotável nos Céus podem ter seus momentos de fraqueza moral. Eu certamente tenho – disse Tenente, direto.

– Talvez a fé do Cirurgião seja mais forte que a sua, porque ele jamais teria um caso da maneira que o senhor descreveu.

Tenente semicerrou os olhos, estreitos como lâminas afiadas. Os músculos do pescoço e da garganta se contraíram enquanto ele engolia em seco. Era um homem sutil, de gestos suaves e movimentos refinados, e se Aster tivesse piscado, teria perdido o momento em que ele cerrou os dentes, algo visível por um breve segundo numa contração da bochecha.

– Peça desculpas.

Aster deixou a cabeça cair como um saco com algo morto dentro.

– Me desculpe – disse ela, odiando a si mesma com a mesma intensidade de quando era criança e não conseguia aprender a falar. – Desculpe. Desculpe. Eu sinto muito mesmo. É claro que o senhor tem uma fé inabalável, claro que é um homem bom, e comparado a mim o senhor é praticamente Deus e eu sou um lixo. Me perdoe. – Ela não tinha ensaiado essas palavras e nem era fingimento. Não conseguiria fingir uma contrição nem se quisesse, porque era uma péssima mentirosa. Ela estava mesmo sendo sincera naquele apelo patético por misericórdia. – Me desculpe – repetiu. Ela não aguentava mais sentir dor. Ainda estava com os machucados nas costas da noite anterior.

Aquela bajulação parecia ter agradado Tenente. Ele se serviu mais café. Havia um traço de sorriso em seu rosto.

– E sente muito também pelo presentinho que deixou para mim? – perguntou, agora frio de novo, as penas de pavão em perfeita elegância.

– Era... Era para ser um lembrete de que o frio tem consequências reais. Flick é só uma criança – disse ela, sem saber muito bem agora por que tinha deixado o pé para ele. Fora um gesto sem sentido.

– É claro que o frio tem consequências reais. Se não tivesse, eu não teria feito aquilo.

– Para que servem essas consequências? O que aquela criança fez para merecer isso? O que eu fiz para você além de furar o toque de recolher algumas vezes? Não consigo entender sua lógica. Estou tentando, mas não entendo.

– É claro que não entende. Você não consegue enxergar o todo, só as dores e as delícias pequenas e insignificantes da sua vidinha. Acasalar, beber e viver, igualzinho aos cavalos de tração que são teimosos e se recusam a trabalhar quando estão com o tornozelo inflamado. – Seu tom de voz ficou mais raivoso. – Nós temos um propósito. A *Matilda* tem um propósito. Estamos na trajetória de Deus e não podemos desviar. Já faz séculos, e outros séculos ainda virão. Tudo que podemos fazer é viver bem. Viver para o bem, de acordo com os desejos dos Céus.

Aster se perguntou se ele já tinha feito aquele discurso antes. As palavras tinham um furor meio ensaiado. Imaginou-o na frente do espelho enrugando a sobrancelha no ângulo certo e arregalando os olhos para demonstrar intensidade no clímax daquele palavrório raivoso. Era um homem que não se permitia ser mal compreendido.

– Qual é minha punição, senhor?

Pela decepção na expressão dele, ela viu que aquela não era a resposta esperada.

– Não posso oferecer nenhuma punição para você, na verdade. Você já teve inúmeras oportunidades para ser melhor. – Tenente tomou mais um gole do café, soprando antes porque ainda estava quente demais para beber. – Você estava confusa com relação às minhas intenções e agora eu as esclareci. Era tudo que eu queria. Pense nisso como nós dois colocando tudo em pratos limpos.

– Então estou dispensada?

– Sim, palerma – disse ele, e Aster se virou para sair sem dizer mais nada. Quando colocou a mão na maçaneta da porta, ele chamou. – Palerma?

– Sim, senhor? – Ela não se virou para ele.

– É uma gentileza o fato de os conveses inferiores terem tão poucos espelhos. É para o bem de vocês. Iam se matar se soubessem, se precisassem encarar o próprio rosto dia após dia. Ainda assim, não sei como conseguem caminhar pelos corredores em meio uns aos outros, vendo o que veem.

Aster se manteve virada para a porta enquanto escutava.

– Eu tenho seis pitbulls, todos do mesmo tom de marrom que você, essa cor de madeira queimada. São criaturas graciosas, lindas e ferozes. Como uma besta de quatro patas com um nariz que parece uma tromba e que não toma banho é mais bonita do que vocês? Onde está a justiça nisso?

Aster não podia responder à pergunta, pois não aceitava a premissa inicial.

– Acima de tudo, sinto pena. Nós tentamos domar vocês, mas não há como domar parasitas. Me diga, como você se sentiria se um rato se sentasse com você na mesa de jantar sem avisar, sem pedir desculpas? Você não iria se retrair? Não tentaria expulsar o bicho e criar armadilhas para ele? Às vezes, o rato perde uma pata numa ratoeira. Não é melhor assim?

Ele parecia ter terminado enfim, e Aster agradeceu aos Céus.

– Existia uma linhagem de ratos no lugar antigo – disse ela. – *Acomys spinosissimus*. Eles conseguiam regenerar e fazer crescer membros inteiros depois de uma amputação. Li sobre eles nos Arquivos.

– Hummm – disse Tenente. – Dispensada.

Ela saiu rapidamente e fechou a porta, sem querer que ele a chamasse de novo.

Tenente não era um homem misericordioso. Qualquer benevolência que oferecia era cobrada mais tarde. Ela não sabia qual seria sua punição, mas com certeza estava a caminho.

19

Não fazia muito tempo que Tenente era Soberano, mas já tinha mudado as coisas no convés Q. Obrigou as mulheres a andarem em fila. Ordenou incursões surpresa nas cabines. Classificou as refeições que comiam como pouco saudáveis e substituiu os cozidos de carne bem temperados por mingaus e cereais quentes. Ainda não tinha instituído um uniforme no Q, mas havia boatos de que já o fizera no W.

Aster imaginou que era por causa dessas novas imposições rígidas que todo mundo ficou ouriçado quando veio a convocação para comparecer aos conveses de cultivo bem durante a recém-instaurada hora da devoção. Qualquer minutinho no sol era muito mais atraente do que récitas religiosas e orações em silêncio.

– Você vem? – perguntou Aster a Giselle.

As outras mulheres já estavam indo. A Ala Queda D'Água ficara praticamente vazia, a não ser pelas duas.

– Estou cansada – disse Giselle, deitada de bruços na cama. Ela mal tinha se movido dali desde a noite na solitária. Diversos guardas tentaram levantar o corpo dela para os turnos de trabalho, mas não havia como. As ameaças de punição só faziam Giselle se encolher ainda mais. Um padre tinha declarado que ela estava doente demais para trabalhar, embora a doença estivesse na cabeça e não no corpo.

– Não quero deixar você aqui sozinha – disse Aster.

Giselle estava cada vez mais suicida, e a cada vez que se despedia dela, Aster se perguntava se seria a última. Aster era responsável por aquilo. Era culpa dela.

– Não é seguro lá fora. Não estou segura nisso aqui – respondeu Giselle e apontou para a camisola, mas Aster então percebeu que ela falava do próprio corpo. – Preciso de um novo. Tenho de me livrar do velho pra conseguir um novo.

– Vai comer algumas das frutas que eu trouxe pra você? – perguntou Aster. Giselle continuou olhando para a parede, sem expressão. – Viu que eu trouxe mais diários de Lune pra você ler? Sei que se diverte descobrindo as coisas.

Giselle não respondeu.

Aster suspirou e colocou o chapéu.

– Volto assim que puder. – Aster estava aliviada por ter deixado a espingarda no botanário. Também passara a deixar todos os seus soros e instrumentos médicos numa caixa trancada.

Aster alcançou suas companheiras de cabine ao entrar nos conveses de cultivo. Todos estavam se reunindo no campo de batatas. Porque lá era bem plano, perfeito para juntar muitas pessoas, ela percebeu ao chegar. Basicamente quem estava lá eram as moradoras da Ala Queda D'Água, embora houvesse gente que Aster não reconheceu. Ficaram ao redor de um grande palco que tinha apenas uma cadeira no meio.

Do nada, sentiu a mão dele segurar a sua, os dedos macios e frios entrelaçados aos seus. Pela sensação na palma da mão, ela sabia que era Theo.

– Precisamos sair daqui – disse ele, e puxou Aster pelo corredor, só parando quando ela puxou de volta.

– O que está fazendo aqui? – perguntou ela, surpresa de um jeito feliz. Não o vira desde o dia em que o abandonara na Estrela Vespertina.

– Você não pode ver isso – disse ele. Tinha os cabelos revoltos e as mangas da camisa dobradas. Tinha procurado por ela no meio da multidão, sabe-se lá por quanto tempo. – Pelo menos dessa vez, confie em mim. Precisamos correr.

– Corre você. Pode me deixar aqui sozinha se precisar, mas eu não vou a lugar nenhum. – Ela soltou a mão da dele, temendo voltar para a cabine e para a nova rotina de trabalhos forçados imposta por Tenente. Não tivera nem um minuto para ir ao Hangar de Vidro. Já não podia mais receber permissões para caminhar livremente. Mal conseguia chegar ao próprio botanário.

– Me escute – disse ele.

– Não. – Ela se virou para juntar-se novamente à multidão.

Ele agarrou a mão dela de novo, dessa vez apertando os dedos em vez de entrelaçá-los.

– Venha comigo agora. É uma ordem de um general pra uma civil. Preste atenção ao que estou dizendo, Aster.

Ela nunca tinha ouvido Theo levantar a voz daquele jeito, muito menos com ela. Ele disse o nome de Aster como se fosse um xingamento.

– Nunca mais fale comigo desse jeito.

Ele fechou os olhos com força, enrugando as pálpebras. Ainda segurava os dedos dela.

– Me perdoe. Por favor, por favor, me perdoe. Mas precisamos ir. Não posso deixar que veja isso.

Um grupinho de pessoas olhava para os dois com curiosidade, algumas até apontavam para o Cirurgião, parecendo confusas. Estavam tentando entender quem ele era. Aster conseguiu se soltar no momento em que Theo se distraiu.

A multidão fez silêncio quando Tenente entrou no palco e levantou a mão.

– Em nome do Regime e, portanto, da Vontade dos Céus e dos passageiros da nave do Supremo Soberano, a *Matilda*, peço que mantenham a compostura ao adentrarmos uma nova era. A ira da Guarda recai, forte e apropriada, e é por isso que hoje somos responsáveis por levar uma vida deste mundo para o próximo, onde os Juízes vão puni-la de acordo com seus erros. Com o coração humilde, dizemos – e a plateia se juntou a ele em coro – *Aleluia. Amém.*

– É uma execução – disse alguém. Murmúrios e exclamações se espalharam pela plateia. Tinham sido convocados para ver alguém morrer.

– Silêncio – ordenou Tenente.

Theo encontrou Aster e foi de novo atrás dela.

– Por favor. Ainda temos uma chance de sair daqui. Eu juro que você não precisa nem quer ver o que vai acontecer.

– O que é? Quem é? Só me fala – disse Aster, sussurrando bem baixinho.

– Assim que eu contar, não vou poder desdizer. E você vai desejar que eu não tivesse contado. Estou implorando com cada músculo do meu corpo: venha comigo. Faço qualquer coisa que você me pedir, estou falando sério. É você que vai me governar, não os Céus, se sair daqui comigo agora. – Ele ajoelhou diante dela, como se rezasse.

– O que é, Theo? Só me conta o que é.

No segundo seguinte, ela descobriu. A pessoa que Tenente trouxe, acorrentada, para ser executada, era Flick. Elu teve de andar com sua perninha ainda em cicatrização, o sangue pingando do curativo, e chorava e berrava tão alto que, naquele momento, Aster soube que os deuses não existiam. Porque, se existissem, acabariam com tudo ali. A humanidade inteira. Em um estalar de dedos.

– Meu Deus, ela é só um bebezinho – disse alguém não muito longe de Aster, enquanto dois guardas iam empurrando Flick.

– Não estou entendendo – disse Aster.

Ela tentou se mover, mas Theo a segurou. Pegou sua mão com força e apertou, apertou. Ela apertou de volta, alternando com ele.

– Essa é a minha punição – disse Aster.

– Não é culpa sua. E não é tarde demais pra irmos embora.

– É sim. É minha culpa. – Aster tentou sair dali de novo, mas mais uma vez foi impedida pelas mãos de Theo em suas coxas, segurando-a ali enquanto ainda estava ajoelhado. – Eu ainda nem fiz um pé novo pra elu.

Tenente leu as acusações em voz alta para a plateia reunida e elas eram insignificantes, tão insignificantes, quase nada. Insubordinação. Responder a um guarda. Havia um círculo de guardas ao redor do palco, todos armados com cassetetes. Alguns também seguravam latas de gás, que não hesitariam em jogar nos moradores dos conveses inferiores caso tentassem impedir o procedimento.

– No Regime anterior, você vivia numa fantasia de perversidade e pecado. Hoje, vai aprender que é assim que se aplaca a ira dos Céus.

– O que está acontecendo? Desculpe se fiz alguma coisa errada – implorou Flick, chorando. – Cadê minha bisavó? Ela vai explicar.

Um dos guardas algemou os tornozelos da criança a uma cadeira e amarrou seus braços.

– Aster, não saia desse lugar aqui, está me ouvindo?

– Sim.

– Por favor, Aster. Jure pra mim.

– Juro pra você. Juro pra você. Juro pra você – disse ela. Queria dizer mais vezes, mas parou.

– Jura o quê?

– Juro pra você que não vou sair daqui.

O Cirurgião apertou os ombros dela e depois foi correndo, com sua perna manca, em direção a Tenente e Flick.

– Não faça isso, tio. Não é essa a vontade dos Céus. Este tipo de coisa está muito além até da brutalidade de Deus – disse ele, e Aster ouviu. Flick continuava a chorar, o rosto encharcado de lágrimas.

– É hora de você deixar de ser uma mulherzinha para essas coisas – disse Tenente.

Um jovem segurava uma caixa prateada. Aster sabia que havia seringas ali dentro.

Esse era o momento em que Aster devia se manifestar e dizer: "Me mate em vez delu". Mas ela não conseguia falar. Ficou olhando em silêncio enquanto o médico enfiava a agulha no braço de Flick. Ficou olhando em silêncio enquanto Flick morria. Ela não estava no grupo que tentou invadir o palco, mas foi atingida pelo spray de gás do mesmo jeito. Ao sentir o corpo cair no chão, desejou não acordar nunca mais.

No dia que Aster aprendeu a falar, aos oito anos, tia Melusine fazia para um grupo de meninas um show de marionetes sobre a Pratinha – chamada assim por causa da mecha branca em seu cabelo escuro. As seis irmãs mais velhas de Pratinha haviam se casado com o rei, e ela era a próxima da fila. Sem querer se casar com ele, Pratinha cavalgou até os pântanos, onde viviam as crianças abandonadas da água, sentou-se na margem lamacenta e disse: "Como só posso me casar com o rei quando fizer quatorze anos e for declarada uma mulher, quero então ficar com treze anos para sempre".

Ouviu-se um murmúrio crescente vindo dos pântanos, e assim foi feito. Pratinha deveria voltar para a vila, mas as crianças realizariam seu desejo na véspera do aniversário de quatorze anos, assim teriam tempo para aprender a mágica necessária para atender àquele pedido.

"Essa história é chata", interrompeu Giselle. Estava sentada num balde de roupa virado ao contrário.

"Cale a boca", disse titia, e Aster ficou feliz, pois estava sem paciência para as respostas de Giselle naquele dia. Tia Melusine bateu no braço de Giselle com um galho longo e fino e depois o brandiu, como um aviso para mais alguém que estivesse pensando em fazer gracinha. Depois, continuou com a história "então, numa noite quente de verão..."

"O que é isso?", perguntou uma garotinha chamada Nella.

Aster já sabia tudo sobre aquilo. Verão era quando... bem, primeiro, para entender, era preciso saber que muito tempo atrás existia a Grande Casa. Ela girava e girava como uma bailarina, tentando impressionar a Grande Estrela. Um giro era igual a um dia. Uma dança, que incluía vários e vários giros, era igual a um ano. O ano tinha quatro trimestres e, quando a Grande Estrela brilhava mais e por mais tempo (era seu jeito de dizer que a Grande Casa era sua favorita), aquilo era chamado de trimestre de verão.

"Aster, quer dizer alguma coisa?" perguntou tia Melusine, de seu banquinho.

Aster se sacudiu, mordeu o lábio e ficou olhando para o teatrinho de marionetes que titia usava para contar a história.

"Vamos lá então. Diga. É só abrir a boca e falar uma frase."

Aster fez um barulho agudo e gorgolejante, e Nella começou a rir. Ela apanhou com o galho de tia Melusine, manchinhas vermelhas aparecendo em seu braço.

"Por acaso eu dou risada de você, mesmo tendo essa cara feia que dói?", titia perguntou a Nella e bateu de novo com o galho até Nella começar a chorar. "Fiz uma pergunta."

"Não, senhora."

"Não é correto rir das pessoas por causa da maneira que os Céus as fizeram. As estrelas riem dos planetas? A abelha ri do girassol? E assim por diante? Hein, garota? Não. Então pare de se divertir com os problemas dos outros. Igualzinha aos homens maus. Você é um homem mau?" Ela segurava o galho com força, e suas palmas rosadas ficaram brancas.

"Não sou", respondeu Nella.

"Tem certeza?"

"Tenho certeza. Não sou como eles. Não sou nem um pouco como eles." Já tinha parado de chorar. O peito estava estufado como o de uma galinha.

"Então como é que se diz?", perguntou titia.

Nella olhou para Aster com os olhos ainda molhados.

"Qual é o sentido de pedir desculpas? Ela é burra demais pra entender mesmo."

Foi aí que tia Melusine bateu nela de verdade, bem na bunda, na frente de todo mundo. As ceroulas de Nella estavam na altura dos joelhos e a blusa subia pelas costas, e foi como se todos os silêncios sufocados dentro de Aster de repente se libertassem de uma vez só.

"Não", disse ela, em meio aos tapas.

Todo mundo que estava prestando atenção em titia e em Nella se virou para Aster. Uma das meninas mais velhas, Junebug, teve de recomeçar a trança que fazia no cabelo de Mae.

"Sabia que você estava fingindo", disse Giselle. "Pra não precisar recitar as orações."

Satisfeita porque sua enunciação tinha atingido o objetivo – titia havia parado de bater em Nella –, Aster falou novamente:

"Por favor, cubra o corpo dela. Ela com certeza não quer ficar tão exposta. Não é educado deixar alguém nu assim."

Titia continuou segurando o galho com firmeza, mas soltou Nella de seu colo.

"Coloque a roupa", ordenou.

Nella colocou a calcinha, a meia-calça e a saia, ajustou a blusa. Saiu correndo para a cabine.

"Agora, voltando à história", disse titia.

Mas Aster estava muito ocupada tocando os lábios, batendo os dentes e compreendendo que, na próxima vez que alguém tentasse obrigá-la a fazer algo que não queria, era só dizer: "eu não quero" e assim seria. O que Pratinha fez depois de visitar as crianças abandonadas? Ela foi ver o rei? Disse que não se casaria com ele? Será que ele tinha dito: "Tudo bem"?

Aquelas eram as perguntas de uma criança. A Aster adulta nunca se perguntaria essas coisas idiotas.

20

Aster passou a ficar no botanário, na companhia das plantas, durante todo o seu tempo livre. Havia conforto naqueles galhos finos. Ela os havia criado. Sabia quais tinham espinhos e quais não tinham, quais podiam envenenar apenas com uma picadinha e quais podiam curar o câncer só de provar. Meticulosa desde sempre, ela tentava prever – com uma precisão que foi crescendo com o tempo – quais sementes germinariam e quais nunca veriam a luz do dia. Em seu caderno, registrava tamanhos, formatos, cores, as plantas-mães, temperatura, condição do solo, posição no vaso. Embora conseguisse fazer noventa por cento de suas sementes brotarem, havia sempre uma ou duas que morriam. Ela enfiava os dedos na terra macia, tirava a semente de lá e colocava num pote junto com outras sementes fracassadas. Não deveria ficar triste por causa disso, mas às vezes ficava.

Era assim o ciclo das coisas – viver, depois manter sua prole viva, e assim por diante, o tempo todo, desde o início até o fim dos dias. E tudo estava conectado, desde a primeira coisa que existiu até a última que restaria.

Ela ouviu alguém à porta.

– Quem é?

– Sua titia.

– Não quero ver você. Não quero ver ninguém – respondeu Aster, e voltou para seu livro de registros, marcando com a caneta qual semente não tinha germinado. Escreveu com tanta força que a ponta da caneta atravessou o papel, formando uma mancha azul-escura onde deveria estar o número 3.

– Aster, abra essa porta agora.

Aster assoprou o chá na caneca, embora já estivesse frio. Provocou uma ondulação no líquido cor-de-rosa. Era a quarta xícara de chá que servira nas últimas horas, e a quarta que tinha esfriado sem que ela bebesse. Do lado da xícara, havia um prato com ovos fritos mornos, a gema mole já escorrida e solidificada.

– Aster? Querida?

Ela enfiou o garfo no ovo e colocou a caneta em cima da mesa antes de abrir a porta.

– Você precisa vir pra casa. Ainda falta uma hora pro toque de recolher e você tem pacientes pra atender – disse titia, se apoiando vigorosamente na bengala para caminhar.

Aster borrifou as folhas de clúsia com uma solução de água e farinha de sangue.

– Não. Preciso trabalhar.

As folhas verdes pingavam e o cheiro era doce, limpo e revigorante.

– Eu ouvi falar de Flick, aquela criancinha do convés T – disse titia.

Todo mundo tinha ouvido, como Tenente queria. Cada jornal, anúncio e transmissão de rádio mencionou a execução da criança insubordinada dos conveses inferiores chamada Flick – algo que garantiu a Tenente a reputação de líder rígido que colocaria a *Matilda* de volta nos trilhos. *Rigoroso com a imoralidade. Inabalável. Colérico como o próprio Deus. O braço direito de Deus. O tenente de Deus. Se o Cirurgião era a mãe do navio, Tenente era o pai.*

Aster fechou o caderno que deixara aberto sobre a mesa e voltou para as prateleiras da seção intitulada *Ge*, de *Germinação*. Terminada aquela tarefa, ela começaria outra: batizar as plantas de acordo com os princípios das línguas antigas que vinha estudando.

– Aster, fale comigo. Suas colegas de cabine estão preocupadas. Você não fala com elas há dias. Giselle está deprimida.

– Um eufemismo interessante. Giselle só está fazendo algo que todos nós deveríamos fazer: desistir.

– Ela precisa de você.

– Pra quê? Não posso fazer nada por ela e, mesmo que pudesse, quem garante que Tenente não iria desfazer? Matar ela também na frente de uma multidão de covardes perplexos.

– Não, ela precisa de você como médica. Não é isso que você é, menina?

– Pare de me chamar assim! Não sou uma menina. Sei que diz isso com afeto, mas pra mim soa como condescendência e desrespeito. – Visões grotescas dos lábios finos e apertados de Tenente a invadiam. Nelas, ele dizia a palavra *palerma*. – Não sou uma criança. Não pode me mandar tomar cuidado e ficar quieta – disse Aster, ignorando deliberadamente o fato de que Tenente provara o oposto.

Titia levantou a bengala alguns centímetros e bateu com ela na porta.

– Não vou falar com você enquanto estiver com esse mau humor.

– Estar de luto pelo assassinato de uma criança não é *mau humor*, então por favor não minimize. – A habilidade de tia Melusine para conversar com uma pessoa magoada era tão ruim quanto a de Aster, talvez até pior. A tristeza dos outros a deixava irritada. Titia era empática, mas emocionalmente inapta. Aster aprendera isso muito bem quando era criança.

– Você está certa. Eu sei. Só estou dizendo que vários de nós não vamos conseguir seguir em frente se você parar. Não sou uma mulher emotiva, mas já vivi minha cota de perdas terríveis.

Naquele momento, Aster percebeu que sabia pouquíssimo sobre sua tia Melusine. Só conhecia suas histórias, que eram pequenos fragmentos do passado.

Aster se sentou à mesa e desviou o olhar. Ia catalogar cada uma das plantas de seu caderno, listar suas propriedades, o nome comum que tinha usado para elas, e criar um nome científico com base nas características e na família.

– Sei que está se sentindo preterida pela vida no momento, Ast...

– Preterida? Isso não é uma partida de queimada em que fui escolhida por último. Uma criança morreu por minha culpa. Eu fui imprudente. Achei que podia lutar contra alguém que não podia, e agora Flick morreu. Quem é a próxima? Naveed? Você? Tenente vai atrás de qualquer um que eu tocar.

Tia Melusine foi cambaleando até um banco e tentou se sentar, mas como era muito alto para ela, acabou apenas se recostando, desconfortável.

– Volte pra Queda D'Água. Estar em casa vai fazer você se sentir melhor. Sempre faz.

– A Queda D'Água não é minha casa. Sou uma sem-teto. Todos nós somos sem-teto. Somos a própria definição de sem--teto. Errantes no reino do Tenente.

– Todo mundo lá fica um pouco pior sem você.

– Não me importa! Que fiquem pior! Que morram! – Aster jogou o lápis no chão e fechou o caderno com força, mas ele não fez um barulho satisfatório. Ela tentou se controlar e encontrar a calma que sempre vinha de seu mundo interno: silêncio, ritmos, batidas, padrões. Respirou fundo e depois disse, decidida: – Talvez os fantasmas só estivessem dizendo pra eu me juntar a eles.

Melusine bateu a bengala com força na bancada, tão forte que Aster ouviu a madeira rachar.

– Para de sentir pena de si mesma! A gente vive nos escombros de uma nave de merda que já foi abandonada pelos Céus há muito tempo. – Ela olhou para o teto de metal, depois para os caules de plantas. – A gente só reza pela *Matilda*. E por nós mesmos. Eu sou só eu. Queria poder oferecer alguma proteção contra tudo que está perseguindo você, mas por onde eu poderia começar? Talvez devêssemos ter nascido em outra época, outro lugar. Você vive achando que existe explicação pra tudo, pra assim conseguir achar uma saída. Não existe. Tudo de ruim que já aconteceu com você não tinha nada a ver com você. Tinha a ver com *eles*. Não pode culpar a si mesma. É triste, muito triste, e talvez se eu fosse uma mulher diferente, choraria como um bebê. Talvez eu queira chorar. Talvez, se eu chorasse, as pessoas ficassem com pena e fizessem coisas boas pra mim.

Aster preparou mais uma xícara de chá derramando a água quase fervente sobre as folhas roxas. Aquela mistura era calmante, mas ela já tinha passado da fase em que o problema poderia ser resolvido com um chá.

– Eu não acredito em nada que você diz. É tudo uma ficção que você vai tecendo como os deuses-aranha.

Melusine tossiu, como se para provar sua fragilidade, e disse:

– Acenda meu cachimbo, menina ingrata. – Ela tirou o objeto de um bolso invisível da saia.

Aster estava bem ao lado dos fósforos, mas não os pegou. Não eram fáceis de arranjar, e não queria desperdiçar o pouco que tinha para que ela enchesse os pulmões de partículas de tabaco.

– Quero esquecer tudo – disse Aster.

Principalmente a forma como Flick chamara por sua bisavó com aquela ingenuidade infantil. Era só chamar a mamãe, mamães explicam tudo. Depois que as mamães se envolviam, as coisas sempre acabavam se resolvendo. Não era muito diferente da busca de Aster por Lune. Idiota, muito idiota.

Aster olhou para as raízes de dente-de-leão que secavam, geneticamente muito menores e menos complicadas do que ela mesma e, no entanto, com uma habilidade que Aster não tinha de localizar e destruir células cancerosas. A pele dela coçava. Queria arrancar tudo até só sobrarem os ossos; pontas duras e ásperas.

– O que posso fazer por você, Aster? – perguntou Melusine, mais quieta agora. Os olhos estavam cheios de remela, mas as pupilas eram afiadas como lanças.

– Pode ir embora – disse Aster. Aquele ali era seu único santuário.

Titia pegou a bengala e saiu.

Tenente continuava a assombrar os conveses inferiores mesmo sem estar lá fisicamente, já que todo dia havia uma nova restrição. Os moradores da Queda D'Água engoliam suas refeições sem gosto e corriam para o aguardado descanso nas cabines – quando conseguiam dormir. Guardas eram enviados em todos os turnos, em número muito maior que o habitual. Tenente tinha transformado os conveses inferiores num verdadeiro estado militar.

Aster manteve a cabeça baixa ao voltar para a cabine antes do toque de recolher. Queria pelo menos cuidar das condições físicas de Giselle. Quando chegou na esquina, viu um guarda vociferando com uma menininha que se chamava Selah, se Aster não estava enganada. Era aniversário dela. No corredor, a menina ria e brincava com seu presente, uma corda de pular. O guarda a segurou no meio do pulo e ela caiu no chão. Todo mundo se afastou do corredor.

– Que surpresa ver você aqui com tanta antecedência pra contagem, quinze minutos – disse Pippi quando Aster entrou.

Ela e Mabel estavam deitadas juntas na cama ouvindo o rádio. No momento não havia nada além de ruído, mas sempre aparecia algum programa clandestino pouco antes da hora de dormir. Aster admirava sua coragem e também a habilidade. Não sabia onde escondiam aquilo para não ser confiscado nas batidas. Era um trambolho.

– Vossa Majestade decidiu nos agraciar com vossa presença – disse Vivian. – Por onde andou? Com seu companheiro, o Cirurgião?

Giselle não participou da conversa. Estava sentada no canto de um tapete, mexendo numa boneca com botões pretos no lugar dos olhos. Brincava muito com suas bonecas ultimamente, às vezes tentando atear fogo nelas com um fósforo. Quase nunca falava.

– Você está tendo um caso com ele? Eu tinha certeza de que você era sapatão igual aquelas ali – disse Vivian, apontando para Mabel e Pippi. – Mas pelo visto a gente aprende coisa nova todo dia.

Em vez de ignorar, como provavelmente deveria ter feito ou Vivian esperava que ela fizesse, Aster deu um tapa tão forte nela que Vivian foi parar na parede de ferro, a cabeça batendo no parafuso. Depois, Aster deu uma cabeçada em Vivian, bem no osso do nariz.

– Aster! – gritou Mabel. Pippi se sentou, sem conseguir fazer nada, se encolhendo contra a parede ao ver o sangue. Giselle se virou, chocada, com os olhos arregalados.

Aster odiava todas elas. Limpou o sangue da própria testa. Olhou de novo para Vivian com a intenção de dizer algo mordaz, mas não conseguiu pensar em nada. Deitou-se na cama, puxou as cobertas e ficou olhando para cima, o nada, a ferrugem. Tocou o metal e estava frio. Talvez a *Matilda* já tivesse sido uma menina algum dia. Talvez fosse uma gigante. Talvez tivesse congelado até a morte no vácuo do espaço, e eles a tivessem esvaziado e enfiado coisas dentro dela, por isso era tão fria. Uma garota gigante e sozinha nos Céus, na companhia de pequenos colonos que tagarelavam sobre coisas estúpidas.

Na manhã seguinte bem cedo, Aster enfiou seu cartão na fechadura do escritório de Theo, sem se preocupar em bater ou avisar que estava entrando. Ele estava na clínica do convés U, um dos poucos lugares aos quais Aster ainda tinha acesso. Ela agora estava banida de quase todos os conveses, a não ser alguns dos inferiores.

Theo estava sentado à mesa, a gravata frouxa no pescoço, e esfregava os olhos vermelhos. Se não tivesse certeza de que Theo era abstêmio, Aster até pensaria que ele tinha bebido. Não era um homem descompensado.

– Sabe que não gosto quando entra sem se anunciar. Eu poderia estar indecente.

– Você é divino demais pra estar indecente. Nasceu vestido. Sem desejos. Um verdadeiro eunuco. – Ela disse aquilo com hostilidade, mas ele nem ligou. Talvez estivesse cansado demais para se ofender com as tentativas bobas de insulto. Arrependida, ela decidiu pedir desculpas, mas ele falou antes.

– Não estava esperando você. Tem permissão pra vir aqui?

– Ainda tenho meia hora até o turno de trabalho.

– Tem certeza? Tenente tem guardas monitorando especificamente você.

– Acredite, eu sei. Como poderia não saber?

– Claro – disse Theo. – Eu só... Fico preocupado. Meus dias e noites agora são só preocupação. Temo por você. Você significa muito... Precisa ir embora daqui. Agora mesmo. Se meu tio souber que estamos conversando, vai vir pra cima de você com ainda mais força. Eu proíbo. Eu ordeno, vá embora. Acredite em mim, digo isso pensando no que é melhor pra você, com todo meu coração.

– Só eu posso decidir o que é melhor pra mim. Você não, Theo. O fato de ter recebido um poder arbitrário sobre mim não dá o direito de exercer esse poder quando bem quiser.

– Não tenho responsabilidade moral de proteger você?

– Eu não sei. Não me preocupo com esse tipo de coisa.

Era um dos momentos em que Theo não era Theo, mas o Cirurgião, obcecado com o que era certo e o que era errado, com o que ele *deveria* fazer. Aquilo não era vida, sempre à beira de uma crise existencial, prostrado no trono da pureza ideológica.

– E o que eu faço com isso? Como posso proteger você e ao mesmo tempo respeitar sua autonomia? E se você for um perigo pra si mesma?

– Se não for ideação suicida, é meu direito ser um perigo pra mim mesma. – Ainda que tivesse pensamentos de assassinar a si mesma, a vida ainda era sua.

– E como vou distinguir sua imprudência e seu desejo de morte esporádico? Falei com a tia e...

– Falou com tia Melusine sobre mim?

– Fiquei preocupado depois de tudo que aconteceu. Você não falava comigo. Eu não tinha ideia do que você estava fazendo. Como queria que eu agisse? Deveria fingir que não me importava? Que não pensava em você? Queria eu conseguir fazer isso. Queria eu conseguir *não* pensar em você.

Mais uma vez, Aster ficou confusa do mesmo jeito que acontecia quando era criança, sem conseguir interpretar as pessoas. Seus corpos, comportamentos e ações falavam uma língua com muitos tempos verbais, modos, declinações, todos os verbos irregulares.

– Da próxima vez que eu estiver preocupada com seu estado emocional, vou fazer uma visitinha pro seu querido tio Tenente. O que acha? Ia gostar disso?

Ele entrelaçou as mãos, os polegares batendo na mesa.

– Eu disse pra ir embora. Vá embora agora. Não quero mais ver você.

– Achei que nós fôssemos... – começou Aster, mas não terminou. A verdade é que ela não considerava *amigos* uma boa palavra para descrever aquela relação. Os sentimentos que tinha por Theo não eram os mesmos que sentia por Mabel, Pippi e até Giselle. E ela às vezes achava que os sentimentos de Theo tinham a mesma inclinação.

– Achou que éramos o quê? Na sua ilusão, o que você pensou que era pra mim? – A força das palavras dele cortou o ar como se fosse uma faca.

O cadarço dos sapatos de Aster estava desamarrado, e ela arrastou aquele fio de sujeira pelo chão ao sair da sala.

21

A história da casa do Corvo tinha duas versões, e Aster não sabia de qual gostava mais. Titia contava a primeira assim:

Depois de muitos anos voando por aí, Corvo voltou para casa e descobriu que a árvore de sua juventude tinha sido cortada. A madeira que formava o caule do grande carvalho fora transformada numa cabana.

Corvo foi chegando mais perto; notou que havia fumaça saindo pela chaminé da cabana e sentiu cheiro do que parecia ser um cozido no fogo. Foi até a porta e bateu com o bico.

"Quem está aí?", perguntou uma voz do lado de dentro.

"Sou eu, Corvo."

Um homem então abriu a porta. Viu Corvo e começou a salivar. Seu cozido precisava de carne.

"Entre", disse ele.

Corvo entrou.

"Aha!", disse o homem, e foi atrás dele com uma machadinha.

"Não, não", rebateu Corvo. "Essa não é a melhor maneira de me comer."

O homem baixou o machado.

"Ah não?"

Corvo se empoleirou em cima da lareira e disse:

"Se me matar e cozinhar, minha carne vai ser dura e borrachuda, vai quebrar seus dentes. É melhor me comer vivo, sem cozinhar."

Então o homem jogou sal, alecrim e pimenta no Corvo e o engoliu inteiro de uma vez só. Quando chegou ao estômago, Corvo começou a voar por dentro do corpo do homem, bicando e mastigando seus órgãos internos, até que o homem morreu em agonia.

Corvo voou pela garganta do homem e escapou pela boca. Serviu para si mesmo um belo prato de cozido. Pensou em como era bom estar de volta em casa. Fim.

Aster gostava de pensar em si mesma como Corvo nessa história, e em Tenente como o homem. Ah, se ela pudesse entrar dentro dele, canibalizar os órgãos e reconquistar seu próprio espaço... Não era uma história bonita como a outra versão, que dizia assim:

Quando Corvo voltou para casa, viu sua mulher lá dentro com outro homem, preparando um cozido para o inútil.

"Esse cozido é meu", disse Corvo. "Você só faz cozido pra *mim*."

"Calma aí, Corvo", respondeu a mulher. "O que importa não é quem come o cozido, mas quem está dentro dele. Porque o conteúdo dele em breve vai fazer parte de mim."

O inútil do homem então disse:

"Pois quero entrar no cozido."

Mas Corvo voou antes dele e mergulhou na panela de caldo escaldante, fervendo a si mesmo vivo. Para provar que era mais importante, o inútil do homem foi atrás de Corvo e também mergulhou no líquido fervente. A mulher comeu seu cozido com gosto e pensou em como era bom estar em casa.

Nas histórias, as garotas eram corajosas, faziam seus truques e venciam. Aster queria ser uma daquelas garotas. Queria ser como Giselle, que tinha metido uma bala na cabeça do guarda com a mesma facilidade que desembaraçava o cabelo. Queria ser como Lune. Essa tristeza que ecoava dentro dela, ressonante e interminável como dois címbalos que se chocavam, estava deixando-a cansada.

Todo mundo na Ala Queda D'Água estava evitando Aster, e foi Frannie do convés R, da Ala Ravina ou então da Rio, Aster não se lembrava muito bem, quem enfim veio falar com ela.

– Ei, o Cirurgião me pediu pra entregar isso pra você – disse, estendendo um envelope.

As duas se cruzaram a caminho do turno de trabalho. Frannie costumava fazer esse serviço de mensageira. Tinha muitos contatos e uma rede enorme de amigos, amantes e pessoas que deviam favores a ela, por isso era perfeita para o papel.

Aster esperou até o fim do turno de trabalho para ler a carta de Theo, e fez isso na cozinha enquanto o mingau aguado estava sendo preparado. Encostou na bancada e tentou se esconder do olhar dos guardas que monitoravam os corredores. Ali ela se sentia menos vigiada do que lá fora, na ala e até mesmo em seu alojamento.

Com a mão firme, ela rasgou o selo, tirou o papel de dentro do envelope e leu.

Minha querida Aster (e você é, eu juro, muito querida por mim, mais do que qualquer pessoa),

Estou escrevendo para tentar esclarecer minhas intenções em relação ao nosso encontro. Você não me atende pelo rádio. Não concorda em me encontrar. Minha esperança é de que seu amor pela palavra escrita a convença a ler.

O tio me assusta. Tenho medo dele desde criança e, embora eu algumas vezes tenha me sentido grato (com muita vergonha) quando o afeto dele me salvou da ira do meu pai, meus sentimentos por ele são de absoluto desdém. Ele sabe que tenho uma enorme consideração por você. Ele tem ciúme. É possessivo com relação a mim. Toda vez que eu e você estamos juntos, isso alimenta o ciúme dele. Ele então desconta em você mais e mais, e vai chegar o momento em que ele sentirá a necessidade de eliminar você do cenário.

Eu agi de modo a afastar você, por medo e por raiva, e me arrependo disso. Tem uma coisa sobre a qual gostaria de conversar, mas não posso escrever, pois colocaria nós dois em risco. Mas acredito que terá muito interesse nesse assunto, e essa será minha maneira de recompensar você por meu comportamento insensível.

*Com carinho,
Theo*

Ele escrevera a carta na língua do convés Q, e era engraçado ver aquele jeito de falar muito correto dos conveses superiores traduzido numa língua conhecida por sua informalidade. Aster queria que ele tivesse dito aquilo antes. Não sabia por que as pessoas não eram mais diretas.

Theo – o Cirurgião, ou General Cirurgião Smith, como era chamado por seus alunos – conduzia, duas vezes por semana, um grupo de estudos sobre neurofisiologia com onze homens dos conveses superiores e um dos conveses intermediários. Naquele dia, Aster tinha sido convidada. Era disso que ele queria falar pessoalmente. Ela participaria como Aston.

Ele mudou o horário do grupo para a noite, para que Aster pudesse participar. Começava quinze minutos depois do turno de trabalho. O tema era uma discussão sobre a patologia de doenças neurológicas, e Aster deixou de lado a raiva e a tristeza para dar espaço à curiosidade. Nunca estivera num ambiente verdadeiramente acadêmico, e estava ansiosa para isso. Era um momento em que ela podia ter uma folga de Tenente, Lune, titia, Giselle e de todos os problemas que pairavam em sua mente.

– Está nervosa? – perguntou Theo, quando foi buscá-la. Olhou de cima a baixo para as vestimentas de Aston.

– Estou bem. Eu é que deveria perguntar isso pra você – respondeu ela.

Ele deu de ombros e arrumou alguns papéis e pastas numa maleta marrom.

– Prefiro ficar preocupado estando ao seu lado do que quando você está longe. Eu sinto muito mesmo pelas coisas que falei quando estava com raiva e com medo.

Ela ainda não queria perdoar Theo.

– Vamos nos atrasar se não formos logo, não?

Theo assentiu e vestiu uma jaqueta esportiva de lã sobre a camisa. Aster abriu a porta para ele e a segurou com o quadril para que passasse. Theo era tão alto que precisava se abaixar, mas até isso ele fazia de maneira graciosa.

Subiram as escadas para o convés G, demorando-se no caminho entre as alas Ganso e Granito. Aster correu para o observatório de vidro que dava vista para os conveses de cultivo bem abaixo deles, tudo tão lindo. Verde. Cheio de cores. Vivo e cheiroso.

– Venha, Aster – disse Theo, tocando em seu ombro.

– Claro, desculpe.

Ele a conduziu até a Ala Gruta, que estava vazia e silenciosa a não ser por um rapaz que corria para a aula. Ele entrou numa cabine no final do corredor. A ala Gruta, junto com a Golfo e a Galinha, eram reservadas para atividades escolares.

– Lembre-se, você está aqui pra observar e aprender com a aula, mas acho melhor não participar.

Aster estava lá sob o pretexto de ser assistente de aula do Cirurgião. Sentou-se fora do círculo de mesas e fez anotações.

– Cirurgião Smith? – começou o único homem dos conveses intermediários. Era quem mais fazia perguntas, levantava a mão, hesitante, a cada cinco minutos.

– Sim, sr. Ludnecki, diga.

Aster ergueu o olhar e derramou um pouco de tinta nas anotações.

– Você disse que distúrbios de dor podem ser caracterizados como neurodisfunções. Mas qual é a diferença entre dor neurológica e dor psicológica? As duas têm componentes químicos, não?

Aster se levantou e caminhou em silêncio até a mesa onde Theo tinha deixado suas bolsas. Vasculhou a sacola de couro enquanto a turma conversava.

– Com licença, senhor? Está ciente de que seu garoto está mexendo nas suas coisas? – perguntou um dos homens dos conveses superiores. Mal era um homem. Um rapazinho, ainda na puberdade, com uns cambitos no lugar das pernas.

– Você não disse que queria que eu registrasse a presença dos alunos? – perguntou Aster. Esperava que sua desenvoltura na língua dos conveses superiores impressionasse o garoto que tinha chamado atenção.

Theo olhou para ela confuso, mas não protestou. Ainda estava tentando fazer as pazes com ela.

– A lista de chamada está no bolso de fora.

Ela encontrou o envelope marfim e tirou de lá uma folha de papel, depois começou a ler os nomes.

– *Evans, Clark*?

– Cirurgião, precisamos mesmo fazer isso?

– *Quentin, Harry*?

– Presente.

Quando Aster chegou ao *Ludnecki*, ficou decepcionada por descobrir que não era o *seu* Ludnecki.

– *Ludnecki, Cassidy*?

– Hum, sim. Sou eu. – Cassidy, o cara dos conveses intermediários, de pele marrom clara e cabelo penteado com gel, levantou o dedo.

– Muito bem – disse Aster, e voltou para sua cadeira.

– Espere aí, você não me chamou – reclamou alguém com quem Aster não se importava. Para ela, tinha cara de *William*, *Peter* ou *Steven*. Algo bonito, mas sem graça. – Garoto, pode conferir a lista? O nome é Timothy Walton.

– Podemos resolver isso depois – interrompeu o Cirurgião. – Por favor, vamos todos voltar à discussão.

Aster pegou a lista de chamada e circulou o nome uma, duas, três vezes, vidrada no deslizar da caneta contra o papel.

Seamus Ludnecki – e não Cassidy – era o homem que tinha retirado os livros que titia pretendia roubar, mas aquele sobrenome não era comum. Aster nunca o tinha ouvido antes. Certamente Seamus era irmão de Cassidy? Ela sublinhou as informações sobre este último. Morava no convés L, na Ala Louro. Aster sabia que isso era um sinal de Lune. A hora do luto tinha passado. Agora começava a temporada de busca.

Ainda disfarçada de Aston, Aster foi em busca da cabine de Cassidy.

– L-31, L-31, L-31 – dizia em voz alta, os olhos semicerrados enquanto buscava no mapa desenhado à mão que vendiam para cada convés, copiado da planta original e com anotações sobre que guardas vigiavam cada lugar. De acordo com o mapa, ela já deveria estar lá, mas na verdade estava na Ala Lenheiro. Com certeza estava errado. – Com licença, estou procurando a Ala Louro – disse ela para uma mulher que mexia num instrumento no corredor. Parecia estar trocando as cordas. Tinha a sobrancelha levantada e a boca estava aberta enquanto enrolava o fio de metal numa protuberância.

– Claro, querido, a Ala Louro não é longe daqui. Mas precisa ir na direção estibordo – disse ela.

– O mapa dizia porto.

– Alguém trocou a Louro com a Lenheiro há muito tempo, antes mesmo de eu nascer, então não sei dizer por quê. Pode cortar caminho pela Ala Limoeiro, depois virar à direita na bifurcação e vai chegar lá no fim do corredor.

– Muito obrigado.

Aster já visitara pacientes no convés L, mas não o conhecia tão bem quanto outros conveses intermediários. A maioria das famílias morava nesse setor, como no convés M. Algumas pessoas também faziam trabalhos forçados, mas a maioria tinha empregos normais. Sapateiros e relojoeiros.

Ela chegou à Louro quinze minutos depois e encontrou a cabine L-31 mais ou menos na posição certa.

– Olá! – disse do lado de fora da porta. Não havia interfone nem campainha. – Olá? – chamou novamente. – O Cirurgião me mandou aqui.

Atrás da porta, ouviu um folhear de papéis e o som de alguma coisa caindo no chão.

– Só um momento – respondeu Cassidy. Ele abriu a porta, o rosto perplexo ao reconhecê-la. – Você.

– E você. Cassidy Ludnecki.

Ele tentou fechar a porta, mas Aster foi rápida e entrou na cabine antes que o metal esmagasse sua mão.

– Seu lugar não é aqui – disse Cassidy. No grupo de Theo, ele parecera hesitante, tímido e empolgado de um jeito meio nervoso. Agora, parecia arrogante e indiferente.

– Eu não estaria aqui se não fosse importante.

– Então você só age assim como pateta quando é algo importante. Não vou dizer de novo: vá embora.

Cassidy afrouxou a gravata e a tirou por cima da cabeça. Jogou em cima da cama e depois desabotoou o colarinho. O suor escorria do queixo para o pescoço, fazendo os pelos pretos se enrolarem. Aster ficou olhando enquanto ele se despia e sentiu algo que só podia caracterizar como... uma decepção distante. Não era aquele tipo de irritação que arruinava seu dia, mas sim a contrariedade genérica de precisar aceitar um *status quo* medíocre.

– Já observei que vocês intermediários podem se comportar das mais diversas maneiras – disse Aster. – Mas todo mundo que conheci no convés L até agora foi muito gentil. Achei que você seria também.

– A gentileza é superestimada sem necessidade – respondeu ele, o tom de voz um misto de irritação e enfado com o mundo. Irritado demais para ficar triste e vice-versa.

– Às vezes é mesmo. – Mas às vezes não era. – Você deve saber muito bem o que é ser tratado com inferioridade, sendo o único intermediário no grupo de estudos do Cirurgião. E ainda assim me chama de pateta. Por quê?

– Porque é isso que você é.

Cassidy abriu uma lata de suco de pêssego e bebeu com gosto. Peach Jimmy. Uma bebida densa e gaseificada muito popular nos conveses inferiores. Antiga, antiga, antiga, desde a época que a *Matilda* deixou a Grande Casa. Mais ou menos uma década antes, alguém pegara as últimas caixas que tinham sobrado para tentar copiar a receita; conseguiu chegar bem perto e usou as latas antigas para armazenar a nova versão. Só de olhar enquanto Cassidy virava os últimos goles da lata, Aster podia sentir na língua o gosto gasoso e pegajoso de tão doce. Ela nunca conseguia encontrar aquela bebida. No último ano de colheita, tinha descoberto um engradado inteiro dos antigos, ainda fechado, num depósito aleatório do convés P, em meio a produtos de limpeza e aveia mofada.

– Quer um pouco? Posso abrir a lata e você lambe a parte de dentro, como se fosse um cachorro.

Pateta, agora *cachorro*, e ela já tinha ouvido tanta coisa pior tantas vezes que nem se importava mais. Não podia se importar. Ela não precisava de muito. Não precisava ser adorada, amada ou elogiada. A única coisa que desejava era um mínimo de respeito pelo fato de que estava viva. Era real, respirava, pensava, tinha membros que se mexiam e tudo mais.

– Você é cruel porque é minúsculo por dentro. Tão minúsculo que não consegue carregar o peso do próprio corpo. Precisa inflar seu ego como um balão, para preencher a pele. Flutua por aí como um balão de hélio. Inchado, gasoso e vazio.

Aster foi até a mesa de onde ele tinha tirado o Peach Jimmy e pegou um para si. Abriu e tomou um longo gole, mas não bebeu inteiro. Depois, abriu cada uma das três latas que sobraram e fez a mesma coisa. Um gole de cada uma.

– O que pensa que está fazendo? – gritou Cassidy, irado.

– O que eu quiser. – Ela tomou outro longo gole da primeira lata até que ficasse na metade, depois derramou o restante no travesseiro dele.

– Pare com isso agora!

Cassidy agarrou o braço dela e puxou para longe das outras latas, mas ela estava muito perto. Conseguiu se soltar dele e derrubou uma das latas mais cheias com a ponta do dedo. O suco denso formou uma poça por cima dos papéis que estavam na mesa. Aster esperava que fossem todos muito importantes e insubstituíveis.

– Você enlouqueceu? – perguntou ele.

Sim.

Ele suspirou com raiva.

– Por que está fazendo isso comigo?

Aster pensou que ele poderia começar a chorar, como os personagens faziam nas peças que ela lia: "Ah! Ai de mim! Por que os Céus abandonaram seu filho?". Ficou com pena daquele garotinho intermediário fraco e contou a ele a razão da visita.

– Estou aqui porque preciso saber como encontro seu irmão Seamus.

Ele apertou o braço dela com mais força.

– O que foi que disse? – Os cabelos da testa foram encaracolando com o suor. Cassidy era um homem nervoso, vivia sempre à beira de uma síncope, e morreria cedo, provavelmente com um ataque do coração. O estresse reprogramava o corpo, e era provável que o dele já tivesse se transformado em atalhos, encruzilhadas, pontes e túneis para os hormônios superestimulantes. O coração não tinha como aguentar.

Havia uma mancha de café em sua blusa, aparente agora que ele tinha desabotoado o blazer. Os sapatos, Aster reparou, estavam surrados e cinzentos. Em algum momento, muitos e muitos anos antes, tinham sido pretos.

– Como você sabe sobre Seamus? – A voz de Cassidy ficou trêmula como a de um adolescente. Ele começou a andar de um lado a outro da cabine. Aster se lembrou de quantas vezes ele levantara a mão para fazer perguntas no grupo de estudos do Cirurgião, e agora imaginava se aquilo já tinha sido uma demonstração de sua intensidade inquieta.

– Vinte e cinco anos atrás, um homem chamado Seamus Ludnecki retirou dos Arquivos um livro do qual eu preciso – respondeu ela. – Não acho que haja muitos outros Ludnecki por aí.

Ele mexeu os lábios para responder, mas então parou. E aí deu um sorriso.

– Você é implacável, *yongwa*.
– Ei. Você fala o dialeto inferior?
– Não, claro que não.
– Mas me chamou de *yongwa*. Nem o Cirurgião me chama assim, e ele fala a língua inferior como um nativo.
– É só uma coisa que já ouvi antes. Tive uma enfermeira que usava – respondeu Cassidy.
– Seu sotaque é perfeito.
– Consegue detectar meu sotaque só com uma palavra?
– Consigo.

E agora mais coisas faziam sentido. Como o Peach Jimmy, considerada uma bebida dos conveses inferiores até mesmo para o pessoal do N. E o desgaste daqueles sapatos.

– Bom, mas você está enganado. Eu nasci no L. Não tenho nenhum motivo para falar a língua dos conveses inferiores.

Aster passou a falar num dialeto usado por toda a parte nos conveses inferiores, não específico de determinado convés, corredor ou setor da nave. Era a língua que os guardas usavam para falar com eles por lá.

– Por que está mentindo para mim? Dá pra ver que está ficando confuso. Andando de um lado pro outro.

– Não consigo entender o que diz nessa língua pagã – respondeu Cassidy na língua dos conveses intermediários.

– Consegue sim, *lywa awo deni sylf. Betraya na ver.* – "Mentiroso que nega a si mesmo. Traidor da verdade." – Quem é você, Cassidy Ludnecki do convés L? Algo me diz que você não é da Ala Louro. Será que devo ligar pro Cirurgião e avisar? – Aster mostrou o rádio para ele. – Aston pra Theo – disse no aparelho, satisfeita por ter se lembrado do disfarce na última hora.

Soou um chiado e depois veio a voz do Cirurgião.

– Estou aqui. Do que precisa?

– Estou aqui com seu aluno, Cassidy Lu...

Cassidy tentou arrancar o rádio da mão dela, mas Aster conseguiu se desvencilhar antes que ele alcançasse.

– Depois nos falamos, Theo. Se eu morrer, o homem que me matou mora no L-31. Até mais. – Ela então cortou a transmissão.

– Olha, isso não é nada do que você está pensando, qualquer que seja o cenário ridículo que imaginou aí na sua cabeça. – Cassidy se jogou sentado na cama e tirou os sapatos. Logo ele não teria mais peças apropriadas para tirar e expressar seu nervosismo, e acabaria ficando nu.

– Você fala a língua dos conveses inferiores ou não?

Depois de um tempo, ele a encarou e assentiu.

– Falo. Embora essa tenha sido a primeira vez em muito tempo. Você me deixou perturbado, *yongwa*, quebrou meu ritmo.

Aster perguntou de onde ele era de verdade, e Cassidy respondeu que era do convés R, apenas um andar abaixo dela. Tinha roubado a identidade de um homem dos conveses intermediários que morrera.

– Foi Seamus que me ofereceu os papéis, disse que o irmão dele tinha morrido e que não tinha motivo pra desperdiçar uma boa identidade. Nos conhecemos num turno de trabalho. Eu queria ser médico mais do que tudo, então aceitei a oferta sem questionar. Ganhei minha própria cabine. Saí da escala de trabalho forçado. Bom, ainda tenho de fazer dois turnos por semana, mas não é igual a antes. Isso foi há dois anos.

– Ninguém notou a mudança? – perguntou Aster.

– Se notaram, não se importaram – respondeu Cassidy.

– Ainda tem contato com Seamus?
Ele hesitou.
– Não tenho.
– Está mentindo pra mim de novo, *lywa*?
– Você é insistente.
– É importante. Acredito que esse livro pode me ajudar a encontrar minha mãe. Sempre achei que ela estivesse morta, mas agora tenho motivos pra acreditar que não está.

Cassidy parecia mais calmo agora, e ela se perguntou se o comportamento anterior tinha a ver com os trejeitos afetados dos conveses superiores que ele tinha desenvolvido.

– Procurar mães perdidas não leva a nada, *yongwa*. É melhor desistir.
– É imprudente ignorar os mortos – respondeu ela.
Cassidy a observou com atenção.
– Então eu digo: seja imprudente.

22

Era da natureza das coisas querer conhecer seu criador para se autoconhecer. Era isso que Aster desejava, poder olhar para dentro de si e ver mais do que aquilo em que a *Matilda* a transformara. Tinha escolhido seu caminho, e esse caminho a levava até Seamus. Foi preciso um tanto de insistência, mas Cassidy disse onde encontrar o rapaz. Ainda não tinha encontrado Seamus pessoalmente, mas já tinham se correspondido por escrito. As missivas dele eram curtas, mas educadas, e naquela noite ela o veria cara a cara pela primeira vez.

Seamus fazia três turnos de doze horas por semana, à noite, nas Vísceras da *Matilda*. Aster decidiu explorar seu disfarce de garoto mais uma vez para conseguir entrar lá para o encontro. Nem era necessário, mas ela gostava de fazer aquilo, de fingir que era um homem. Não era exatamente a ideia de ser um garoto que a atraía. O que a atraía era a mentira. Tornar-se outra pessoa. Como se seus velhos erros se apagassem porque aquela pessoa não existia mais. Podia aprender a ser corajosa de novo numa outra identidade.

A tarefa de enfiar os resíduos num funil para serem processados e virarem outros materiais era uma indignidade normalmente reservada aos homens dos conveses inferiores, mas, como era muito serviço, alguns trabalhadores dos conveses intermediários precisavam ajudar. Todos os dejetos da nave eram transportados até ali, dos banheiros aos restos de comida. Canos grossos despejavam o conteúdo em cilindros largos, e aquilo ia sendo retirado pelos operários e colocado nas máquinas de processamento. Tudo ali embaixo parecia uma fornalha, quente e fedorenta.

Aster trabalhou um pouco enquanto esperava por Seamus. Quando estava colocando punhados de alface estragada num carrinho de mão, um homem com sardas e cabelos ensebados a empurrou com o ombro, rindo, e chamando-a de *franguinho*. Ela não gostou da sensação daquele corpo tocando no seu, ainda que por um breve momento. Disparou lembranças de todas as coisas que ela não queria lembrar. Não gostava de sentir nenhuma pele tocando a dela, a não ser peles bem específicas. De titia, de Mabel, Pippi ou Giselle. Ou de Theo.

– Olha esse garotinho mirrado – disse alguém.

Todos os olhos se viraram para Aster. Os homens mordiscavam o interior de suas bochechas e cuspiam perto das botas.

– Está todo arrumadinho que nem uma garotinha.

– Mariquinha – disse alguém, imitando uma voz fina.

– Deixem ele em paz. Voltem ao trabalho – ordenou o supervisor, sem nem tirar os olhos do relatório que preenchia.

– Só estamos nos divertindo um pouquinho – protestou um homem. – Ou você é mariquinha também, Sargento? Quer que a gente vire de costas enquanto você manda ver com Aston?

– Eu disse para calar a boca ou vou quebrar a porra do seu nariz. Hoje não é um bom dia para me irritar. – O supervisor nem precisou se levantar para provar que falava sério, porque vários homens voltaram ao trabalho.

– Está bem. Vou deixar o mariquinha trabalhar. Mas olha só como ele anda – observou o homem, rindo. – Deve estar com o furico até machucado. Sargento, não quer dar um beijinho pra sarar mais rápido?

Aster sabia que aqueles insultos não eram para ela. Estava interpretando um papel. Mas doía do mesmo jeito. Doía por causa das pessoas que eram alvo dos insultos, e doía por todas as maneiras que ela mesma já tinha sido o alvo no passado. Se todo mundo dizia que aquilo era verdade, ficava difícil acreditar que havia algo de bom nela.

Sentiu que Tenente estava certo a seu respeito. Ela não entendia muito bem, mas, quando pensava em si mesma, o que sentia era repulsa. Aster era um demônio vil, uma sapatão, mais feia que um cachorro. Era outras coisas também, outras coisas ainda mais apavorantes, que não eram fáceis de dizer nem de admitir. Uma gambiarra de peças descartadas de segunda mão, para ser usada por quem tivesse necessidade.

Aquelas memórias foram apertando sua garganta como uma corda, até não conseguir mais respirar. A visão ficou turva. Voltou a ser criança. Tinha três ou quatro ou seis ou nove anos, tudo ao mesmo tempo. Estava sentada no colo do guarda, e estava de joelhos, e estava deitada. Estava implorando por sua titia. Ela era coxas, joelhos, barrigas, gemidos, bundas, sêmen.

Se vomitasse, era por causa do próprio estômago fraco. Titia falava que ela sempre fora chatíssima para comer, não conseguia digerir nada quando era bebê. Não era nenhum motivo para chorar.

As lembranças não podiam ser simplesmente retiradas da cabeça, apenas empurradas para o fundo da mente. Ali, com tantos homens ao redor, elas todas vieram à superfície.

Aster jogou a pá no chão e foi andando até a geladeira com água, esbarrando nos colegas e empurrando todos de propósito. Ela era outra pessoa ali. Precisava se lembrar disso. Eles não conheciam todas as violências que ela já tinha sofrido e que a transformaram naquela doida destemperada. Não sabiam que ela não era forte.

Diante dela estava um homem com uma cicatriz que cortava o olho, a pálpebra fechada e costurada com o tecido mutilado. Não estivera no grupo de homens que caçoou dela antes. Ele sorriu quando a viu, e parte do rosto se contorceu. O olho bom estava arregalado, ameaçador. Aster não desviou o olhar do dele ao chegar mais perto, mas também não conseguia respirar.

O homem com a cicatriz se levantou, altivo, impondo sua altura sobre ela. Tinha um cheiro doce, como se tivesse acabado de sair do banho – e esse era mais um motivo para odiá-lo, o fato de ele achar que água e sabão poderiam deixá-lo limpo. Empurrou o peito contra ela, mas Aster estava preparada. Fincou bem os pés no chão.

– O que você quer? – perguntou Aster.

– Você é uma criança. Seu lugar não é aqui. Eu não trabalho ao lado de bebês. É um insulto, seu cuzão afetado.

Os homens largaram as ferramentas para escutar a conversa. Em vez de dar bronca, o supervisou ficou só olhando.

– Talvez eu seja um cuzão. Isso quer dizer que você quer me comer? – perguntou ela, falando do mesmo jeito que os homens tinham feito antes. Todo mundo caiu na gargalhada ao redor.

– O que você disse?

– Que você quer me foder. É disso que você gosta? Comer mariquinhas? – Ela estava emulando as velhas brincadeiras de casinha. O teatro. Ouvir e depois repetir. Ouvir e depois repetir. Só precisava disso para fingir bem. O que era a nossa personalidade senão uma imitação cuidadosamente articulada?

– Você vai morrer. – Ele empurrou Aster contra um enorme tanque de metal. O crânio dela bateu numa saliência, e Aster balançou a cabeça para tentar dissipar a dor. O homem deu uma risadinha sarcástica, revelando os dentes tortos e escuros. – Vou destruir você. – Olhou para ela de cima a baixo, claramente menosprezando sua força, e foi aí que ela aproveitou a vantagem. Levantou-se do tanque gritando e foi com tudo para cima dele. Usou a ponta de aço de suas botas novinhas para golpear o joelho dele com o máximo de força que conseguiu. O homem caiu no chão, gemendo de dor. Ele soava como um porco, um barulho ao mesmo tempo gutural e agudo. Tentou se levantar, mas Aster sabia que tinha quebrado o joelho dele.

Investiu com a ponta da bota no outro joelho, depois na coxa, na virilha, no estômago, os movimentos rápidos para que ele não tivesse chance de reagir. Golpeou cada pedacinho dele repetidamente até que sentiu mãos puxando sua cintura. Ela então atacou esse homem também. Ninguém estava autorizado a tocar nela a menos que ela permitisse.

– Calma – disse alguém. O homem a virou de frente, com as mãos nos ombros agora, em vez da cintura. Não era ninguém que ela reconhecesse. – Venha, menino. Está tudo bem agora. Está tudo bem. Tudo bem.

Aquelas afirmações colocaram o dedo ainda mais fundo na ferida. As coisas não estavam bem, nunca estiveram. Ela começou a se debater na esperança de que sua fúria fosse o suficiente para derrotá-lo.

– Deixe isso passar – disse o homem.

– Não – gritou ela, mas seu corpo começou a atender às palavras do homem. O coração foi desacelerando. Ela relaxou sob o domínio dele.

– Eu estou aqui – disse ele.

– Ninguém está autorizado a me tocar. Ninguém está autorizado a me xingar. Eu sou uma pessoa. Uma pessoa viva – disse ela, em meio aos soluços.

– Você é. E está aqui, e vai ficar tudo bem. Acabou. – Os olhos dele estavam fixos nela, examinando.

– Nunca acaba. – Ela se virou e cuspiu no corpo desmaiado do homem com a cicatriz. Alguns outros foram socorrê-lo.

– Vai acabar se matando se continuar agindo assim – disse o homem. Usava um gorro que cobria as orelhas, num tom de marrom claro e desbotado que contrastava com o marrom mais vivo de sua pele. Ela soube que aquele era Seamus. Tinha dito que estaria usando um gorro.

– Não queria que tivesse me visto desse jeito – disse ela, em voz baixa.

Ele negou com a cabeça.

– Não mudou em nada o que penso de você.

Ela estava com dificuldade de recuperar o fôlego.

– Não quero que me vejam chorando. – Não tinha certeza de que ia chorar, mas não sabia o que esperar de si mesma naquele momento. Não estava muito segura. Sentiu que suas emoções estavam tão instáveis quanto as de Giselle.

– Sei de um lugar aonde podemos ir, Aster. Esse é seu nome real, certo? – perguntou ele, em voz baixa. Não se parecia nada com Cassidy. Aster imaginou que era porque não eram irmãos de verdade.

– É, mas aqui sou Aston.

Ela limpou o suor da testa com o casaco, não exatamente como um mariquinha faria, mas estava sem um lenço. Caído no chão, o homem com a cicatriz gemia.

– Vai pensar duas vezes antes de me tocar de novo, não vai? – gritou ela, mas Seamus a conduziu para longe dali.

– Deixe ele pra lá. Você já ganhou, não foi?

Ela não sentia como se tivesse ganhado nada.

Dois homens ajudaram o Cicatriz a se levantar.

– Você é um merdinha – disse um deles para Aster. A pele dele era dourada e lisa, e as sobrancelhas grossas se uniam no meio da testa. Tinha uma voz tão bonita quanto o rosto, com olhos escuros, um nariz esculpido e os lábios contraídos de raiva.

Seamus passou o braço ao redor do ombro dela e conduziu Aster para longe de Cicatriz e sua turma. Virou num outro corredor das Vísceras para que ficassem sozinhos.

– Você foi um terror ali. Nunca ouviu falar que não se deve chutar um homem que já está caído?

– Quem disse isso? – perguntou Aster porque, não, nunca tinha ouvido falar disso. Melusine inclusive tinha ensinado que aquele era o melhor momento para chutar um homem.

– Deus ou alguém disse isso.

– Que deus?

– O principal – disse Seamus, dando de ombros.

Aster se recostou numa coluna de metal. A parte de trás da bota estava raspando no calcanhar e formando bolhas. Ela despencou sentada no chão, os joelhos dobrados no peito.

– Você não acredita em Deus? – perguntou Seamus. Ele se sentou ao lado dela com a sobrancelha arqueada.

– Acredito em coisas invisíveis – respondeu Aster, imaginando os bilhões de átomos flutuando ao seu redor.

Seamus assentiu.

– Sua mãe acreditava também. Acreditava num mundo fora desta nave. Ela me fez acreditar também. Pensou que tinha encontrado uma casa pra nós e que podia levar a *Matilda* até lá. Eu não entendo muito de ciência, mas ela parecia ter tanta certeza que eu também acreditei.

Havia algo de sombrio na energia dele. Lune tinha lhe dado esperança e depois tirado.

– Minha avó costumava me contar algo que a mãe dela dizia. Uma história que iam passando adiante – disse Seamus. – Na terra firme, o sol era brilhante e queimava suas costas; fazia cócegas e acordava você quando passava muito tempo deitado. Os raios tocavam você como feixes quentes de luz, e aquele calor atingia a pele como se fosse o toque da mãe na pele do bebê. Amarelo e brilhante, às vezes até branco. Não se parecia nada com aquele Pequeno Sol que serve pra cultivar a comida. Era mais denso e colorido, como açafrão ou leite azedo. Era isso que ela dizia. Ela então me enchia de beijos e falava: "Foi assim que minha babá me contou que era, e é isso que você vai contar a seus netos".

Aster tentou sentir aquilo, como seria ter uma estrela espalhando luz plásmica sobre si. Quase conseguia acessar aquela memória gravada em suas organelas, nos pelos dourados de sua pele escura, na sombra dos dentes-de-leão que nasciam nas verduras que ela colhia e comia.

– Você era companheiro da minha mãe? – indagou Aster.

– Não.

Aster deixou a respiração se estabilizar e relaxou o corpo.

– O que você era dela?

– Um homem disponível pra ajudar. Talvez um pouquinho mais do que isso. Eu trabalho com identidades, negocio sempre que morre alguém dos conveses intermediários. Lune ameaçou me denunciar a menos que eu a ajudasse. – Ele riu.

– Ajudar como?

– Pegando livros pra ela nos Arquivos. Entrando nos alojamentos de alguém pra roubar mapas e plantas. Ajudando com as pequenas naves.

– Você costuma ir lá em cima?

– Não desde o dia em que você nasceu – disse ele, e se levantou. – Venha, vamos pra sala de descanso. Pegar alguma coisa pra comer. É sempre melhor compartilhar histórias com uma refeição. – Ele estendeu a mão para ajudá-la a se levantar, e Aster aceitou.

O refeitório era uma cabine grande com várias fileiras de mesas onde uma mulher servia o conteúdo de uma panela, algo marrom e borbulhante. Aster sentia falta das comidas de titia, que ela não podia mais fazer sob as novas regras de Tenente. Nem um mês antes, elas estavam fazendo bolinhos com gordura, fubá, sal e farinha de abóbora, que cozinhavam num caldo picante com pato e verduras, o líquido espesso repleto de pés de galinha e pasta de pimenta.

– Tente comer pelo menos um pouquinho – disse Seamus. – Você estava fazendo trabalho pesado.

Aster ficou olhando sem expressão para a sopa.

– Só uma colherada – insistiu ele.

Toda a arrogância da masculinidade que Aster fingira antes já tinha sumido. Durou pouco. Só tinham restado as provocações, e o estalo do joelho do Cicatriz, e o passado tomando tudo de assalto, uma herança dos fantasmas. Sua vida antiga lhe possuiu, a deixou mais forte, mas, como tudo o que ela conhecia, a usou e foi embora. Ela colocou uma colherada do caldo na boca e engoliu.

– Pra quê Lune precisava da sua ajuda com as naves?

– Pra consertar, usar minhas conexões pra conseguir combustível, pra testar quantas pessoas cabiam em cada uma. Ela estava planejando fugir, pelo que eu pude perceber, mas não tenho ideia do destino.

– E depois?

– E depois nada. Um dia simplesmente parei de ouvir falar dela. Lamento por não ter muito mais pra contar. Mas eu trouxe os livros, como me pediu. – Seamus entregou uma mochila pesada para ela.

Aster se perguntou se Lune tinha roubado uma das naves para ver o que conseguia encontrar. Talvez ela acreditasse que podia se sair melhor do que os computadores da *Matilda*.

– Como ela era? Era uma pessoa legal?

– Até era legal sim, mas essa não seria minha primeira escolha pra descrever sua mãe. Inteligente demais, com uma língua ferina. Era nativa dos conveses inferiores, mas tinha o jeitão dos superiores, na minha humilde opinião. Eu me lembro que ela participou de um dos programas de reforma educacional que eles tinham. Lune era sofisticada, falava bem. Encantava as pessoas. Sempre sabia exatamente o que dizer. – Seamus pegou o porta-condimentos e jogou um pouquinho de pimenta, depois sal e molho em seu prato. – Você parece muito com ela, sabia? Quando vi você naquela briga, sabia que era a pessoa que tinha vindo encontrar. Faz muitos anos desde a última vez que vi Lune, mas foi só ver seu rosto de relance que achei ter voltado vinte anos no tempo.

Seamus comeu sua comida com vontade, e Aster sentiu que ele estava fazendo isso mais por ela do que por ele, para que ela tivesse tempo de absorver as informações. Quando ele se levantou para repetir, ela fechou os olhos e tamborilou os dedos na mesa. Não sabia por que ficara tão abalada.

– Marlowe está olhando pra você – disse Seamus ao voltar.

– Quem?

– Olha.

Aster se virou para onde Seamus tinha apontado e viu o mesmo homem de antes, com a pele perfeita, olhos perfeitos e lábios perfeitos, as sobrancelhas grossas e unidas no meio, o homem que ajudara Cicatriz a se levantar.

– Preciso ir embora – disse Aster, abandonando a bandeja.

– É isso que ele quer. Está tentando incitar você a entrar em outra briga. Continue aqui. Sente. Coma. Mantenha a calma. Precisa ficar perto de mim, está bem?

– Não posso ficar aqui – disse ela, olhando em volta para os homens que comiam. Havia uns quarenta deles ou mais. Não sabia como não percebera isso antes. Começou a se afastar.

– As... – chamou Seamus. Ela ouviu ele se levantar para segui-la, mas já estava longe, e a não ser que ele pulasse por cima da mesa, não a alcançaria. – Espere!

– Obrigada mais uma vez por tudo – disse ela, se segurando no que viu pela frente para tentar manter o equilíbrio: o ombro de um homem, uma mesa, uma parede.

Correu pelo refeitório até alcançar o corredor. Lá, finalmente conseguiu respirar. Só precisava voltar às Vísceras, onde estaria sob a vigia do supervisor. Olhou para a direita, para a esquerda e percebeu que não se lembrava do caminho. Escolheu a esquerda torcendo para estar certa.

– Chegou num beco sem saída – Aster ouviu alguém dizer atrás dela e, mesmo sabendo que não deveria, se virou para olhar.

– Por favor, me deixe em paz.

– Do mesmo jeito que você deixou Ty em paz? Um médico acabou de examinar a perna dele. Disse que talvez não volte a andar direito.

Aster pensou: *Que bom*.

Marlowe se aproximou e segurou Aster pelo pescoço, o dedo apertando a faringe.

– Estou farto de babacas como você pensando que podem nos tratar desse jeito. Quem foi que contou? Me diz um nome e de repente eu libero você.

Ele afrouxou a mão no pescoço dela, mas Aster continuava sem conseguir respirar, os músculos da clavícula doloridos e machucados.

– Não sei do que está falando – murmurou. – Eu ataquei o cara da cicatriz porque senão ele ia me atacar.

– Cara da cicatriz? Fala a porra do nome dele. – Marlowe empurrou o peito de Aster.

– Ty.

– Você sabia que aquela cicatriz foi culpa de um merdinha igual a você, um garoto fracote tentando se impor? Que veio por trás, pulou nas costas dele e passou a lâmina na cara dele? Disse que veados eram pessoas pela metade, então ele só devia ter metade da cara também. É isso que você acha?

Ela negou com a cabeça, mas teve dificuldade de dizer em voz alta. Aquilo era tão absurdo, alguém pensar que Aster desejaria dar algum tipo de lição em Ty por se relacionar com outros homens, quando ela mesma desejava, principalmente, mulheres.

Ele deu um tapa no queixo de Aster, arremessando-a no chão. Metade de seu rosto desapareceu na hora, como o de Ty, dormente, os nervos desligados.

– Tire a calça – disse ele.

Aster não tinha passado seu unguento naquele dia. Não tinha dado tempo. Tentou se levantar, mas seus olhos estavam molhados, a visão turva. Tentou se arrastar.

– Você está enganado – disse, a voz sufocada.

– Cale a boca. Se falar mais alguma coisa, eu mato você. Tire a calça, agora. – Marlowe pegou uma faca grande de lâmina serrilhada no bolso de trás. – Só preciso decidir se vou cortar fora suas bolas e deixar você sangrar ou se vou costurar de volta.

Aster fechou os olhos e caiu no chão de novo. Em suas fantasias, ela sempre dizia para eles: "Eu poderia partir você no meio. Eu poderia matar você. Eu poderia matar você muitas vezes". E os homens sempre respondiam: "Vá em frente, pode tentar". E Aster tentava, mordia e arranhava eles todos, tão forte a ponto de quebrar partes do corpo. E então, os homens enfim a dominavam e diziam: "Implore a minha piedade". E ela dizia: "Implore você pela minha piedade! Implore você! Implore e quem sabe eu conceda. Mas com cuidado porque não sou uma deusa misericordiosa".

Ela mal sentiu quando Marlowe cortou o zíper de sua calça, e depois o tecido de algodão da cueca. Mas percebeu quando ele levou um susto e se afastou, num sobressalto.

Aster abriu os olhos. Marlowe estava de pé em cima dela. Ela engoliu em seco e tentou vestir a calça, mas a parte de cima da peça estava completamente destruída, expondo a roupa de baixo e as coxas.

Marlowe desabotoou sua própria calça, tirou e chutou a roupa na direção de Aster. Ficou lá em pé com suas ceroulas. Aster vestiu a dele por cima de sua calça rasgada.

– Quem é você? – perguntou ele.

Ela ia responder: "Aster", mas aquilo também lhe pareceu uma mentira. Órfã e selvagem, ela nem merecia um nome.

23

Seria insensato afirmar que o motim que levou ao massacre de centenas de pessoas, os corpos inertes espalhados pelos corredores da *Matilda*, começou por causa de Aster. Ela era, afinal, apenas uma mulher, uma mulher pequenina de quem muita gente não gostava, cujo coração não era mais propenso a pensamentos de violência do que qualquer outra pessoa que tenha aguentado décadas e décadas de traumas, como todos os moradores dos conveses inferiores. Era teimosa e rebelde, mas muitos outros também eram. Como qualquer evento que vem em ondas, um motim não tinha início, apenas meio.

Na noite em questão, a noite que algum contador de histórias chamaria falsamente de início, a *Matilda* tremia. Aster não conseguia ignorar aquela efervescência metálica da nave ao voltar para seu alojamento depois da experiência nas Vísceras. Então, em vez disso, ela se alimentou daquela hiperestimulação. Havia coisas piores do que não ter mãe. Sem um passado, Aster não tinha limites. Podia se metamorfosear. Podia ser uma nova versão de si mesma, mais brilhante e grandiosa.

Ela tinha conseguido dar uma lida nos livros que Seamus lhe dera e, embora não tivesse compreendido cada detalhe das anotações nas margens das páginas, entendera o suficiente. Era o único jeito de lidar com o passado – ficar satisfeita com meias respostas e deixar o resto por conta da intuição. Junto com as anotações que Aster lera no Hangar de Vidro e nos diários de Lune, a astromática começou a fazer o mínimo de sentido, assim como o que exatamente a mãe dela estivera aprontando em seus últimos dias. Ela queria mudar a trajetória da *Matilda*. Aster se lembrou da passagem que tinha lhe intrigado tanto da primeira vez que lera:

> *Depois de usar o lavatório, vejo na minha frente o guarda do convés C. Olho diretamente para aquelas pupilas escuras, sem medo. Não vou correr dele e nem satisfazer seus instintos de vigia tentando passar por ele. E se ele me prender? Me empurrar para o outro lado? Tudo o que ele fez foi economizar um pouquinho do tempo da minha trajetória, assim pude voltar mais rápido para meu alojamento.*

Depois da contagem noturna, Aster acendeu uma vela e ficou em pé, parada no meio da cabine. Sem saber de que outro jeito dizer isso, ela anunciou:

– Eu vou salvar todas nós.

Pippi, Mabel e Giselle se viraram juntas para ela. Vivian, é claro, não estava lá. Tinha se mudado desde que Aster quebrara seu nariz.

Aster encarou cada uma das colegas de alojamento para assegurar que estava falando sério. Não estava ficando louca. Já tinha ficado, e continuava assim desde então.

– Vai nos salvar de quê? – perguntou Mabel.
– O que você está aprontando? – indagou Pippi.

Aster segurava um livro chamado *Compressão espacial e relatividade: metodologias*.

– Minha mãe descobriu um jeito de sair da nave.

Giselle se arrastou para o chão com seus cobertores.

– Você conseguiu desvendar? – Fazia dias que ela não falava tantas palavras e nem demonstrava tamanho interesse em alguma coisa.

– Não totalmente – admitiu Aster. – Mas estou bem perto. Preciso de todas vocês. Os fantasmas falam por meio de enigmas e metáforas. Esse nunca foi meu forte.

– Bom, isso é verdade – observou Pippi.

Mabel colocou os óculos e acendeu mais velas. Pôs um cano sob a maçaneta para evitar que os guardas entrassem.

– Do que você e Giselle estão falando? – indagou.

Aster começou bem arbitrariamente, porque todos os inícios são arbitrários, falando dos blecautes de vinte e cinco anos antes.

– Enquanto trabalhava analisando o Pequeno Sol, ela descobriu o Hangar de Vidro e os painéis que controlam os sistemas de navegação da *Matilda*.

– São os deuses que controlam a navegação da *Matilda* – contestou Pippi.

– De certa forma, sim. Os computadores funcionam no piloto automático. A nave está sempre se movendo pra frente e, quando o sistema detecta alguma obstrução, ele desvia sozinho. É esse desvio que causa os blecautes. É uma nave grande. Muito impulso. Precisa de muita energia pra mudar o curso da trajetória. E a *Matilda* pega essa energia do Pequeno Sol.

– Então, vinte e cinco anos atrás, havia um obstáculo na rota? – perguntou Pippi.

– Isso. Alguma coisa causou uma anomalia nos Céus, algo que poderia ser descrito como um poço sem fundo puxando pra dentro tudo a seu alcance. Nos meus estudos, vi algo assim sendo chamado de buraco negro, garganta de Deus, poço de desespero, nexo gravitacional, câmara escura. Nos diários de Lune, aparece como "pupilas escuras dele".

– Parece algo que é melhor evitar.

– Foi isso que o sistema de piloto automático concluiu. Mas minha mãe não concordava.

– Ela queria jogar a gente dentro do poço sem fundo? – indagou Pippi. – Era maluca igual a você.

Aster balançou a cabeça.

– Olha aqui – disse, abrindo o livro de astromática no trecho que fora marcado por Lune tanto tempo antes. Aster leu em voz alta: – "Embora seja menos relevante no modelo astronáutico contemporâneo, que tende a se basear em compressão espacial e uso de campos de distorção, seria negligente ignorar por completo o tema da propulsão gravitacional. Viajar a uma velocidade relativística torna obsoleta a necessidade de usar a gravidade dos planetas para acelerar os veículos que transitam pelos Céus, mas todo engenheiro deveria conhecer os cálculos desta área da mecânica orbital. Há raros momentos em que a propulsão gravitacional e a compressão espacial podem ser usadas em conjunto".

Pippi fez um muxoxo, Giselle e Mabel ouviram sem entender muito bem.

– Não sei muito bem outro jeito de explicar, mas minha mãe queria navegar com a *Matilda* ao redor da anomalia. O piloto automático queria evitá-la a qualquer custo, mas Lune queria chegar perto pra ser capturada por sua órbita e girar, mudando de direção.

Giselle afastou a franja do rosto e falou em voz baixa:

– O guarda do convés C que a empurrou.

– Exatamente – disse Aster.

– Empurrou pra onde? – perguntou Mabel.

– Pra Grande Casa – responderam Aster e Giselle em uníssono.

– Mas por que ela faria isso? Não entendo. Qual é o sentido? Voar por mais três séculos, de volta *pra trás*? Pra quê? Voltar pra um planeta morto?

– Mabel está certa – decretou Pippi, perdendo o interesse e voltando para a cama.

– Vocês não estão ouvindo? – disse Giselle. – Mabel, não sou tão inteligente quanto você, mas ouvi a palavra *acelerar* naquele negócio que a Aster leu. Lune rodou a gente e nos disparou. – Aster não teria usado essas palavras exatamente, mas Giselle estava certa. Lune usara a gravidade do buraco negro para impulsionar a *Matilda* a navegar mais rápido.

– Então você finalmente voltou a falar. Pelo visto está se sentindo melhor – observou Pippi.

– Giselle está certa – defendeu Aster. – Pelo que eu entendi da matemática, Lune acreditava que podia reduzir, e muito, o nosso tempo de jornada de trezentos anos. Pra um ano só.

– Parece que sua mãe era tão boa de matemática quanto eu.

Aster deu uma risada.

– Acredito que isso seja uma piada. É bom ver você fazer piada de novo.

Giselle deu de ombros.

– Não se engane. Não estou me sentindo nem um pouco melhor.

– Ainda assim. É uma boa notícia. Era doloroso ver você tão angustiada.

– Aster, está tentando ter uma conversa sincera? – perguntou Pippi. Esse universo de sentimentos e momentos de ternura era exatamente o tipo de coisa que ela adorava. Foi só falar de emoções que ela saiu da indiferença e se entusiasmou. – Estou feliz que esteja se abrindo – disse, com altivez. Era como se ela tivesse feito o tempo parar, penteado os cabelos, colocado um vestido limpo, passado blush no rosto e reiniciado o tempo apenas quando pronta para assumir a posição de rainha da cabine Q-10010.

– Então, se a matemática estava errada e não demorou um ano, quanto tempo foi? – perguntou Mabel, mas então ela mesma respondeu. – Vinte e cinco anos. Claro.

Aster se sentou na cama.

– Não tenho certeza, mas acho que o sistema de autonavegação está diminuindo a velocidade da nave à medida que nos aproximamos da Grande Casa, preparando a *Matilda* pra entrar em órbita. – Ela se lembrara da explicação de titia sobre movimento usando uma bola. Se fosse colocada para rolar, seria necessária uma força externa para mudar sua direção. Era isso que tinha acontecido vinte e cinco anos antes, quando a *Matilda* tentara desviar do buraco negro.

Os objetos precisavam de uma força externa também para desacelerar. Ao se aproximar da Grande Casa, a *Matilda* puxou energia do Pequeno Sol para acionar os freios. Aster tinha entendido isso mesmo sem a ajuda das anotações de Lune. O Soberano Nicolaeus a ajudara a fazer essa conexão.

Todos os Soberanos ao longo do tempo tinham sido expostos ao silumínio por causa do observatório particular que existia em seus aposentos, aquele que Giselle descrevera. Mas algo tinha tornado essa exposição mais perigosa para Nicolaeus desde os blecautes. Aster acreditava que era a desaceleração da nave. O silumínio passava por uma reação química especial para permitir que a Matilda viajasse em velocidades próximas da luz, e essa reação fora interrompida quando a nave começou a frear. Qualquer que tenha sido a mudança, foi desastrosa para Nicolaeus, pois deixou o silumínio completamente instável dentro de seu corpo.

Por outro lado, os pulsos eletromagnéticos que ativaram os blecautes e ajudaram a diminuir a velocidade da nave também podiam ter afetado o silumínio. Aster tinha considerado uma série de teorias, mas o importante era que a conexão entre Nicolaeus e Lune era puramente acidental. Aster era grata a esse pequeno elo, pois propiciou suas descobertas, mas os dois tinham sido expostos à substância de maneiras distintas. Era bem improvável que o silumínio tivesse causado a morte de Lune, e Aster ainda não sabia aonde a mãe tinha ido e nem por quê; e, se ela tinha morrido, qual fora a causa.

– Então pisar no freio foi o que causou a onda de blecautes – concluiu Mabel. Começou a anotar em seu diário.

– Pelo que sei, nós somos as únicas a ter conhecimento disso. Precisamos agir agora, enquanto temos essa vantagem.

– O que precisa que a gente faça? – indagou Mabel.

– Giselle, você está bem pra sair da cabine?

– Talvez. Eu não... Eu não sei.

– E se for pra pegar sua espingarda de volta por um tempinho? – disse Aster.

– Então com certeza estou pronta – respondeu Giselle, ajeitando o corpo.

Aster se lembrou dos talentos do pessoal da Ala Tempestade e suas jarras de estrelas mágicas feitas com materiais difíceis de arranjar. Perguntou a Giselle se podia levar a espingarda para eles e pedir que construíssem mais munição.

– Mas eles vão precisar da arma pra descobrir como fazer.

– Posso levar – disse Giselle. Ela parecia feliz de entregar a espingarda nas mãos de outra pessoa se fosse para conseguir mais encantamento.

– O que exatamente você está planejando? – perguntou Pippi.

– Quero estar preparada. Quero que a gente consiga se defender. Quero que você esteja pronta pra defender Mabel – disse Aster, sabendo que isso convenceria Pippi a fazer parte do plano.

– Eu posso defender Mabel. Eu *vou* defender. – Pippi se aproximou mais de sua amada.

– Preciso que você faça uma coisa também, Mabel – pediu Aster.

– Qualquer coisa. Prefiro voltar pra um planeta morto a passar mais um dia sob a liderança do Soberano Tenente.

Lune tinha feito aquela mesma aposta. Embora trezentos anos tivessem se passado na *Matilda*, se levássemos em conta as velocidades relativísticas, já teriam se passado mais de mil anos na Grande Casa. Talvez a vida tivesse recomeçado do zero por lá depois do desastre que a deixara em ruínas, qualquer que tivesse sido.

– Espalhe a notícia por aí – pediu Aster. – Mas não tudo. Quero que as pessoas estejam preparadas pra uma mudança. Ainda conhece gente que consegue mexer no sistema de som?

– Conheço, claro.
– Ótimo. Então é isso que precisamos fazer. – Aster começou a dar as instruções. Ainda havia muito a organizar, mas elas já estavam dando o primeiro passo.

24

A empanada que Aster comprou tinha um cheiro promissor, mas bastou cortar o lanche para que perdesse todo e qualquer apelo. Ela deu uma mordida e a massa estava seca e esfarelenta, o recheio cru e sem gosto. Depois da segunda e da terceira mordidas não houve melhora. Com um arrepio de nojinho, Aster largou o pedaço que sobrou embrulhado num papel alumínio, morrendo de saudade da cozinha da Ala Queda D'Água. Antes das novas restrições de comida, às terças-feiras Melusine fervia bananas, misturava com sal, cebolinha, coentro, cebola e pedacinhos de pele de porco, dobrava como um pastelzinho e fritava. Pippi dizia que era uma iguaria muito temperada, suculenta e salgada demais, mas aqueles bolinhos de banana eram uma das poucas comidas de que Aster gostava sem nenhuma ressalva. O convés G era ótimo, mas faltava ali uma boa gastronomia.

Aster pegou a caneta no cinto, tirou a tampa e fez rabiscos num caderno em branco. Voltar a trabalhar com Theo tinha muitos benefícios, mas só a abundância de papéis em branco já fazia tudo valer a pena. Ela virou a página e fez uma lista de tarefas dividida por cores, sendo as vermelhas as de maior importância, as azuis as intermediárias e as verdes aquelas que queria fazer, mas só depois de completar as partes vermelha e azul da lista. Precisava perguntar a Seamus se ele ainda sabia operar a plataforma de lançamento.

– Está escrevendo em que língua? – perguntou Theo, olhando por trás dela para o caderno. A sombra dele tapava o que Aster tinha escrito.

– Na língua do Q – respondeu ela, se dando conta de que esse provavelmente não era um nome de verdade para um idioma.

– Você inventou um alfabeto pessoal então?

– É o alfabeto padrão – disse Aster, comparando as letras em seu caderno com as dos documentos espalhados por cima da mesa. Ao que parecia, sua letra era mesmo bem diferente.

– E você consegue ler isso? – perguntou Theo.

Aster sabia que seus garranchos ilegíveis não ganhariam nenhum prêmio de caligrafia, mas por acaso ela havia se inscrito em algum concurso? Ela não se importava.

– Não consigo ler nada, mas escrever me ajuda a lembrar. Normalmente eu me lembro do que escrevi antes mesmo de tentar compreender a letra.

– Você já fez anotações pra mim com uma letra muito melhor do que essa.

Aster deu de ombros. Ela adorava as palavras, mas Theo já devia saber a essa altura que elas não vinham facilmente para ela.

– Acho que quando escrevo algo pra você eu me esforço bem mais, só que é cansativo e demora muito. Quando escrevo pra mim mesma, não me dou ao trabalho.

– Você nunca me disse isso. Se tivesse falado, eu teria feito algo a respeito.

– Aprendi a esconder minhas fraquezas muito bem. – Aquele era o segredo da sobrevivência.

– Espera um minutinho – disse Theo, mas em vez de ir para a sala de exames, abriu a porta principal e saiu pela Ala Glicínia. Minutos se passaram. Ela foi ficando nervosa por estar ali sem ele. Estava interpretando Aston, mas não enganaria ninguém que conhecesse o seu rosto, e certamente não enganaria Tenente.

Quando Theo voltou, Aster estava terminando sua lista de tarefas. Ele carregava uma caixa preta grande. O couro estava acinzentado e surrado em algumas partes, um pouco descascado, as bordas dobradas. Ele colocou a caixa diante dela.

– Uma caixa preta – disse Aster.
– Um presente – respondeu ele.
– Você comprou isso agora?
– Peguei no meu alojamento. Abra, por favor.
– Eu gosto de presentes. – Aster se levantou para alcançar a parte de cima da caixa. Abriu as fivelas que estavam um pouco enferrujadas. – Uma máquina – disse ela. Passou os dedos pelos botões, apertou e ouviu o barulho de clique. Estava novinha, brilhando, recém-lubrificada, nem um pouco parecida com a caixa. Não tinha arranhões nem sujeira. Na parte de cima, um brasão com algo escrito em letras douradas, embora Aster não conhecesse a língua. – Uma máquina muito bonita.

– É uma máquina de escrever – esclareceu Theo. Ele estava com um sorriso enorme, era divertido.

– Você está muito eufórico. Parece até que foi você que ganhou uma máquina.

– Uma máquina de escrever – disse ele, corrigindo-a novamente.

– Eu sei o que é. Claro que sei. Mas o fato de ser uma máquina me interessa mais do que sua função específica. Gosto muito de máquinas. – Seu microscópio, relógios de pulso, rádio, o radiolábio.

– Estou dando isso pra você porque sua letra é horrorosa. Peço por favor que use. – Ele apontou para a lista de tarefas.

– Não. Acho que você está tentando me cortejar. Desculpe, mas eu sou incortejável.

Ele deu uma risada debochada.

– Não venha zombar de mim – repreendeu Aster. – Presentes indicam afeto. Não é?

– Só estou querendo deixar seu trabalho mais fácil. Já está configurada se quiser testar.

Aster mexeu um pouco e experimentou as teclas. Depois colocou papel na máquina e começou a escrever.

theo amar A s T E R com todoo seu cração

As teclas estavam pegajosas. Ela tirou o papel, fez um aviãozinho e jogou na mesa de Theo. Ele escreveu algo no verso do avião e jogou de volta.

Theo dá. Theo tira.

Aster colocou uma folha de papel em branco na máquina e digitou outra mensagem.

Theo não vai tira a máquina de que ele está tentando seduz.

– Aster, nossa próxima consulta é em dez minutos, seria bom que não estivéssemos jogando aviõezinhos de papel quando o paciente chegar.

Eles trocavam mensagens assim com frequência, mas a máquina de escrever trouxe uma camada de novidade. Era gostoso se divertir assim sem pensar. Aster não se considerava uma pessoa que flertava muito e nem incentivava galanteios, mas até descobrir como reverter a trajetória da *Matilda* só podia matar o tempo. Theo não deu nenhuma ideia e disse que a ciência por trás disso era uma coisa divina demais para que ele considerasse se envolver de alguma forma. Ele a encorajou a tentar primeiro consertar o Regime antes de consertar a *Matilda*. Era um plano tão bom quanto qualquer outro, e Mabel e Giselle estavam fazendo sua parte.

Aster deveria voltar para a Ala Queda D'água para ajudá-las, mas, curiosamente, ela se sentia mais livre nos conveses superiores. Os guardas que Tenente mandara vigiá-la não sabiam que ela estava ali. Podia ler os cadernos de Lune sem nenhuma interrupção.

Quando chegou a hora de voltar para casa para a contagem noturna, Aster não estava pronta. Foi andando com Theo pelo corredor até a escada, mas disse a ele que havia esquecido alguma coisa no escritório – e que não precisava esperar, porque ela tinha a chave e podia fechar depois sem problemas. Mesmo desconfiado, ele concordou.

Aster se escondeu sob a mesa, pois sabia que várias mulheres entravam ali para limpar depois do horário de trabalho. Após ouvi-las sair e bater a porta, ela saiu do esconderijo. Escuro, frio e deserto, o escritório de Theo à noite parecia uma prisão. As paredes de metal rangiam como se fossem um acordeão. O que horas antes fora um saguão movimentado com a pequena nobreza dos conveses intermediários, agora parecia um túmulo. Cada superfície tinha sido esterilizada com desinfetante com cheiro de limão, e Aster conseguia sentir o desconforto dos produtos químicos invadindo sua garganta.

A cabine G-1001 e os objetos que a preenchiam exalavam solidão. Não era o escritório que ela desejava, no fim das contas, e sim a companhia de Theo, mas ele tinha ido embora. Tentou pensar em uma maneira de voltar para a Ala Queda D'Água, mas não conseguiu. As passagens, canos, calhas e corredores abandonados, sempre tão claros em sua mente, agora pareciam um borrão. Não conseguia se lembrar se a Ala Golfo era sem saída ou se dava numa bifurcação – e, em havendo tal bifurcação, se a calha que descia para o convés S ficava do lado esquerdo ou direito. A essa hora, ela seria capturada e punida se alguém a encontrasse sozinha nos corredores.

Aster entrou pé ante pé na sala de exame e trancou a porta. Sentiu de uma só vez todas as dores que havia em seu corpo. Aninhou-se na cadeira mecânica de Theo. Sobre a bandeja ao lado dela havia uma fileira de instrumentos cirúrgicos: oclusores vasculares, retratores, bisturis, brocas. Ela examinou tudo e se lembrou de que aquele objeto de silicone em formato de C era necessário para bloquear vasos sanguíneos comprometidos. O brilho metálico de lancetas e fórceps foi enfraquecendo enquanto Aster caía no sono. Nesse momento, se sentiu estranhamente segura.

Algum tempo depois, um sussurro a acordou, uma respiração quente em seu ouvido, e ela então estremeceu e se obrigou a abrir os olhos. Suas pálpebras estavam grudadas de remela.

– Giselle? – perguntou ela. Mas não, estava errado. Ela não estava na Queda D'Água.

– Aster, sinto muito. – A voz soou mais alta dessa vez. Era Theo, que a segurava pelo ombro.

– O que foi? – perguntou Aster, se espreguiçando. A cadeira de exame reclinava, mas não muito, e ela puxou a alavanca para a posição de sentar.

– Ele sabe que você está aqui. – Aster percebeu a fraqueza em sua voz. Dava para sentir a dor naquela rouquidão.

Atordoada, ela entendeu apenas metade do que ele tinha dito. As palavras tinham acordado Aster em estado de choque, mas ela ainda precisava digerir o significado. Olhou para a porta, que estava fechada. A prateleira que ela tinha colocado sob a maçaneta jazia quebrada no chão. Por causa da esterilização, a sala de exame não tinha saídas de ventilação e nem compartimentos escondidos. Os armários eram pequenos demais para ela se esconder.

– Ele está vindo atrás de mim? – perguntou, colocando as pernas para fora da cadeira e tocando o chão.

– Os guardas dele já estão aqui, atrás dessa porta – disse ele. – Eu sinto muito. Não sei o que fazer.

Escapar era impossível, então Aster se limpou como pôde. Esfregou os olhos e as bordas dos lábios. Sem perguntar nada, foi até a pia e jogou água gelada no rosto, massageou a pele com as pontas dos dedos. Depois, jogou um pouco de água na boca. As batidas na porta a despertaram de seu ritual.

– Agora, Cirurgião, ou vamos derrubar – gritaram.

– Aster, você precisa ir – disse Theo, estendendo a mão.

Aster não segurou a mão dele, mas foi até a porta abri-la.

– Peça desculpas, peça desculpas. Peça muitas desculpas. E minta – disse ele. – Por favor.

Ela não respondeu.

Havia quatro guardas parados no saguão, nenhum que Aster já tivesse visto antes. A não ser por um deles, todos tinham olhos castanho-escuros. Três estavam parados em formação militar, com os braços para trás. O líder tinha os olhos semicerrados, cabelos cor de areia e maçãs do rosto quadradas cuja força impressionou Aster. Segurava um par de algemas.

– Eu não resistiria se fosse você – sugeriu.

Aster se virou e deixou que o guarda prendesse o metal em volta de seus pulsos, tão apertado que os dedos latejaram.

– Theo – disse ela, ou tentou dizer, as palavras saindo de sua boca como soluços desordenados.

A pancada do guarda quase tirou os sentidos de Aster. Quando chegaram ao topo da escada e a empurraram por uma porta, ela teve dificuldade de ler as palavras na entrada da cabine. Semicerrou os olhos e conseguiu colocar as letras em foco: INTERROGATÓRIO – D-00.

Sua respiração era agora uma sucessão de soluços erráticos, e ela deu um uivo e se soltou das mãos do guarda. Ele apertou ainda mais a parte de trás de seu pescoço, os dedos enfiados no músculo levantador da escápula e no esternocleidomastoideo.

– Pra quê uma garota feia que nem você precisa de um rosto? – perguntou, e então passou uma faca em sua bochecha, desde o queixo até a têmpora. Aster já estava acostumada a dores extremas, mas gritou tão alto quanto da primeira vez que levara uma pancada quando criança, sentindo a dor aguda se espalhar pelo rosto inteiro. Ela gritou de novo, o som saía de seus lábios já enfraquecido. – Se tentar alguma coisa de novo, vai ser a orelha – ameaçou ele, a faca pressionada contra o pescoço dela. Aster não se atrevia nem a tremer.

Outro guarda enfiou a chave na porta e jogou Aster lá dentro. Seus pés se arrastavam. A sala era pequenina, sete por sete metros, e ficava menor ainda com a presença altiva de Tenente, que estava sentado com as pernas cruzadas, de olho no relógio de pulso.

– Finalmente, senhores.

Havia uma única lâmpada pendurada sobre a mesa de madeira. Os guardas arrastaram Aster até um banco diante dele, tiraram as algemas e depois a prenderam novamente à mesa. Aster conseguia esticar e mexer os dedos, mas o pulso estava preso com firmeza ao metal.

– Podem ir – disse Tenente, calmo. Os guardas prestaram continência e saíram em fila, e o que estava com a faca a guardou de volta na bainha.

O suor escorria pelo pescoço de Aster. Seu rosto sangrava mas, algemada à mesa, ela não podia fazer nada a respeito. Percebeu que havia uma caixa metálica de ferramentas em cima da mesa, com as palavras SOBERANO TENENTE SMITH escritas a caneta na parte de baixo. Acima, lia-se: POR FAVOR, PEÇA ANTES DE PEGAR EMPRESTADO.

Tenente juntou as mãos em forma de pirâmide.

– Sabe por que está aqui hoje?

– Sinto muito por ter perdido a contagem – disse Aster, com um tom que, ela esperava, soava arrependido.

– Eu tenho expectativas para cada cidadão da *Matilda*, e você continua não atendendo a elas.

Aster colocou as palmas das mãos na superfície da mesa, se sentou reta e imóvel como uma viga de metal.

– O que vai fazer comigo?

– Nada a que não vá sobreviver – respondeu ele. Tenente abriu a caixa de ferramentas, mas a tampa obstruía a visão do conteúdo para Aster. Ele tirou um martelo lá de dentro. Aster observou enquanto ele segurou o cabo e começou a mexer os braços, afetado, balançando o martelo no ar. – Você é uma... Qual foi mesmo a palavra que usou da última vez que nos falamos? Uma *aberração*. Achei que tinha deixado tudo muito claro naquela ocasião, mas você continua a seguir suas próprias regras.

Aster bateu com os pés no chão, primeiro o direito, depois o esquerdo. A sala estava quente e desconfortável. Sua camisa, molhada de suor, pesava contra o corpo.

– Eu pensei que você fosse uma mulher inteligente. Agora, não tenho mais certeza. Ou talvez você não tenha consciência... Não ficou com vergonha quando soube de Flick?

Aster sentiu os lábios tremerem ao ouvir aquele nome.

– Foi você quem matou ela, Aster. Entende isso?

Aster permaneceu em silêncio.

– Responda. – Tenente apoiou o queixo no martelo.

– Sim – sussurrou ela, os punhos cerrados.

– Eu conversei com ela antes de a levarmos para lá. Uma criança doce. Uma criança boa. Pode ter certeza de que está segura agora do Outro Lado, amparada nas Terras Celestiais. A morte dela poderia ter significado alguma coisa, mas você desonra sua memória ao continuar com essa insubordinação incorrigível.

    Os olhos de Aster se voltaram para os de Tenente. Examinou os aros de suas íris e o diâmetro de suas pupilas buscando algo, um segredo, uma chave, um código, mas encontrou apenas as mesmas características anatômicas de qualquer olho: córnea, esclera, cristalino. Sua própria fachada de calma estava falhando, cambaleando como se tivesse joelhos com artrite. E a tranquilidade fingida de Tenente não dava nenhum sinal de erosão iminente.

    – Isso pode acabar, Aster, agora mesmo. É só pedir desculpas e acabou. Eu deixo para lá. Diga, Aster. Diga, e a morte de Flick não terá sido em vão. Implore o perdão.

    Aster sabia que ele estava mentindo. Isso nunca ia acabar.

    – Não – respondeu ela.

    – Diga! Diga, e com sinceridade.

    – Eu não peço desculpas. Eu não peço desculpas. Eu não peço desculpas.

    – Chega.

    – Por que está fazendo isso? Por favor, me diga, quero entender. Quer que eu me desculpe pelo quê? Por estar viva? Por respirar? Não posso fazer nada a não ser existir. Se minha presença o incomoda tanto, acabe logo com isso. Quebre o meu pescoço e resolva isso.

    – Você gostaria disso, não é? Um fim fácil para sua existência patética. Você acha que é uma mártir? Para ser mártir é preciso ter uma causa, sua garota burra. Burra e ingênua. Nada disso termina em você. E não termina em mim. O Regime é eterno, porque o Golfo do Pecado é eterno. Fomos o ontem e seremos o amanhã. Não é uma vadia arrogante dos conveses inferiores que vai mudar isso. – Ele massageou a palma da própria mão, pinçou um pedaço da carne com o indicador e o polegar da outra mão, esfregando algo invisível. – No entanto, a manutenção é necessária. E é por isso que você está aqui.

Antes que Aster pudesse respirar ou implorar que ele reconsiderasse, Tenente levantou o martelo e esmagou a mão direita dela em três lugares diferentes, quebrando ossos.

25

Pratinha, batizada assim por causa da mecha acinzentada nos cabelos pretos, tinha seis irmãs mais velhas, todas casadas com o rei. O rei tinha muita riqueza graças a uma variedade imensa de negócios, e sentia que tinha direito a ter tudo no mundo, já que boa parte do mundo e do que havia dentro dele já lhe pertenciam mesmo. Trinta e seis esposas, terras que iam desde os pântanos no norte até a baía no sul, um imóvel grande, outro imóvel ainda maior e um terceiro maior do que os dois primeiros juntos.

Era nesse que Pratinha trabalhava, na cozinha, ainda muito jovem para se casar. Mas não manteria aquela idade por muito mais tempo, como era a natureza das coisas. Pratinha andou em direção ao norte por dias a fio até encontrar o lugar onde viviam as crianças abandonadas da água. Sentou-se sobre um banco de lama e disse:

"Façam com que eu seja jovem pra sempre, pra não precisar me casar com o rei."

Ouviu-se um murmúrio crescente vindo dos pântanos, e assim foi feito. Pratinha deveria voltar para a vila, mas as crianças realizariam seu desejo na véspera do aniversário de quatorze anos, assim teriam tempo suficiente para aprender a mágica necessária para atender àquele pedido.

Numa noite quente de verão, uma das irmãs de Pratinha veio até ela cantando: "Pratinha, Pratinha, cabelos de fantasma. Você é o receptáculo terrestre do nosso anfitrião celestial".

Ela disse:

"Não quero mais ser escravizada como esposa do rei, e peço o conselho dos espíritos que comungam com você. O que dizem?"

Pratinha respondeu:

"Irmã mais velha, eu consultei os espíritos e a opinião deles é que você deve matar o rei para não passar a vida como escrava dele."

Pratinha na verdade não tinha consultado os espíritos. A mecha branca em seu cabelo não era uma marca sobrenatural, como as irmãs e as pessoas da vila acreditavam, e sim o resultado de seu primeiro encontro com as crianças abandonadas das águas, que a assustaram com seus rostos estranhos. Mas sabia que, se o rei estivesse morto, ela não precisaria ser sua sétima esposa, mesmo sem a ajuda das crianças.

"E como eu mato o rei, Pratinha?"

"Aqui, precisa fazer ele comer isto.", Pratinha entregou a ela algumas ervas que tinha colhido nos arredores da vila.

Naquela noite, a irmã mais velha salpicou as ervas no chá do marido e esperou na cama pacientemente até que ele morresse.

"Mulher, venha me beijar", disse o rei.

Ela então o beijou sem se incomodar muito, sabendo que aquela seria a última vez. Mas a irmã de Pratinha era muito mais sensível ao veneno das folhas do que o rei, e morreu assim que tocou os lábios nos dele, caindo na cama. O rei, no entanto, não foi afetado, pois era mais resistente ao veneno.

No dia seguinte, outra irmã de Pratinha veio até ela. "Pratinha, Pratinha, cabelos de fantasma. Você é o receptáculo terrestre do nosso anfitrião celestial". Ela então continuou:

"O rei matou nossa irmã mais velha e estou com medo de ser a próxima. Peço o conselho dos espíritos que comungam com você. O que eles dizem?"

Pratinha respondeu:

"Consultei os espíritos, e a opinião deles é que você deve matar o rei pra não morrer também."

Pratinha deu a ela ervas muito, muito mais fortes do que as anteriores. Naquela noite, enquanto preparava o chá para o marido, a irmã morreu só de tocar nas folhas.

E assim aconteceu com as outras quatro irmãs de Pratinha. Uma morreu apenas com o cheiro do chá, outra só de olhar para ele, outra de estar no mesmo ambiente e a última apenas por ter pensado no chá. Então o rei decidiu se casar com Pratinha logo, em vez de esperar seu aniversário, já que tinha perdido as outras esposas e estava muito solitário.

Pratinha pegou um cavalo e seguiu para os pântanos para buscar a ajuda das crianças abandonadas das águas. O rei, também a cavalo, foi atrás dela. Pratinha chutava a lateral do corpo do cavalo e gritava "Avante, avante", para que acelerasse o passo. Escutava atrás de si o barulho dos cascos do garanhão do rei, e segurava com força a crina de sua égua.

As crianças não apareceram assim que ela chegou, então Pratinha se embrenhou no pântano para fugir do rei, deixando seu cavalo prateado do lado de fora. Nadou e nadou, mas o corpo d'água era muito escuro, muito amplo e cheio de criaturas, e ela logo se afogou.

Mantendo sua promessa de deixá-la jovem para sempre para que se mantivesse livre, as crianças usaram todo seu poder para transformar Pratinha num fantasma. Ficaram tão fracas que se dissolveram em meio à água do pântano, como vários outros mortos.

Pratinha se sentou numa pequena ilha no meio do pântano; não queria sair dali por medo de se afogar. Para não se sentir tão sozinha no escuro, ela cantarolou e atraiu a atenção do rei, que lhe procurava pelas margens.

"Pratinha, está pronta pra acabar com essa bobagem?"
"Sim", respondeu ela.

Ele pulou atrás dela, deixando o cavalo branco para trás. O rei nadou, nadou, mas o corpo d'água era muito escuro, muito amplo e cheio de criaturas, e ele logo se afogou, dissolvendo-se na água como as crianças e vários outros mortos já tinham feito.

Era uma história meio macabra, mas Aster a adorava. Um veneno tão forte que apenas seu cheiro destruía um castelo inteiro? Perfeito. O fato de o rei ter escapado de seu efeito era um acaso infeliz da narrativa.

Era o que ela costumava pensar. Mas agora Aster entendia que reis não morriam. Ainda que morressem, eles tinham filhos, e estes também tinham filhos, e assim por diante. Foi isso que Tenente quis dizer? "O Regime é eterno."

Aster acordou sozinha no botanário. O sinal de alerta tocou e ela o ignorou. A certa altura, usou a mão boa para arrancá-lo da parede, o que causou uma onda de dor latejante na mão direita. O tempo já não fazia mais sentido, estava confuso. Ela media as horas pela intensidade da dor. Quando sentia a necessidade de injetar mais soro de papoula no pescoço, sabia que haviam se passado quatro horas. Já fazia um dia? Metade de um dia? Dois guardas a tinham levado, acorrentada, até o convés Q. A nave ainda estava escura, faltava pouco para o amanhecer. De algum jeito tinha sido capaz de chegar até ali, a adrenalina fazendo o que ela normalmente não conseguiria.

O cérebro de Aster estava nebuloso, o soro deixando seu raciocínio muito lento. Doía demais, e ela não queria que doesse.

Estava deitada num recanto improvisado debaixo de uma mesa e, ao seu lado, havia a bolsa de couro com alguns de seus instrumentos médicos. Pegou a bolsa para usar como travesseiro; o couro era espesso o suficiente para dar algum conforto. Lá dentro havia uma faca bem grande, maior do que aquela que o guarda usara para mutilar seu rosto. Decidida, ela pegou a faca e foi cambaleando até uma cadeira.

Soltou os suspensórios, um movimento que, com uma mão só, levou o dobro do tempo normal, e usou-o para amarrar o pulso no braço da cadeira onde estava sentada. Segurando a faca com a mão esquerda, o braço ferido amarrado, ela começou a pressionar aos poucos a outra mão.

Aster sentiu um calafrio. Sabia que precisava ser rápida, um golpe preciso logo atrás do processo estiloide. Já tinha feito amputações antes. Ia doer, mas não mais do que doía agora, uma dor insuportável nos metacarpos.

– Aster?

Ela ouviu batidas na porta.

– Você está aí? Aster. É o Theo. Por favor, me deixe entrar.

– Vá embora – disse ela, ainda com a faca na mão esquerda.

– Você sabe que eu sei arrombar essa fechadura – disse Theo.

– Também sei que não vai fazer isso.

– Acha que me conhece assim tão bem?

– Conheço.

Silêncio.

– E então? Vá em frente. Arrombe a porta – disse ela.

Aster odiava que sua voz soasse tão fraca, queria seu tom normal de volta. A dor na mão irradiava para todo canto e afetava até suas cordas vocais.

– Aster, por favor, me deixe entrar.

Ela desamarrou o nó que tinha feito com os suspensórios e se levantou, a mão apoiada na barriga.

– Eu falei que você não ia arrombar.

Destrancou a fechadura, abriu a porta e virou logo de costas, antes que ele pudesse ver a obra de arte do guarda de Tenente.

– Agradeço – disse ele, segurando em seu ombro. Ela sentiu a pressão daquele toque e se desvencilhou, um movimento que causou uma pontada nos dedos.

– Vire pra mim.

– Não.

– Por favor, Aster. Deixa eu ver o seu rosto.

– Pra quê? Pra secar minhas lágrimas? Não estou chorando.

Ela ouviu Theo arfar.

– Por favor, não peça desculpas – disse Aster.

Ele começou a falar e então parou.

– Por favor, olhe pra mim.

Aster voltou para a cadeira, se virou para sentar e finalmente o encarou.

– Aster.

Ela não tinha se dado ao trabalho de fazer um curativo no rasgo em sua face. Um ferimento daquele precisaria de pontos, tinha deixado a lateral do rosto aberta. Ela sentia tudo latejando, exposto e em carne viva.

– Você devia ter ido me procurar depois – disse ele, e a voz ficou vacilante quando olhou para a mão dela.

– Não queria interromper seu momento particular com Tenente – respondeu ela, sem saber se estava falando com sinceridade ou sarcasmo. Sua mente estava em outro lugar, era uma confusão de raiva, amargura e violência. Ficou cutucando os suspensórios. – Me arrependo de ter dito isso.

– Eu perdoo você. Mereço isso. Estou com tanta raiva de mim quanto você por ter deixado que a levassem.

– Você é um asceta. Está sempre com raiva de si mesmo. E não mereceu isso.

– Posso dar uma olhada na sua mão? – perguntou Theo, já de joelhos na frente dela. Aster desapoiou o braço da barriga, revelando a dimensão do ferimento. A única reação dele foi fechar os olhos por um bom tempo.

– Eu vou consertar. Sei que consigo – disse ele.

– Espero que sim. Parece bastante... frágil – respondeu ela, e Theo sorriu com o eufemismo.

– Você tomou algo pra dor?

– Tomei muitas coisas pra dor.

Theo riu e, embora ainda estivesse com o rosto muito pálido e olheiras, parecia haver uma leveza nele.

– Estava falando sério quando falei que deveria ter me procurado. Ou chamado pelo rádio. Eu teria ido direto na sua cabine e levado você pros conveses superiores.

– Sem uma permissão?

– Dane-se a permissão.

Aster sentiu um calafrio, um tremor de dor nas articulações, e Theo passou um dedo sobre a pele quente de sua mão direita. Bem suave. Ela mal sentiu, ainda mais com o efeito do soro de papoula.

– Isso não pode continuar, essa coisa entre Tenente e você. Esse ódio que ele tem. E eu conheço você. Não vai virar uma pessoa quietinha e obediente, não importa quantos ossos ele quebre. Você vai se machucar de novo. E já foi muito machucada. Quando não é por Tenente é por...

– Reis. Muitos reis. Reis e mais reis – disse ela.

Ele entendeu e assentiu.

– O problema é o reino em si. Qualquer reino.

– E então o que faremos?

– O que for necessário. Vou fazer as escolhas que tiver de fazer.

As mãos dele pareciam não saber para onde ir. Do cabelo iam para as laterais do corpo, depois para os bolsos da calça e saíam de novo.

Aster apoiou a bochecha no joelho, contraindo o rosto enquanto pensava na sugestão dele.

– Estou muito desconfortável pra fazer o que é necessário – disse ela.

– Você precisa de uma cama de verdade. Não aquela porcaria dura com cobertores. Venha pro meu alojamento. E me deixe consertar sua mão.

Havia um buraco no joelho da calça de Aster, e dava para ver uma casquinha de ferida na pele. Ela foi tirando os restinhos escuros com a mão boa até aparecer a pele rosa.

– Seu alojamento?

– Eu sei que não é apropriado. Se você preferir, podemos ir pro escritório. Pensei que talvez você...

– Não. Podemos ir pro alojamento. Pensei que talvez houvesse um versículo nas Escrituras proibindo isso. "Não deve haver nenhuma Aster depois do anoitecer." – Ele sorriu com a tentativa de humor e ela ficou agradecida.

– Venha, vamos até lá juntos.

– E se cruzarmos com algum guarda?

– Aí eu mato ele, Aster, se quiser denunciar você pro Soberano. Mato ele de qualquer forma. Mato por ser uma ameaça em potencial. É simples assim. Eu deveria ter matado aqueles homens que foram buscar você naquele dia. Não fiz isso porque me faltou fé. Rezei e pensei nesse assunto, e agora me sinto resolvido.

Ele estendeu a mão e Aster a segurou, apoiando-se para levantar. Theo tirou o casaco e amarrou no ombro dela para fazer uma tipoia, um pequeno apoio para a mão quebrada.

Ela acordou na cama dele. O colchão era do tamanho de três camas dos conveses inferiores juntas. Os cobertores eram grossos, tão pesados que ela achou que encontraria Theo em cima dela ao abrir os olhos.

Aster virou o rosto e viu que Theo estava sentado na beirada da cama, com um livro na mão. Ele o fechou e colocou na mesa de cabeceira. Havia uma mancha marrom na capa. Café ou chá? Iodo? Ele não era do tipo que derrubava as coisas, e Aster supôs que ela mesma causara aquilo durante seu estado mental atordoado por causa do soro de papoula.

Aster levantou a mão direita e viu o gesso. Havia algo escrito em letras pretas sobre a gaze branca. AQUI JAZ A MÃO DE ASTER. As pontas de seus dedos saíam do gesso, as unhas roídas até o sabugo. Sentiu o cheiro do resíduo do gel antisséptico espalhado ali.

– Como está sua dor? – perguntou Theo.

– Quase inexistente – respondeu ela.

Sabia que ele tinha usado o ultrassom para localizar os nervos e injetar o anestésico apenas naquela região – algo que ela nunca podia fazer com seus pacientes, pois como levaria uma máquina de ultrassom até os conveses inferiores? A precisão necessária para inserir a agulha exatamente no ponto certo também não era a especialidade de Aster. Cortes grandes eram mais a praia dela.

– Vamos testar? – perguntou ele, se aproximando da mão engessada. Aster assentiu e ele beliscou a ponta do polegar exposto. – Que tal isso?

Ela observou como os dedos dele passaram por sua unha, como se ele estivesse com medo de tocar na pele.

– Eu senti, mas sem dor, Cirurgião. – O uso do título o lembrou de alguma coisa, porque ele afastou a mão rapidamente. Tinha trocado a vestimenta habitual de médico por uma calça verde ajustada e uma camisa de seda. Ela gostava do modo como ele se vestia quando estava sozinho. O carvão em volta dos olhos. Seu toque era sempre tão delicado quanto manteiga de manga, mas no meio da população em geral, ele forçava um comportamento objetivo e direto. – Você é um homem anormal.

– Talvez porque eu não seja um homem. – Ele se sentou mais perto agora. Os lençóis enrugaram enquanto ele se aproximava dela.

– Ah, é. Seu rebelde de gênero. Seu divergente – disse ela, já quase sem a névoa da anestesia. Conseguia olhar para ele com clareza agora. A curva dos cílios. As pelinhas brancas nos lábios ressecados. – Eu também. Sou um garoto, uma garota e uma bruxa, todos juntos num corpo estranho, frágil e indeciso. Acha que meu corpo não conseguiu decidir o que queria ser?

– Acho que isso não importa porque somos nós que decidimos o que nosso corpo é ou não.

Aster se sentou e Theo a ajudou a posicionar dois travesseiros para apoiar a cabeça.

– É assim? Então eu sou mágica. Eu digo e, portanto, é verdade.

– E é verdade. Você é uma mágica muito rara, Aster. Não sabe disso?

Ela sentiu que Theo olhava em seus olhos mesmo quando desviou o rosto para examinar a cabine. Nunca estivera ali antes. Apesar da cama enorme, todo o resto era bem básico. Uma mesinha de madeira. Um baú com roupas. Ela sabia que aquela escassez era porque ele tinha doado o resto das coisas.

– Gosto quando você faz elogios hiperbólicos pra mim – disse Aster, e tentou encará-lo, mas não conseguiu. Os olhos dele eram demais. Parou o olhar na orelha e nos brincos.

– Aster?

– Por favor, não me peça pra olhar pra você. – Ela ainda odiava encarar as pessoas nos olhos, e não queria que aquele momento fosse arruinado pela ansiedade.

– Não ia fazer isso.

– Então o que é?

– Eu... gosto muito de você.

– Sempre achei que sim.

O som que Theo fez era meio uma risada e meio um suspiro, e então ele tocou o rosto dela e Aster deitou a bochecha em sua mão. Ele lhe deu um beijo na testa e depois em cada uma das pálpebras.

– Tudo bem fazer isso?

Aster não confiava em si mesma para não estragar tudo com um gesto, então em vez de assentir vigorosamente como gostaria, disse:

– Sim. Tudo bem.

Theo beijou sua bochecha esquerda, depois a direita, os lábios bem no corte recém-suturado. Ela sentiu um formigamento mas não dor, e virou o rosto para beijá-lo na boca. Ela sabia como beijar, já tinha feito isso antes, mas a novidade de Theo transformou seus lábios numa coisinha trêmula e hesitante.

Theo se moveu para que ficassem deitados lado a lado, Aster de costas e ele apoiado no cotovelo enquanto passava os dentes no lábio dela e entrelaçava sua língua à de Aster.

De vez em quando, e de forma completamente involuntária, Aster se preocupava que não fosse bonita o suficiente, e por quê? Beleza era uma coisa estranha com que se preocupar. É subjetiva e falaciosa. Não pode ser replicada em laboratório. Aster, assim como todo mundo, apreciava o arrebatamento multicolorido dos amarantos em flor e a geografia dos corpos animalescos. No entanto, quando se aplicava isso a pessoas, não fazia muito sentido para ela que a beleza pertencesse só a alguns e não a outros. Principalmente, não fazia sentido que em alguns dias Aster quisesse ser uma daquelas pessoas que eram mais bonitas que as outras. Era como querer ser feito à base de vanádio ou ter uma pele laranja; arbitrário, bizarro, inútil. Mas ainda assim ela queria, e Theo a fazia sentir que ela já era bonita.

– Não quero ser penetrada – disse ela, sentindo a mão de Theo perto de sua coxa.

Ele assentiu, a respiração ofegante no pescoço dela.

Não desabotoou a camisa de Aster e nem a despiu devagar conforme foi descendo, beijando a barriga dela por cima do tecido da blusa. Theo se atrapalhou um pouco com o botão e o zíper da calça dela, e depois puxou-a, com calcinha e tudo, até os joelhos. Passou as bochechas pelas coxas dela e ficou ali por um bom tempo até que Aster sentiu o rosto dele se movendo entre suas pernas.

Ela não conseguia pensar em palavras naquele momento. Só em sensações. Sentiu a língua dele, e o roçar, roçar e roçar de sua barba por fazer, algo que ela nunca imaginou que um dia sentiria, já que em circunstâncias normais ele estava sempre perfeitamente barbeado.

Enquanto ele dormia, Aster encontrou as calças enroladas na beira da cama, debaixo das cobertas, e se vestiu. Pegou uma cueca na cômoda e uma camisa limpa. Era uma camisa de flanela que ela nunca o vira usando, mas que tinha o cheiro forte do incenso que ele acendia quando rezava.

"Querido Theo", ela escreveu num bloco de papel quando estava prestes a sair. "Estou indo pro Hangar de Vidro". Ela achou que o bilhete não estava caloroso o suficiente, então adicionou: "Você não é desagradável de olhar quando está dormindo. Com amor, Aster".

A Ala Duna estava vazia. Não havia guardas patrulhando ali. Aster foi arrastando os pés pelo corredor acarpetado, deixando a lama de suas botas de propósito nos complexos desenhos de arabescos. O corredor era bem largo, havia espaço para várias pessoas. As portas, de madeira – não as de metal a que estava acostumada –, também eram bem grandes, revelando que os alojamentos por trás deviam ser enormes.

Ela subiu pelos conveses C, B e até o A, onde a escada acabava abruptamente, e pulou para alcançar a entrada escondida que tinha descoberto, puxando a escada para baixo. Fechou tudo depois de subir e foi para o hangar.

PARTE 4
Astromática

26

Giselle Nwaku

A coisa mais importante que você precisa saber sobre mim é que tenho uma bunda muito boa, do tipo que você ia gostar de dar um tapa, uma palmada, apertar, lamber, morder. É uma bunda que será contada em histórias passadas de geração em geração.

Então o que aconteceu foi *a bunda de Giselle*.

Era uma vez *a bunda de Giselle*.

Brer Boar salvou o mundo *da bunda de Giselle*.

É uma bunda sem igual.

Melusine diz que meu ego é tão grande quanto a minha bunda, e ela está certa.

Se Aster desse uma olhada, diria: "Suas nádegas demandam uma análise mais aprofundada", o que é o jeito dela de dizer: "Fiquei com a calcinha toda molhada".

Eu devia falar de coisas mais saudáveis, como crochê ou artesanato de biscuit, mas, só de pensar nessas coisas, sinto minha glândula pineal secretar melatonina no meu corpo. *Glândula pineal. Melatonina.* Essas coisas de sono. Regulam seu ritmo e tal. Ah, a benção de conhecer Aster! Ela fala muito e, quando não a ignoro, aprendo uma coisinha ou outra.

Eu sou uma garota bem, bem malvada (carinha sensual) e preciso ser punida. Tem pessoas que sentem vergonha do que foi feito com elas, que chamam a si mesmas de *malvadas* por causa disso, mas eu não tenho nenhuma vergonha. Não tenho nenhuma vergonha do que fizeram comigo e nem do que eu mesma fiz. Uma vez, Mabel e Pippi ouviram histórias sobre uma mulher dos conveses inferiores, da Ala Wistéria acho, que vendeu a irmã para um homem que morava nos conveses de cima para, sabe como é, fazer o tipo de coisa que se faz com todas nós. Elas ficaram chocadas e se lamentaram como se fossem umas carolas. "Ah, eu nunca faria uma coisa dessas", disse Pippi.

É cruel, mas eu faria, e não me sentiria mal. Várias coisas foram feitas comigo e estou bem, então é de se esperar que a garota ficasse bem. Eu não fui destruída. Não é possível ser destruída.

Sevri o'lem mol'yesheka ris ner.

É assim que se diz *olá* na língua do meu povo. *Sevri* significa *mergulhar o pão*. *O'lem* significa *todos* ou *juntos*. *Mol'yesheka* significa *dentro de uma mesma panela*, e *ris ner* significa *vamos*.

Vamos todos mergulhar o pão numa mesma panela.

Era uma das poucas coisas que eu sabia dizer, até que Aster me ensinou a falar a língua corretamente. Nós agíamos como se fôssemos muito adultas naquela época; eu tinha uns onze anos, acho. Mas éramos uns bebês. Ainda brincávamos de faz de conta. Eu me emperiquitava até ficar parecendo uma rainha, e ela se vestia como um jovem cavalheiro.

"Lave as roupas enquanto eu fumo meu cachimbo!", Aster dizia. Ela era muito boa em jogos de fingir, porque era uma excelente imitadora.

"Sim, querido", eu dizia, e então levava um punhado falso de roupas para um barril de madeira e colocava lá.

"Eu exijo o jantar!", dizia Aster.

A essa altura, eu já era a esposa impaciente e dizia:

"Faça você a porcaria do jantar, seu idiota, se está com tanta fome."

E então, Aster dizia:

"Essa é a parte em que bato em você, mas não quero fazer isso."

E eu dizia:

"Tem certeza? Pode bater se quiser."

O cabelo crespo dela parecia um halo ao redor do rosto, aqueles fios rebeldes que tinham escapado do rabo de cavalo.

"Vou bater pra preservar a integridade da brincadeira, mas de um jeito gentil", dizia ela.

Eu cruzava os braços na frente do peito.

"Não, bata forte."

E ela batia. Uma vez ela me deu um tapa tão forte que caí em cima da cama da Giovanna (uma menina que dividia a cabine com a gente). Então Aster subiu em cima de mim, as coxas segurando meus quadris.

"O que fazemos agora?", perguntou ela.

Não lembro o que fiz, provavelmente engoli a saliva e molhei os lábios. Dei as orientações para ela.

"Agora, você coloca o pênis pra fora, enfia em mim e fica entrando e saindo."

"Eu não tenho um pênis."

"Então só se mexe como eles fazem."

Então a gente esfregou nossas partes uma na outra por cima da roupa até ficarmos satisfeitas.

Aster conseguiu entrar nos Arquivos e achou um livro chamado *Dicionário prático de ifrek*.

"Essa é a sua língua", disse ela. Era de antes do Q. "Você quer saber como é?"

"Se é *minha* língua, então já sei, não é?"

"Então por que só usa sempre as mesmas cinco palavras? Estou cansada dessas cinco palavras." Ela empurrou o dicionário em meu peito. Suas mãos estavam laranja, manchadas de cúrcuma, e um pouco do tempero fora transferido para as páginas. Aquele foi o ano em que Melusine tentou ensinar Aster a cozinhar, mas ela mal conseguia se vestir sozinha, imagina transformar manteiga em massa e esquentar óleo de palma até ficar com aquela cor rosa-alaranjada deliciosa.

Na minha língua, não existe uma palavra para *eu*. Para chegar perto disso, é preciso dizer *E'tesh'lem vereme pri'lus*, que significa *Este aqui separado de todos*. É nosso modo de dizer *solitário* e *sozinho*. É também como dizemos *excluído*. Como dizemos *fraco*.

Todo mundo se pergunta sobre o *eu amo você*. Em ifrek, nós dizemos *Mev o'tem* ou *Estamos juntos*.

"E como se diz *estou cansado*?", as pessoas perguntam.

Ek'erb nal veesh ly. O tempo de descansar está chegando.

Mas voltando à minha bunda. Achei que Aster estaria no botanário porque sempre estava lá, e eu queria dizer, sei lá: "Desculpa", "Obrigada", "Odeio você" etc. Mas ela não está aqui e estou esperando. Rebolando minha bunda para passar o tempo. Penso em mim como uma fada da floresta. Quando eu era pequena, gostava de ficar perambulando pelo Bosque das Maçãs para ver se algum ser mágico me sequestrava e me trocava. Eu seria um ótimo negócio para eles. Não precisava nem virar uma fada. Eles podiam só trocar de lugar comigo em vez de me matar, e por mim tudo bem. Eu agitava os braços e ficava pulando para lá e para cá, bem boba, tudo para chamar a atenção deles.

São nove da manhã. Aster não foi dormir ontem à noite, então imaginei que ela estivesse aqui, mas não há sinal de que tenha feito isso. A cama de montar está debaixo da mesa de madeira. Acho que ela deve ter saído cedo, então coloco um disco para tocar e balanço os quadris, viro de um lado para o outro, dobro o corpo do jeito mais sedutor que consigo.

Não tem tanta graça sem ninguém olhando, então desligo a música e tamborilo os dedos na vitrola, tentando pensar em algo para fazer. Suspiro, sento num banco, abro a gaveta de cima da mesa de Aster e olho suas anotações. A letra dela é um horror, mas já li o suficiente para conseguir compreender.

Folheio algumas páginas até encontrar algo que realmente parece interessante, uma folha amassada com a tinta espalhada de um jeito estranho. Como se tivesse sido dobrada num formato de avião de papel. A letra de Aster, na verdade, parece até legível dessa vez.

Você pensa em mim durante a noite?
Sou um homem religioso.
Religiosamente devoto a mim.
Então você é uma deusa?
Sou.
Isso explicaria o estranho poder que tem sobre mim.

Tem algo entre o Cirurgião e Aster, então. É tudo muito comportado e entediante, então amasso o papel numa bolinha e jogo na lata de lixo, depois chuto a lata e seu conteúdo se espalha pelo chão: lenços, lâminas antigas, folhas podadas.

Sou uma pessoa muito ligada ao físico. Gosto de tocar e ser tocada. Gosto de destroçar as coisas quando alguém me dá essa oportunidade. Às vezes é como se eu não conseguisse evitar, mas então penso, não, posso evitar, posso me segurar, como se fosse um espirro. Mas é tão mais satisfatório dizer coisas cruéis, machucar, fazer mal. Eu queria ser melhor, mas não sou, então a única coisa que posso fazer é amar quem sou.

Eu queria ajudar Aster porque sei como é ter algo de ruim lá dentro, algo profundo, e não conseguir arrancar.

É igual cirurgia no cérebro. Os médicos não conseguem tirar o tumor sem lobotomizar o sujeito, então você espera para morrer, doente, mas sendo você mesmo. Isso é tudo que temos; nós mesmos. Não temos nem história. Não temos nem família. Mal me lembro do rosto da minha mãe. Ela morrendo dando à luz minha irmãzinha Emile. Mas e a mãe *dela*?

E a dela? E os pais? Qual é a origem do nosso povo? Aster é alquimática e estuda essas coisas. Sabe como toda a vida se conecta, porque pesquisa muito. Ela se joga nisso do mesmo jeito que eu me jogo no sexo, como se bastante esforço pudesse nos levar a descobrir a Mãe Verdadeira, e ela nos seguraria em seus seios e ninaria de um jeito que nunca fomos ninadas. Nossas mães – não só a minha e a de Aster, mas de todas nós – eram tão duronas e frias. Elas logo tiravam o leite do peito e davam para os filhos num copinho em vez de sentir aqueles labiozinhos infantis em seus mamilos. Eu entendo.

São dez horas e ela ainda não voltou. Pego um garrafão em cujo rótulo está escrito MIROBYL NETOXATE e derramo no solo de seus amados xantemos. Nada acontece, então arranco as plantas pelas raízes.

Há um bisturi perfeitamente alinhado numa bandeja de metal, e é irritante como Aster se dá ao trabalho de organizar todos os seus instrumentos enfileirados, mas não se esforça para chegar na hora. Eu poderia estar me deleitando numa banheira em algum lugar. Poderia estar lendo um livro sobre homens e mulheres, sobre um homem elegante que é frio por fora, mas ardente de paixão por dentro.

Pego o bisturi e corto as raízes dos xantemos, picando cada um em pedacinhos. Parecem bons gravetos para uma fogueira, e de repente tenho a ideia perfeita.

Pequenas chamas, como acender um cigarro, estão liberadas, então tenho alguns fósforos escondidos no bolso da saia para quando preciso de um momentinho com meu cachimbo de tabaco. Pego um deles, acendo e coloco a chama sobre as raízes da planta. Elas começam a queimar rapidinho. Tem tanto papel ali para queimar, para manter a chama acesa, então vou amassando um a um em bolinhas e jogando no fogo. Gráficos, páginas e mais páginas de anotações, pastas grossas, tudo ardendo até virar cinza.

Os bancos estão arrumados ao redor de uma mesa de forma perfeitamente simétrica, com distâncias iguais um do outro. É fácil batê-los na parede e remover os pés. As chamas sobem mais alto quando coloco as peças de madeira.

Devagar, vou andando até o filtro térmico, uso a senha de Aster para desligar o sistema de purificação e fechar os respiradores, para não espalhar a fumaça por toda a nave. Aster sabe tudo sobre a *Matilda*. Já poderia ter destruído a nave há muito tempo, apertando um botão e cortando o fornecimento de oxigênio. Talvez ela devesse ter feito isso.

Pego minha garrafinha de bebida no coldre da coxa e espalho o conteúdo por todo o cômodo, em cima das plantas, dos livros, dos relatórios e das pesquisas.

Tomo cuidado especial para despejar o álcool sobre os papéis da mãe dela e deixo eles bem molhados. A fumaça entra pelos meus pulmões, minha boca e nariz, e eu me sento num canto para esperar tudo queimar, inclusive eu mesma. Sei que vou renascer.

Teve uma época em que eu e Aster paramos de nos falar durante um ano, quando ela começou a trabalhar com o Cirurgião. Melusine estava sempre dizendo o quanto Aster era inteligente, tão brilhante, tão especial, tão isso, tão aquilo, como se fosse um anjo encarnado. Talvez ela fosse, e talvez eu fosse um diabinho, mas tudo bem.

É que eu estou com tanta raiva, por todos esses motivos, e por isso eu não consigo me segurar.

Não acredito nos Céus e nem acredito no Inferno, então quando acordo e ouço vozes desconhecidas, já sei que significa que ainda estou viva e minha tentativa de suicídio mal-acabada não funcionou. É sempre assim, você colhe o que planta.

Inspiro, mas tudo o que sinto é queimação. Começo a tossir tão forte que vomito em mim mesma.

– Vou virar você de lado, se não tiver problema. – Ouço essa voz que me lembra a do meu pai, embora eu nunca tenha ouvido meu pai falar. É Deus falando, ou algo assim, uma voz calmante, mas que não me acalma nem um pouco porque é impossível acalmar algo tão impossível quanto eu.

Comprimo o corpo e me preparo para ser tocada por mãos excessivamente decorosas e gentis. Ele me segura nos ombros e nos quadris, um toque tão suave que mal dá para sentir, e me vira até que eu esteja deitada confortavelmente. Vomito novamente, mas dessa vez no chão e não em mim. Não sei por que, mas não estou agradecida. Nunca estou agradecida. Quero ficar, juro que quero, mas a única coisa que sinto é essa contrariedade que não passa nunca. Cada gentileza que alguém pensa em fazer por mim só me deixa com mais raiva. É algo tipo: meio tarde demais, né, amigo. *Pode se matar e sair do meu caminho, essa é a coisa mais gentil que pode fazer por mim no momento.*

As lágrimas e as pontadas me fazem hesitar em abrir os olhos, mas, quando finalmente o faço, é o Cirurgião que está na minha frente. Vejo que vomitei nele também, o jaleco tem uma mancha amarela, e eu nem me importo.

– Minha garganta parece uma infecção urinária – digo, ou na verdade, as palavras saem em meio a tosses e soluços roucos.

– Você inalou muita fumaça.

– É – digo, mas depois penso que isso não foi espertinho o suficiente para ele e completo na minha voz mais arrogante: – Você é um baita detetive.

– Pode dar um sedativo para ela? O Soberano não vai tolerar esse atrevimento – diz uma segunda voz. Mesmo com os olhos inflamados, vejo que há vários rostos desconhecidos, todos com o uniforme da Guarda.

O Cirurgião me oferece um copo d'água e estou com sede demais para recusar. Meus goles são barulhentos, molhados, desagradáveis e eu não me importo. O líquido esfria minha boca cheia de fuligem e meu *esôfago* que lateja. *Esôfago*. Essa é a palavra favorita de Aster, e entendo. Como todas as palavras que descrevem o corpo, ela tem uma estranheza. Às vezes, para me divertir, imagino Aster falando sacanagem com esse tipo de vocabulário. *Pode gozar no meu esôfago.* Ela odeia quando falo assim, porque a lembra do quanto ela é diferente e, mais ainda, de como todos nós percebemos essa diferença. Mas continuo fazendo. Gosto de deixar Aster irritada. Gosto de deixar Aster com vergonha e humilhada. Eu me divirto com isso, mesmo sabendo que depois vou me sentir tão mal a ponto de ficar enjoada. Não sei o que há de errado comigo. Tenho essa compulsão em machucar as pessoas, e eu tento, tento parar, mas nunca consigo.

– Guardas, vocês estão dispensados – diz o Cirurgião.

– Temos ordens diretas do Soberano para essa aí – diz um homem de pele rosada e cabelo grisalho. Tudo nele é repulsivo, a voz meio chorosa, o nariz redondo, os olhos arregalados.

– E você tem ordens diretas minhas pra parar de falar – digo, tentando me levantar. Só então percebo que minhas mãos estão algemadas na lateral da cama. – O que é isso? O que foi que eu fiz? – pergunto, mas sei o que eu fiz. São muitos os pecados na minha ficha.

O mesmo guarda de cabelo grisalho vem na minha direção segurando o cassetete e me pergunto se ele tem noção de como aquilo tudo parece fálico!

– Chega mais perto e vou arrancar seu pau com os dentes – digo, mas eu não faria isso. Jamais morderia as partes baixas de um homem, a não ser que ele me pedisse especificamente para usar os dentes. Sou obediente. Fácil de lidar. É só me dizer o que quer, e eu faço sem reclamar. As pessoas acham que sou uma guerreira, mas na verdade sou o contrário na cama. Se as pessoas quiserem transar comigo, elas vão. Não há nada a fazer.

– Me deem quinze minutos com a garota. É uma ordem. Tenho certeza de que o Soberano vai entender. Saiam agora – diz o Cirurgião, posicionando-se entre os outros quatro guardas e eu.

Há um murmúrio de compreensão entre os quatro, e um deles diz:

– Desde que eu tenha quinze minutos com ela em seguida, senhor.

Como se fosse a coisa mais inteligente que poderia ter dito, e não a mais idiota. São uns babacas toscos, todos eles, e estou feliz porque a fumaça não me roubou a capacidade de revirar os olhos.

Os guardas saem pela porta e um deles olha para mim antes de ir. Não sinto medo. Não me lembro da última vez em que senti medo.

– Não temos muito tempo – diz o Cirurgião.

– O que está acontecendo? – pergunto, depois corrijo: – O que aconteceu?

Ele me dá mais um copo de água, que engulo. Tudo acima do meu estômago dói e queima, mas agora pelo menos consigo falar claramente.

– Encontrei você no laboratório, inconsciente, e a trouxe para um lugar seguro. Mas, obviamente, fomos descobertos no corredor. Sua tentativa de manter a fumaça dentro do botanário não deu certo.

– Seu idiota. Devia ter me deixado lá.

Ele assente, e essa não era a reação que eu estava esperando. O rosto dele está tomado de remorso.

– Arrombei a fechadura porque pensei que era Aster. Acredite, se eu soubesse que era você, não teria me dado ao trabalho. – O tom de voz dele sugere um insulto, mas conheço ele muito bem. Seus lábios estão tremendo e sei que está escondendo alguma coisa.

– Você teria me deixado lá pra morrer?

– Acho que essa teria sido a ação mais piedosa.

– Como assim? – Mas sei exatamente o que ele quer dizer. Vou seguir o mesmo caminho de Flick.

– Uma execução – responde o Cirurgião. – Ordem do Soberano. Dessa vez, pra a nave inteira assistir.

Aponto para a água e ele torna a encher meu copo.

– Aster sabe? – pergunto.

– Vou entrar em contato pelo rádio em breve. Ela não deixaria nada de ruim acontecer com você.

Mordo o lábio, fecho os olhos e imagino a cadência singular da voz dela.

– Quando Aster decide fazer alguma coisa, podemos praticamente considerar feito. – Minha voz não está tão firme quanto eu gostaria. Derramo a água, que escorre pelos meus dedos. O copo quase escorrega da minha mão, mas o Cirurgião pega a tempo. – Você e Aster estão juntos? – pergunto, e agora é ele quem quase derruba o copo. – Ela é mais delicada do que você pensa – digo. Ela é como vidro. Eu sou como vidro. Todas somos vidro, quebradas, irreconhecíveis para nossa forma original. Andamos por aí em fragmentos. Somos uma atração de circo. – Ela é minha família. Acho que seus quinze minutos acabaram.

– Tenha fé – diz ele, andando em direção à porta. – Aster tem um talento sem limites.

Tem mesmo.

Talvez ela venha me salvar. Talvez eu queira ser salva.

27

Aster recebeu pelo rádio a notícia sobre Giselle.

– Você está aí? – perguntou Theo, em meio ao ruído da estática.

– Sim. Estou na Alfa. Descobri como traçar uma rota nas pequenas naves, mas só uma delas tem combustível. E, claro, é a única que exige uma senha de acesso. Não sei se consigo mais alguma coisa da fábrica sem Tenente descobrir, mas talvez eu consiga decifrar o código se tiver um tempinho.

Aster determinou a rota para as naves com base naquele mapa de estrelas disfarçado da mãe, com o ponto azul no meio dos elementos químicos. Ela sabia que ali era a Grande Casa.

As anotações de Lune sobre os sistemas de navegação foram fazendo cada vez mais sentido. Na sala de controle, Aster estudou os manuais que explicavam os painéis de computadores. Um deles reunia dados sobre possíveis planetas habitáveis usando sensores dos sistemas externos da *Matilda*. Os relatórios da época de Lune eram horríveis, informando que não havia nada habitável a anos luz de distância. Não era de espantar que ela tivesse decidido mudar o rumo da nave para o lado oposto, onde sabia, pelo menos, que havia uma luz no fim do túnel.

– Você ainda não foi no seu botanário, não é? – perguntou Theo pelo rádio.

– Não, faz alguns dias na verdade – respondeu Aster, sentada em cima da *Fugaz*, com os pés balançando.

– Entendi. Saiu daqui e foi direto pro Hangar de Vidro?
– Isso.

Ela o ouviu respirar fundo do outro lado da transmissão.

– Não vai adiantar muito fazer um preâmbulo, então não vou fazer. Seu botanário não existe mais, Aster. – As sílabas da frase se juntaram todas, numa correria. – Giselle colocou fogo nele.

A transmissão terminou abruptamente e ficou um silêncio.

– Não ouvi você muito bem. Repete.

– Acho que você ouviu e sinto lhe dizer que essa ainda não é a pior notícia. Você ainda está aí?

Ela já estava correndo a caminho dos conveses inferiores, o pânico a incentivando a agir. Será que já não existia mais? Ou ainda estava queimando?

– Aster, por favor, preciso que me diga que está aí, que ainda está atenta e concentrada.

– Aqui, atenta e concentrada – disse ela. De fato, ela estava decidida ao descer os degraus da escada secreta, ao passar pela pequena abertura e nem se dar ao trabalho de ajustar os parafusos.

– Ele vai matar ela – disse Theo.

– Você quis dizer que *eu* vou matar ela.

– *Aster*.

– Isso é coisa do Tenente?

– Bem-vinda ao Novo Regime.

– Falo com você daqui a pouco – disse Aster, desligando o rádio.

Aster passou os dedos pelas paredes do laboratório. Pedaços pretos descascavam e caíam pelo chão como papel, com uma textura que lembrava pele de cobra recém-trocada. Arquimedes, a árvore de quatorze anos que Aster tinha cultivado desde a semente, estava jogada numa pilha no chão. Ela se lembrou de quando ainda era um brotinho fraco com flores amareladas e dificuldade de crescer – e a mistura perfeita de ar frio, luz baixa e uma solução de água, cartilagem óssea e cascas de ovo de pato a manteve viva. O som também a deixava animada. As gravações que Aster usava para aprender a falar com fluência ajudaram Arquimedes também. Suas hastes ficaram com um tom exuberante de verde-escuro, tão vivas quanto as folhas de bordo. Ela cresceu, ficou alta e espalhou seus brotos por todo o laboratório com uma força colonizadora, emanando um cheiro doce e fresco.

Os cadernos de laboratório da mãe, a letra pequena, quase microscópica, e cuidadosamente codificada por cores, os gráficos legendados com uma letra perfeita, tudo queimara até virar pó. Mapas, tantos mapas, das estrelas e da galáxia e de lugares que Aster nunca entenderia, os últimos do universo, perdidos.

Tudo que era mais querido para ela estava naquele botanário. Não haveria perdão dessa vez. Uma coisa era destruir uma pessoa, mas destruir seu trabalho era um sacrilégio que Aster não esqueceria facilmente. Tudo que sobrava da vida de alguém era o que estava registrado em papéis, anais, almanaques, nos itens físicos que a pessoa produzira. Destruir isso era destruir sua história, seu presente e seu futuro.

Sem suas anotações e seu laboratório, não havia muito o que Aster pudesse fazer a não ser abrir todos os armários de Theo e vasculhar seu conteúdo, buscando alguma coisa, qualquer coisa, que funcionasse. Vários vidros marrons com rolhas iam quebrando no chão: coltato de lário, brisádio de amônia, diletídio de prata, era tudo inútil. Anestesia podia dar conta do recado, colocá-la num estado de coma e diminuir bastante a frequência do coração.

Com a ajuda de Theo, Aster poderia, para todos os efeitos, matar Giselle. Injetar oxigênio artificialmente em seu corpo para manter os órgãos funcionando e depois ressuscitá-la no momento certo.

Mas aquilo exigiria equipamentos, instrumentos, um time de curadores. Seria preciso algo mais direto, simples e elegante, e então lhe ocorreu a solução. Uma dose concentrada de soro de papoula poderia diminuir a função respiratória e os batimentos cardíacos de Giselle a ponto de enganar o Soberano. Como General Cirurgião, Theo seria o responsável por atestar o óbito. Na hora de levar o corpo para o necrotério, quando já estivessem longe dos olhares de todos, Aster poderia injetar adrenalina para despertar os sistemas do corpo. Estava longe de ser o plano perfeito. Pelo contrário, tinha inúmeros riscos.

Aster vasculhou as chaves até encontrar a certa e inseriu na fechadura do armário onde Theo guardava os narcóticos. Deu uma olhada nas ampolas até encontrar duas com a etiqueta HIDROMORFONA. Precisava dar certo. Segundo o relógio de pêndulo, faltavam vinte e duas horas. Ela não tinha muito tempo. Colocou os dois recipientes no cinto de remédios e correu mais rápido do que nunca.

Precisava falar com Seamus antes de encontrar Theo. Com Mabel também. E o pessoal da Ala Tempestade.

A hora tinha chegado.

Os habitantes da *Matilda* se aglomeravam nos corredores ao redor dos alto-falantes, tornando difícil a locomoção. Mesmo entre os moradores dos conveses inferiores, já acostumados ao reino de terror de Tenente, uma execução determinada pelo Estado e exibida para toda a nave era novidade. Estavam todos atentos às caixas de som. Maridos e esposas davam as mãos. O convés J fervilhava com uma seleção bem diversa de habitantes da *Matilda*. Moradores dos conveses inferiores, operários que raramente tinham um período de descanso dos campos, nascidos na parte de baixo que tinham conseguido se casar e ascender socialmente, comerciantes, profissionais pobres. Aster foi desviando de todos sem nem pedir licença. A execução aconteceria na clareira do Bosque das Maçãs, uma escolha cruel. Injetar veneno nas veias de uma garota no mesmo lugar onde as pessoas rezavam por seus deuses era tão odioso que Aster não conseguia entender.

Seguiu para baixo e para o centro da *Matilda*, correndo pelas Alas Lagoa, Louro, Libélula, Lenheiro e Lampejo. Ela só tinha dez minutos. Apoiou no corrimão e deslizou por três lances de escada até enfim chegar ao convés M. Aqui, também, os matildanos se aglomeravam ansiosos diante das portas duplas que levavam até o Bosque das Maçãs.

Tirando os olhos semicerrados e os suspiros pesados, todos pareciam calmos. Aster viu expressões de resignação. Ela se esforçava para transmitir a mesma expressão, algo como uma recusa à reação, já que reagir nunca ajudava em porcaria nenhuma, e normalmente só piorava as coisas.

– Sai da frente – ela disse para um homem negro magrinho, com cabelos brancos que pareciam lã. Ele se virou pronto para começar uma briga, mas ela já tinha passado.

A porta estava aberta para que as pessoas pudessem olhar lá dentro, e Aster o viu.

– Theo! – gritou, já entrando pela porta. Tinha poucos minutos, apenas o suficiente para lhe entregar o soro de papoula disfarçadamente.

De repente, um guarda a puxou com força pelo braço, algo que já estava virando um comportamento previsível.

– Já estamos lotados, não entra mais ninguém. E é *General* para você. Respeite o Cirurgião.

Ouviu-se um murmúrio de comoção à frente, depois do emaranhado de árvores fininhas, mas Aster não conseguiu ver o que era.

– Deixa, ela pertence a mim – disse Theo. Ele mal conteve o rugido em sua voz. Aster ficou quase assustada ao ver tão furioso o homem mais tranquilo que conhecia. – É minha assistente. Está aqui para limpar qualquer sujeira que se faça, ordens do Soberano. – As árvores de mais de dez metros de altura erguiam-se sobre eles com suas copas grossas, bloqueando os raios do Pequeno Sol e deixando Theo com uma aparência lúgubre. Seu rosto cheio de sombras tinha uma expressão sinistra. Ele não estava fingindo para o guarda. O ódio transbordava de seu corpo.

– É melhor ensinar boas maneiras para ela – disse o guarda, empurrando Aster na direção de Theo. O olhar que ele deu para ela, a forma como fez um som de beijo com os lábios, deixou claro que o guarda não acreditava na história de Aster ser assistente de Theo, mas sim sua puta. Aquela suposição não lhe incomodou. Mesmo se fosse verdade, não haveria nenhuma vergonha naquilo. Ela não entendeu o jeito arrogante como o guarda a olhou.

Pessoas como aquele guarda se esforçavam muito para fazer Aster se sentir inferior. Mas em alguns dias, como hoje, aquilo não funcionava, porque ela via a própria superioridade com clareza.

Caminhou ao lado de Theo até a clareira do Bosque das Maçãs. Ele tinha uma passada maior que a dela, e caminhava num ritmo constante, mas Aster o acompanhou e foi explicando seu plano.

– Não sei se vai funcionar – disse ele, enquanto se aproximavam da clareira.

– Também não sei – respondeu ela. – Essa é a essência de qualquer plano.

– E você tem um plano B, Aster?

– Tenho. O plano B é você não fazer isso. Se recusar. Você pode se recusar.

Ele estendeu a mão para pegar a dela, mas Aster se afastou.

– Vou fazer o que puder – disse ele. – Se cuide.

Chegaram à clareira, onde mais ou menos cem moradores dos conveses inferiores estavam sobre punhados de palha ao redor de uma enorme plataforma com dois metros de altura e dez de largura, com degraus de madeira no entorno. Aster ficou se perguntando quem teria construído aquilo, se sabiam para quê e para quem seria usado, se as palmas das mãos se encheram de bolhas ao serrar a madeira.

Havia postes prateados a cada cinco metros, com toldos de plástico, para fornecer sombra aos membros do Regime. Dezesseis guardas protegiam cada lado da plataforma e mandavam todo mundo calar a boca e chegar para trás, ordens cumpridas sem muita reclamação. Aquelas pessoas não queriam estar ali. Não queriam testemunhar uma tragédia tão de perto. Eram apenas vítimas de uma coincidência de horários infeliz, operários que colhiam maçãs na pior hora possível.

Aster viu que, acima da clareira, mais moradores dos conveses inferiores assistiam pelos vidros, os olhos claramente tristes. Obrigados a assistir, compartilhariam juntos esse fardo.

– Aster – chamou Mabel. Estava tossindo. Tinha corrido para chegar até ali.

– Conseguiu organizar tudo?

– Acho que sim – ofegou ela. – O pessoal da Ala Tempestade também tem uma surpresa pra você. – Ela levantou a saia e mostrou uma espingarda, mas diferente daquela que pertencera ao Soberano Nicolaeus. Aquela tinha sinais de uso. Falhas. Marcas. Iniciais entalhadas. Esta estava novinha e brilhante, e tinha um design bem mais simples. Parecia que a fama da Ala Tempestade por seus talentos manuais não era exagerada. Eles tinham feito mais do que produzir novas balas. Tinham produzido novas armas. Aster imaginou que haviam usado os canos de cobre de trás das paredes para fazer o cano da arma. – Temos vinte dessas. Eles estão distribuindo agora. Quer ficar com esta?

Aster negou com a cabeça.

– Fica você com ela. Se proteja. Proteja Pippi e titia. – Depois de tudo isso, ela esperava ver Mabel de novo.

– Me dá o soro de papoula – disse Theo.

Aster entregou as ampolas para ele.

– Vão amarrar ela ali? – perguntou, apontando para um assento no meio do palco de madeira. Havia tiras de couro penduradas sobre os braços, a cor de um marrom tão vivo que parecia até vinho.

– É provável – respondeu Theo.

– Você está estranhamente monossilábico. Não acha que vai conseguir fazer?

Antes que ele pudesse responder, um silêncio perturbador tomou a clareira. Aster ouviu o som de metal batendo e se virou para ver. Dois guardas conduziam Giselle até a clareira, os tornozelos algemados com apenas uns trinta centímetros de distância entre eles, os punhos do mesmo jeito. Manchas escuras deixavam seus olhos parecendo esferas embotadas. Os cabelos pretos e ondulados caíam da cabeça em mechas desgrenhadas. A pele, com subtons de oliva, parecia doente, pálida, verde. Atrás dela, mais quatro guardas carregavam algo grande e pesado, coberto por um pano. Aster semicerrou os olhos, mas não fazia ideia do que era aquilo.

Os dois guardas empurraram Giselle. Ela não vestia nada além de uma camisola e suas botas de trabalho, e não aparentava seus vinte e cinco anos. Era pequena como uma criança eterna, mas sem a inocência.

O Soberano vinha atrás, e assumiu seu lugar no lado esquerdo da plataforma. Os dois guardas seguraram Giselle na lateral enquanto os outros ajeitavam no centro do palco o objeto oculto. Tenente se virou para eles e gesticulou. A seu sinal, eles tiraram o pano.

Um sobressalto tomou a clareira. Debaixo do pano havia uma forca. Ouviu-se um murmúrio de conversas na multidão.

O Soberano chegou ao lado de Theo e sussurrou:

– Desculpe por não ter avisado, mas seus serviços não serão necessários. Achei que um evento deste porte merecia mais suntuosidade.

Theo manteve a expressão neutra.

– Poucas coisas são tão suntuosas quanto um enforcamento.

Tenente riu e pendeu a cabeça para o lado.

– Você deveria ficar aliviado. Sei muito bem que tem um ponto fraco pelas moças jovens. – Ele apontou para Aster com a cabeça. – Não é mesmo, Aster? Tenho certeza de que vocês dois aprenderam essa lição, e sei também que apreciam minha misericórdia.

– É claro, Soberano – respondeu Theo. – Sua misericórdia, assim como sua opressão, não conhece limites.

Aster recitava a *Philosophia Botanica* sem prestar atenção ao Soberano Tenente. Os versos metódicos eram escritos em iambos perfeitos, algo que trazia a estabilidade necessária para ela. Se Giselle ia morrer enforcada, então o plano já tinha falhado antes mesmo de começar. De que adiantaria ficar desesperada? Era culpa dela ter acreditado que a melhor opção possível era o que de fato iria acontecer.

Havia espectros vivendo na visão periférica de Aster, górgonas com as bocas grandes e presas de elefante. Tinham tranças que se projetavam como lulas saindo debaixo das abas dos chapéus de palha. Seus macacões eram cheios de furos. Mascavam tabaco com carne e cartilagem. A pólvora escorria de suas feridas. Sempre que Aster se virava para vê-los melhor, eles sumiam, habitantes perenes das margens. Era assim que ela enxergava a esperança, nada a que se devesse dar muita atenção.

– Soberano – disse Theo. – Entendo seu desejo por um espetáculo, mas algo exagerado pode despertar fúria em vez de medo. Peço que reconsidere a injeção. Pode até deixar a forca ali, como um aviso.

Tenente emitiu um som que era quase um riso de deboche.

– E você, garota, o que acha? – Não era uma pergunta retórica, mas obviamente ele não estava interessado na resposta.

– Acho que você é um sádico e quer ver um enforcamento, então haverá um enforcamento – disse Aster. Ela queria ser corajosa o suficiente para encará-lo, mas manteve a cabeça baixa, respeitosa.

– Não sou sádico, sou impiedoso. Existe uma diferença. Fora isso, foi uma observação astuta – disse ele, voltando-se para a multidão. – Em nome do Regime, do Desejo dos Céus e dos passageiros da nave de Seu Soberano, a *Matilda*, eu tenho a honra e o privilégio de anunciar o advento de uma nova e melhorada era. É por isso que estamos aqui juntos hoje, para enviar uma vida deste mundo para o próximo, onde ela será julgada adequadamente. Com os corações humildes, dizemos – e a multidão se juntou em uníssono, como fizera com Flick – *Aleluia. Amém.*

Quando Tenente leu o nome completo da acusada em voz alta, pronunciou com uma combinação inesperada de grandiosidade e solenidade.

– Giselle Nwaku – disse, lendo de um pequeno pedaço de papel.

– Esse não é meu nome, esse nunca mais vai ser o meu nome! – gritou Giselle, se debatendo em meio às correntes. Várias pessoas deram um passo para trás, assustadas com seu tom cruel. Quem a conhecia, apenas assentiu, sem se abalar.

– Você desrespeita seus antepassados, e portanto os Céus, renegando seu próprio nome? – disse Tenente.

– Não é meu nome! Meu nome agora é Diabo – gritou ela. – E vou matar todos vocês, eu juro, nesta vida ou na próxima.

Um dos guardas a chutou para subir na plataforma e ela caiu com os joelhos nos degraus.

Uma mulher de pele flácida enfiou o mamilo na boca de um bebê que não parava de chorar, mas cujos gritos não chegavam nem perto do escândalo que Giselle fazia.

O mesmo guarda pegou Giselle pelo pescoço para empurrá-la para a frente, mas ela o surpreendeu, se virou e deu uma cabeçada no nariz dele, o sangue espirrou na hora. Aster viu que aquela era a única chance.

– Giselle – gritou. – Pega!

Aster pegou a faca que ficava escondida na bainha da bota e jogou para Giselle, que não conseguiu pegar. Bateu em seu peito, depois nas correntes e caiu no chão.

Giselle saltou sobre os guardas e correu para tentar apanhá-la. Outros vieram atrás dela e, embora as correntes a atrapalhassem, ela estava tão determinada que ninguém conseguiria pará-la.

– Vai! Mata todos eles! – gritou uma mulher mais velha na multidão.

– Isso, mata eles! – gritou outra.

– Diabo! Diabo! Diabo! – diziam outros, que demoraram alguns segundos para encontrar um ritmo unificado.

Aster sabia que não existia um universo no qual Giselle conseguiria esfaquear cada um daqueles homens, incluindo Tenente. Havia um limite para o que uma mulher louca conseguiria fazer. Ainda assim, começou a gritar também:

– Não poupa ninguém! Sem perdão!

Giselle – Diabo – conseguiu pegar a faca, abriu a lâmina e a apontou para os cinco guardas que a circundavam.

– Vou caçar vocês – disse ela, depois pegou a lâmina e enfiou na própria barriga.

Aster se engasgou com o próprio grito assustado. Giselle, sempre desafiando as regras. Ela não deixaria que a matassem se ela mesma poderia fazer isso tão facilmente. Suspiros de sobressalto se espalharam pela clareira. Diabo caiu para trás na plataforma.

– Silêncio – ordenou Tenente, seu comportamento assustador fazendo todos obedecerem. Ele subiu os degraus e chegou perto do corpo. Aster ouviu os chiados de Giselle. Tenente ergueu o pé, colocou a sola sobre o cabo da faca e pressionou.

Mexeu para a direita e para a esquerda, o metal dentado abrindo caminho dentro do corpo dela.

Ela soltou um uivo e, se as almas realmente existissem, aquele teria sido o momento em que a de Giselle abandonou a nave. Era algo tão pequeno que ela queria, ser deixada em paz, poder ficar na solidão de seus próprios átomos. Os únicos paus que queria dentro de si eram os que ela pedisse, as únicas mãos em seu corpo aquelas que implorasse para tocá-la, a única faca em suas vísceras aquela que ela mesma tinha enfiado.

Aster sentiu Theo a segurar por trás, mas ela se soltou e correu até o corpo de Giselle.

– Segurem ela! – gritou um dos guardas.

Mas o próprio Tenente disse:

– Deixem ela ter seu momento. Acabou.

A mistura de sangue e suor tinha deixado transparente a camisola de Giselle, expondo seus seios, barriga, pernas, os pelos em formato de triângulo que cobriam sua púbis. Ela estava nua diante do mundo.

– Aster? – disse ela, a voz rouca.

– Diabo – respondeu Aster.

– Eu vou morrer?

– Vai.

– Então me prometa que não vai se lembrar de mim com carinho. Prometa que vai se culpar – disse Giselle. As palavras saíam de sua boca apressadas, num sussurro.

– Eu vou. Não tenho outra opção.

– Quero que se ressinta. Daqui a cinquenta anos, ainda vai pensar em mim com o coração pesado. Me prometa. Me prometa que vou ser o fantasma cruel que irrita você. Não seja feliz. Quando as pessoas disserem: "Ela ia querer que você fosse feliz", saiba que não.

– Sim, sim, sim, sim – assentiu Aster.

– Aster? – chamou Giselle, os olhos tremendo em espasmos, as lágrimas se acumulando nos cantos dos olhos antes de escorrerem pelas bochechas. A tinta preta dos cílios borrou as pálpebras.

– O que é? O que quiser que eu diga, vou dizer. Vou dizer mil vezes. Faço qualquer juramento que você pedir.

Aster implorou que Giselle falasse mais alguma coisa, mas ela não o fez. Seus olhos vingativos já tinham morrido. Quando Aster baixou a cabeça e deitou a bochecha em seu peito, já não escutou mais o coração batendo. Colocou a orelha nos lábios de Diabo para tentar ouvir o som fraco da respiração, mas só ouviu o silêncio.

Ela se arrastou até as galochas de Giselle e tirou-as de seus pés finos e feridos. A plateia murmurava, e Aster cuspiu nas pontas, pegou a bainha da camisa e começou a esfregar até as botas ficarem um pouco mais brilhantes.

– Está bem. Chega – disse Tenente.

Um guarda bateu nas costas de Aster duas vezes com um cassetete. Ela chorou, não de dor, mas por Giselle. Miserável como ela era, ia desconsiderar o último pedido de Giselle. Aster se lembraria dela com muito carinho, sim.

O guarda a atingiu de novo e a dor foi enorme. Ele tinha a mão pesada. Aster tentou se imaginar em algum outro lugar, mas não conseguiu. Estava ali, num espaço cheio de sangue que não era dela. Giselle estava caída, sem vida. Seus lábios estavam rachados, brancos.

Uma tristeza imensa se abateu sobre Aster, e ela se lembrou mais uma vez de que não era nada, era uma marionete. Lembranças desagradáveis saltaram diante de seus olhos. Mãos ríspidas, colheres de madeira espatifadas, como ela odiava todo mundo.

Aster sentiu mais um golpe do cassetete e caiu de joelhos.

– Pare com essa selvageria agora ou será morto sem perdão – avisou Theo, a voz serena, a fúria controlada. Lançava um olhar fulminante para o homem que batia em Aster, os dentes à mostra. Sua expressão revelava determinação, nada da inquietude que ele costumava sentir. Theo, como Aster, era um homem cheio de regras. A ordem trazia serenidade a ele. Um distúrbio no sistema era também um distúrbio em sua noção de calma.

O guarda não soltou o cassetete. Aster se encolheu por antecipação quando o viu levantar o instrumento acima da cabeça. Mas o golpe nunca veio. No meio do caminho, o homem tombou no chão, junto com o cassetete. Segurava o pescoço, que fora atingido por um dardo. O veneno destinado a Giselle corria agora nas veias do guarda. Com a mente confusa pela dor, Aster demorou alguns segundos para entender o que estava acontecendo. Theo tinha uma arma de tranquilizantes.

Uma nova onda de sobressaltos emanou da multidão. Aster olhou para a comoção e, se não estivesse sentindo tanta dor, teria se levantado. Depois de atingir o homem que atacava Aster, Theo mirou a arma na direção de Tenente.

– Não posso deixar você continuar dessa maneira – disse. – Não está certo e não vou tolerar. Não mais. – Os membros da Guarda continuavam em seus lugares, nada acostumados a esse tipo de traição e, portanto, sem nenhuma orientação de como deveriam reagir. Seu amado Cirurgião, as meticulosas Mãos de Deus, estava prestes a atirar quinhentos mililitros de cortalvixotina no recém-eleito Soberano. Chocados, eles observaram, bastões e cassetetes a postos.

Ninguém estava tão imóvel quanto o próprio Soberano Tenente.

– Vai desafiar a Guarda? Vai me desafiar? – perguntou. Aquela incredulidade não combinava em nada com ele. O choque deixou sua habitual voz de barítono mais parecendo um gemido, nem um pouco intimidador. – Você é um mentiroso e um traidor – disse, um único olho apertado mostrando sua apreensão.

Vestido com aquele uniforme borgonha, os botões reluzentes sob a luz forte do Pequeno Sol, ele parecia débil e fraco. Seus ombros largos e corpo robusto não adiantavam de nada, nem mesmo as mãos com os punhos fechados. Aster se deu conta de que o poder de Tenente nunca fora sua severidade, e sim a sua famosa calma. O ataque surpresa de Theo havia tirado isso dele.

– E pensar que eu servi a seu lado, dividi o pão com você, o chamei em Irmão de Batalha – continuou Tenente. – Você é menos do que nada, menos do que um morto, menos do que alguém que nunca nasceu, um vira-casaca nojento e imundo que não é digno da confiança de ninguém. Um homem sem lealdades é um homem sem alma. Você se acha corajoso? Nobre? Honrado? – Ele não fez essas perguntas de forma retórica, estava sedento por respostas.

Percebendo a curiosidade desesperada de Tenente, Theo respondeu da forma mais sincera, a arma tranquilizante ainda apontada e preparada com mais uma dose de cortalvixotina.

– Não estou atrás de honra, tio. Minha raiva, por mais justificada, jamais poderia anular o mal que foi feito aqui hoje. Mas eu posso matar você e, ao fazer isso, prevenir outras tragédias.

Tenente olhou com uma expressão dura para o sobrinho. Em silêncio, ele chamou os guardas apenas com um estalar de dedos, mas Aster entrou em cena. Com toda a sua força feminina, ela pulou sobre o guarda que estava mais perto de Theo antes que ele pudesse reagir. Apertou a garganta dele com o antebraço, tão forte que esmagou sua faringe.

Ouviu o som do gatilho quando Theo disparou a arma de dardos. Quando Aster se virou para olhar, a agulha tinha entrado bem no olho de Tenente. Ele morreria em alguns minutos.

Três guardas seguraram Theo, e foi aí que a rebelião começou. Os moradores dos conveses inferiores foram para cima dos guardas. Sem armas, eles eram mais fracos, porém compensavam em volume. Os mais corajosos, ou mais inconsequentes, atacaram. Os mais reticentes ficaram ali em volta do perímetro da execução, gritando em apoio moral e empurrando os guardas que tentavam contê-los.

Uma mulher da idade de Aster, ou pouco mais velha, com cabelos meio ruivos e ombros largos, tirou a echarpe da cabeça, pulou por trás de um dos guardas e o estrangulou. Os músculos levemente tortos do homem pulsavam sob a pele esticada. Ela torceu o tecido em volta do pescoço dele com a maior naturalidade. Foi uma visão muito fascinante, na verdade. Aster sempre se interessara pelas maneiras como os corpos viviam e também como morriam, e havia algo de artístico na ciência do sufocamento. Sem oxigênio para sustentar seus processos biológicos, anatômicos e fisiológicos, o corpo definhava, simplesmente. Aquilo causava uma mudança definitiva e visível do *status quo*.

O rosto do guarda foi ficando com um tom repulsivo de roxo. Ele se contorcia e tentava respirar enquanto a mulher de cabelos meio ruivos removia a vida de dentro dele como se fosse um pedaço de ouro no bolso de um homem rico. Outros guardas vieram em seu resgate, mas foram impedidos por mais civis furiosos.

Uma família de quatro pessoas demonstrava uma falta de misericórdia típica de Deus – uma mãe e outra mãe, um filho cuja voz ainda nem tinha engrossado e uma filha que mal tinha desenvolvido os seios. Quando um guarda se aproximou de uma das mães, as duas crianças ("Yella e Ajax", as mães disseram) agarraram os tornozelos do homem. Puxaram até que ele caísse no chão, a cabeça espatifada na base de uma macieira. Yella pegou o bastão no cinto do homem, levantou e estava pronta para bater, o corpo tremendo. Ajax parecia prestes a vomitar. Ele se encostou no tronco da árvore, os olhos fechados. Aster percebeu que o menino estava rezando. A horda de gente impediu que ela ouvisse suas palavras exatas, mas sabia que ele não rezava pedindo perdão pelo que havia feito, e sim pedindo crueldade para conseguir fazer de novo.

Outro guarda segurou uma das mães pelo braço, atingiu sua barriga com o bastão com tanta força que ela tombou no chão depois de um único golpe. Ajax correu na direção dele, embora não estivesse armado. A mãe, não a que estava no chão, mas a outra, gritou:

– Não, Ajax, não!

Ela tinha visto a mesma coisa em que Aster reparara de esguelha: um outro guarda se aproximava, com uma faca de lâmina curvada tão grande quanto um braço. Ele a enfiou nas entranhas de Ajax. O garoto gritou e caiu no chão. O guarda o esfaqueou novamente. Ajax morreu.

Aster sentiu os braços de Theo segurando-a por trás. Ele a tirou do perímetro da confusão, levando Aster a quinze metros da macieira onde poucos segundos antes Ajax rezava, bem ao lado do riacho de água quente. Ele tirou a blusa, toda rasgada, e mergulhou na água.

– Posso? – perguntou, apontando para a barra da camisa de Aster.

Ela sussurrou que sim, e ele então levantou o tecido. Ali perto deles, uma multidão enlouquecida declarava guerra, e lá estava Theo, colocando uma compressa quente sobre a coluna machucada de Aster.

– Eles vão matar você, e depois eu – disse Aster.

Ele assentiu, depois molhou o tecido de novo.

– Não é o que eu quero, mas é provável.

– Você matou Tenente – disse ela.

– Matei.

– Queria ter feito isso eu mesma. Queria que ele morresse pelas minhas mãos.

– Eu sei – respondeu Theo. – Mas eu também queria.

Aster se levantou. As costas estavam doloridas, mas não era uma dor paralisante. Com muito esforço ela deu um passo, depois outro, e foi forçando o corpo a ficar ereto. A ânsia de se curvar atrapalhava a postura, mas sua força de vontade era maior.

– Vou levar Giselle comigo numa das naves – disse ela. Não podia deixar o corpo dela lá para ser todo desmontado e reaproveitado, ou então profanado.

– Vou ajudar como puder. Precisamos ir.

Theo consultou o relógio, depois se virou para olhar a massa de rebeldes, que iam chegando mais e mais perto do santuário. O corpo de Giselle parecia protegido lá em cima do palco de madeira, mas seria difícil para Aster conseguir se aproximar.

Os alto-falantes foram acionados todos de uma vez só, e uma voz robusta mas elegante soou.

– Matildanos... – começava o anúncio. Mabel tinha conseguido. Era uma mensagem gravada imitando um dos membros do Conselho do Regime, dizendo para todo mundo sair de bombordo na direção estibordo, deixando assim o caminho livre para Aster até o Hangar de Vidro. Seamus estaria lá esperando por ela. – Matildanos, aqui é o tenente comandante Wilkins Beauregard, tenente comandante do Soberano e atual líder da *Matilda*. A Guarda demanda a presença de todos os militares na Ala Errol para controlar um tumulto. Guardas que não se apresentarem serão punidos. Civis, mantenham a calma.

O anúncio ficou se repetindo. O Wilkins Beauregard de verdade devia estar bem surpreso e irritado com a imitação tão perfeita.

A rebelião foi para o lado de fora, nos campos, e ficou mais diluída. Enquanto os guardas que ainda estavam vivos iam embora, os moradores dos conveses inferiores traziam suas armas e se reuniam ao redor de Aster, para oferecer ajuda. Era um banho de sangue. Aster nem imaginava como devia estar nos corredores, onde Mabel tinha distribuído as espingardas.

Ela se virou para a plataforma. O corpo de Giselle parecia estranhamente angelical.

– Preciso pegar Giselle.

– Vocês dois – disse Theo para uma dupla que tinha desertado da luta. – Conseguem improvisar algum tipo de maca?

Os dois assentiram, botaram abaixo a tenda e rasgaram um bom pedaço do tecido sintético. Amarraram as pontas em algumas varas e a coisa toda estava pronta em menos de dez minutos. As pessoas se aproximaram, chorando e jogando beijos para Giselle. Usaram seus macacões e casacos para cobrir seu corpo. Uma mulher tirou um pente de marfim decorativo do próprio cabelo e colocou no de Giselle.

– Você vai vir comigo – disse Aster. – Em outra nave. Vamos dar um jeito no combustível. Posso tirar um pouco da nave que vou usar. – Ela sabia que aquilo não fazia sentido.

– Tem gente aqui que precisa da minha ajuda. Você vai voltar. Não tem problema.

– E se eu encontrar o mesmo destino da minha mãe? Se desaparecer pra sempre? E se eu estiver errada?

– Aí eu vou atrás de você – disse Theo, e embora aquelas palavras fossem românticas de um jeito impossível, elas deixaram Aster feliz.

Sem tempo para longas despedidas, ela carregou o corpo com a ajuda de um dos homens que construíra a maca. Sentia os músculos distendidos pelo peso. A pele na palma da mão se machucava e criava bolhas. Na morte, assim como em vida, Giselle gostava de dificultar as coisas. Era difícil segurar aquelas hastes metálicas com os dedos cobertos de suor. Aster segurou mais firme, mas só piorou o problema.

– Você está bem? – perguntou o homem.

– Estou – respondeu Aster.

– Tem certeza?

– Tenho certeza. – Ela não tinha. A onda de adrenalina não a sustentaria por muito mais tempo.

Eles carregaram a maca pelo campo até chegar ao corredor, seguidos por uma pequena multidão de apoiadores. Melusine aguardava na base da escada que dava no próximo convés, parada ao lado de uma cadeira de rodas.

– Sente ela aqui, garoto – disse para o homem.

A frase de Melusine era um alívio bem-vindo. Aster ajudou Theo a baixar Giselle até o chão e começou a levantá-la para a cadeira.

– Ela não, essa aqui – corrigiu Melusine.

Segurou Aster pelo pulso e puxou-a na direção da cadeira.

– Pelo menos uma vez na vida não discuta comigo, menina. Confie em mim que sei o que estou fazendo. Já vivi muito.

O homem segurou seu outro braço e foi apoiando Aster gentilmente.

– Eu ajudo você – disse ele.

Aster não tinha outra opção a não ser se sentar.

– Quem está com Giselle?

– Fique quieta, descanse e não se preocupe – disse Melusine.

Quatro homens do grupo ergueram a cadeira de rodas e a carregaram como se fosse um trono. Escadaria acima. Aster viu Melusine se abaixar até Giselle, mas era muito fraca para carregar aquele corpo. Ela então deu ordens para um outro homem pegar o peso. Ele ergueu Giselle com facilidade e, conforme foram subindo pelos conveses, lance a lance de escada, Aster pensou em uma procissão funeral, como a que tivera o Soberano Nicolaeus.

Quando deram de cara com um grupo de guardas, a procissão levou a melhor. Desimpedidos, eles marcharam. Foi gostoso descansar. Aster estava exausta e acabada, mas rodeada da sua gente. Sentiu a necessidade de fazer um discurso quando chegaram no limiar da Alfa. O corredor estreito e a escadaria estavam apinhados de gente. Todos estavam ansiosos para ouvir o que ela tinha a dizer.

– Meu nome é Aster da Queda D'Água e este é um panegírico – começou, e depois esperou que todos se reunissem. Um panegírico é uma homenagem aos mortos, no qual o discursante faz reflexões sobre o falecido. Aster se sentia preparada para fazer isso. – Giselle era uma pessoa com uma variedade de distúrbios psicológicos, o resultado lógico de todos os traumas que sofreu. Eu calculo que ela tenha passado por noventa e um eventos que podem ser descritos como traumas intensos, mas os dados são poucos e inconclusivos. Ela era muito difícil. Era cruel e agressiva. Eu queria que ela não tivesse morrido, mas a quantidade de sangue que perdeu por conta do ferimento a faca no abdômen inferior tornou a morte inevitável. Que sua alma finalmente descanse em paz. – Ela não esperou por uma resposta das pessoas ali reunidas, apenas fez um gesto para que os homens a carregassem para cima.

– Que seus dias sejam leves, Aster – disse titia, sua despedida tradicional antes de uma longa ausência.

– E os seus também – respondeu Aster, já sentindo uma pontada de saudade naquelas palavras.

A multidão passou facilmente pela parede, usando apenas a força dos próprios corpos.

Aster estava diante dos botões do teclado da *Fugaz*. Digitou A-S-T-E-R, mas nada aconteceu. Depois, tentou L-U-N-E.

– Pense, pense – disse para si mesma. Vasculhou a memória em busca das anotações dos cadernos de Lune. Queria poder folheá-los, mas estavam todos destruídos agora. A não ser por...

Aster pegou o radiolábio e tirou a parte de trás. Pegou o papel com o bilhete de despedida da mãe.

Aster, desculpe. É com amargor, sofrimento, tristeza, raiva e arrependimento que a estou deixando. Sinto muito.

Ela leu uma, duas, mais vezes, tentando enxergar com os olhos de Giselle, sempre tão bons para identificar padrões ocultos. Aster leu as palavras em voz alta, com atenção à cadência.

– Aster, desculpe. É com amargór, sofrimento, tristeza, raiva e arrependimento que a estou deixando. – Repetiu a frase, a língua deslizando por cada consoante.

Digitou mais uma vez no teclado. A-D-A-S-T-R-A. *Rumo às estrelas*. Estivera ali diante dela o tempo inteiro. Com alguns barulhos de cliques e um sibilo, as duas portas se abriram.

Lá dentro havia ossos, um esqueleto humano deitado de lado no banco de trás, segurando um kit de remédios. Aster tomou um susto.

– Mamãe – disse.

Seamus teve um sobressalto. Aster viu as lágrimas se formando no canto do olho esquerdo dele, sentiu as próprias se formando também. Não deveria ficar surpresa por Lune estar ali o tempo inteiro. Ela era mecânica, no fim das contas. Não tinha voado a nave pelos céus. Fora apenas fazer um reparo.

Lune precisara consertar o amassado no casco da *Matilda* para que as bombas de eidolon funcionassem, garantindo assim que a volta ao redor da anomalia daria certo. O que tinha sido um dano leve se tornara crítico no momento em que Lune decidira interferir tão diretamente na trajetória da nave.

Aster respirou fundo. Lune sabia que iria morrer fazendo os reparos, que não sobreviveria se fosse exposta à radiação do lado de fora da nave. Aster estava agradecida por ela ter encontrado forças para dirigir de volta para dentro da *Matilda*, mesmo estando doente demais até para sair da nave.

Ouviram-se vozes ficando mais altas, dois guardas subindo as escadas de metal que davam no Hangar de Vidro.

– Rápido, coloquem ela aí dentro – disse Aster.

Seamus ajudou a colocar Giselle num dos assentos, puxou o cinto de segurança e afivelou entre as pernas dela.

– Eu cuido dos guardas. Você não vai ter muito tempo. Esteja pronta pra decolar assim que eu abrir a escotilha.

Aster assentiu, concentrada no painel da nave, tentando se lembrar de cada detalhe dos gráficos e diagramas meticulosos da mãe disfarçados de equações estequiométricas.

Aster checou o fornecimento de ar, inseriu o número de passageiros, clicou duas vezes para a esquerda no visor e assim a versão digitalizada mostrou uma representação eletrônica do que estava à sua frente. De repente, temperatura, umidade e outros dados atmosféricos apareceram na tela, junto com um mapa estelar que mostrava a Aster onde ela estava posicionada no espaço.

Os guardas batiam no vidro na sala ao lado, o que significava que Seamus conseguira trancá-los do outro lado. Logo ele abriria a escotilha, e Aster precisaria estar pronta.

Girou a chave para registrar o plano de voo e uma tela cinza apareceu.

INSIRA A SENHA.

Aster digitou ADASTRA.

A tela piscou e voltou para o mesmo texto: INSIRA A SENHA.

Aster tentou as mesmas letras e foi alternando entre maiúsculas e minúsculas, com espaço e sem espaço.

VOCÊ ATINGIU O NÚMERO MÁXIMO DE TENTATIVAS.

O monitor apagou. Aster apertou todos os botões, girou a chave várias vezes, mas a tela continuava em branco.

– Merda, merda – murmurou, batendo na tela com a parte mais macia da mão.

Do lado de fora, um alarme disparou, o aviso de sessenta segundos para a abertura da escotilha. Aster tinha de levar a nave até a plataforma de lançamento. O som alto e agudo do alarme machucava seus ouvidos. Ela podia reiniciar o sistema. Puxou a alavanca para o ponto morto, sabendo que se desligasse totalmente demoraria muito e não conseguiria inicializar a tempo os sistemas de suporte da nave. Depois de dez segundos, religou com força total. Quando se preparava para registrar o plano de voo, a mensagem original apareceu: INSIRA A SENHA.

– Pense como um fantasma – disse ela, em voz alta.

Faltavam poucos segundos e ela esperava que sua intuição estivesse certa. A-D-T-E-R-R-A-M, ela digitou.

No display apareceu a mensagem: PLANO DE VOO CARREGADO. APERTE O PEDAL DIREITO PARA ACELERAR.

Despreparada para a lufada de oxigênio partindo para o espaço com a abertura da escotilha, e que carregaria consigo a *Fugaz*, Aster bateu com a cabeça para trás. Ainda assim, conseguiu apertar o pedal antes de sucumbir à inconsciência.

– *Ad terram* – disse. – Rumo à Terra.

28

Aster semicerrou os olhos para tentar observar os arredores, mas havia terra cobrindo as janelas do transporte. Em meio ao vidro sujo, ela só conseguia distinguir alguns borrões de azul. Usou as mãos para conferir se estava ferida. O cinto de segurança tinha cortado seus ombros, clavícula, peito e costelas, e ela apertou o botão vermelho para soltá-lo. Ele se retraiu para a parte de trás do assento, deixando hematomas onde pressionara a pele de Aster.

Do canto do olho, ela percebeu um movimento e, quando se virou, viu a cabeça de Giselle pendendo para baixo, balançando sobre o peito. Por um ínfimo momento, Aster acreditou, acreditou de verdade, que Giselle estava apenas adormecida.

– Acorda – disse, e imediatamente percebeu o erro.

A tela mostrava números que ela não compreendia, mas não importava. Os diários da mãe tinham lhe dado toda a informação de que precisava, e Aster não hesitou em apertar o botão para abrir a porta da nave. Quando inspirou, um ar frio com cheiro doce tocou seu rosto e seus lábios, secando o suor de sua testa e pescoço.

Certamente aquele lugar diante dela era o que o Regime chamava de Céus, um emaranhado perfeito de plantas, tão enorme, tão colossal, que devia ter o tamanho de cem *Matildas*. Ela desembarcou sobre a grama alta, com brotos castanhos que quase batiam em seus ombros, como hastes de amaranto. Pegou uma delas e cheirou, depois espirrou.

– Acho que morri junto com você, Giselle, e fomos enviadas para as Terras Celestiais – disse ela, e sua voz deve ter assustado algumas criaturas na redondeza. Ouviu uma agitação de sons delicados, se virou e viu as maiores árvores que já encontrara na vida, várias delas, estendendo-se para a esquerda e para a direita até onde a vista alcançava, no mais intenso tom de verde.

Na verdade, o azul era o espaço, o cosmos de onde ela viera. E lá, a distância, havia uma estrela. Um círculo quente e rosa. Deixava o pobre Pequeno Sol no chinelo.

Aster não sabia exatamente qual tragédia se abatera sobre aquele lugar, mas o tempo parecia ter consertado tudo. Embora 325 anos tivessem passado na *Matilda*, ali haviam se passado mil anos.

Um bando de corvos, mais de cinquenta, voou em direção a um ponto mais à frente. Aster nunca tinha visto tantos pássaros antes, então foi atrás deles e deixou Giselle ali.

Mais da metade dos corvos grasnou e voou para longe, mas os que ficaram olharam para Aster com curiosidade, os olhos redondos fixos nela, sem medo.

Aster voltou para a nave e foi até o banco de trás, onde estava o esqueleto de Lune. Sentiu uma ânsia de se afastar daquela cena grotesca, mas, ao mesmo tempo, o desejo de tocá-la foi mais forte. Passou o dedo pelo queixo, os dentes quebrados, até a bochecha e parou antes das órbitas dos olhos.

As roupas de Lune estavam intactas, uma jaqueta verde-escura muito macia e uma calça legging de couro. Aster removeu a jaqueta com movimentos muito cuidadosos para não desfazer o esqueleto. Cheirou o tecido, esperando que fosse ter um aroma ruim, mas o tempo já tinha apagado qualquer mau cheiro, e agora o odor era de lã. Não tinha sobrado nenhum traço de sua mãe, do perfume dela.

Ao lado do esqueleto havia uma cesta, com uma manta marfim de crochê dentro. Aster passou os dedos sobre a costura, depois pressionou o tecido na bochecha. Quando era bebê, ela tinha ficado ali, provavelmente apenas por poucos minutos antes de ser retirada de seus cueiros.

Aster colocou os ossos da mãe na cesta, carregou-os para fora da nave e os depositou no chão. Ajoelhou e começou a cavar. O solo estava úmido e macio, a terra maleável, e a grama tinha raízes pequenas o suficiente para arrancar com facilidade. Aster agia de modo um tanto desvairado, arrancando a terra com as mãos e jogando para o lado, a respiração acelerada e o peito queimando. Seus braços e dedos já estavam dormentes, mas ela não conseguiria parar, não até que finalmente tivesse cavado um buraco de um metro de profundidade.

Colocou a mãe lá dentro primeiro e a cobriu com a manta. Foi mais difícil, bem mais difícil, trazer Giselle para se juntar a ela. Embora seus músculos doessem, Aster a segurou nos braços por muitos minutos, beijando sua bochecha, passando o rosto pelos cabelos de Giselle, sussurrando "Desculpa" no ouvido dela e dizendo que era graças a ela, e não por mérito de Aster, que tinham encontrado aquele lugar.

Aster se deitou na terra preta, os grânulos mais frios que os lençóis mais frios da *Matilda*. Sentiu a tristeza serpentear por seu corpo como uma corda, ou talvez uma cobra, talvez um rosário. O que quer que fosse, aquela tristeza desajeitada tinha se amarrado às vértebras dela e ficaria ali por um bom tempo.

Ela estava sentimental. Estava supersticiosa. Sentia que poderia chorar, pegar algumas daquelas lágrimas numa ampola mágica, jogar sobre o rosto de Giselle e ressuscitá-la. Mas Aster estava desidratada demais para chorar e, mesmo que não estivesse, a água não faria nada a não ser molhar o rosto morto e indiferente de Giselle, e depois evaporar.

Aster moveu os dedos de Giselle para entrelaçá-los aos seus e se deitou ao lado dela. Água não era boa para momentos como aqueles, lhe faltava substância. Mas terra, terra iria resolver. Estavam cobertas dela.

Agradecimentos

Antes de qualquer coisa numa lista de agradecimentos vem a minha família, que sempre apoiou, cultivou e incentivou minha estranheza, que é parte integrante da minha criatividade. Tenho uma gratidão especial pela minha avó, Elizabeth Humble, cujo amor por criptogramas e palavras cruzadas ajudou a cultivar o meu amor pela linguagem. Obrigada à minha tia Goldy, tia Pauline, tia Florencia, minha Madear, minha tia Lisa, tia Cathy, tia Karlene e minha maior e mais enfática apoiadora, minha mãe. Agradeço ao meu pai, que vive me causando constrangimento graças à sua crença sem fim na minha grandeza, e agradeço à pessoa que está comigo, minha companheira, para quem nunca haverá palavras suficientes.

Eu jamais poderia ter escrito este livro sem a ajuda de diversos professores de escrita, entre eles Adam Johnson, Elizabeth McCracken e Jim Crace. Toda minha gratidão também para o Centro de Escritores de Michener, onde *A herança dos fantasmas* nasceu.

Por fim, agradeço a Laura Zats, que acreditou em mim e no meu livro, que teve uma paciência infinita e tornou tudo isso possível.

A LEITURA CONTINUA NA ÓRBITA.

TIPOGRAFIA: Media 77 - texto
Windsor - entretítulos
PAPEL: Pólen Natural 70 g/m² - miolo
Cartão Supremo 250 g/m² - capa

IMPRESSÃO: Rettec Artes Gráficas e Editora
Setembro/2023